AtV

Lion Feuchtwanger wurde 1884 in München geboren. Nach vielseitigen Studien gab er die Kulturzeitschrift „Der Spiegel“ heraus, schrieb Theaterkritiken und arbeitete an Siegfried Jacobsohns „Schaubühne“ mit. Bei Ausbruch des ersten Weltkrieges wurde Feuchtwanger in Tunis interniert, konnte jedoch fliehen. In München vom Wehrdienst suspendiert, nahm er die Übersetzung und Bearbeitung indischer, griechischer und spanischer Dramen wieder auf, zudem entstanden eigene Stücke und Antikriegsdichtung. Die bayerische Räterepublik erlebte er „in großer Nähe führender Männer“. Die historischen Romane „Die häßliche Herzogin“ und „Jud Süß“ brachten Feuchtwanger Weltruhm. 1925 siedelte er nach Berlin über. Als die Nazis die Macht übernahmen, befand er sich auf einer Vortragsreise in den USA. Seine Bücher wurden verboten, Haus und Vermögen konfisziert. Sanary-sur-Mer, Feuchtwangers neuer Lebensort, war zeitweilig ein Zentrum deutscher Emigranten. Hier vollendete er u. a. die „Wartesaal“- und die Josephus-Trilogie. Ende 1936 fuhr er in die UdSSR („Moskau 1937“. Ein Reisebericht für meine Freunde“). 1940 internierten ihn die Franzosen. Ab 1941 lebte er in Kalifornien, wo weitere große historische Romane, Erzählungen, Stücke und Essays entstanden. Feuchtwanger starb 1958 in Pacific Palisades.

Margarete ist zwölf, als sie die Hochzeit feiert mit dem zwei Jahre jüngeren Prinzen Johann von Böhmen. Sie ist klug, sie beobachtet scharf und weiß ihren Verstand zu gebrauchen. Doch all ihr Bemühen ist vergeblich: Was man dem Kind noch mitleidig nachsieht, der erwachsenen Frau verzeiht man ihre Häßlichkeit nicht. Resigniert und vereinsamt, ist ihr am Ende auch das Schicksal Tirols gleichgültig.

Das ausgehende Mittelalter mit seinen dynastischen Machtkämpfen, seinen Intrigen und Leidenschaften wird in diesem Roman lebendig. 1923 geschrieben, eröffnet die „Häßliche Herzogin“ die Reihe der großen historischen Romane Feuchtwangers. Seitdem steht sie in der Gunst des Publikums ganz oben.

Lion Feuchtwanger

Die häßliche Herzogin

Roman

Aufbau Taschenbuch Verlag

ISBN 3-7466-5026-7

7. Auflage 1998
Aufbau Taschenbuch Verlag GmbH, Berlin

Umschlaggestaltung Torsten Lemme
unter Verwendung eines Gemäldes von Ferdinand Voet
Druck Elsnerdruck GmbH, Berlin
Printed in Germany

Erstes Buch

Zwischen der Stadt Innsbruck und dem Kloster Wilten auf weitem, freiem Blachfeld hoben sich Gezelte, Fahnenstangen; Tribünen waren aufgerichtet, eine Art Rennbahn abgesteckt für Turniere und andere sportliche Spiele des Adels. Für viele tausend Menschen war Raum geschaffen, Bequemlichkeit, Vorbereitung zur Kurzweil. Schon das zweite Jahr bedeckten diese Zelte die Felder von Wilten, wartend auf die große, prächtige Hochzeit, die Heinrich, Herzog von Kärnten, Graf von Tirol, König von Böhmen, ausrichten wollte. Die Klosterbrüder sorgten dafür, daß der Wind die Zelte nicht schädige, daß die Arena für die sportlichen Spiele nicht zuwachse, daß die Tribünen nicht zusammenmorschten. Aber das Fest zögerte sich hinaus, der zweite Hochzeitsplan schien sich ebenso zerschlagen zu haben wie der erste. Die Bürger von Innsbruck, die Mönche von Wilten schmunzelten, die Berge schauten gleichmütig herunter. Die Frauen der Innsbrucker spazierten zwischen den feinen, bunten Leinwänden, die Kinder spielten Haschen über die Tribünen hin, Liebespaare benutzten die Zelte zu willkommenem Versteck.

Der alternde König Heinrich – ganz Europa ließ ihm gutmütig und ohne Spott den Königstitel, trotzdem er sein Königreich Böhmen längst verloren hatte und nur mehr die Grafschaft Tirol und das Herzogtum Kärnten besaß – ritt mißmutig zwischen den Zelten. Er hatte in der Abtei Wilten ein kleines Frühstück genommen, gebackene Forellen in Ingwer gesotten, Hühner in Mandelmilch, zum Nachtisch Gratias und Konfekt. Aber sie verstanden sich in Wilten nicht auf wirklich erlesene Küche: die Nuancen fehlten. Der Abt war ein wackerer, beflissener, gescheiter Herr und ein guter, verwendbarer Diplomat, aber von den Nuancen der Küche verstand er nichts. Ihm jedenfalls, dem König, hatte es nicht geschmeckt, und während sonst nach dem Essen seine Laune sich zu heben pflegte, war sie jetzt noch trüber als zuvor. Er ritt das kleine Stück Weges nach Innsbruck ohne Rüstung. Die knappe, modische Kleidung beengte ihn; es war nicht zu leugnen, er wurde jetzt von Monat zu Monat fetter. Aber er war ein weltmännischer, ritterlicher Herr; er saß prächtig auf seinem edlen, geschmückten Pferd und ließ sich von den unmäßig langen, weiten Ärmeln nicht behindern.

Leichter Wind ging, flockte den Schnee auf, bauschte die Zeltwände, ließ sie flattern, klatschen. Das kleine Gefolge war zurückgeblieben, der König ritt allein, langsam, lässig. Beschaute verdrießlich die weitläufigen, festlichen Anstalten. Seine glattrasierten Backen hingen schlaff, träg und fett, der Mund baute sich vor, groß, häßlich, mit gewulsteter, mächtiger Unterlippe. Seine hellen, wässerigen Augen gingen verärgert über die Stadt aus Leinen, über die Tribünen, die Schranken der Arena. Er war gewiß ein gutmütiger, verträglicher Herr. Aber schließlich hatte auch seine Langmut Grenzen. Nun hatte Johann, der Luxemburger, ihn zum zweitenmal zum Narren gehabt: ihm zum zweitenmal die Braut zugesagt, alles feierlich abgesprochen – ihn zum zweitenmal sitzenlassen.

Er schnaubte, sein Atem blies durch die kleine, platte Nase, stand in starken Dunstwolken in der kalten, nebligen Schneeluft. Eigentlich war er Johann, dem Luxemburger, trotz allem nicht böse; es fiel ihm überhaupt schwer, jemandem böse zu sein. Johann hatte ihn schmählich aus Böhmen hinausgejagt, so daß von seinem Königtum nur der leere Titel blieb; aber er hatte sich von dem liebenswürdigen, eleganten Mann mühelos wieder versöhnen lassen, als der ihm finanzielle Entschädigung und die Hand seiner schönen, jungen Schwester Maria bot. Auch als der Luxemburger sein Versprechen nicht halten und seine Schwester nicht zu der Heirat überreden konnte, hatte er weiter kein großes Gewese gemacht und sich bereit erklärt, mit der andern Braut vorliebzunehmen, die der Luxemburger ihm vorschlug, mit Johanns Kusine Beatrix von Brabant. Doch daß jetzt auch die ausblieb, das war zuviel. Der Bartholomäustag, an dem sie hatte eintreffen sollen, war längst vorbei; Johanns liebe Muhme von Brabant war nicht gekommen, die schönen Zelte auf den Wiltener Feldern warteten vergebens. Der Luxemburger wird gewiß wieder eine zierlich gedrechselte Ausrede wissen. Allein diesmal wird sich König Heinrich nicht so glatt beschwichtigen lassen. Auch die Langmut eines vielgeprüften christlichen Königs hat ihr Maß und Ziel.

Er wippte ärgerlich mit der kostbar verzierten Reitgerte. Er erinnerte sich sehr deutlich, wie er zuletzt mit Johann zusammen gewesen war, im Mai, und alles abgesprochen hatte. Der Luxemburger, das mußte man zugeben, war in fabelhaft eleganter Aufmachung erschienen. Er trug, ebenso wie alle Herren seines Gefolges, die neueste Tracht, die eben in Katalonien und Burgund aufgekommen war und die man in Deutschland noch nie gesehen hatte: ungeheuer enge, knappe Kleider – man brauchte zwei Diener, um sie über die Glieder zu zerren – aus vielfarbigem Stoff, mit Schachbrettflicken besetzt, weite Ärmel, fast bis zu den Knien herabhängend. Er selber, König Heinrich, legte größtes Gewicht auf modisches Auftreten; doch der Luxemburger – es war nicht zu bestreiten – war ihm über. Alle die böhmisch-luxemburgischen Herren – wie sie es nur in der kurzen Zeit hatten fertigbringen können! – hatten auch bereits die neue Haartracht getragen: Vollbart und langes Haar an Stelle des glattrasierten Gesichts und des kurzen Haarschnitts, wie es seit seinem frühesten Erinnern, ja wohl seit der Stauferzeit, Kavaliersitte gewesen war. Es hatte ihn wirklich überrascht und ihm imponiert, wie sicher und selbstverständlich der Luxemburger über Nacht in die neue Mode hineingewachsen war. Er hatte denn auch voll heimlicher Bewunderung mit Johann nur über Fragen der Mode gesprochen, dazu über Frauen, Pferde, Sport, und die Politik und die zu erledigenden geschäftlichen Fragen der Hochzeit seinen Räten überlassen. Seine Herren, der behutsame, ergebene Abt von Wilten, der vielbelesene, beredte Abt Johannes von Viktring, sein stattlicher Burggraf Volkmar, seine lieben, klugen Herren von Villanders, von Schenna, verstanden diese peinlichen, langweiligen Gelddinge ja wirklich viel besser als er selber, in ihren treuen und gewandten Händen lag die Abfassung des Vorvertrags viel sicherer. Er hatte sich darum auch auf das Gesellschaftliche beschränkt, und wenn König Johann die Vorzüge der Pariser und Burgunder Damen pries, mit denen er zu abenteuern liebte, so hatte er dem die festen Reize der Tirolerinnen entgegengehalten, die er sehr, aber sehr genau und aus immer neuer Anschauung kannte. Schließlich hatte ihm dann sein lieber Sekretär, der Abt Johannes von Viktring, den fertigen Vorvertrag vorgelegt, hatte einen lateinischen Vers zitiert: „Und so wäre denn dieses zum schönen Ende beschlossen", hatte versichert, jetzt sei alles gut und erledigt, er werde bestimmt zu Bartelemi die Braut und dreißigtausend Mark Veroneser Silbers bekommen. Und da war er nun und ritt herum auf seinem Festplatz. Die Zelte waren da, die Fahnenstangen, der Turnierplatz – aber keine Braut und kein Geld.

Am Wege des Königs stand ein kleiner Knabe. Er hatte das Pferd nicht kommen hören; er hockte eifrig und angestrengt im Winkel eines Zeltes, hatte den Rock hochgehoben, verrichtete seine Notdurft. Der König ergrimmte über solche Besudelung seines Hochzeitsplatzes, schlug nach dem Knaben. Gleich aber, wie der losheulte, hatte er Mitleid, bereute, warf ihm eine Münze zu.

Nein, es ging wirklich so nicht länger. Wie da die Zelte standen und warteten, das war Seiner Majestät unwürdig. Er wird Schluß machen mit dem Luxemburger und seinen windigen Projekten. In Innsbruck trifft er den Österreicher, den Herzog, den lahmen Albrecht. Mit dem wird er Kontrakt schließen, sich von dem Österreicher die Braut verschreiben. Ist er auf Luxemburg angewiesen? Gotts Marter! Was ihm Luxemburg nicht schaffen kann oder will, das wird ihm Habsburg schaffen.

Er war nicht geneigt, Verdruß lang in sich zu halten. Sowie er seinen Entschluß gefaßt hatte, ließ er den Ärger in die freie, kalte, fröhliche Gottesluft hinaus. Er sah mit ganz anderen, lustigen Augen auf den festlichen Aufbau ringsum. Lacht ihr nur! Der wird jetzt bald seinen guten Sinn haben. Er richtete sich höher, pfiff ein kleines, keckes Lied, spornte sein Pferd, daß seine Herren sich beeilten, ihm nachzukommen.

Die fünf Herren des engsten Gefolges hatten, die weitläufige Zeltstadt durchreitend, halbe, andeutende, lächelnde Sätze über die verzögerte Hochzeit des Königs getauscht. Sie waren alle fünf weit begabter als ihr Herr, sie quetschten ihn, vor allem der brutale Burggraf Volkmar, nach Kräften aus, preßten ihm immer neue Belehnungen, Herrschaften, Steuerverpachtungen ab. Aber bei alledem hingen sie in ihrer Art an dem gutmütigen, sanguinischen, bequemen Fürsten. Er war ein freigebiger Herr, fromm, ein guter Kumpan, geneigt zu Festen und Sport, den Frauen zugetan; er liebte modische Kleider, jegliches Behagen, er hatte auch Phantasie, war für jedes Unternehmen leicht zu haben; nur pflegte er rasch zu erlahmen, hielt nicht durch. In einer Zeit, in der alle Politik so ganz von der Persönlichkeit des Fürsten abhing, hatte ein solcher Herr nicht gerade die besten Aussichten, und seit dem böhmischen Abenteuer war er für die große europäische Politik auf alle Zeit erledigt. Sowenig er das ahnte, so genau wußten das die Herren. Sie wußten: mit ihm wurde Politik gemacht – nicht er machte sie.

Aus diesem Wissen heraus überschauten sie auch die Heiratspläne Heinrichs, und die wartenden Zelte hatten für sie einen sehr anderen, ironischeren Sinn als für den guten König.

Am Hebel der Geschicke des Römischen Reichs saßen drei Fürsten. Der rasche, glänzende, schillernde Johann von Luxemburg-Böhmen, der schwere, schwankende Ludwig von Wittelsbach, der zähe, weitsichtige Albrecht von Habsburg, den seine Lähmung hart und zum Lenker seiner mitregierenden Brüder gemacht hatte. Die drei Fürsten waren gleich an Macht, streckten die Hand nach der Herrschaft über das Reich und die Christenheit, saßen gespannt, belauerten sich. Äugten nach dem Land in den Bergen, nach Kärnten und Tirol, wo Heinrich saß, der alternde Witwer ohne männlichen Erben. Hier war eine Möglichkeit, die einzige, Macht und Besitz entscheidend zu mehren. Das Land in den Bergen, das reiche, schöne, fruchtbare berühmte Land, dehnte sich von den burgundischen Grenzen bis zur Adria, von der Bayerischen Hochebene in die Lombardei. War die Brücke von den österreichischen Besitzungen der Habsburger zu ihren schwäbischen, von Deutschland nach Italien, der Schlüssel zum Imperium. Seinen Herrn, den gutmütigen, alternden Lebemann, zu gewinnen, zu beerben, schien jedem der drei Fürsten erreichbar. Sie stellten seine Sehnsucht, zu seinen vielen unehelichen Söhnen und seinen beiden ehelichen Töchtern einen echten männlichen Erben zu haben, in ihre Rechnung, lockten ihn mit feinen Heiratsplänen.

Die fünf Herren, die drei Ritter in ihren Rüstungen, die beiden Äbte in Reisekleidern von sehr weltlichem Schnitt, lächelten, wenn sie daran dachten, wie König Heinrich diese Zusammenhänge nicht sehen, wie er sie vor sich selber verstecken wollte. Er tat, als mühten sich der Luxemburger, der Wittelsbacher, der Habsburger nur aus fürstlicher Lieb und Treue, aus Freundschaft, ihm die rechte Braut zu finden.

Am unbedenklichsten war dabei Johann vorgegangen, der Luxemburger. Erst hatte er Heinrich seine junge, schöne Schwester Maria angetragen und zwanzigtausend Mark Veroneser Silbers, als Gegengabe die Vermählung einer der Töchter Heinrichs mit einem der kleinen luxemburgischen Prinzen verlangend. Er hatte den alten, lüsternen Witwer mit Bildern Marias gereizt, ohne die zarte, feine, strahlende Prinzessin auch nur mit einem leisen Wort um ihre Zustimmung gefragt zu haben. Es war unschwer zu verstehen, daß die junge, liebliche Luxemburgerin, die Kaiserstochter, sich mit allen Mitteln gegen die Heirat mit dem alten, schlaffen Lebemann sträubte. Sie hatte ein Gelübde ewiger Jungfräulichkeit getan, aber dies Gelübde – die Herren feixten, als sie in schleierigen Worten davon sprachen – hatte sie nicht gehindert, wenige Monate später sich dem König von Frankreich zu vermählen.

Wahrscheinlich hatte Johann, von vornherein wissend, daß er seine Schwester niemals zu der Heirat mit dem Kärntner vermögen werde, den alten König, der sich kindisch auf einen wohlgestalten Prinzen aus dieser Ehe freute, nur hinhalten wollen. Gewiß war, daß er das zweitemal, im Fall der Beatrix von Brabant, ein leichtfertiges Spiel mit dem alten Fürsten trieb. Durch das Versprechen einer noch weit reicheren Mitgift hatte er Heinrich einen Vertrag abgelistet, dem zufolge Heinrichs kleine Tochter Margarete einen von Johanns kleinen Söhnen heiraten und, falls Heinrich ohne männliche Nachkommen mit Tod abginge, seine Länder erben sollte. Damit hatte er die Handhabe, sowie der alte Fürst ohne Sohn starb, seine Hand auf Kärnten, Görz, Tirol zu legen. Nun hatte er zwar durch sorgfältige Prüfung der mannigfachen Liebesabenteuer Heinrichs festgestellt, daß der rasch abgeblühte König in den letzten vier, fünf Jahren von keiner seiner Geliebten mehr ein Kind bekommen hatte. Immerhin, hier konnte kein Arzt und kein noch so erfahrener Lebemann mit Sicherheit voraussagen; je länger der Luxemburger die Heirat des Königs hinauszog, desto mehr schwand dessen Aussicht auf männliche Nachkommen, desto größer wurde die eigene Hoffnung, durch seinen kleinen Sohn das Land in den Bergen und damit das römische Imperium in die Hand zu kriegen.

Sehr genau sahen die Herren diese Verknüpfungen, sehr genau wußten sie, daß hier der letzte Grund war, aus dem die festlichen Zelte so leer und betrübt dastanden. Wenn des Luxemburgers liebe Muhme von Brabant, Tochter des Sire von Louvain und Gaesbecke, Nichte des verstorbenen Kaisers, des siebenten Heinrich, zögerte, wenn sie vorgab, sie sei die einzige Stütze ihrer Eltern, sie wolle ihr schönes Flandern nicht mit dem fremden, beängstigenden Bergland vertauschen – ei, sehr dringlich hatte ihr das der Luxemburger wohl nicht auszureden versucht.

Die Herren standen dem ganzen Heiratsplan, der recht eigentlich der Kern aller alpenländischen Politik war, im Grund unbehaglich und zwiespältig gegenüber. Der Burggraf Volkmar zwar, wuchtig und brutal in seiner gewaltigen Rüstung, sagte mit seiner harten, knarrenden Stimme, ob Luxemburg, ob Habsburg, es sei gut, wenn der König endlich die Braut im Bett habe; die Majestät und mit ihr sie selber, seine Räte und Herren, machten sich lächerlich von Sizilien bis in die fernste Nordmark mit diesem endlos verhinderten Beilager. Allein das klang ein wenig krampfig und unecht, und sowohl der schlaue, wortkarge Tägen von Villanders wie Jakob von Schenna, der feine, hagere Herr, der jüngste der Räte, zu dessen müdem Skeptikergesicht die Rüstung schlecht stand, machten zweifelnde Mienen. Der König Heinrich verstand so angenehm wenig von Finanzen; er überließ die Verwaltung ganz seinen Räten, und wenn die bei Rechnungsablage klagten, was für Mühe sie gehabt und wie sehr sie daraufgezahlt hätten, so bedankte er sich mit vielen freundlichen Worten und hielt trotz seiner immer leeren Kassen nicht zurück mit Belehnung, Privilegien, Steuerpachten. Man wurde auf schöne, leichte, behagliche Art fett bei ihm, rundete, mästete Gut und Truhe. Wenn sich jetzt – die Herren seufzten – ein Fremder in diesen bequemen Pfuhl hineinlegt, wird man es, trifft man noch soviel Vorkehrungen, auf keinen Fall mehr so leicht haben.

Wirklich vergnügt waren die beiden Prälaten, der schlaue, kleine, magere Abt von Wilten und der betuliche, redselige, behagliche Johannes von Viktring. „Lehrreich ist es und schön, das Treiben der Großen zu sehen", zitierte dieser einen antiken Klassiker, und beide hatten sie ihre große, stille, sportliche Freude an der Diplomatie des Luxemburgers. Sie waren nicht unbescheiden; ob Heinrich, ob der Luxemburger, ob der Habsburger, sie werden von jedem herauszubekommen wissen, was sie für ihre freundlichen, sauberen, fetten Abteien brauchten. So warteten sie mit fast unparteiischer Neugier, wie der Kampf zwischen Albrecht von Österreich und Johann von Böhmen ausgehen werde, und beschauten mit Wohlwollen die dicke, fromme, gutmütige, lebenslustige Schachfigur, die König Heinrich in dem hohen Spiel der drei mächtigsten Deutschen darstellte.

Die Herren holten den König ein, der straffer auf seinem Pferd saß, sahen, wie er sich aufgehellt hatte, errieten seinen Entschluß, sich von dem Habsburger unter allen Umständen die Braut verschreiben zu lassen. Nun ja, so oder so, einmal mußte die Angelegenheit zum Streich kommen. Gut, man wird sich also auf den Habsburger einstellen.

Doch als nach wenigen Monaten die Zelte von Wilten sich endlich wirklich mit den Festgästen bevölkerten, war freilich eine andere Beatrix die Braut, jene, die Albrecht von Österreich vorgeschlagen hatte, Beatrix von Savoyen; allein Johann von Luxemburg hatte sich eingeschoben, Johann von Luxemburg hatte die Hochzeit vermittelt, den Vorvertrag unterzeichnet und garantiert, Johann von Luxemburg zahlte die Mitgift oder versprach wenigstens, sie zu zahlen, und sein kleiner Sohn Johann war der Bräutigam Margaretes von Kärnten und Erbe des Landes in den Bergen.

*

Die zwölfjährige Margarete, Prinzessin von Kärnten und Tirol, reiste von ihrem Stammschloß bei Meran nach Innsbruck zur Hochzeit mit dem zehnjährigen Prinzen Johann von Böhmen. Ihr Vater, König Heinrich, hatte ihr vorgeschlagen, sie solle die nahe Straße über den Jaufenpaß nehmen. Aber sie zog den riesigen Umweg über Bozen und Brixen vor, denn sie wollte sich weiden an den Huldigungen der menschenvollen Siedlungen an dieser Straße.

Sie reiste mit großem Gefolg. Die Herren ritten langsam, die schön geschmückten, kostbaren Planwagen der Damen knarrten holpernd die bergigen Straßen hinauf, hinab, stießen erbärmlich. Viele Damen zogen Maultiere vor, trotzdem sich das eigentlich nicht schickte, oder sie ließen sich auch für eine kurze Strecke von den Herren aufs Pferd nehmen.

Die kleine Prinzessin saß in einer prunkvollen Roßsänfte mit ihrer Hofmeisterin, einer Frau von Lodrone, und ihrem Kammerfräulein Hildegard von Rottenburg, einem dürren, unansehnlichen, ungeheuer dienstwilligen Geschöpf. Die beiden Damen seufzten und lamentierten immerzu über den Staub der schlechten Straße, den Gestank der Pferde, das endlose Geschaukel; aber die Prinzessin ertrug die Strapazen ohne leiseste Klage.

Still und ernsthaft saß sie, aufgeputzt, pomphaft. Die Taille war so eng, daß sie sie schnürte; die Ärmel aus schwerem, grünem Atlas hingen übertrieben modisch zum Boden; ein Eilkurier hatte ihr aus Flandern eines der neuartigen, kostbaren Haarnetze bringen müssen, wie sie eben dort aufgekommen waren. Eine schwere Halskette prahlte über dem Ausschnitt, große Ringe an den Fingern. So saß sie, ernsthaft, schwitzend, überladen, prunkvoll zwischen den verdrießlichen, ewig jammernden Frauen.

Sie sah älter aus als ihre zwölf Jahre. Über einem dicklichen Körper mit kurzen Gliedmaßen saß ein großer, unförmiger Kopf. Wohl war die Stirne klar und rein, und die Augen schauten klug, rasch, urteilend, spürend; aber unter einer kleinen, breiten, platten Nase sprang der Mund äffisch vor mit ungeheuren Kiefern, wulstiger Unterlippe. Das kupferfarbene Haar war hart, spröde, stumpf, ohne Glanz, die Haut kalkig grau, bläßlich, unrein, lappig.

So fuhr das Kind von Kärnten durchs Land unter einem strahlenden Septemberhimmel. Wo sie hinkam, grüßten Zinken und Trompeten, Glocken läuteten, Fahnen wehten. In Brixen holten Bischof und Kapitel feierlich die Tochter und Erbin ihres Schirmvogts ein. Die großen Feudalaristokraten empfingen sie an den Grenzen ihrer Lehensherrschaften. Am Weichbild der Städte erwarteten sie mit festlichem Gruß die Behörden.

In klarer, kluger, lateinischer Rede, herrisch und sehr erwachsen erwiderte Margarete die unterwürfigen Worte der Huldigenden. Ehrfürchtig starrte das Volk sie an, grüßte sie wie das Sanktissimum, hob die Kinder hoch, daß sie ihre künftige Fürstin sähen.

War sie vorbei, schaute man sich an, feixte. „Das überworfene Maul! Wie eine Äffin!“ höhnten Frauen, die unansehnlich waren und dürftig von Gestalt. Schöne hatten Mitleid. „Die Arme! Wie sie häßlich ist!“

So zog das Kind durch das Land, kalkig, blaß, dicklich, ernsthaft, schwer von Pomp wie ein Götzenbild.

In dem großen Empfangszelt der leinenen Stadt vor Wilten prunkten die kostbaren Gobelins und Teppiche, rauschten feierlich die Banner, standen gravitätisch die Wappen von Luxemburg, Kärnten, Krain, Görz, Tirol. Der zehnjährige Prinz Johann erwartete die Braut, die ihm vermählt werden sollte. Mager, knochig, sehr groß für seine Jahre, stand der Prinz, der dünne, lange Kopf leidlich hübsch, doch versteckten sich tief in den Höhlen bösartige, kleine Augen. Unbehaglich rieb er sich in seinen engen, modischen Kleidern, die schmale Brust peinlich zerstoßen in einer rein dekorativen Halbrüstung, die er bei diesem Anlaß zum erstenmal trug. So drückte er sich, schwitzend, sonderbar unsicher, zwischen den fünfzehn böhmischen und luxemburgischen Herren herum, die ihm das Geleite gegeben.

Trompeten, sich senkende Fahnen. Die Prinzessin kam. Der Erzbischof von Olmütz trat vor, begrüßte sie im Namen des Prinzen mit tönenden, geübten Worten. Dann standen sich die beiden Kinder gegenüber, der geschmückte Knabe in seiner Zierrüstung und das prunkschwere Mädchen. Prüfend beschauten sie sich. Unbehaglich blinzelte, scheu und trotzig aus kleinen, bösartigen Augen, Johann nach seiner häßlichen Braut; kühl, fast verächtlich sah Margarete auf den langen, stakigen, unsicheren Knaben. Dann, zögernd, zeremoniös, reichten sie sich die Hände.

Die Väter kamen. Bewundernd sah Margarete den riesigen, strahlenden König Johann. Welch ein Mann! Und der Luxemburger, der ein sehr geübter Politiker war, überwand sich. Zuckte nicht zurück. Hoch hob er in seinen starken Armen das häßliche, dickliche, prunkende Kind, das seinem Sohn Kärnten, Krain, Tirol, Görz zubrachte, und vor aller Augen küßte er die Zitternde, ihm dringlich in die Augen Starrende, glückselig Erschlaffende auf den breiten, äffisch vorgebauten Mund. Der alternde König Heinrich stand froh und gerührt, die hellen Augen noch wässeriger als sonst. Mit seiner fleischigen, immer etwas zitternden Lebemannshand schüttelte er die kalt schwitzende, kraftlose, knochige seines kleinen Schwiegersohns, redete zu ihm wie zu einem Erwachsenen.

Und es klangen die Hörner, dröhnten die Pauken, das Festmahl begann. In Scharlach und Gold glänzte das Zelt, in dem die Kinder Galatafel hielten. Drei strotzende Tische bogen sich unter den Schaugerichten. Die Bistümer Trient und Brixen hatten ihr kostbares Tischzeug geliehen, die Städte Bozen, Meran, Sterzing, Innsbruck, Hall ihr Prunkgeschirr. Schwer zu Häupten des Brautpaars prahlten die Standarten mit den ungefügen Wappentieren. Hoch auf ihren wuchtigen, geschmückten Streitrossen trugen die ersten Herren Böhmens, Kärntens, Tirols die Speisen herbei für die fürstlichen Kinder, unter Vortritt der Musik. Ritter reichten Wasser, Handtücher nach jedem Gang, schenkten Wein, schnitten Speisen vor. Ernsthaft unter Scharlach und Gold mit alten Gesichtern thronten die Kinder.

Der gute König Heinrich schwamm in Glück. Er ging hinüber zu seiner neuen Gemahlin, der jungen, schüchternen, bleichsüchtigen, immer fröstelnden Beatrix von Savoyen, die am Tisch der fürstlichen Damen präsidierte, tätschelte ihre Hand, trank ihr zu. Schlenderte wieder zurück zu dem Luxemburger, dem ersten Ritter, dem galantesten Weltmann der Christenheit. Es tat wohl, sich Seite an Seite mit diesem zu fühlen, eins mit ihm. Der war anders als der ernsthafte, fade Bayer, der Kaiser Ludwig, der immer nur von Politik sprach und von Militär. Der gehörte zu ihm, war von seiner Art. Er, Heinrich, lebte und liebte herum auf seinen Schlössern Zenoberg, Gries, Trient, auf den Burgen seiner Edelleute, und ihre Damen waren geehrt und erfreut, wenn sie ihrem Fürsten ihre Ergebenheit zeigen konnten. Auch auf Reisen ging er keinem Erlebnis aus dem Weg, sah es gern, wenn etwa der Magistrat einer Stadt ihn feierlich einlud, das Frauenhaus zu besuchen. Doch dieser Johann war ihm – Sakrament und neungeschwänzter

Teufel! – noch über. Es gab keine Stadt von der spanischen Grenze bis tief ins Ungarische, von Sizilien bis ins Schwedische, wo der nicht sein Wesen getrieben hätte. Durch die Straßen, nachts, strich er, verkleidet, lüstern wie ein Kater, scharmutzierte mit den Bürgersfrauen, prügelte sich herum mit gekränkten Liebhabern. Ganz Europa war voll von seinen merkwürdigen, frechen, süßen, glänzenden Abenteuern. Selig, schon sehr stark unter Wein, rückte Heinrich ganz nahe an den Luxemburger; er war ihm ehrlich zugetan, ganz ohne Neid. Gewiß, er war etwas älter, ein wenig reifer; aber alles in allem erblickte er in diesem Johann nur sein eigenes Widerspiel, so etwas wie einen gleichgearteten jüngeren Bruder. In fröhlicher Ahnungslosigkeit glaubte er, die Welt müsse in ihm selber das gleiche sehen wie er in jenem.

Er trank stark, gluckste, stieß mit schwimmenden Augen, in kichernder Kollegialität, den Luxemburger in die Seite, lallte ihm flüsternd anstößige Geheimnisse zu. Der kluge, glänzende Johann ging freundlich auf die greisenhaft geschwätzige Vertraulichkeit des Kärntners ein, ließ durch keine leiseste Geste merken, daß er ihn für einen alten Trottel hielt. Die beiden Könige steckten die Köpfe zusammen, legten sich die Arme um die Schultern, wisperten Lebemännisches, pruschten heraus.

Auch die übrigen Herren belebten sich, röteten sich. Die Böhmen, die Luxemburger, die Tiroler verstanden einander nur schwer oder überhaupt nicht. Das war Anlaß mancherlei Spaßes. Immer wieder vor allem hörte man das dröhnende Gelächter der beiden natürlichen Brüder des Königs, Heinrichs von Eschenloh und Albrechts von Camian.

Das Kind Margarete schaute mit großen, klugen Augen zu ihren lustigen Oheimen hinüber. Ihre Damen, die Frau von Lodrone, das Fräulein von Rottenburg, baten verschämt, die Herren möchten ihre gefährlichen Historien vor den Kindern nicht so laut erzählen. Die beiden welkenden Hofdamen hatten von dem süßen Wein getrunken, sie hatten fleckige Backen, lächelten säuerlich, angeregt, gelockt.

An der Tafel der Damen saß auch die jüngere Schwester Margaretes, die kränkliche, verkrüppelte Adelheid. Das menschenscheue Kind wäre viel lieber im Kloster geblieben bei den Nonnen von Frauenchiemsee. Doch Margarete hatte darauf bestanden, daß die Schwester bei ihrer Hochzeit erscheine. Da saß sie denn in dem festlichen Lärm zwischen den dröhnenden Rittern unter den Bannern und Schaugerichten, die Enkelin der kraftvollen Eroberer des Landes, fahl, verwachsen, leidend, den Hofzwergen sehr ähnlich, die vor ihr herumzappelten, krampfige, grobe Späße machten. Die sanfte Beatrix von Savoyen, ihre Stiefmutter, lächelte ihr zu, streichelte ihre Hand.

Der kleine Prinz Johann, der Bräutigam, saß finster, steif, beengt auf seinem Ehrenplatz. Die Kinder hatten noch fast nichts miteinander gesprochen. Zuweilen, mit einem schrägen Blick, streifte er seine Braut, die ganz sicher und ohne Scheu dasaß. Um sich über seine Verlegenheit hinwegzuhelfen, aß er viel und hastig durcheinander, trank auch von dem gewürzten Wein. Schließlich befiel ihn Übelkeit; er machte zunächst ein grimmiges Gesicht, verbiß es, aber zuletzt konnte er es nicht mehr. Der Erzbischof von Olmütz mußte ihn hinausführen. Man lächelte ringsum, wohlwollend, freute sich, machte gutmütige Scherze. Margarete schaute kühl, verächtlich geradeaus.

Als er zurückkam, hatte er die Rüstung abgelegt, fühlte sich leichter. Düsteren, trotzigen Gesichts machte er sich über die Pistazien, Feigen, Lebkuchen, Latwerge, Bonbons her. Diese Reise, das häßliche, stolze Mädchen, seine Braut, das Fest, sein Vater, der alte, dicke Mann, der jetzt sein Schwiegervater war – alles war ihm tief zuwider. Er hätte in dem schmutzigen böhmischen Dorf sein mögen, das zum Schloß seiner Mutter gehörte, hätte sich herumraufen mögen mit den Bauernkindern, den Wenzeslaus, Bogislaw, Prokop. Er war lang, kräftig und feig. Er pflegte seine Spielkameraden rücksichtslos zu hauen, zu beißen. Wehrten sie sich, so nahm er es zunächst hin. Drohten sie aber, ihn zu überwältigen, so kehrte er plötzlich den Königssohn heraus, schäumte, verklagte, ließ hart bestrafen. Er war bei seiner Mutter erzogen, der böhmischen Elisabeth, die dem Luxemburger das Königreich zugebracht hatte. Sie war eine hysterische Dame, grell verliebt in ihren strahlenden Gemahl, wild eifersüchtig auf seine zahllosen Frauen. Vor allem haßte sie glühend die Witwe des verstorbenen Königs Rudolf, die Gräzer Königin, deren anstößige Beziehungen zu Johann das Land in Bürgerkrieg stürzten und verelendeten. In solchen jäh wechselnden Gefühlen, ihrem Gatten bald ekstatisch anhangend, bald ihn wild hassend und verfluchend, erzog sie auch den kleinen Johann. Er konnte sich mit seinem Vater kaum verständigen; der sprach kein Böhmisch, er kein Französisch; sie mußten Deutsch miteinander reden, das sie beide nur schlecht beherrschten. Auch sah der Knabe den Vater nur selten, wenn der für eine kurze Zeit rauschender Feste in sein Königreich zurückbrauste, das er nicht leiden mochte, dem er nur Geld ausquetschte, dem er sein Luxemburg, seine schönen rheinischen Besitzungen weit vorzog. Die Mutter zwang ihn dann, dem Vater je nach ihrer Laune Haß oder Liebe vorzuheucheln. So wurde das Kind sehr früh hinterhältig, verdrückt, trotzig, scheu.

Das helle, bergige Land Tirol, in dem alles so klar und scharf im Licht stand, war ihm unangenehm. Er sehnte sich zurück in sein wolkiges, dunstiges Böhmen. Er blinzelte, er fühlte sich satt. Der Wein regte ihn auf, er wollte jetzt etwas tun, befehlen, quälen.

Sein Kämmerling stand hinter ihm, goß ihm aus goldenem Krug Wasser über die Hände. Johann herrschte ihn an, er solle besser achthaben, er gieße ihm das Wasser über die Ärmel. Der Kämmerling rötete sich, zuckte mit den kurzen Lippen, wollte erwidern, bezwang sich, schwieg.

Margarete wandte den Kopf, ließ ihre klugen, raschen Augen über den Kämmerling gehen. Der Knabe war drei, vier Jahre älter als Johann, schlank, kühnes, mageres, gebräuntes Gesicht mit starker Nase und kurzen, vollen Lippen; langes, unbekümmertes, kastanienfarbenes Haar.

„Wie heißt Ihr Knabe Kämmerling, Liebden?“ sagte sie mit ihrer warmen, klaren Stimme.

Johann sah schräg zu ihr herüber, mißtrauisch. „Chretien de Laferte“, erwiderte er mürrisch.

Chretien war ihm seit etwa einem Jahr vom Hof seines Vaters beigegeben worden als älterer Spielgefährte und Kamerad, der ihm höfische Dienste leisten und vornehmlich französische und burgundische Sitte beibringen sollte.

„Geben Sie mir von dem Konfekt, Chretien!“ sagte langsam, gleichmütig Margarete und sah ihn an.

Chretien, beflissen, reichte ihr die Schale mit Süßigkeiten. Sie brach mit großer Selbstverständlichkeit ein Stück in drei Teile, behielt den einen, reichte Johann den zweiten, den dritten dem befangenen Chretien.

Am Tisch der Herren beobachtete man den Vorgang, scherzte über die kindliche Nachahmung erwachsener Galanterie. Allmählich wurden die Scherze bösartiger. Man spöttelte über die ungewöhnliche Häßlichkeit der Braut. „Armer Junge!" sagte einer der Böhmen. „Der muß sich seine Länder sauer verdienen." – „Da erobere ich lieber mit dem Schwert als so", sagte ein anderer. – „Bis so ein Maul einem schmackhaft wird", sagte ein dritter, „muß es dick geschmiert sein." Die tirolischen Barone hielten sich zuerst zurück; aber schließlich, halb widerwillig, stimmten auch sie ein. Das Kind Margarete schaute herüber. Sie konnte unmöglich gehört haben; doch ihre großen, ernsthaften Augen schienen so wissend, daß die Herren fast betreten abbrachen.

Jakob von Schenna saß unter ihnen, der jüngste unter den Räten und Vertrauten König Heinrichs. Er war oft zu Gast auf den Schlössern des Königs. Das Kind Margarete sah ihn häufig. Er war der einzige, den sie mochte, dem sie vertraute. Er sprach nicht zu ihr mit jener törichten Herablassung, mit jener krampfigen Kindlichkeit, die sonst wohl Erwachsene annahmen, wenn sie mit ihr sprachen, und die sie bitter verdroß. Er nahm sie und behandelte sie wie eine Große.

Er sah, wie sie prunkvoll feierlich dasaß, er sah den kleinen rohen, bösen böhmischen Prinzen, von dem kein Weg zu ihr führte, er sah, wie sie mit dem Kämmerling Chretien anzuknüpfen versuchte. Er hörte die schlimmen, verständnislosen Witzeleien über ihren armen Körper. Da stand er auf, schlenderte hinüber, stand vor ihr in seiner schlechten, nachlässigen Haltung, schaute sie höflich an aus seinen grauen, wohlwollenden, sehr alten Augen, machte gelassene, ernsthafte Konversation mit ihr. Wie ihr Herr Schwiegervater, die böhmische Majestät, glänzend aussehe, und wie man ihm die vielen Strapazen so gar nicht anmerke. Und daß der geplante Aufenthalt des Königs in Südtirol ihr selber, Margarete, wohl auch viele Mühe machen werde; denn der König werde wohl alle ihre Schlösser mit Gefolge und Mannschaft belegen. Und wieviel Geld ein allenfallsiger lombardischer Feldzug kosten werde. Der kleine Johann schielte herüber, verblüfft, wie gescheit Margarete redete.

Bald darauf wurde die Tafel aufgehoben. Margarete führte noch ein kleines, formvolles Abschiedsgespräch mit ihrem Gemahl, bevor sie sich zurückzog. Sie fragte ihn nach den Eindrücken, die er von Tirol, von dem Hof ihres Vaters habe; ob er sich auf das bevorstehende Turnier freue; wünschte ihm, er möge sich bald heimisch fühlen. Ungeschickt, blöde erwiderte der Knabe, Widerwillen und eine gewisse trotzige Stumpfheit auf seinem nicht unschönen Gesicht. Als sie ging, stand der Kämmerling Chretien an ihrem Wege, riß die Zeltvorhänge auf vor ihr. Sie dankte gemessen, kühl, fremd, fürstlich.

Dann ließ sie sich in ihr Zelt tragen; sie war nun doch herzlich müde. Ihre Frauen kleideten sie aus, viel schwatzend, kichernd, einzelne Teilnehmer, einzelne Begebenheiten des Festmahls breitkauend. Sie lag bereits in ihrem Bett, die Frauen schwatzten noch immer. Endlich gingen sie. Sie streckte sich, die Glieder erlöst aus dem schweren, engen Prunk. Nun wird sie aber gut schlafen. Sie hat es sich verdient. Sie war mit sich zufrieden. Sie hat sich gut gehalten, durchaus als Erwachsene, sehr fürstlich, hat sich vor den luxemburgischen und böhmischen Herren keine Blöße gegeben. Mit dem Johann freilich war nicht viel Staat zu machen.

„Mit euerm Prinzen ist aber auch nicht viel Staat zu machen", bemerkte draußen mit grober, kichernder, mühsam gedämpfter Stimme die zusammenräumende Magd.

„Gegen eure Prinzessin", höhnte der böhmische Knecht zurück, der ihr half und mit ihr sponsierte, „ist er immer noch ein lichter Engel. So was! Das Maul! Die Zähne! Bei uns würde man so was gleich nach der Geburt ersäufen wie eine Katze."

Der König Heinrich unterdes bezahlte die Zeche der Hochzeit. Es war eine sehr schöne Hochzeit. Es war begreiflich, daß sie viel kostete; er war kein Knauser. Bereitwillig streckten seine Herren ihm die großen Summen vor, bereitwillig, in fröhlichster Gebelaune, entlohnte er diese Gefälligkeit mit der Verpfändung von reichen Dörfern, Pflegen, Herrschaften, Zöllen und Gefällen. Warum sollte er seinem lieben Burggrafen Volkmar nicht Visiaun und Möltern überlassen? Er gab ihm noch Rattenberg dazu. Und es war nicht mehr als billig, daß der Abt von Wilten, der so lange für die schöne, leinene Hochzeitsstadt hatte sorgen müssen, den See zwischen Igls und Vill erhielt. Dann aber mußte man auch dem Kloster Viktring etwas geben. Denn wenn nur Wilten was erhielt, war sein guter Sekretär Johannes mit Recht gekränkt. Also bekam auch Viktring etliche Höfe und Gülten. „Keine schönere Freude, als guten Freunden zu spenden", zitierte dankend der beredte Abt einen antiken Klassiker.

Der Luxemburger war dabei, als König Heinrich, sorglos, formlos, gnädig, fröhlich und stark unter Wein, diese riesigen Schenkungen und Verpfändungen unterzeichnete. Auch er war freigebig; aber so bieder unverschämt hätten ihm seine Barone nicht kommen dürfen. Es wird gut sein, wenn man da dem alten, fröhlichen Herrn ein bißchen den Riegel vorschiebt. Sonst verschenkt er das ganze Land, sagt noch merci, wenn man es annimmt, und zum Schluß hat sein kleiner Sohn nur die Prinzessinbraut und kann Sonntag davon machen! Auch die blasse, sanfte Beatrix, König Heinrichs junge Frau, sah erschreckt und verängstigt zu, wie ihr Gatte mit den reichen Besitzungen um sich warf. Sie war von Haus aus an enges, ängstliches Wirtschaften gewöhnt; auf die Art Heinrichs, fürchtete sie, würden bald selbst die Hemden ihrer Mägde verpfändet sein. Sie beschloß, die Finanzen selber in die Hand zu nehmen; ihr blasses, scheues Gesicht bekam auf einmal etwas Verbissenes.

Für die nächsten Tage war Turnier angesagt. Bei diesem Anlaß sollten mehrere junge Herren zu Rittern geschlagen werden. Margarete ersuchte unvermittelt ihren kleinen Gemahl, er solle dabei auch seinen Kämmerling Chretien de Laferte zum Ritter machen lassen. Die Augen Johanns wurden noch kleiner, trotziger; er knurrte irgendwas. Margarete wiederholte ihren Wunsch herrischer, dringlicher. Prinz Johann sagte verdrückt, bissig, er wolle nicht. Er knuffte den Kämmerling in die Seite mit aller Kraft seiner kleinen, knochigen Faust. „Da hat er seinen Ritterschlag!" höhnte er, verzog hämisch sein langes Gesicht.

„Ich danke Euer Hoheit tausendmal für die Gnade", sagte Chretien blutrot zu der Prinzessin; „aber wenn er doch nicht will."

„*Ich* will, *ich* will!" sagte Margarete heftig mit ihrer vollen, dunklen Stimme. Sie lief zu ihrem Vater, zu dem König Johann. Lachend sagte man ihr zu. Chretien dankte der Prinzessin, hin und her gerissen. Schon hatten ihn die Kameraden derb gehänselt wegen seines ziervollen Liebchens.

Am vorgesehenen Tag fand dann das glänzende Turnier statt, auf das ganz Tirol sich schon seit Jahren freute. Es war eine große Lustbarkeit. Vier Ritter wurden erstochen, sieben tödlich verletzt. Alle Welt fand, es sei das bestgeglückte Vergnügen seit langer Zeit.

Auch König Johann nahm an dem Stechen teil. Da er aber hatte erfahren müssen, daß man häufig aus Furcht, ihn, den König, zu besiegen, nur zum Schein mit ihm focht, ritt er unter dem Wappen eines gewissen Schilthart von Rechberg. Es hatte nun zwischen den Alpenländlern und den Fremden schon mancherlei Eifersüchteleien gegeben; auch fürchteten die tirolischen und kärntnischen Herren, der Einfluß der Luxemburger könnte ihre finanzielle Stellung bei dem guten König Heinrich gefährden. Unter dem fröhlichen Spiel stak also eine sehr ernsthafte, grimmige Eifersucht, und man sah es durchaus nicht ungern, brach von den Gegnern der eine oder andere die Rippen. Sei es nun Zufall, sei es, daß man sein Deckwappen verraten hatte – jedenfalls sah sich Johann bald im Kampf mit dem wuchtigsten und gefährlichsten aller tirolischen Ritter, dem ungeschlachten Burggrafen Volkmar. Sie rannten sich wild und rücksichtslos an, schließlich fiel der König, der eine bewegte Nacht hinter sich hatte, vom Pferd, wurde im Kot herumgewälzt, übel getreten und arg zerschunden aus dem Haufen herausgezogen. Er mußte sein Pferd um sechzig Mark Veroneser Silbers von dem Burggrafen lösen. Er verbiß den Ärger, daß gerade dieser plumpe, habgierige, widerwärtige Mann ihn abgestochen hatte, trug lachend, lässig, mit Haltung Lahmheit und Verdruß, rühmte mit vielen liebenswürdigen, sachkundigen Worten, wie gut vorbereitet und in jeder Hinsicht geglückt diese Tiroler sportlichen Spiele seien.

König Heinrich saß des Abends müde in seinem Zelt. Die Freude über das schöne Fest wurde geschwärzt; Rechnungen kamen, Rechnungen über Rechnungen. Die Fleischhauer von Bozen wollten Geld, die Bürger von Innsbruck präsentierten große Forderungen, der gute, gelehrte Abt von Marienberg wußte sich nicht mehr zu helfen vor seinen Gläubigern, die er mühelos hätte befriedigen können, zahlte ihm der König nur einen Teil dessen zurück, was er ihm geliehen. Heinrich hätte, wie gern, gezahlt und gezahlt; aber seine Kassen waren leer. Der König Johann schuldete ihm freilich die vierzigtausend Mark Veroneser Silbers Heiratsgut; mit der ungeheueren Summe hätte er alle seine Verpflichtungen decken können. Aber es ging doch nicht an, den König zu mahnen. Heute schon gar nicht. Spürte er doch am eigenen Leib, wie peinlich ein Fest durch so etwas gestört wurde.

So saß er denn in dicker Verlegenheit. Da stellten seine Herren vor ihn drei schmächtige, schattenhafte Männer. Sie waren sehr still, sehr demütig, sehr unscheinbar. Hatten rasche Augen, die aber sehr ergeben blicken konnten. Schauten einander sehr ähnlich. Der König erinnerte sich, sie gesehen zu haben, wußte aber nicht mehr, wo er sie hintun sollte. Das war natürlich. Sie waren ja so klein, so gering. Sie verneigten sich viele Male, sprachen mit leiser Stimme.

Es waren Messer Artese aus Florenz, der Pächter der Münze von Meran, und seine beiden Brüder. Die Herren waren auch diesmal gern bereit, einem so gütigen christlichen König mit ihrem bißchen Kapital beispringen zu dürfen. Sie hatten eine einzige kleine Bedingnis: die Majestät solle ihnen die Einkünfte des Salzwerks von Hall überlassen. Das nette, kleine Salzbergwerk.

König Heinrich schrak zurück. Das Salzamt von Hall! Die erste Einnahmequelle des Landes! Das war ein teures Hochzeitsfest, das er da seiner Tochter gerüstet hatte. Selbst seine leichtherzigen Räte machten, als sie von dieser Bedingung hörten, bedenkliche Gesichter. Schickten schließlich seine junge Frau vor, die erwirkte, daß das Bergwerk wenigstens nur für zwei Jahre verpachtet wurde. Die Florentiner verneigten sich viele Male. Zahlten das Geld, nahmen die Dokumente an sich. Glitten fort, schattenhaft, grau, unscheinbar, einer dem andern sehr ähnlich.

Zu Herrn von Schenna sagte Margarete: „Glauben Sie, daß Chretien de Laferte Schlechtes von mir spricht? Sagen Sie ehrlich, Herr von Schenna, glauben Sie, daß er mit den andern lacht, weil ich häßlich bin?"

Jakob von Schenna hatte mit eigenen Ohren gehört, wie der junge Chretien, von den andern gehänselt als Ritter der häßlichsten Dame der Christenheit, erst an sich hielt, dann die Kameraden überbot an übeln Schmähungen Margaretes. Jakob von Schenna sah die großen, erfüllten Augen des Kindes in dringlichem, angstvollem Fragen auf sich. „Ich weiß es nicht, Prinzessin

Margarete", erwiderte er. „Ich kenne den jungen Chretien zuwenig. Aber ich halte es für unwahrscheinlich, daß er übel von Ihnen redet." Und er legte ihr seine große, dünne, kraftlose Hand auf den Kopf wie einem Kind, und sie litt es gern, daß er diesmal zu ihr war wie zu einem Kind.

*

Auf Schloß Zenoberg verhandelte König Johann mit den tirolischen Baronen. Er verlangte jetzt schon, als Vormund seines kleinen Sohnes, Huldigung für den Fall von Heinrichs Tod. Die Herren waren grundsätzlich bereit, forderten aber Sicherstellung ihrer Privilegien, Bürgschaften, daß ihnen der Luxemburger keine Landfremden in die maßgebenden Ämter setze. Außerdem verlangte jeder für sich, verblümt oder geradezu, Geld, Verschreibungen, Landbesitz, Handelsmonopole, Zölle.

Mit den Versprechungen und Bürgschaften war Johann sehr freigebig. Er unterzeichnete und ließ siegeln, was man wollte. Er hatte in Böhmen Erfahrungen gemacht; er wußte, das war letzten Endes eine Machtfrage. Konnte er Geld und Soldaten auftreiben, dann setzte er diesen frechen Gebirglern Franzosen, Burgunder, Rheinländer als Statthalter in den Pelz nach seinem Belieben. Brachte er kein Kapital und keine Armee auf, dann wird er in Gottes Namen seine Versprechungen halten. Vorläufig schrieben seine Notare sich die Finger wund: „Wir, Johannes, von Gottes Gnaden König von Böhmen und Polen, Markgraf von Mähren, Graf von Luxemburg, erklären hiemit und tun kund und zu wissen und verpflichten Uns mit Brief und Siegel." Mit Geld war Johann etwas vorsichtiger. Er ließ zumindest die habgierigen, unersättlich feilschenden Herren merken, daß er sie durchschaue. Schließlich schmiß er ihnen dann das Verlangte ritterlich und verächtlich hin. Bargeld freilich nicht, das hatte er nicht, sondern langfristige Wechsel.

Auch der gute König Heinrich mußte betrübt erkennen, daß er seine vierzigtausend Veroneser Silbermark nicht so bald bekommen werde. Flott, gemütlich, vertraulich faßte ihn der Luxemburger um die Schulter, verpfändete ihm beiläufig die Gerichte Kufstein und Kitzbühel – die hatte er von seinem Schwiegersohn, dem Herzog von Niederbayern, dem er anderes dafür verpfändet –, vertröstete ihn auf das Frühjahr, rühmte seine langen, modischen Schuhe, die hübsche, dralle Frau, mit der er getanzt hatte. Heinrich brachte es nicht mehr über sich, wieder von den Finanzen anzufangen.

Des Abends spielte König Johann Würfel mit den Kärntner und den Tiroler Herren. Er setzte ungeheure Summen. Schließlich hielt ihm niemand mehr Widerpart als der brutale, stiernakkige Burggraf Volkmar. Der Luxemburger haßte den wuchtigen, rohen Mann, der ihn schon im Turnier besiegt hatte. Er steigerte seine Einsätze so, daß selbst König Heinrich den Atem anhielt. Verlor. Erklärte zum Schluß leichthin, über die Achsel, er bleibe die verlorenen Summen schuldig. Der Burggraf knurrte, wurde gefährlich; mit geschmeidiger Schärfe funkelte Johann ihn nieder.

Merkwürdigerweise kehrte Johann, trotzdem Unruhen ausgebrochen waren, nicht nach Böhmen zurück. Sein Land atmete auf. Es erschrak, wenn er kam. Sein Aufenthalt dauerte immer nur kurz, diente ihm nur, Geld auszuquetschen. Gut, daß er wegblieb.

Ja, er blieb in Tirol. Ging in das Gebiet des Bischofs von Trient. Saß, der strahlende Herr, der erste Ritter der Christenheit, untätig lauernd, zwielichtig schillernd; kein Mensch wußte, was er plante.

Der Bischof Heinrich von Trient fand sich durch diesen Gast sehr beschwert. Wie weit durfte er ihm entgegenkommen, ohne bei dem Papst oder dem Kaiser anzustoßen? Immer war ein so verwirrendes Zwielicht um diesen Böhmenkönig. Wo er hinkam, war wildes Gehetze, Getriebe. Kuriere jagten nach ihm von allen Höfen Europas, fanden ihn nicht. Denn der König verweilte selten lang an einem Ort; es trieb ihn über die Erde rastlos wie fließendes Wasser. Man wußte nicht, wohin, wie, warum. Ach, ginge er doch zurück in sein Land, der Verfluchte! Aber natürlich, das ließ er verkommen. Das liebte er nicht, das trübe, dumpfe Land. Spaß, daß er den helleren Westen vorzog, den Rhein, seine Grafschaft Luxemburg, Paris.

Der Bischof saß, ein großer, beleibter Herr, starkes, gebräuntes, italienisches Gesicht, sorgenvoll auf seinem Schloß Bonconsil, schüttete sich aus vor seinem Freund, dem Abt von Viktring, dem betulichen, klugen. Die beiden geistlichen Herren schimpften weidlich. Der Heide, der! Der Jerobeam! Grausam brandschatzte er seine Kirchen und Klöster. Hatte selbst vor dem Grab des heiligen Albert nicht haltgemacht, es nach Schätzen durchwühlen lassen. Kirchenschänder! Herodes! „Aber einst wird erstehen aus unsern Gebeinen ein Rächer!" zitierte der gelehrte Abt einen antiken Klassiker.

Ja, dies war entschieden der gefährlichste, beschwerlichste Gast, den der Bischof seit Jahren gehabt hatte. Ein gesalbter König, aber – der Bischof sagte es geradezu – ein Lump und Verbrecher. Ohne seine Krone wäre er schon hundertmal gehenkt worden. Er spielte falsch; der Abt bestätigte es; jetzt erst hatte er es wieder in Innsbruck getan. Er war der wüsteste Verschwender und Schuldenmacher des Säkulums. Dazu seine anstößigen Beziehungen zu den beiden böhmischen Königinnen. Recht hatte man gehabt vor zwei Jahren in Prag. Da hatte er das große Turnier gerüstet, die umständlichsten Vorbereitungen getroffen, die Häuser auf dem Markt niederlegen lassen, um Zelte und Tribünen zu errichten. Dann kamen von zweitausend Geladenen, von Kaiser und König und Fürsten und Herren, sieben schäbige, zweifelhafte Ritter und ein Genueser Bankier.

Leider aber war es zur Zeit durchaus nicht möglich, ihn so zu behandeln. Das war ja das Verzweifelte. Sein Ruf und Name wechselte wie der Mond. War man ihm vor wenigen Wochen ausgewichen wie einem Aussätzigen, so feierte man ihn heute als den leuchtendsten Helden der Christenheit, und selbst sein kahles, ausgeplündertes Böhmen ließ sich blenden, wenn er von strahlenden Siegen zurückkam.

Dringend warnte der Abt den Bischof, er solle sich ja nicht im geringsten mit dem Luxemburger einlassen. Seine Politik sei letzten Endes sinnloses Spiel. „Kühlende Wellen locken mit Schillern und Glitzern den Wandrer; wirft er sich arglos ins Meer, ziehn sie ihn tückisch hinab", zitierte er. Behaglich, mit literarischer Freude an der Zerlegung, sezierte er den Luxemburger und sein Gewese. Sein verfeinertes Rittertum begnüge sich nicht damit, in dickem Forst Riesen und geharnischte Männer aufzusuchen. Er liebe die viel bunteren Abenteuer der Politik. Nicht der Erfolg locke, ihn locke die gefährliche Freude an der Wirrung, am Getriebe. Wo immer in dem wirrseligen Europa ein Zwist sei, wo Kaiser und Papst sich stritten, König und Gegenkönig, Frankreich und England, lombardische Städte, Maure und Kastilier, überall müsse der Luxemburger seine gepflegte, spielerische Hand drinhaben. Verträge, Bündnisse stiften, Ehen kuppeln, Fäden anknüpfen, zerreißen, Krieg führen, Frieden schließen, Schlachten schlagen, verhindern, immer im dicksten Getümmel stehen, Freunde, Feinde machen, Soldaten, Länder nehmen, geben.

„Nur kein Geld", seufzte der Bischof.

Der Abt schloß, sich freuend an der eigenen eleganten Beredsamkeit. Dieser geniale Projektenmacher sehe alle entferntesten Möglichkeiten, strecke seine Hand über das ganze Abendland, raffe an sich, lasse fallen. Und während Böhmen innerlich immer kränker werde, schlucke er immer neue Besitzanrechte, Länder, Städte, verstreut durch alle Grenzen, blase sich gigantisch auf. Der behagliche, betuliche Abt streckte sich, sprach rednerisch wie auf der Kanzel: „Aber wenn auch dieser Herr Johann noch so hastig über die Erde hinfährt, lachend, stattlich, strahlend, elegant, modisch, immer eidbrüchig, immer ohne Geld, immer von stürmischer, sieghafter Liebenswürdigkeit – es ist ihm ein Ziel gesetzt. Sein Gewese wird keine Frucht tragen, es ist sinnlos, es ist ohne Gott. Manchmal kommt mir der Böhme vor wie eine Puppe, wie ein Gespenst. – Maß ist in allen Dingen, gesetzt ist ihnen die Grenze", zitierte er einen alten Schriftsteller.

Der Bischof glaubte das auch. Aber bis dahin konnte es noch gute Weile haben. Vorläufig jedenfalls hatte Gott dem Böhmen kein Ziel gesetzt, und er, der arme Bischof, hatte ihn auf dem Hals. Der beredte Abt wußte auch nichts weiter zu sagen, und die beiden Prälaten schauten schweigend, nachdenklich hinaus auf das rötliche, üppige Land, die geschwungenen, bräunlichvioletten Berge, schwer von Frucht und Wein.

Nein, vorläufig war dem Böhmen kein Ziel gesetzt. Vielmehr saß dieser Herr Johann heiter und fest in dem besonnten Trient, dehnte sich, rekelte sich. Überließ sein langes Haar, den schönen, vollen Bart den wohligen Winden des südlichen Herbstes. Hofierte die deutschen und die welschen Damen Tirols. Durch die

Lombardei flog es, durch die reichen, mächtigen Städte, durch die Schlösser der überstolzen Barone: Johann von Böhmen ist da, König Johann, der Sohn des siebenten Heinrich, Römischen Kaisers, Johann, der ritterlichste Mann des Abendlandes, Stern der Ghibellinen. Burgundische, böhmische, rheinische Ritter und Hauptleute zogen mit ihren Fähnlein in diesem herrlichen, gesegneten Herbst über den Brenner. Aus München der Kaiser Ludwig äugte mißtrauisch her. In Avignon der Papst, der zweiundzwanzigste Johann, ward unruhig. Wieder schaute das ganze Abendland auf den strahlenden, unberechenbaren Mann.

Die Parteiführer und Herren der Po-Ebene wetteiferten, ihn für sich zu gewinnen, schickten ihm Gesandte, Geschenke. Zwei prächtige Araberpferde kamen von Mastino della Scala und seinem Bruder, Herrn von Verona. Aber Brescia bot ihm durch seinen Vikar, Friedrich von Castelbarco, nicht nur Pferde, es bot ihm sich selbst an und lebenslängliche Herrschaft. Aldrigeto von Lizzana ließ dem Vermögensverwalter Johanns viertausend Veroneser Silbermark auszahlen, bat den König – als Schutzherrn Toskanas und der Lombardei –, ihn mit dem brescianischen Ufer des Gardasees zu belehnen. Und plötzlich war auch Messer Artese aus Florenz da, der Bankier, grau, unscheinbar, schattenhaft, mit zwei Brüdern, die ihm sehr ähnlich sahen, und sehr viel Geld.

Und dann, ohne lange Ankündigung, sachte, setzte sich Johann in Bewegung. Nur wenige tausend Reiter folgten ihm. Aber glänzend gerüstet alle, erlesenste Soldaten. Rauschend strahlte der helle Zug durch das satte, reife Bergland. Süßer, schwerer, besonnter Herbst. Dicke Trauben, strotzende Früchte. Aus den violetten, rötlichen, bräunlichen Bergen goß sich die silberne, eiserne Flut in die Lombardische Ebene. Wie eine Braut glitt sie den Kömmlingen unter die Füße. Bergamo, Pavia, Cremona in seinem Besitz ohne Schwertstreich. Fahnen, Glocken, Behörden auf Knien, die Schlüssel ihrer Städte darbietend. Die großen Barone demütig um Bestätigung ihrer Lehen flehend. Novara, Vercelli, Modena, Reggio von seinen Rittern besetzt. Feierlicher Einzug. Auf den Balkonen der herrlichen, bunten Häuser geschmückte Frauen, mit großen, gebannten Augen auf den Sieger schauend, der so gar nicht mühselig, schwitzend und bestaubt, der festlich wie im Tanz das weite, reiche Land besiegt. Der Kaiser, tief beunruhigt, schickt Sondergesandte, den Burggrafen von Nürnberg erst, den Grafen von Neiffen dann, was denn der Böhme in Italien wolle. Harmlos Johann; er plane durchaus nichts gegen Ludwig, nehme, was er erwerbe, für das Reich in Besitz; er wolle nur die Gräber seiner Eltern besuchen, des Römischen Kaisers, des siebenten Heinrich, Grab in Pisa, seiner Mutter Grab in Genua, die Leichen, wenn möglich, in die Heimat schaffen. Während zu Weihnachten in München alle Glocken unter dem päpstlichen Interdikt stumm bleiben, Kaiser Ludwig in seiner Hauskapelle vor kleinem Gefolg, das blanke Schwert hoch in der Hand, als Schirmvogt der Christenheit das Weihnachtsevangelium vorliest, hält Johann leuchtenden Einzug in Brescia. Kommt er für den Kaiser? Für den Papst? Nur für sich? Niemand weiß es. Weiß er es selber? Er schreibt sich Nachfolger des Kaisers, Friedensstifter. Die Gonzaga in Mantua, die Visconti in Mailand beugen sich ihm. Ein Königreich Lombardei rundet sich ihm, fällt ihm zu wie eine Frucht, die man sich vom Zweig langt.

An beiden Ufern des Po residiert er; nie hat ein Römischer König stolzer Hof gehalten. Er läßt sich huldigen von der Adria bis ins Ligurische. Lächelt tief, satt, fern. Stieg er mit festem Plan in die Ebene hinab? Heute ist er der mächtigste Mann der Christenheit. Hat den Rhein hinauf, hinunter, tief ins Frankreich hinein Land und Herrschaft. Hat Böhmen, Mähren, Schlesien, streckt sich weit ins Polnische. Hat Niederbayern durch seine Tochter, Kärnten, Krain, Tirol durch seinen Sohn. Hält den Wittelsbacher umklammert, liegt rings um den Habsburger. Hat jetzt das reiche, süße, oberitalienische Königreich. Reckt sich. Atmet. Hält Feste. Zieht die schönsten Frauen an seinen Hof. Manchmal auch, schattenhaft, unscheinbar, kommt mit seinen Brüdern Messer Artese aus Florenz, steht ferne, bescheiden, neigt sich viel Male.

*

Das Kind Margarete wuchs heran auf den Schlössern Zenoberg, Gries, Tirol. Lernte gern und viel. Fragte den klugen, redseligen, betulichen Abt Johannes von Viktring bei allem, was sie sah und hörte, warum, wieso. Trieb mit den Äbtissinnen der Klöster

Stams und Sonnenberg Theologie. Der Prunk, die feierliche Ordnung der Liturgie zwangen ihr Bewunderung ab. Sie sprach und schrieb fließend Latein und Welsch. Interessierte sich brennend für politische und nationalökonomische Dinge. Hörte aufmerksam den historischen Vorträgen des gelehrten Abtes zu, und während die anderen seine begrifflichen politischen Theorien gelangweilt belächelten, konnte sie nicht genug davon kriegen. Gründlich unterrichtete sie sich bei den vielen fremden Gästen ihres Vaters über die Verhältnisse der andern Höfe und Länder. Verächtlich schnupperte sie, als sie hörte, Ludwig von Wittelsbach, der Bayer, erwählter Römischer Kaiser, der vierte seines Namens, spreche nicht Latein.

Sie streifte durch das Land. Zu Wagen, in der Pferdesänfte. Die Passer hinauf, hinab, durch die Rebenterrassen, Obstgärten. Ging mit wachen, klugen Augen durch die farbigen Städte Meran, Bozen. Beschaute die Bürger, ihre steinernen Häuser, Rathaus, Markt, Mauern, Pranger, Stock, Herbergen, Badehäuser, die Leichen der Gerichteten vor den Toren. Hielt rasche, herrische Einkehr in den Höfen der Bauern, den Wachhütten der Winzer.

Der gutmütige König Heinrich kümmerte sich wenig um sie. Er ließ sie treiben, was sie wollte. Erkundigte sich zuweilen zärtlich, ob sie denn mit ihren Kleidern hinausreiche, ob sie nicht mehr Schmuck, Pferde, Dienerschaft brauche. Fragte allenfalls, was sie von dem neuen flandrischen Koch halte, oder wie der genuesische Mantel stehe, den er sich eben habe machen lassen. Er ging ganz auf in Kleidersorgen, Stiftungen für Klöster, Festlichkeiten, Gastereien, Turnieren, Frauen. Wenn sie sich mit seinem klugen Sekretär unterhielt, dem Abt von Viktring, dann schaute er wohl gerührt auf sie, sagte zu Beatrix, seiner Frau, zu seinen Gästen: „Mein gutes Kind! Wie gescheit sie ist!"

Von den Klosterfrauen lernte sie singen. Es war erstaunlich, wenn unter der platten, breiten Nase aus dem äffisch sich vorwulstenden Mund die Stimme herausdrang, schön, warm, erfüllt. Während sie sonst mit ihren Kenntnissen nicht zurückhielt und ohne Scheu redete, sang sie fast nie vor Fremden. Des Abends, unter Obstbäumen, allein, sang sie ihre Lieder, kunstvolle aus Italien, aus der Provence oder auch einfache deutsche, wie sie sie rings vom Volk hörte. Manchmal, selbst wenn sie allein war, brach sie mitteninne ab. Die Zwerge konnten sie hören. Die Zwerge wohnten in allen Berghöhlen. Sie aßen und tranken, spielten und tanzten mit den Menschen. Aber unsichtbar. Nur der regierende Fürst kann sie sehen, der zu Recht das Land beherrscht, in dem sie gerade verweilen. Ihr Vater hat die Zwerge gesehen, auch der Bischof von Brixen, in dessen Gebiet sie zuweilen kamen. Jakob von Schenna hat ihr Genaues von den Zwergen erzählt. Sie schrieben Briefe, bildeten unter sich einen Staat, hatten Gesetze und einen Fürsten, bekannten den katholischen Glauben, kamen heimlich in die Wohnungen der Menschen, waren ihnen hold. Sie führten Edelsteine mit sich, mit denen sie sich unsichtbar machen konnten. Sie fragte Herrn von Schenna, warum sie sich unsichtbar machten. Herr von Schenna wich aus. Durch Zufall, von einer Magd, erfuhr sie den Grund. Weil sie sich ihrer Häßlichkeit schämten. Sie ward noch fahler als sonst. Schluckte.

Mit peinlichster Sorge pflegte sie ihren Körper. Sie nahm täglich ein Dampfbad, wusch sich mit Kleienwasser, französischer Seife. Sie wickelte das Zahnpulver in frisch geschorene Wolle, ehe sie ihre großen, schräg vorstehenden Zähne reinigte. Sie pflegte ihre Haut mit Weinsteinöl, gebrauchte rote Schminke aus Brasilholz, weiße aus gepulverten Zyklamenknollen. Des Nachts legte sie eine Wachsmaske auf, ihren unreinen Teint zu bessern. Sorglich, mit Opfern, gehorchte sie jeder neuen Modevorschrift.

Mußte sie dann sehen, wie gleichwohl jeder drallen, ungewaschenen Bäuerin mehr wohlgefällige Männerblicke folgten als ihr, dann wandte sie mit einem Ruck ihre Gedanken von diesen Dingen, stürzte sich mit hitziger Energie in Studium und Politik. Wog zum hundertstenmal Macht, Möglichkeiten, Einflußkreise der Habsburger, Wittelsbacher, Luxemburger gegeneinander ab. Habsburg, Luxemburg, Wittelsbach, das waren keine kahlen, politischen Begriffe für sie. Die Menschen, die diese Namen trugen, ihre Farben, ihre Länder, die Tiere ihrer Wappen, ihre Berge, Flüsse, Kirchen mischten sich ihr zu geheimnisvollen Einheiten. Albrecht von Habsburg etwa war verteufelt klug, energisch, bitter, aber er lahmte. Mit ihm lahmten seine Länder, die Donau, die Stadt Wien, die Pranke seines Wappenlöwen. König Johann, der Luxemburger, das war nicht nur ein weltläufiger, galanter Herr.

Seine Füße waren Toskana und die Lombardei, Rhein und Elbe seine Adern, das helle Luxemburg sein Herz. Und Bayern konnte sie sich nicht vorstellen ohne die lange, bedächtige Nase Kaiser Ludwigs und ohne seine riesigen, sonderbar toten blauen Augen. Wenn die drei Fürsten sich belauerten, sich umschlichen, sich vertrugen, sich bekriegten, bekriegte und verhöhnte sich die Welt in ihnen, und in den Wolken führten die Tiere ihrer Banner einen mystisch gewaltigen Kampf.

Ihren Gemahl, den Prinzen Johann, sah sie nicht sehr oft. Trotz seiner Länge und Aufgeschossenheit wirkte er hinter seinen Jahren zurückgeblieben. Sein mageres Gesicht, an sich nicht unschön, schien immer roher, stumpfer und, durch die kleinen, versteckten Augen, bösartiger. Er haßte die Bücher, lernte nur notdürftig schreiben. Gern trieb er körperliche Übungen. Schlug sich mit den Jungen herum, mit denen der Bedienten lieber als mit seinen adeligen Kameraden, jagte, ritt. Betätigte sich als Vogelsteller, trieb, nicht ohne Geschick, Falkenbeize, fing Wild in Schlingen. Quälte Tiere. Spielte den Bauern üble Streiche. Ein Bauernbursch, der ihn nicht kannte, verprügelte ihn. Wurde gefangen, in den Stock gesetzt, gepeitscht. Der Prinz schaute gierig zu, hetzte die Büttel.

Margarete lachte er aus wegen ihrer blöden, pfäffischen Gelehrsamkeit, riß ihr gelegentlich ihre Schriften weg, zerraufte ihre Frisur. Sie trug es. Es war notwendig, daß ihr Mann ein Luxemburger war. Seine Roheit mußte hingenommen werden. Aber schweigend stapelte sie Wut und Verachtung. Auch Chretien de Laferte, des Prinzen Adjutant und Kämmerling, verwünschte seinen jungen Herrn in die tiefste Hölle. Margarete sah den schlanken jungen Menschen sehr selten. Beachtete ihn wenig. Der betuliche, skeptische, redselige Abt von Viktring, der alle Dinge bereden mußte, neckte sie gelegentlich wegen des Jungen. Sie schlug, gegen ihre Gewohnheit heftig, zurück.

Am liebsten war sie mit Jakob von Schenna zusammen. Der junge, hagere, schlecht sich haltende Herr mit dem feinen, alten Gesicht freute sich immer, wenn er sie sah. Sie war nun vierzehn, er an die dreißig. Aber es ging eine willkommene Bindung von ihm zu ihr. Was er sprach und tat, klang, als wäre es in ihr gewachsen. Sie fühlte sich wohl in seiner Welt. Zwischen ihr und den andern Menschen war Kälte. Sie lachten sie aus, sahen sie mit Widerwillen an, bestenfalls mit Mitleid, weil sie häßlich war. Weil sie Prinzessin war, zeigten sie das nicht im Licht. Aber sie sah weit ins Dunkle hinein, oh, sie hatte scharfe Augen, sie wußte, wie man mit ihr stand. Doch von Schenna zu ihr ging es warm und freundlich herüber. Seine großen, weichen Hände, seine grauen, gescheiten, wohlwollenden Augen waren voll Achtung für sie, voll Herzlichkeit und Kameradschaft.

Jakob von Schenna war reicher und mächtiger als seine Brüder Estlein und Petermann. Er hatte sieben feste Schlösser, neun Gerichte und Pflegen, weiten Besitz an Weingütern, Gerechtsamen, Zöllen, Geld. Er pflegte von diesem Besitz wegwerfend und mit einer gewissen Ironie zu sprechen. Aber er hing daran, streichelte liebkosend das Laub seiner Reben, den besonnten Stein seiner Schlösser. Dies waren *seine* Reben, *seine* Burgen. Zwar war Besitz und Geltung an sich verächtlich; aber leider machten einem die Menschen das Leben zu unbequem, hatte man die beiden nicht. Oft sprach er dem Kind davon, wie übel der tirolische und kärntnische Adel den guten König Heinrich ausbeute. Leider mußte er mittun, sonst hätte eben seinen Teil ein anderer, weniger Würdiger an sich gerafft. So beutete denn auch er aus, skeptisch, mit gelassenem Bedauern und voll von Mitleid mit der gerupften Majestät.

Seine Schlösser waren die schönsten und gepflegtesten des Landes in den Bergen. Die Schlösser der andern waren nur auf Sicherheit und Festigkeit gebaut; innen waren sie ungemütlich, ihre Gelasse klein, feucht, dunkel, ohne Luft, kellerig, überall stand der Stank der Ställe. Seine Burgen, vor allem seine Lieblingssitze Schenna und Runkelstein, waren hell und voll Sonne. Italienische Architekten hatten sie gebaut; sie waren angefüllt mit schönen Dingen, Teppichen und Zierat. Während die Mauern der andern notdürftig geweißt waren und höchstens die Wände der Kapelle Heiligenbilder trugen, hatte er seine Säle von deutschen und italienischen Meistern mit Fresken ausmalen lassen. Ja selbst die äußere Südwand seiner Lieblingsschlösser trug solche Malerei. Bunt und hell schritt der Ritter mit dem Löwen, Tristan fuhr auf seinem Schiff, Garel vom blühenden Tal erlebte seine Abenteuer.

Herr von Schenna liebte sehr die Verse, die diese Geschichten erzählten. Margarete wußte nichts damit anzufangen. Sie begriff die lateinischen Verse, die der redselige Abt von Viktring so gern zitierte, verstand Horaz, die Äneis. Das war Sinn, Gesetz, Würde, strenge Bindung. Aber diese deutschen Verse schienen ihr Tollheit, nicht besser als die wüsten Einfälle ihrer Hofnarren und Hofzwerge. War es eines ernsthaften Menschen würdig, Dinge, die niemals waren und nie sein werden, in verrenkten Worten zu erzählen? Herr von Schenna suchte ihr begreiflich zu machen, daß diese Menschen, die Tristan und Parzival und Kriemhild, lebten und wirklich waren, sooft einer sie las und spürte. Aber dies wollte sie nicht wahrhaben. Seine Geschichten blieben für sie bunte, widerwärtige Lügen; sie begriff nicht, daß der gescheite, ernsthafte Mann an solchen Windbeuteleien Freude haben konnte.

*

Den Kaiser hatten die raschen Fortschritte Johanns in Italien tief beunruhigt. Auch der führende Habsburger, der lahme, kluge, verbitterte Albrecht, sah mit wachsendem, knirschendem Ingrimm das leuchtende Lombardische Reich Johanns aus dem Nichts sich heben. Wie, sollte durch eine freche Wendung der leichtsinnige, unernste Luxemburger sie, die Ernsthaften, Gewichtigen, von der Macht drängen, sich über sie hinausheben? Sie blinzelten einander zu, der schwerfällige, langsame Bayer, der zähe, bittere Habsburger. Sie hatten sich immer gehaßt. Aber sowie der Dritte sie überflügeln wollte, einte sie das gegen ihn. Sie schlichen zusammen, Ludwig, der große, langnäsige Wittelsbacher mit dem massigen Nacken und den riesigen blauen Augen, Albrecht der Lahme mit den verkniffenen Lippen. Sie berochen sich, nickten sich zu, schlossen Übereinkunft.

Legten fest, das südliche Reich müsse den Luxemburgern entrissen werden. Sterbe König Heinrich, so solle Kärnten an die Habsburger, Tirol an die Wittelsbacher fallen. Kaiser Ludwig sicherte ebenso feierlich wie ein Jahr zuvor den Luxemburgern jetzt den Habsburgern die Erbfolge in Kärnten zu. Was die Lombardei betraf, so verbanden sie sich mit anderen, gemeinsam herzufallen über den Luxemburger. Der Kaiser berief seine pfälzischen Vettern, Johann am Rhein zu beunruhigen, seinen Eidam von Meißen, seine Söhne Ludwig den Brandenburger, Stephan. Der Herzog von Österreich mit den Königen von Ungarn und Polen sollte in Mähren einfallen.

Der Luxemburger unterdes regierte königlich im toskanischen Frühling. Er ließ seine Söhne kommen, den älteren, Karl, den jüngeren, Johann. Der hatte keine Lust. Margarete erbot sich, ihn zu vertreten.

Sie fuhr mit kleinem Gefolge – Chretien de Laferte führte es – in den lombardischen März hinein. Am Ufer satt leuchtender Seen, Oliven silbern die Hänge hinauf, dunkle Haine von Zitronen und Orangen. Narzissenfelder. Rosige, helle Mandelblüten. Bunte, lärmende Städte, Paläste, rasche, laute Menschen. Vor der Stadt des Bischofs von Aquileja, dessen Schirmvogt ihr Vater war, das Meer, die schaukelnden, kühnen Schiffe, die Ferne, endlos, abenteuerlich.

Der strahlende Triumph Johanns. Seine Feste, unter dem hellen Himmel doppelt freudig und sinnvoll. Die prunkenden, blühenden, überstolzen Frauen. Sie kam sich sehr allein und elend vor, hielt sich fern von den jungen Frauen, zeigte sich nur in der Gesellschaft alter, reizloser. Doch auch von diesen fühlte sie sich verachtet, bestenfalls bemitleidet. Sie waren nun welk und dürr; aber sie hatten doch einmal geblüht. Sie war in ihrer Blüte kahl und ohne Reiz. Unter diesem Himmel galt es noch weniger, daß sie klug war und von edelstem Blut und wissend. Unter diesem Himmel sah man nur das eine, immer nur dies: daß sie häßlich war.

Sie war nicht feig, verkroch sich nicht, schluckte die ganze Bitterkeit solcher Erfahrung. Erschien bei Tafel, in der Loge beim Turnier, beim Tanz. Sah, wie beim Anblick des jungen adeligen Chretien, der hinter ihr schritt, die Lippen der Frauen sich öffneten, ihre Blicke voller wurden, verlangender, gewährender; wie sie dann abschätzig, höhnisch über sie selber glitten, den äffisch sich vorwulstenden Mund, die fahle, widerwärtige Haut. Sie wandte den Blick nicht ab vor solchem Hohn; kühl und so wissend begegneten ihre Augen den Höhnischen, daß die, fast beschämt manchmal, abließen.

In Brescia traf Margarete zum erstenmal den Prinzen Karl, Johanns ältesten Sohn. Der Sechzehnjährige sah sehr erwachsen aus. Er hatte in Böhmen schon Regierungsgeschäfte selbständig erledigt, war beherrscht und gemessen. Von der Mutter hatte er gelernt, sich von dem Glanz des Vaters nicht blenden zu lassen. Mit seinen kühlen braunen Augen sah er Margarete, sah, daß sie häßlich war und gescheit. Man konnte mit ihr reden. Und während Johann im Palast der Signoria mit der wunderschönen Giuditta von Castelbarco den Tanz anführte, während festliche Kerzen brannten, so schwer, daß drei Männer nur mit Mühe sie hatten heben können, sprachen die beiden Kinder, des Königs Sohn und des Königs Schwiegertochter, unter Musik, Fahnen, silbernen Rittern, huldigenden Unterworfenen, nüchtern, sachlich von der Rückwirkung der lombardischen Ereignisse auf die Souveränität des Bischofs von Trient, von der schwierigen Finanzlage.

Bis in den Juni hinein dauerte Johanns festliche Herrschaft in Italien. Margarete, trotz aller Kritik, konnte sich der theatralischen Blendung dieses Triumphzugs nicht entziehen. Dann wurden die Nachrichten aus Deutschland und Böhmen so bedrohlich, daß Johann jäh aufbrach, seinen Sohn Karl zurückließ, sich nach Böhmen warf. Hinter ihm, sofort und unvermittelt, brach sein abenteuerliches Italienisches Reich zusammen. Mit großen, erschreckten Augen sah Margarete, wie die lombardischen Herren, kaum war der König fort, aufwachten wie aus einem Rausch, sich zusammenschlossen, mit Robert von Apulien zettelten, trotz tapfern und geschickten Widerstands des Prinzen Karl die Luxemburger in wenigen Wochen aus dem Land warfen. Zersprengt, trist, schmachvoll, schwitzend flohen die silbernen Ritter aus der Lombardei, über der glühender Sommer braute. Johann verpfändete in aller Eile noch während des Zusammenbruchs, übel feilschend, an einzelne leichtgläubige deutsche Herren italienische Städte, die er längst verloren hatte. Aber er konnte mit diesen Summen nur einen ganz kleinen Teil decken von den riesigen Beträgen, die der toskanische Feldzug ihn gekostet hatte. Und nach langen Jahren noch, in Paris, in Prag, in Trier, wo er gerade residierte, erschien schattenhaft, unscheinbar, oftmals sich neigend, Messer Artese, der Florentiner, mit seinen beiden Brüdern und zeigte Verschreibungen vor, Wechsel, die einzigen Bleibsel des lombardischen Königreichs.

Seltsamerweise gewann Johanns italienisches Abenteuer gerade durch seinen Zusammenbruch für Margarete an Gewinn und Wirklichkeit. Nun war es vergangen und abgeschlossen, nun war es Geschichte, nun war es da. Ja, sogar die Verse des Herrn von Schenna, seine unglaubhaften Historien wurden dadurch leibhafter, wirklicher. Was König Johann in der Lombardei getan und erlebt hatte, das klang wie eine jener Fabeln. Und war doch wirklich, sie hatte es mit eigenen Augen gesehen.

Praktisch galt es, sich nicht verwirren zu lassen. Nahm man die Dinge nüchtern und klar, so war Johann an seinem Geldmangel gescheitert. Geld war nicht alles; aber es war ungeheuer wichtig. Schade, daß ihr Vater das ebensowenig einsah wie ihr Schwiegervater. Sie sprach oft mit Johann von Viktring darüber. Da war der Heilige Vater ein anderer. Der saß, der zweiundzwanzigste Johann, zwerghaft, uralt, in seinem Palast in Avignon und häufte Geld. Schichtete es in Münzen, in Barren, in Silber und Gold, in Wechseln und Verschreibungen. Ei, wie luchste er scharfen Auges, daß auch jeder pünktlich Zehnten und Abgaben zahle. War ein Bischof im Rückstand, gleich kam der Papst mit dem Bann. Der arme Bischof Heinrich von Trient! Was nützte ihm sein eifriger Kampf für das rechtmäßige Papsttum! Weil er die sechshundertvierzig Dukaten nicht aufbringen konnte, die Avignon von ihm verlangte, flog der Bannstrahl gegen ihn. Und wie geschickt wußte der Papst die hohen Kirchenstellen zu besetzen! Jeder neue Bischof hatte die Gesamteinkünfte eines ganzen Jahres an die Kurie zu verabfolgen. Starb nun ein Bischof, so ward nicht etwa ein neuer Prälat an seine Stelle gesetzt, nein, der Papst berief den Inhaber eines andern Bistums in das erledigte, so daß mit dem Tod jedes Bischofs eine ganze Reihe päpstlicher Lehen frei ward. So war ein ewiger Wechsel in der hohen Hierarchie, ein Kommen und Gehen wie in einer Herberge, und der Heilige Stuhl bezog die fettesten Annaten. „Umsatz! Umsatz!“ sagten der Papst und seine Kassiere. Ja, Papst Johann verstand es. Kein Wunder, stammte er doch aus Cahors, der Stadt der Bankiers und Börsenleute. Der größte Teil des abendländischen Goldes floß in seine

Kassen. Der Papst hing an dem Geld; er brachte es nicht über sich, es weiterzuverwerten. Er hätte Rom und Italien damit wiedererobern können. Aber er liebte sein Geld zu sehr, er konnte sich nicht davon trennen. Er saß in seinem Avignon, uralt, gnomenhaft klein, über seinen Schätzen, streichelte die Wechsel und Verschreibungen, ließ das Gold rieseln durch seine dürren Zwergenfinger.

Verdarb sich der kluge, energische, rastlose Papst seine Politik durch seine Habgier, so litt die Diplomatie des Kaisers sowohl wie des Luxemburgers und des Kärntners an ihrer Leichtherzigkeit in Finanzdingen. Aufmerksam hörte Margarete zu, wenn ihr der Abt auseinandersetzte, wie klar und sicher ihr Großvater Meinhard seine Geldwirtschaft fundiert hatte. Trüb und stirnrunzelnd sah sie zu, wie ihrem gutmütigen Vater alle Einkünfte in der Hand zerrannen. Wie er, um ein Pfand vor dem Verfall zu retten, immer größere und wichtigere hingab.

Auch ihre Stiefmutter, die blasse, scheue Beatrix von Savoyen, litt sehr unter der wilden Finanzwirtschaft König Heinrichs. Sie war von ihren tüchtigen Eltern her ein sparsames Haushalten gewöhnt, und so scheu und bescheiden sie sich sonst im Schatten hielt, lag sie schließlich ihrem Gatten ständig in den Ohren wegen seiner Verschwendung. Sie war kränklich; König Heinrich sah ergeben und voll wässerigen Kummers, daß er auch von ihr keinen Erben zu erwarten habe. Sie aber gab die Hoffnung nicht auf. Sie rechnete, sie sparte, ließ sich von ihrem Mann Zölle und Gefälle verschreiben, erreichte es sogar, zäh kämpfend, daß nach Abfindung des Messer Artese von Florenz die Einkünfte des Haller Salzbergwerks ihr übertragen wurden. Sie wurde hart, habgierig, knauserig, alles für ihren Sohn, auf den niemand mehr hoffte, nur sie.

Oft beriet sie mit Margarete, wie man da und dort den übeln Finanzen aufhelfen könne. Trotzdem Margarete solches Bestreben willkommen war, sah sie säuerlich und mit Widerwillen auf ihre Stiefmutter. Wie dürftig sie war, wie unfürstlich verstaubt und trocken bei aller Jugend! Margarete gestand sich nicht ein, daß dies nicht der Hauptgrund war, aus dem sie ihre Stiefmutter nicht leiden mochte. Die war sanft und freundlich zu ihr, fühlte sich ihr schicksalhaft verwandt. Sie hatte keinen Sohn, jene, die Ärmste, war so häßlich. Beide hatte sie Gott in ihrem Weiblichsten gekränkt und verkümmert. Aber Margarete wollte nicht hinüber zu ihr, drückte ihre streichelnde Hand nicht wieder. Denn Beatrix stand zwischen ihr und der Herrschaft. Was sonst blieb ihr, der Häßlichen, als die Hoffnung auf Herrschaft? Genas aber Beatrix trotz allem eines Knaben, dann war auch dies Letzte dahin.

König Heinrich duldete die Bevormundung durch seine Gattin lächelnd und mit scherzhaft sich auflehnendem Raunzen. Nur in einem duldete er keine Einrede, und dahin wagte sich auch Beatrix niemals: seine Freigebigkeit gegen die zahlreichen Frauen, die ihm gefielen, und gegen ihre Kinder blieb ohne Grenzen.

Wie er seine natürlichen Brüder, Albrecht von Camian und Heinrich von Eschenloh, in hohen Ehren hielt und sie mit Titeln, Würden, Herrschaften reich begabte, so wuchsen auch auf allen seinen Schlössern und Gütern Kinder von ihm heran. Er war viel zu gutmütig, Beatrix einen Vorwurf zu machen. Immerhin tat es ihm wohl, sich zu sagen: es lag nicht an ihm, wenn er keinen Erben hatte; es war Pech, schlechter Stern. So ging der alte Lebemann stolz und gehoben durch das blonde, schwarze kleine Gewimmel seiner Kinder. Er tätschelte sie gerührt: „Das da hat meine Augen! Und der da meine Nase." Von einem Großen: „Er geht gerade wie ich. Der holt sich noch viele Preise im Turnier!" Einen ganz kleinen Matz, der noch kaum aussah wie ein Mensch, hob er hoch: „Er hat ganz genau mein Gesicht." Und er verhätschelte die Kinder, schenkte ihnen Spielzeug, Zuckerwerk, auch Wiesen, Wälder, Berge, Schlösser.

Margarete sah mit Sympathie auf ihre Halbgeschwister. Vor allem mochte sie den schon fast erwachsenen Albert gerne leiden, den König Heinrich zum Ritter geschlagen und mit dem Gericht Andrion belehnt hatte. Der blonde junge Herr hatte die ganze Gutmütigkeit seines Vaters, dazu eine starke, fröhliche Sicherheit in allem Gehabe, eine federnde, immer gleiche Heiterkeit. Er hatte nie den leisesten Spott für Margarete. Er selber war durchaus ohne Sinn für Bücher und Theorie und bewunderte ungeheuchelt ihre Gescheitheit und Wissenschaftlichkeit. Sie dankte es ihm, daß seine Achtung nicht durch ihre Häßlichkeit gemindert wurde.

Auf die Frauen, denen sie begegnete, stets neuen, wo immer ihr Vater war, schaute sie mit langen Blicken, nicht übelwollend, fremd und voll neidischer Sehnsucht. Es waren Frauen jeden Standes, jedes Temperaments, deutsche und welsche; einige raschelten durch die Gänge, andere gingen schwer und lässig, wie hohe Glocken lachten die einen, die andern sprachen tief und langsam: alle aber, wenn sie der Prinzessin begegneten, wurden scheu, befangen, verkrusteten sich in einer Art feindseligen Mitleids. Ach, wer leben dürfte wie diese, so leicht und lässig! Ihr war es nicht erlaubt, sie war häßlich und war Prinzessin. Sie mußte streng sein mit sich. Sie durfte nicht rascheln wie die Eidechsen, sie mußte ihre harte, steile Straße gehen, geradeaus und immerzu, wie ein geschmücktes Saumtier, das, mit Prunk und Schätzen schwer bepackt, einem großen Herrn Geschenke bringt.

Sie grübelte. Sie sprach mit dem Abt von Viktring darüber. War es eine Strafe Gottes, daß sie so häßlich war? Was wollte Gott mit ihr? Der Abt zitierte Anselmus: „Schneller vergeht nicht die Stunde, als wechselt der Anblick der Dinge. Diesseits und für nichts ist irdische Zierde zu achten." Da er sah, daß solcher Trost nicht verfing, fragte er, ob sie es vorzöge, niedrig zu sein, eine Bauerstochter und den Männern wohlgefällig. „Nein", erwiderte sie hastig, „das nicht! Das nicht!" Aber allein brach sie aus: „Ja, ja, ja! Mistfahren lieber den langen Tag, aber wohlgeschaffen, als so im Schloß, als mit diesem Mund, mit diesen Zähnen, diesen Backen!"

Sie sprach mit der Äbtissin von Frauenchiemsee. Sie hatte ihre jüngere Schwester besucht, die kränkelnde, verkrüppelte Adelheid. Nun saß sie mit der feinen, welken, milden Äbtissin am Ufer der winzigen Insel. „Meine Mutter war nicht schön", sagte das Kind, „doch sie war auch nicht häßlich."

Die alte Dame legte ihr die kleine, leichte Hand auf das kupferfarbene, harte Haar. „Ich will nicht von Gott reden und vom Jenseits", lächelte sie, „wo nicht die Gestalt gilt. Aber wie rasch verfaltet auch diesseits das glatteste Gesicht! Noch fünfzehn Jahre, noch zwanzig hättest du es. Ich bin heute sehr zufrieden", schloß sie, „daß ich niemals schön war."

Die beiden Frauen schauten auf den blassen, weiten See hinaus, matte Sonne schien, eine Möwe schrie.

Das Jahr darauf, unvermittelt, legte sich ihre Stiefmutter Beatrix hin und stand nicht mehr auf. Sie war immer eine schwache Frau gewesen, nun war die Enttäuschung dazugekommen, daß sie ohne Kinder blieb. Als sie schon die Sterbesakramente empfangen hatte, sagte sie noch ihrem Mann, er solle ja seinen Leibschneider stäupen lassen und mit Schimpf davonjagen. Er unterschlage gemein viel von den kostbaren Stoffen, die er für des Königs Garderobe benötige. Auch solle sich Heinrich einen neuen Lederbehälter anschaffen für seine schöne Rüstung. Dann empfahl sie ihre Seele Gott und starb.

Nun waren Johann und Margarete die unbestrittenen Erben des Landes in den Bergen; denn niemand ahnte von dem Geheimvertrag zwischen den Habsburgern und den Wittelsbachern. Selbst der Knabe Johann wurde beschwingter durch sein Erbprinzentum. Er sagte sich die Titel vor, die er haben wird: Herzog von Kärnten, Görz, Krain, Graf von Tirol, Schirmvogt der Bistümer Chur, Brixen, Trient, Gurk, Aquileja. Er malte sich die merkwürdigen alten Zeremonien der Thronübernahme in Kärnten aus, die ihm sehr gefielen. Wie da der Fürst in Bauerntracht kommt und einen freien Bauern von dem Stein vertreibt, auf dem dieser sitzt. Wie er, auf dem Stein stehend, das blanke Schwert nach allen Richtungen schwingt. Wie er aus einem Bauernhut einen Trunk frischen Wassers trinkt. Und der Knabe Johann kam sich sehr wichtig vor.

Margarete, bewegt von dem Tod ihrer Stiefmutter, gelöst durch das Gefühl, nun sichere Erbin des Landes zu sein, fand Chretien de Laferte an ihrem Weg. Sie sprach zu ihm wärmer als sonst, ein erregtes Mädchen. Sie hätte, wie gern! ein sanftes, menschliches Wort von ihm gehört. Er aber neigte sich zeremoniös, sprach zu ihr gehalten und voll Ehrfurcht als zu seiner Fürstin.

Der gute König Heinrich wurde durch den Tod seiner Gattin noch frömmer. Er aß und trank zwar noch reichlicher, hielt sich auch noch mehr Frauen. Aber er betete auch noch mehr als früher, beichtete viel, war immerfort zerknirscht und machte noch größere Stiftungen als bisher für Klöster und Kirchen.

*

Im Bistum Chur war ein gewisser Peter von Flavon begütert, Lehensmann des Bischofs von Chur. Herr von Flavon fiel in einem der italienischen Feldzüge König Heinrichs in jungen Jahren. Er hinterließ eine Witwe, die anfangs der Dreißig war, und drei Töchter. Es war strittig, ob die hinterlassenen Besitzungen nur in männlicher Linie vererbten oder ob sie Weiberlehen waren. Bischof Johannes von Chur und sein Kapitel gingen daran, die Güter einzuziehen. Frau von Flavon kam hilfesuchend mit ihren drei unmündigen Kindern zu König Heinrich. Kniete vor ihm, weinte. Ihr guter, junger, tapferer Mann! Und in Diensten König Heinrichs war er gefallen. Und nun wollte sie der gewalttätige Bischof von Chur ihres Wittums berauben und sie und die armen Waisen in Not und Elend stoßen. Die drei hübschen, rundlichen, kleinen Töchter, rosig und appetitlich in ihren schwarzen Kleidern, knieten neben ihr, flennten. Der gute König Heinrich war sehr gerührt.

Schrieb dem Bischof von Chur. Trat heftig für Frau von Flavon ein. Der Bischof schrieb kurz und gekränkt zurück. Gab kein Zipfelchen seines Anspruchs auf. Die Witwe, die inzwischen mit ihren Töchtern gastlich auf Schloß Zenoberg aufgenommen war, gefiel dem König Heinrich von Tag zu Tag besser. Es kam zu bösen Streitigkeiten mit dem Bischof, ja zu Fehden und Gewalttaten. Schließlich erreichte der König für Frau von Flavon einen mageren Vergleich.

Inzwischen war die Dame seine erklärte Freundin geworden. Es ging nicht an, sie mit kärglichen Bissen abzuspeisen. Sollten die armen Würmer, deren Vater für ihn gestorben war, als kleine Landedelfräulein heranwachsen? Nein, so knauserig war König Heinrich nicht. Er verlieh ihnen die Herrschaften Taufers und Velturns. Darüber geriet er zwar in Händel mit dem Bischof von Brixen, der diese erledigten Lehen für sich in Anspruch nahm. Aber König Heinrich hielt zäh fest. Zahlte schließlich dem Bischof Geld heraus; aber die Dame blieb im Besitz der beiden Gerichte.

Sie machte mit ihren drei Töchtern viel Gewese von sich. Sie fühlte sich sicher im Schutz des Königs. Sie war eine hübsche Frau, sehr weiß von Haut, sehr blond von Haar, fest und rundlich. Sie lachte gern und viel, fehlte bei keinem Tanz und Turnier. Auf ihren Schlössern hörte das festliche Gelärm nicht auf. Sie mußte immer zu tun haben, mengte sich in alles, erzählte wichtig belanglose Nebenumstände, warf alles durcheinander. Plötzlich kam sie auf den Einfall, ihren Gatten in der Kapelle ihrer Burg Taufers beizusetzen. Durch Jahre betrieb sie diese Angelegenheit, reiste schließlich in die Lombardei. Der dort formlos bestattete Tote wurde ausgegraben, die Leiche, wie üblich, in siedendes Wasser geworfen, daß das Fleisch sich von den Knochen löse, die Gebeine nach Taufers gebracht, feierlich unter großem Lamento der Damen von Flavon beigesetzt. Es war aber keineswegs gewiß, ob es auch die Reste des Herrn von Flavon waren.

Die drei Mädchen wuchsen ohne viel Erziehung heran, wild und sehr verwöhnt. Stets balgten sie sich untereinander, wegen jeder Kleinigkeit gab es, häufig bösartigen, Zank. Sooft der gute König kam, mußte er schlichten, besänftigen. Auch lehnten sie sich gegen die Mutter auf, standen oft zusammen gegen sie. Die Mutter klagte dem König über die Töchter vor, die über die Mutter. Ebenso sinnlos waren sie dann alle wieder versöhnt, betonten lärmend ihr trauliches Familienleben. Die Kinder tollten in ihren weiten Besitzungen herum, störten die Amtleute, quälten die Bauern, plackten Mensch und Tier.

Sie waren alle drei sehr hübsch, weiß, glatt, rosig, fleischig, blond. Die schönste war die mittlere, Agnes von Flavon. Größer als die Schwestern, die Haare dunkler, leuchtender, das Gesicht länger, nicht so rund, auch die Nase nicht so puppig klein und die Lippen kühner. Alle drei waren die Schwestern sehr eitel. Agnes, so jung sie war, gute zwei Jahre älter als die Prinzessin Margarete, galt unbestritten als die schönste Dame zwischen Etsch und Inn. Bei allen Turnieren ritt man für sie; sie erteilte die Preise. Rühmte man die welschen Damen, so riefen die deutschen Herren wie aus einem Mund: Agnes von Flavon, und die Italiener verstummten. In Trient, als ihre Mutter sie in einer Lehensangelegenheit mit an den Hof des Bischofs nahm, stand das Volk vor dem Palast, wartete, rief begeistert: „Ein Engel ist herabgestiegen! Segne uns, schöner Engel!“

Agnes war sich ihrer Schönheit sehr bewußt. Es war ihr selbstverständlich, daß der König, die Ritter, das Volk ihr jeden Wunsch erfüllten. Sie betrachtete sich als die Herrin von Tirol.

König Heinrich, in einer Art gutmütigen Taktes, vermied es, die schönen Schwestern mit seiner Tochter Margarete zusammenzubringen. Manchmal freilich ließ es sich nicht umgehen.

Agnes behandelte Margarete bei aller äußeren Wahrung der Form mit einer gewissen spöttischen Herablassung, die die Prinzessin bis aufs Blut reizte. Einmal, als die beiden Mädchen allein waren und nur Chretien de Laferte bei ihnen und als fast eine halbe Stunde lang Stichelreden zwischen den beiden Mädchen hin und her gegangen waren, bat Agnes, sich verabschiedend: „Begleiten Sie mich, Herr Chretien!"

„Herr Chretien bleibt!" sagte Margarete, die Stimme ungewohnt trocken und hart. Dann aber, als Agnes achselzuckend mit einem bösartigen, spöttischen Lächeln gegangen war: „Gehen Sie, Chretien! Gehen Sie!" Ratlos, bestürzt, folgte der junge Mensch dem Fräulein von Flavon. Die Prinzessin, allein, verzerrt, atmete, fauchte.

Mit Herrn von Schenna saß sie über einer bebilderten Vershandschrift. Blanscheflur sah aus wie Agnes. Herr von Schenna und die Prinzessin schauten auf das bunte Bild. „Ja", sagte Herr von Schenna nach einer Weile, „sie sieht aus wie Agnes."

„Sie ist wunderschön", sagte Margarete mit einer gepreßten, seltsam erloschenen Stimme.

„Aber Fräulein von Flavon hat viel dümmere Augen", sagte Herr von Schenna.

„Lesen wir weiter!" sagte Margarete, und ihre Stimme klang dunkel, voll und warm wie vorher.

König Heinrich alterte sehr früh, verfiel zusehends. Seine Hände zitterten, oft verlor er die Sprache, lallte. Wilde, atemlose Furcht vor Strafe im Jenseits befiel ihn. Er hatte so oft an Kirchenportalen, auf Gemälden das Jüngste Gericht dargestellt gesehen, den Höllenrachen, scheußliche Teufel aus dem Schwefelpfuhl grinsend. Dies alles rückte ihm jetzt in schreckhafte Nähe. Er verdoppelte seine frommen Schenkungen, bedachte Marienberg, Stams, Rotenbuch, Benediktbeuern mit reichen Stiftungen. Aber dies vermochte ihn sowenig zu beruhigen wie die tröstlichen Versicherungen des Abtes von Viktring. Um sich zu kasteien, ließ er in der Kapelle von Zenoberg eine Bahre aufstellen und legte sich eine ganze lange Winternacht hinein. Da kamen die Menschen, die er hatte berauben lassen, foltern, umbringen; er war ein gutmütiger Herr, aber es waren doch sehr viele. Da kamen Frauen, mit denen er Unzucht getrieben hatte; sie wiesen ihm lächelnde Gesichter, aber drehten sie sich um, so war ihr Rücken tief in die Eingeweide hinein zerfressen von ekelm, eitrigem Gewürm. Die ganze Kapelle war voll von scheußlichen Teufeln, die nach ihm krallten, ihn hetzten. Er schrie. Aber er hatte die Kapelle versperren lassen und befohlen, daß niemand in ihrer Nähe sei, auf daß er müsse bis zur Frühmesse allein bleiben mit seinen Sünden und seiner Reue. Schließlich ertrug er es nicht mehr. Er kletterte – die Angst machte ihn geschickt – die Wand hinauf, sprang durch das Fenster. Verkroch sich zähneklappernd, kalt schwitzend in sein Bett.

Von da an siechte er hin. Er sprach oft für sich allein, hustete hohl und hilflos. Margarete war viel um ihn, doch ohne große Teilnahme. Nun wird er also sterben. Er kann nicht klagen, er hat sein Leben weidlich genützt.

Sehr gerne hatte er seine Kinder um sich, besonders die ganz kleinen. Er schlurfte herum zwischen dem winzigen, lallenden, auf krummen Beinchen trippelnden, purzelnden Volk, schneuzte dort eine kleine Rotznase, sänftigte hier einen sinn- und atemlos schreienden, rutschenden, dicken, rosigen Balg. Er hob die Kinder hoch, setzte sich ganz nahe zu ihnen, erzählte den ernsthaft und verständnislos Lauschenden mit vielem Seufzen von Geld, von Kirchenbuße, von hoher Politik.

April kam. Das Land stäubte unter einem azurnen Himmel von Mandel- und Pfirsichblüten. Da spürte er, daß es aus war. Er ließ sich in die Kapelle des heiligen Pankratius bringen. Eine milde, blaue Maria lächelte ihm zu. Das bunte, bemalte Kirchenfenster leuchtete freundlich in der starken Sonne. Kleine Kinder standen großäugig um ihn herum und der sanfte, betuliche Abt von Viktring. So ereilte ihn ein letzter Blutsturz, erstickte ihn.

Der Leichnam wurde ausgeweidet, einbalsamiert, Herz und Eingeweide sollten auf Schloß Tirol, die übrigen Reste sollten später unter größten Feierlichkeiten in der Fürstengruft des Klosters Sankt Johannis zu Stams bestattet werden.

Der Bischof von Brixen, der auf die Nachricht vom Ableben König Heinrichs sich sofort nach Schloß Tirol aufmachte, noch bei Nacht reitend, hörte auf der Straße das Getrappel von vielen kleinen Schritten. Er fragte seine Leute, ob sie nichts sähen. Die hörten wohl auch das Geräusch, aber sie gewahrten nichts. Wie nun der Bischof schärfer durch die Nacht blickte, sah er, daß es die Zwerge waren, die eilig in dickem Zug nach Norden wanderten. Sie hatten aber ihre Edelsteine an den Fingern, so daß nur er sie sehen konnte. Er hielt einen an und fragte. Der erwiderte, nun der gute König Heinrich tot sei, fühlten sie sich nicht mehr sicher und müßten das Land verlassen.

Noch am gleichen Tag ritten die Kuriere, die die Todesnachricht ins Land trugen. Einer über die Berge in die welsche Ebene nach Verona. Da freuten sich die Brüder della Scala. Nun wird es Verwirrung geben in den Bergen. Nun wird man wieder die Hand ausstrecken können nach Norden, sich ein Stück Land erraffen. Einer ritt nach Wien. Da saß der lahme Herzog Albrecht, immer fröstelnd, am Kamin, schlecht rasiert, mager, kränkelnd. Er horchte hoch auf, beschickte seinen Bruder, berief Sekretäre, diktierte, vergaß zu essen über Plänen und Arbeit. Einer ritt nach München zum Kaiser Ludwig. Der schaute ihn an aus seinen großen, treuherzigen, blauen Augen über der langen Nase, und während er in umständlichen, biederen Worten seine Trauer bekundete über den Hingang des vielgeliebten Oheims, bedachte er schwerfällig die Vorwände, unter denen er am bequemsten seine kleine Kusine um ihre Länder bringen könnte.

Margarete beschaute sich im Spiegel. In die Elfenbeinkapsel, in die das Glas eingelassen war, schnitt sich ein Relief, auf dem die Burg der Frau Minne erobert wurde. Nun ja, so wie die Frau Minne war sie, Margarete, eben nicht von Antlitz und Figur. Dafür war sie Herzogin von Kärnten und Gräfin von Tirol. So also schaute eine Herzogin aus. Sie prüfte sich mit bitterem Scherz. Laß sehen! Augen und Stirn gingen an. Das schlimmste war der Mund, dies überworfene Affenmaul. Nun, dafür hatte sie Kärnten. Dann waren die schlaffen Hängebacken ein arges Übel. Aber wurde es nicht aufgewogen durch die Grafschaft Tirol? Und der graue, fleckige Teint? Legt Trient darauf, Brixen, Chur, Friaul. Ist er dann nicht glatt und rein?

Johann, ihr Gemahl, war geschwellt. Nun war er Fürst und Herr. Er wurde geradezu liebenswürdig in seiner gehobenen Laune. Margarete betrachtete ihn. Eigentlich war er ein hübscher

Junge: das lange, herrische Gesicht, das schöne Haar. Auch seine Augen schienen ihr heute freier, kühner. Er dachte: Schön ist sie nicht. Aber die Länder sind schön, die sie mir zubringt. Er sagte zu ihr: „Na? Gretl?“ und küßte sie herzhaft auf ihren häßlichen Mund. Er tat ein übriges und sagte, jetzt müsse sie auch einmal auf die Falkenbeize mit ihm gehen.

Dann saßen die beiden Kinder zusammen, sehr ernsthaft, und berieten ihre ersten Regierungsmaßnahmen. Die Lage war nicht einfach. Die Feudalbarone waren schwierig, würden gewiß die Lage ausbeuten wollen. Der Knabe Johann setzte sein hochmütiges Gesicht auf. Er wird sie schon kleinkriegen. Er ist auch wilder Pferde schon Herr geworden. Vor allem muß man seinen Vater beschicken, den König Johann; der ist wohl noch in Paris, beim Turnier, bei seinem Schwager, dem König von Frankreich. Dann müssen Boten an den Kaiser, an die Herzöge von Österreich. Die Kinder befahlen den Abt von Viktring zu sich, betrauten ihn mit der Botschaft, gravitätisch und doch mit gespielter Leichtigkeit. Sie setzten ihre Namen unter die Vollmacht: Johann von Gottes Gnaden Graf von Tirol, Margareta, Dei gratia Carinthiae dux, Tyrolis et Goritiae comes et ecclesiarum Aquilensis Tridentinae et Brixensis advocata.

Doch als der Abt von Viktring diesen Brief übergab, hatten seine Auftraggeber die meisten dieser Länder schon verloren. In Linz saß der Kaiser mit dem lahmen Habsburger, beriet die Ausführung jenes Vertrags, der das Land in den Bergen zwischen Habsburg und Wittelsbach teilte. Ungeschlacht, wuchtig saß der Bayer, wollte alles für sich haben, von keinem kleinsten Dorf die Finger lösen. Zäh und hartnäckig zerrte der lahme Herzog, wählte scharfe, bittere Worte, gab nichts preis. Sie saßen, schauten, die Gedanken nur bei ihren Karten und Registern, auf die hochgehende Donau, Regen rann, die beiden Männer lagen über dem fetten Besitz, rissen hin und her. Hart feilschend kamen sie endlich überein: Kärnten, Krain, Südtirol an den Österreicher, Nordtirol an den Bayern. Als sie so weit waren, kam der Abt von Viktring mit den Briefen und Empfehlungen der Kinder. Sehr höflich empfingen ihn die beiden Fürsten. Lasen aufmerksam die Briefe. Mit undurchdringlichem Spott erwiderte zunächst der Österreicher, wie sehr der Tod seines Oheims, des edeln und hocherlauchten Fürsten, Seniors ihres ganzen Geschlechts und Vaters ihrer aller, ihm ans Herz gehe. Wie tief er seine kleine Base und ihren jugendlichen Mann bedaure. Krain gehöre nun ihm. Kärnten habe ihm die Freigebigkeit des Kaisers verliehen, Truppen seien schon unterwegs, das Land für ihn zu besetzen. Wenn er sich aber sonstwie seiner kleinen Base gefällig und behilflich erweisen könne, wolle er es gerne tun. Ähnlich sprach der Kaiser selbst, den Abt mit seinen großen blauen Augen treuherzig und unverwandt anstarrend. Nur sprach er feierlicher, tönender, weil er eben der Kaiser war. Leider seien die Kinder mit ihren Bitten zu spät gekommen; er habe mit seinen lieben Oheimen von Österreich schon alles abgemacht. Im übrigen wolle er sich die Sache in Gnaden angelegen sein lassen.

Die beiden Kinder auf Schloß Tirol, sowie sie sahen, wie schlecht ihre Angelegenheit stand, schickten Eilboten auf Eilboten nach Paris zu ihrem Vater und Vormund, dem König Johann. Aber der war im Turnier übel verwundet worden. Er lag zerschlagen und zerschunden, des Augenlichtes fast beraubt, in Verbänden und Umschlägen und konnte nach Tirol nur den matten Trost schicken, die Kinder sollten guten Mutes sein; sowie seine Kräfte es erlaubten, werde er selbst kommen und sie und ihre Länder schützen. Es war ein besonderer Unstern, daß er hilflos im Bett liegen mußte, während der Kaiser und Habsburg die reichen Länder, die er sich durch so langwierige und geschickte Diplomatie gesichert hatte, unter sich verteilten. Allein Spieler und Fatalist, der er war, ging ihm auch dies Unglück nicht sehr tief. Er war an jähen Wechsel gewohnt, riß in aller Ohnmacht und Erbärmlichkeit leichtfertige Witze über die Frauen und die Länder, die ihm auf diese Art entgingen, rechnete mit dem Gleichmut des Spielers auf eine glückliche Wendung.

Unterdes wurde Kärnten und Krain ohne Widerstand von den Habsburgern besetzt. Die Städte huldigten ihnen, die Lehensurkunde des Kaisers wurde überall feierlich verlesen, die Feudalbarone und Beamten stellten sich auf den Boden der Tatsachen, ließen sich auf die neuen Herren vereidigen. Die führenden Herren, an ihrer Spitze der gravitätische Konrad von Auffenstein, der Statthalter des verstorbenen Königs, von ihm mit reichstem Gut und allem Vertrauen bedacht, spielten dabei eine sehr zwielichtige Rolle. Die Bevölkerung wurde mit dem Verrat an den beiden Kindern dadurch ausgesöhnt, daß sich in Vertretung seines lahmen Bruders der Herzog Otto von Österreich den alten, umständlichen, patriarchalischen Bräuchen unterzog, die in Kärnten bei der Inthronisation üblich waren und auf die sich der kleine Prinz Johann so gefreut hatte. Er zog also Bauerntracht an, hieß den dazu bestellten Bauern von dem Stein aufstehen, trank Wasser aus einem Bauernhut und übte mehr dergleichen überkommene Zeremonien. Der Bevölkerung gefiel dieses Festhalten an den väterlichen Bräuchen außerordentlich, die Leute waren gerührt, bekannten sich überzeugt zu dem neuen Fürsten. Herzog Otto war übrigens ein feiner, modischer junger Herr; er kam sich in der Bauerntracht sehr komisch vor, er und seine Herren machten noch lange Witze darüber. Das umständliche Zeremoniell war trotz allem da und dort nicht eingehalten worden, es gab Leute, die darüber murrten; auf Schloß Tirol bemerkte der Herzog Johann mit grimmiger Befriedigung, daß ihm das nicht passiert wäre. Allein wie immer, Kärnten und Krain, die Hälfte ihrer Länder, waren vorläufig für Margarete und ihren Gemahl verloren.

Margarete war nie eine pathetische Natur gewesen. Sie hatte nicht erwartet, daß Kärnten aus Treue zu dem angestammten Herrscherhaus sich nun flammend vor sie hinstellen und schützen werde. Aber die schnöde Art, wie man mit der größten Selbstverständlichkeit das Recht preisgab und sich auf die Seite der Macht schlug, in aller Hast noch kleine Vorteile für sich erschachernd, füllte sie dennoch an mit Ekel und Empörung. Sie hatte keinen Einwand, als Herzog Johann, schäumend, mit überschlagender Stimme, fußstampfend, Order gab, Burg Auffenstein bei Matrei, das Stammschloß des treulosen Kärntner Gouverneurs, zu zerstören. Der kluge Herr von Schenna meinte freilich, es wäre gescheiter gewesen, es einfach zu beschlagnahmen.

Blieb Kärnten verloren, so entwickelten sich in Tirol die Dinge für die Kinder sehr günstig. Die tirolischen Barone hatten von dem Luxemburger weitgehende Versicherungen, daß er ihnen in die maßgebenden Ämter keine fremden Vögte hineinsetzte; jedenfalls war mit den beiden Kindern leichter auszukommen als mit dem in Gelddingen durchaus nicht gemütlichen Wittelsbacher. Die Tiroler Herren blinzelten also einander zu, verständigten sich, beschlossen, in bewährter tirolischer Treue zu ihrer angestammten Herrin zu stehen, rüsteten bewaffneten Widerstand, schürten die gute Gesinnung im Land.

So fand Herzog Johanns älterer Bruder, Markgraf Karl, den König Johann vorläufig in seiner Vertretung nach Tirol schickte, die Grafschaft in gutem Stand zur Verteidigung, und die drei Kinder konnten in einem kurzen Krieg, der äußerst sachlich, gründlich und grausam geführt wurde, Tirol halten. Der kleine Herzog Johann zeigte sich übrigens in diesem Krieg von einer persönlichen, verbissenen, krampfhaften Tapferkeit, die nicht ohne Eindruck auf Margarete blieb.

Mittlerweile konnte auch König Johann wieder vom Krankenlager aufstehen. Seine Augen freilich waren nicht mehr zu retten. Er sah von der Welt nur mehr einen schwachen Schimmer und wußte, daß er bald gar nichts mehr werde sehen können. Dies machte ihn etwas müde, geneigt zu Philosophie und Pazifismus. Auch der Habsburger, der lahme Albrecht, war des Kampfes müde; er sah, daß außer Kärnten vorläufig für ihn nichts zu holen sei und daß er, führe er den Krieg weiter, sich lediglich für den Kaiser schlage, der sich, ging es ans Zahlen, diesmal wie stets einsilbig, hochmütig und schofel hinter seine Kaiserwürde zurückzog. Albrecht kam unter diesen Umständen mit Johann bald überein, erkannte die Luxemburger als rechtmäßige Herren von Tirol an, wogegen Johann sich mit der Habsburger Herrschaft in Kärnten einverstanden erklärte; natürlich verlangte er noch einen finanziellen Ersatz: zehntausend Veroneser Silbermark.

Da er gerade im Verträgeschließen war, schlug er auch dem Kaiser einen Handel vor: Brandenburg gegen Tirol. Ludwig, der mit Leidenschaft solche Geschäfte betrieb, war sogleich dabei, und die beiden Fürsten erwogen stark angeregt die Einzelheiten des Projekts. Da aber schlug die Treue der Tiroler zu ihrer Fürstin in lohen Flammen empor – die Feudalbarone wären ja durch die Herrschaft der Wittelsbacher finanziell schwer beeinträchtigt gewesen; es kam zu den heftigsten Resolutionen, und die Volksbewegung war so stark, daß König Johann feierlich bezeugen mußte, er habe nie an eine derartige Vertauschung gedacht. Ja, sein Sohn und Statthalter, der Markgraf Karl, hielt die Stimmung für so bedenklich, daß er in den Vater drang, sich mit den höchsten Eiden zu verpflichten, Tirol niemals zu veräußern. Was dieser achselzuckend und liebenswürdig lächelnd tat.

Das junge Ehepaar dachte übrigens nicht daran, die Abmachungen Johanns über Kärnten zu vollziehen. Margarete erging sich in den heftigsten Worten, wie ihr Vormund ihre Interessen schnöde verschachere; sie und ihr junger Gemahl hielten ihre Ansprüche auf Kärnten und Krain voll aufrecht. Der junge Herzog Johann fand hierbei willkommenen Anlaß zur Entfaltung einer großen, pathetischen Zeremonie. Er sammelte den Adel Tirols um sich und ließ die Herren, malerisch angeordnet, die Schwerter gezogen, auf das Kreuz schwören, nicht zu ruhen und zu rasten, bis Kärnten wieder in seinem und Margaretens Besitz sei.

Der blinde König Johann fand, sein Sohn sei ein kleiner Esel. Denn die einzige Folge dieses großen Auftritts war, daß Österreich die zehntausend Mark Veroneser Silbers nicht zahlte. Tatsächlich blieben die Öterreicher im Besitz Kärntens, die feierlichen Tiroler Herren steckten trotz des Schwurs ihre Schwerter wieder in die Scheide, und durch die Räume König Johanns glitt schattenhaft, unscheinbar und mit vielen Verneigungen Messer Artese aus Florenz.

*

Der Herzog Johann wurde reifer, männlicher. Sein Gesicht blieb trotzig, hinterhältig, verbissen; aber sein Körper verlor das Stakige, Überlang-Magere, ward fest, stattlich, nicht sehr gelenk, doch sicher. Er war ein guter Jäger, verstand sich ausgezeichnet auf die Falkenbeize, bewährte auch im Krieg persönliche Tapferkeit. Margarete gefiel er. Es gab schönere Männer, klügere, glänzendere. Aber er hatte sich bei den schwierigen Kämpfen um den Besitz des Landes nicht schlecht gehalten, war kein Knabe mehr, war sehr jung zum Mann geworden, war ihr Mann. Er vermied sie. Je nun, er war wohl überhaupt scheu; gesprächig, vertraulich war er nur mit seinen Jägern; man mußte um ihn werben. Sie stellte sich in seinen Weg. Es nutzte nichts; er ging ihr, abweisend, vorbei.

Sie füllte ihren Tag mit tausend Beschäftigungen, Putz, Repräsentation, Politik, Studien. Aber ihre Gedanken hakten sich immer wieder an ihn. Warum konnte sie nicht zu ihm gelangen? Ihre Nächte waren voll von ihm. Aufdringlich fast suchte sie seine Gesellschaft. Fand alle möglichen Vorwände, sowie sie ihn nur in der Nähe wußte, bei ihm einzudringen. Aber er war immer eilig, bog mürrisch jedem vertraulichen Wort aus. Sie suchte nie den Grund in seinem schlechten Willen, war ihm für keinen Augenblick böse. Suchte alle Schuld in sich, in ihrer Ungeschicklichkeit.

Sie mußte sich anvertrauen, sich Rats holen. Aber bei wem? Ihre Frauen waren dürr und albern, der gutmütige Abt von Viktring würde mit erbaulichen Sprüchen und Zitaten kommen. Nach einer schlaflosen Nacht sprach sie mit Herrn von Schenna.

Der lange Herr saß in schlechter Haltung vor ihr, ein Bein über das andere geschlagen, das etwas welke Gesicht in die große Hand gestützt. Durch die feinen Pfeiler der Loggia sah man weit in die Berge hinein über das starkfarbene, üppige, besonnte Land. An den Wänden der Loggia schritt sehr bunt und überschlank Tristan. Isolde stand, die eine Hand gehoben, hoch und abweisend. Zu Füßen der Herzogin Margarete spreizte sich der Hauspfau. Margarete, in einem malvenfarbenen Kleid, das kupferne Haar schillernd in dem hellen Tag, aber alle Häßlichkeit auch des Gesichts in dem klaren Licht grob und mitleidlos enthüllt, sprach stockend, in halben Worten. Sie hatte sich zurechtgelegt, was sie sagen wollte; dennoch kam jetzt ihre sonst so gewandte Rede nicht recht vorwärts, und sie sprach in Andeutungen. Schließlich war Johann doch ihr Mann. Irgend jemand müsse ihm das doch sagen. Sie selber, das gehe doch nicht gut.

Sie sah Herrn von Schenna an. Aber der saß ganz still, blinzelte in der Sonne, schwieg. Mutloser noch fuhr sie fort. Es war früher manchmal dagewesen, daß Fürsten, die als Kinder waren verheiratet worden, später feierlich Beilager hielten. Johann hänge so an Zeremonien. Ob Herr von Schenna es für angängig halte, daß sie Johann ein solches Fest vorschlage.

Herr von Schenna ließ eine Weile verstreichen, ehe er antwortete. In die besonnte Stille hinein schrie der Pfau, von unten her aus den tieferen Reben, sehr fern, klang das Geschrei spielender Kinder. Herr von Schenna wußte, daß der junge Herzog anderen Frauen gegenüber durchaus nicht so scheu und blöde war wie Margareten. Behutsam, langsam, merkwürdig sacht hub er endlich an. Wie er den jungen, eigenwilligen, herrschsüchtigen Fürsten kenne, glaube er nicht, daß er einen Gedanken ausführen werde, den ein anderer ihm eingebe. Vielleicht daß sich einmal Gelegenheit biete, ihm den Gedanken so unmerklich beizubringen, daß er ihn für einen eigenen halte. Aber man müsse sehr, sehr vorsichtig sein. Und abwarten.

Dann, froh, abbiegen zu können, wies er auf einen Herrn, der langsam in der prallen Sonne den Weg heraufritt: „Da kommt Berchtold."

Die Herzogin sehr ehrerbietig grüßend, kam Berchtold von Gufidaun heran. Der stattliche Herr, bräunlich kühnes Gesicht, blaue Augen merkwürdig zu dem dunkeln Haar, war Jakob von Schennas bester Freund. Herr von Schenna pflegte zu sagen: „Er ist zweimal so dumm wie ich, aber zehnmal so anständig." Margarete mochte den festen, biederen, sehr ergebenen Mann gern leiden.

Herr von Schenna ließ Wein und Früchte bringen. Es ging gegen Abend, man hielt ein geruhsames Gespräch. In eine Stille hinein fragte plötzlich Margarete: „Sagen Sie, Herr von Gufidaun, Sie kommen doch mit vielen Leuten zusammen, mit Aristokraten, Stadtbürgern, Bauern: wie denkt eigentlich das Volk über mich?" Der ehrliche Mann, überrumpelt, drückte unbehaglich herum, das Volk liebe und ehre sie geziemend. Schwitzte unter dem klaren, ernsten Blick des Mädchens. Schenna kam dem Verlegenen zu Hilfe. Überall wisse man, wie klug und gewandt sie sei und daß sie das Land vor Habsburg und Wittelsbach gerettet habe.

Margarete fühlte sehr wohl, daß die Vorsicht, die Herr von Schenna ihr riet, sehr am Platz war, mehr, als seine Höflichkeit ihr sagte. Aber sie wollte sich das nicht eingestehen. Sie konnte nun nicht länger untätig bleiben und zusehen, wie Johann an ihr vorbeiging. Gut, ihr Gesicht war häßlich, ihre Figur breit, unedel, ohne Reiz. Aber sie war gesund, sie hatte Blut, sie war bereit, tüchtig und berechtigt, Fürstenkinder zu empfangen, zu gebären. Die Männer waren blöde, sie wollten gestoßen sein; sicher war es so. Der Junge kam auf nichts, stieß man ihn nicht an.

Sie fragte ihn, ihre Erregung mühsam bändigend, so beiläufig wie möglich, wann er eigentlich und wo die Feier ihres Beilagers abzuhalten für ratsam halte. Das Kloster Wilten, die Stadt Innsbruck warte darauf. Er schaute sie auf und ab, sein Gesicht verzog sich wütend, spöttisch, gehässig, die Augen wurden ganz klein. Eine Feier auch noch? Er habe sie doch geheiratet. Das sei Feier genug gewesen. Er denke nicht daran, ihr Beilager gar noch feierlich zu begehen. Sie möge gefälligst warten, ihn in Frieden lassen. Er schrie. Die Stimme schlug ihm um. Er lachte knurrend, höhnisch, bösartig. Seine Augen glitten von ihrem harten, kupfernen Haar über den kurzen, plumpen Leib bis zu den Füßen. Er sah aus wie ein tückischer kleiner Affe. Margarete schluckte, wandte sich, ging.

Allein, raste sie, schäumte. Wer war er denn? Wie ein bissiger, häßlicher Köter sah er aus. Wer hätte ihn angeschaut, wäre er nicht Herzog? Und sie hat ihn dazu gemacht. Und muß sich nun – wer hilft ihr? – diese frechste Verhöhnung gefallen lassen. Ist sie darum Herzogin? Wann je war eine Frau so verschmäht und gekränkt wie sie? Sie zerkratzte sich die Brust, ihr armes, häßliches Gesicht. Schäumte, knirschte, knurrte, stöhnte, daß ihre Frauen bestürzt hereinkamen.

Andern Tages war sie eisig umkrustet. Warf sich auf die Politik. Beriet mit Volkmar von Burgstall, Jakob von Schenna, Berchtold von Gufidaun. Markgraf Karl, Johanns älterer Bruder, war auf Reisen am Rhein. Eigentlicher Regent des Landes war, den Herzog Johann klug lenkend, der Bischof Nikolaus von Trient, ehedem Kanzler des Markgrafen in Brünn, Domherr von Olmütz, ein energischer, rasch denkender Herr, den Luxemburgern unbedingt ergeben. Jetzt mischte sich Margarete in jede kleinste Angelegenheit, zwang den Bischof, verbindlich in der Form, aber unnachgiebig, sie an allen Regierungsgeschäften teilnehmen zu lassen. Da sie die eingesessenen Feudalbarone, die dem Luxemburger Prälaten nicht zu großen Einfluß einräumen wollten, auf ihrer Seite hatte, fügte sich der geschmeidige Bischof, Schritt für Schritt weichend.

Den Herzog Johann behandelte sie mit eisiger Höflichkeit, nannte ihn Herr Herzog und mit allen Titeln. Niemals mehr war von Persönlichem zwischen ihnen die Rede. In allen politischen Dingen wurde er beigezogen, aber sie wußte ihn bei aller umständlichen Höflichkeit immer wieder vor den tirolischen Herren als dummen, launischen, kleinen Jungen hinzustellen. Er verzerrte sich vor Zorn; aber wenn er losbrechen wollte, fand er, denn sie hatte sehr klug jede Form gewahrt, erstaunte, mißbilligende Gesichter. Häufig auch traf sie wichtige Maßnahmen selbständig und holte im letzten Augenblick erst seine Zustimmung ein. Sehr geschickt verstand sie seine Einwilligung zu einer leeren Formsache herabzudrücken, ohne daß er, bis aufs Blut gereizt und verärgert, der erstaunt und unschuldig sich Habenden solche Nichtachtung nachweisen konnte.

Die Finanzen des Landes waren besser als unter König Heinrich, aber noch keineswegs gesund. Sie verlangten ein ewiges, vorsichtiges Lavieren und viel Hin und Her. Herzog Johann, der anstrengenden Kleinarbeit müde, berief den Alleshelfer, den er von seinem Vater her kannte, Messer Artese aus Florenz. Unscheinbar, schattenhaft, ungeheuer dienstwillig war der mächtige Bankier mit einemmal auf Schloß Tirol. Selbstverständlich und mit tausend Freuden wird er aushelfen. Er verlangte dafür nur einen ganz, ganz winzigen Gegendienst: die Verpfändung der eben erschlossenen Silberbergwerke.

Herzog Johann war sofort dabei. Margarete, in kluger Berechnung, widersprach nur flüchtig und ohne Nachdruck, ließ ihn ganz sich in den Plan verstricken. Erst als der Plan in allen Einzelheiten ausgearbeitet war, protestierte sie unvermittelt mit größter Entschiedenheit, verweigerte ihre Unterschrift. Johann schwoll an, seine Adern wurden dicke Schlangen. „Der Welsche kriegt die Silberrechte!“ gellte er.

Margarete, bebend vor Triumph: „Er kriegt sie nicht!“

Der Herzog sah rot. Was? Er hat dem Bankier die Silberrechte versprochen und soll es nun nicht halten können? Bloß weil die Hexe, die widerwärtige, scheusälige, die Vettel, nicht mag? „Er kriegt sie! Er kriegt sie!“ und stürzte sich auf sie, schlug sie ins Gesicht, verbiß sich in sie.

Sie, selig, weil sie ihn so tief traf, jubelte, ihre volle Stimme in seine japsende: „Er kriegt sie nicht! Nie kriegt er sie! Nie!“

Keuchend, ohnmächtig sich verzehrend, ließ er von ihr ab.

Margarete schickte Eilboten an den Markgrafen Karl. Mißmutig kam der aus wichtigen Geschäften zurück nach Tirol, als Schiedsrichter. Es war klar, daß Margarete recht hatte; selbstverständlich konnte man die Silberbergwerke dem Florentiner nicht preisgeben. Margarete lenkte klug ein, sparte ihrem Gemahl die offene Niederlage. Aber als sie allein waren, schalt der ältere Bruder den Herzog, daß dem das Mark in den Knochen sich empörte vor Wut.

Der nüchterne, sachliche Markgraf konnte nicht umhin, die Staatsklugheit seiner jungen Schwägerin anzuerkennen. Von Böhmen und Luxemburg aus verbreitete sich der Ruf ihrer diplomatischen Überlegenheit an den europäischen Höfen. Wohl verhandelte man offiziell mit dem Herzog Johann; aber in allen Staatskanzleien wußte man, daß in Wahrheit allein die häßliche junge Herzogin das Land in den Bergen regierte.

*

Bald nach dem Tod des Königs Heinrich starb auch sehr plötzlich Frau von Flavon, Herrin von Taufers und Velturns. Bei einem Spaziergang mit ihrer jüngsten Tochter, als sie unter Jauchzen und Geschrei Alpenblumen pflückte, stürzte die hübsche, rundliche Dame zu Tod. Die Töchter bestatteten sie unter großer Anteilnahme sehr prunkvoll neben den etwas zweifelhaften Gebeinen, die sie als die Peters von Flavon aus Italien zurückgebracht hatten. Die drei hübschen Fräulein waren in recht bedenklicher Lage. Jetzt, nachdem ihr Protektor, der gute König Heinrich, tot war, erhob der Bischof von Chur seine alten Ansprüche auf ihre westlichen Besitzungen, der Bischof von Brixen forderte mit vielem Grund die Schlösser und Gerichte Taufers und Velturns zurück.

Die drei jungen Damen, blond, lieblich und hilflos, verhandelten hin und her mit den Finanzräten der Bischöfe. Es fanden sich viele, die sich ihrer annahmen; aber gegen die guten, berechtigten Ansprüche der mächtigen Bistümer war schwer aufzukommen. Schließlich gelangte die Sache als an die letzte Instanz an den Hof des Herzogs.

Agnes von Flavon erschien auf Schloß Tirol, tat einen Kniefall vor dem jungen Herzog. Der stand knabenhaft und sehr wichtig vor der Knienden, in dem langen, schmalen Gesicht die Lippen ernsthaft zusammengepreßt. Es streichelte seine Herrschgier, wie das zarte Geschöpf, leicht und schön und wehend unter dem schwarzen Gewand, so ganz verströmend und ergeben vor ihm lag, aus tiefen, blauen Augen fromm und bittend zu ihm aufblickte. So gehörte es sich. So hatte es Gott bestimmt, daß es sei. Mochte die andere, die Häßliche, gegen ihn anbellen. Die da, die Zarte, Liebliche, schönste Frau des Landes, lag vor ihm auf Knien, sah fromm, hingegeben, voll Vertrauen zu ihm auf. Er war sehr gnädig zu ihr.

Agnes machte auch der Herzogin ihre Aufwartung. Margarete widerstand tapfer der Versuchung, über die Schöne zu triumphieren. War huldvoll. Kondolierte in warmen Worten zum Tod der Frau von Flavon. Ihr Vater, König Heinrich, habe ja immer der Familie besonders wohlgewollt, fügte sie undurchdringlich hinzu. Ja, und es sei sehr traurig, daß die Rechtslage, soviel sie höre, so ungünstig sei für die Fräulein. Sie persönlich sei natürlich jederzeit erbötig, aus ihrer Privatschatulle zu helfen.

Agnes hatte sich vorgenommen, Margarete nicht zu reizen. Aber vor diesem undurchsichtigen, doppelt empfindlichen Hohn ging sie durch. Was? Ein Mädchen mit so einem Gesicht und so einem Maul wagte, gegen sie zu sticheln? Und wenn jene die Kaiserin von Rom wäre und sie selber leibeigen, hätte sie dagegen aufbegehrt. Sie schaute sie lange und abschätzig an. Sagte dann, so gar ungünstig scheine es um ihre Sache doch nicht zu stehen. Der Herr Herzog wenigstens habe sich sehr gnädig und tröstlich zu ihr geäußert. Etwas kahl schloß Margarete: nun ja, man werde das Urteil der sachverständigen Herren hören und die Angelegenheit in gnädige Erwägung ziehen.

Bevor Agnes das Schloß verließ, traf sie noch Chretien de Laferte, der ihr in gesetzten Worten kondolierte. Agnes hörte ihn ernst an und erwiderte ihm würdevoll. Er bat, sie auf der Rückreise begleiten zu dürfen. Sie war auch da geziemend melancholisch, unterbrach aber gelegentlich ihre Trauerwürde durch ein spitzbübisch kokettes Scherzwort, den jungen Herrn durch solchen Wechsel tief verwirrend.

Chretiens Stellung am Tiroler Hof war nicht angenehm. Solange der Prinz Johann noch Knabe war, hatte er als ergebener, dienstwilliger Kamerad, der die vielen Verstöße des schwierigen kleinen Prinzen gegen höfische Zucht und Sitte unmerklich besserte und einrenkte, seinen klar umgrenzten Bezirk gehabt. König Johann war überzeugt, man könne keinen taktvolleren Adjutanten für seinen ungezogenen Sohn finden als den hübschen, schlanken, ritterlichen, formvollen und doch so bescheidenen Jungen. Auch Markgraf Karl hielt ihn für den rechten Erzkämmerling seines jüngeren Bruders. Prinz Johann selbst aber hatte seinen offenen, hübschen Kameraden nie recht leiden mögen. Hatte ihn geknufft, mißhandelt, gedemütigt, mit seinen kleinen Wolfsaugen darauf lauernd, ob der geduldige Begleiter nicht einmal rebellieren und Anlaß geben werde, ihn wegzuschicken. Jetzt, seitdem er Herzog war, selbständig und erwachsener, war die Stellung Chretiens noch viel schwieriger geworden. Er hielt sich sehr bescheiden im Hintergrund; wagte er nur den leisesten Rat an den jungen Herzog, so wurde er bösartig und verächtlich zurückgewiesen.

Chretien war jüngerer Sohn eines edlen französischen Hauses, ohne Vermögen, darauf angewiesen, bei Hof sein Glück zu machen. Es hatte für ihn keinen Zweck, seine besten Jahre in Tirol aussichtslos zu versitzen. In den Feldzügen König Johanns hatte er sich brav und tapfer bewährt. Eine Gelegenheit, sich besonders auszuzeichnen, hatte sich ihm nicht geboten. Was sollte er bei diesem jungen, bösartigen Herzog, der ihn immerzu demütigte, ihm jedenfalls nicht gewogen war? Er trug sich mit dem Gedanken, an den Hof König Johanns zurückzukehren oder nach Frankreich zu gehen oder besser noch zum König von Kastilien. In den Kämpfen mit den Mauren war Geld und Ehre zu erwarten.

Margarete hatte dem jungen Ritter lange Zeit keine besonderen Gnadenbeweise mehr gegeben. Erst als sie sah, daß kein Weg mehr war von ihr zu Herzog Johann, begann sie wieder, Chretien zu locken. Übertrug ihm kleine, vertrauliche, diplomatische Sendungen, fragte ihn Unverfängliches, das sie aber durch ihre Betonung bedeutsam machte. Er war zurückhaltend, war voll von Zweifeln, wollte nicht verstehen. Es war ein großer Glücksfall, bei der Dame von solchem Rang in Gunst zu stehen; aber es war ein zweigesichtiges Glück: man konnte unmöglich für eine so häßliche Frau in die Schranken reiten. Zwar wird niemand wagen, ihm ins Gesicht zu höhnen wie früher; doch er bäumte hoch, wenn er an die feixenden Mienen, die zotigen Bemerkungen in seinem Rücken dachte. Dann wieder hörte er, wie man an allen Höfen voll großer Achtung von ihrer Umsicht und Gescheitheit sprach. Es schmeichelte ihm, daß eine Dame von solchem Urteil gerade ihn erwählte. Sie imponierte ihm, er war ihr dankbar, entzog sich ihr nicht mehr. Er ging auf ihren Ton ein, seine Augen schleierten sich leise, wenn er sie sah, seine Stimme bedeckte sich, wenn er zu ihr sprach.

Einmal – er war nach längerer Abwesenheit zurückgekehrt – meldete er sich bei der Herzogin. Sie war nicht in ihren Zimmern, das dürre Fräulein von Rottenburg führte ihn in einen abgelegenen Teil des abendlichen Gartens. Aus einer Baumgruppe her drang Gesang. Das Hoffräulein legte die Finger an die Lippen, bedeutete ihm, stillezustehen, zu schweigen. Eine warme, volle Stimme sang ein einfaches Lied, jubelte in alle Höhen, schluchzte durch alle Kümmernisse, sehnte sich, dankte, ging durch alle Irrsale. Den jungen Menschen überkam es wie in der Kirche bei einem hohen Fest. Er nahm die Mütze ab. „Die Herzogin?" flüsterte er, ungläubig. Da kam sie schon den Baumgang herunter. Sie sah das große, bewegte Staunen in seinem offenen Gesicht. Reichte ihm langsam die Hand. Er küßte sie.

Unterdes war die Angelegenheit der Hinterlassenschaft der Frau von Flavon so weit gefördert worden, daß man die Entscheidung nicht gut weiter hinauszögern konnte. Juristische wie politische Gründe sprachen dafür, die erledigten Lehen den um die luxemburgische Sache sehr verdienten Bischöfen zurückzugeben. Gleichwohl fanden die Räte allerlei fadenscheinige Gründe, die für die Damen von Flavon sprachen. Es war nämlich Agnes bei jedem einzelnen gewesen und hatte so lange Trauer, Jugend, List, Hilflosigkeit spielen lassen, bis sie die Räte eingewickelt hatte. Johann entschied also herrisch, daß die Güter den Fräulein verbleiben sollten. Doch Margarete widersetzte sich. Mit so guten Gründen und so beharrlich, daß dagegen nicht aufzukommen war. Man einigte sich schließlich auf einen Vergleich. Schloß und Gericht Velturns sollte den Schwestern verbleiben, die westlichen Besitzungen an Chur, Taufers an Brixen zurückfallen; doch mit dem Beding, daß der Bischof von Brixen nur einen von Schloß Tirol vorgeschlagenen Anwärter damit belehnen dürfte.

Die Schwestern, die schon den weiten Besitz unter sich geteilt hatten, mußten sich also mit dem einen Velturns begnügen. Sie waren lärmend, beweglich, eigenwillig, streitsüchtig. Immerzu herrschte giftiges Geplänkel auf Burg Velturns. Auffallend war, daß die angenehmen Stimmen der jungen Damen im Streit eine unerhört harte, pfauenhaft scharfe Tönung bekamen. In der Öffentlichkeit erschienen die Schwestern übrigens immer traulich vereint, umschlungen, lieblich, blumenhaft lächelnd.

Als Kandidaten für das erledigte Taufers schlug Margarete Chretien de Laferte vor. Der Herzog geiferte empört dagegen. Was? In diesen fetten Besitz soll man den Schlucker setzen, den kahlen Mucker, der sich immer so falsch bescheiden an die Wand drückt und sicher nach einem stechen wird, sowie er nur die Macht dazu hat? Doch Margarete blieb fest. Der Herzog von Kärnten und Graf von Tirol könne sich nicht lumpen lassen. Könne nicht so lange jemandes Dienste annehmen und dann knausern und filzig sein. Wenn Chretien jetzt ohne Lohn und Dank an einen andern Hof gehe, so sei sie selber beschimpft durch solchen schmutzigen Geiz. Als Johann sich weiter sträubte, drohte sie, die Entscheidung des Markgrafen Karl anzurufen, bis er sich knurrend fügte.

Margarete selbst teilte Chretien diese Entscheidung mit. „Der Bischof von Brixen wird Sie mit Schloß und Gericht Taufers belehnen. Bewähren Sie sich, Herr von Taufers! Es ist mein Ruhm, wenn Sie Ehre einlegen, meine Schande, wenn Sie versagen."

Chretiens mageres, kühnes, gebräuntes Gesicht rötete sich bis unter das eigenwillige Haar. Langsam ging er ins Knie. Er sah nicht mehr, daß ihr Mund sich äffisch vorwulstete, daß ihre Haut grau und lappig war. „Frau Herzogin!" stammelte er. „Allergnädigste, herzliebste Frau Herzogin!" Und es war mehr als die übliche Formel, wie er ihr dankte: „Pour toi mon âme, pour toi ma vie!"

In der klobigen, altväterlichen Burg des Tiroler Landeshauptmanns Volkmar von Burgstall saßen sieben, acht von den einflußreichsten tirolischen Baronen beim Wein. Es kam selten vor, daß der wuchtige, massige Herr Gäste zu sich bat, und dann in knurriger, barscher Weise, die wie ein Befehl klang. Die Halle, in der man saß, war dumpf und niedrig, die Wände überhaupt nicht, der Boden mit wenigen Tüchern belegt. Glasfenster, das modische Zeug, verschmähte der konservative Hausherr. Der junge, fröhliche Albert von Andrion, Margaretes natürlicher Bruder, machte sich lustig über die Bretter, mit denen jetzt in der kalten Jahreszeit die Lichtöffnungen vernagelt waren. Man saß wie in einem Keller. Alles war rauchig, rußig vom Kamin, von den Kerzen und Pechfackeln. Dabei war der Raum nicht zu durchwärmen; die Herren rückten unbehaglich hin und her; man briet auf der einen Seite, fror auf der andern. Der nervöse Herr von Schenna hüstelte, schnupperte, bekam Kopfweh in dieser ungemütlichen, dumpfen, stinkenden Höhle, in der kalt und widerwärtig der Geruch der Ställe stand. Aber die Speisen, Wildbret und Fisch, waren mit Liebe und in ungeheuren Massen zubereitet und gereicht, und der Wein, das war nicht zu leugnen, war ausgezeichnet.

Wie die Herren den Landeshauptmann kannten, hatte er sie nicht der bloßen Geselligkeit wegen zu sich gebeten. Aber er war karg und rauh von Wort; es war nicht geraten, ihn zu fragen, bevor er selbst anfing. Man trank also, redete Gleichgültiges, wartete.

Langsam, in brummigen, unvollendeten Sätzen lenkte Volkmar das Gespräch auf die Politik. Stieß die Herren unwirsch dahin, wo er sie haben wollte. Ja, man war unzufrieden mit den Luxemburgern. Der erste, der es deutlich aussprach, war Heinrich von Rottenburg. Der kleine Herr, breit, rauhes, rotes Gesicht, schwarzer Stoppelbart, erregte sich, schlug mit der Faust auf den Tisch, stieß Drohungen aus. Hatte man nicht, weil er gewisse Abgaben verweigerte, sein Schloß Laimburg zerstört, sein gutes Schloß bei Kaltern, an dem Vater, Großvater, Ahn gebaut hatten? Der junge Herzog hatte es gewollt, der kleine, tückische Wolf. Und der Bischof von Trient hatte den Befehl gegeben, der finstere Böhme, der immer „Autorität!“ sagte, „Gehorsam!“. Hätte man ihm Felder gepfändet, Weinberge, ein Dorf, eine Pflege. Aber, nur um ihn zu ärgern, ein Schloß zu zerstören, eine gute Burg aus festem Stein, in eigenem, nicht in Feindesland, das war sinnlos, das war wüstes Heidentum. Auch Frau Margarete hatte es nicht gebilligt, die kleine Herzogin. Das kam, weil sie die angestammte Fürstin war und mit dem Land fühlte. Aber die Fremden, die Böhmen, die Luxemburger, was fühlten denn die? Die wollten Geld herauspressen aus Tirol, nichts weiter, genau wie es der Luxemburger mit Böhmen machte. Und er, Heinrich von Rottenburg, ließ es sich nicht nehmen, daß König Johann damals doch Tirol habe verschachern wollen gegen Brandenburg, möge er abschwören was immer.

Schweigend hörten die andern diese gefährlichen Reden an. Behutsam begann dann der vorsichtige, gepflegte Tägen von Villanders. Rein formal hätten die Luxemburger den Vertrag ja schließlich eingehalten und keine Fremden in die wichtigsten Verwaltungsämter berufen. Es sei doch nicht zu bestreiten, daß Herr von Rottenburg Landeshofmeister sei, Herr von Volkmar Landeshauptmann. Oder? Der gepflegte, bartlose, etwas altmodische Herr sah die beiden so ernsthaft an, daß sie nicht wußten: höhnte er, oder was eigentlich wollte er?

Der kleine Rottenburg brach los: Ob der gestrenge Herr ihn zum Narren habe. Solche Würde habe unter dem guten König Heinrich was bedeutet. Heute habe der dümmste Bauer lange schon geschmeckt, daß es kahle Titel seien und wer in Wahrheit regiere! Es sei ja höllisch schlau, wie die Luxemburger das gedreht hätten; daß sie die weltlichen Ämter arm und leer machten und die geistlichen stark und in die geistlichen ihre Kreaturen hineindrückten. Nein, formal hätten sie dem Land keine fremden Beamten aufgedrängt. Aber wer regiere denn? Der plattnasige Bischof Nikolaus von Trient, der Böhme, der kein Wort Tirolisch versteht.

Herr Konrad Botsch von Bozen erzählte Einzelheiten, wie die Bozener Bürger voll seien von tiefem Verdruß, daß die Luxemburger dem Bischof wieder alle alten, längst abgeschafften Rechte eingeräumt hätten. Und wie der Bischof die Welschen begünstige vor den Deutschen. Herr Albert von Andrion ahmte den Bischof nach, seinen unbeherrschten, heftigen Gang, der plötzlich wieder durch das Streben nach geistlicher Würde und Gravität gezügelt werde, seine zischende, sprudelnde, slawische Aussprache. Dem jungen, fröhlichen Herrn war die Stimmung hier in der Halle zuwider, auch die Politik war ihm zuwider; er wollte einen unterhaltlicheren Ton in die Gesellschaft bringen. Mit dem Talg der Kerzen klebte er sich die Nase platt, stieg auf den Tisch, parodierte eine Predigt des Bischofs in seiner slawischen Mundart. Dröhnendes Gelächter.

Aber mit dieser Wendung ins Harmlose war der massige, wuchtige Gastgeber durchaus nicht einverstanden. „Wissen die gestrengen Herren, was der Pfarrer von Matrei Strafe zahlen muß, weil er dem Markgrafen Karl nicht mehr Umsatzsteuer zahlt als dem König Heinrich?“ Alle waren gespannt. Ging man die Steuern und Abgaben genau durch, dann hätte man wohl die meisten Tiroler Edeln der Hinterziehung beschuldigen können. „Neunhundertvierundachtzig Veroneser Silbermark!“ dröhnte Herr von Burgstall. Man sprang auf, ging durcheinander wütend hin und her. Ei, wenn die Luxemburger so kamen, da wird bald keiner mehr von den Tiroler Landherren ein Dach überm Kopf haben. Das Land war reich. Das Land nährte den Fürsten so gut wie die Ritter. Da brauchte der Fürst kein Filz zu sein und auf den Pfennig zu schauen. Aber dieser Markgraf Karl war von Natur geizig, das Gegenteil seines Vaters, der reinste Schacherer und Jud. Daß dich Gottes Marter schände! So jung und schon solcher Knauser.

Der ehrliche Berchtold von Gufidaun saß schwitzend, mit hohen, unbehaglichen Brauen. Die starken, blauen Augen schauten mißbilligend auf die aufsässigen, widerspenstigen Barone. Solche Reden waren unziemlich gegen das von Gott eingesetzte Fürstenhaus. Auch der junge Albert von Andrion wurde bedenklich. Die Luxemburger hatten ihm zwar übel mitgespielt und gerade die reichen Legate des guten Königs Heinrich für seine vielen unehelichen Kinder arg beschnitten. Aber der junge, offene Albert war ein gutmütiger Junge, illoyalen Ideen keineswegs geneigt und voll Verehrung für seine kleine Schwester, die Herzogin. Nun war wirklich Aufrührerisches kaum gesprochen worden, Herr von Burgstall hatte nichts Greifbares gesagt, der kluge Herr von Villanders schon gar nicht; eigentliche Drohungen, die man nicht dulden durfte, hatte nur der kleine Rottenburg ausgestoßen, und der war stark unter Wein. Immerhin schmeckte die ganze Angelegenheit leicht nach Rebellion.

Der feine Schenna merkte die Verstimmung, renkte ein. Worüber man klage, mit alldem habe die Fürstin selbst nichts zu tun. Margarete sei fernab von Knauserei und Schikanen. Sei die rechte

Enkelin ihres erhabenen Großvaters Meinhard. Sei klug, sicher, spüre mit dem Land. Das wüßten auch alle, vom letzten Leibeigenen bis zum Landeshauptmann.

Gewichtig stimmte Volkmar zu, befreit und überzeugt Albert und Berchtold von Gufidaun.

Der behutsame Tägen von Villanders streckte wieder die Fühler vor. Ja, man habe schon das rechte Gefühl. Das angestammte Fürstenhaus, auf dem Boden des Landes, in seiner Luft gewachsen, sei von Gott bestimmt, in Tirol zu herrschen. Hier schwieg er. Der kleine, heftige, wildumbartete Rottenburg nahm den Faden auf. Die Luxemburger sollten dort regieren, wo Gott oder der Teufel sie hingesetzt. In Luxemburg; wenn es die Böhmen sich gefallen ließen, in Böhmen. Aber daß sie in Tirol säßen und regierten, das sei durch Menschenwerk so, nicht durch Gottessatzung, und das sei eben Irrtum gewesen. An ihnen, an den Herren selber, habe es gelegen, wen man nach König Heinrichs Tod ins Land gelassen habe. Den Habsburger, den Wittelsbacher, den Luxemburger. Es habe sich sichtbarlich erwiesen, daß in Tirol nur der regieren könne, den die Tiroler selber wollten. Gott habe es durch Berge und Täler und Pässe so gefügt, daß ein Fremder nicht mit Gewalt könne über sie herfallen. Man sei treu, man halte zu Margarete. Aber dem Luxemburger sei man nicht von Gott, sondern nur durch Vertrag verpflichtet. Herzog Johann und die andern Böhmen hätten den Vertrag schlecht gehalten. Er sei zerrissen, gelte nicht mehr.

Die Herren starrten ihm auf den Mund, schnauften. Das war klar. Das war Meuterei. Hier war nichts zu deuteln.

Wie man sich das denn denke, fragte tastend Herr von Villanders. Wie man denn Margarete und die gottgewollte Untertanenpflicht trennen wolle von den Luxemburgern.

Schenna, vor sich hin blickend, mit halben, unbestimmten Worten, äußerte: Sehr glücklich sei die Herzogin nicht gerade, soviel er wisse. Einen Erben habe sie und das Land von dem Herzog Johann nicht zu erwarten, soviel ihm bekannt sei. An ihr liege es nicht, sei zu vermuten. Wobei er mit lächelnder Kopfneigung auf den Zeugen der Fruchtbarkeit König Heinrichs wies, der rot, frisch, lachend und geschmeichelt unter ihnen saß, auf Albert von Andrion.

Herr von Villanders faßte zusammen: Man habe nichts gesagt, nichts beschlossen. Man könne sich eine bessere, volkstümlichere Verwaltung des Landes denken als die der landfremden Luxemburger. Man hänge mit unbedingter Treue an der von Gott eingesetzten Herzogin Margarete. Vielleicht sei es opportun, sie um ihre Meinung und ihren Willen zu befragen. Seines Bedünkens sei Herr Albert von Andrion dazu der rechte Mann.

Lärmend stimmte man zu. Nur der redliche Berchtold von Gufidaun schwieg, in Zweifeln hin und her gerissen. Der junge Albert, bedenklich zuerst, aber stark unter Wein und geschmeichelt von dem Zureden der andern, nahm an, verpflichtete sich, seiner Schwester die Meinung der Herren zu unterbreiten, mit ihr Fühlung zu nehmen.

Margarete liebte es jetzt, viel allein zu sein. Oft hatte sie ein stilles, sattes, ihren Frauen unbegreifliches Lächeln. Auf dem schmalen Sockel der kargen Liebeserlebnisse ihrer Wirklichkeit baute ihre Phantasie einen gigantischen Traum. Aus dem kleinen, ungezogenen, hinterhältigen Jungen, der ihr Gemahl in Wirklichkeit war, machte sie einen finster gewalttätigen, großen Tyrannen, der sie nicht verstand und aus der Finsternis seines herrschsüchtigen Gemüts heraus sie quälte. Den jungen Chretien schmückte sie mit allen Tugenden des Leibes und der Seele. Er war Erec und Parzival und Tristan und Lanzelot und der Löwenritter. Alle hellen, strahlenden Taten, die jemals in Geschichte und Gedicht ein Held getan hat, er hat sie getan oder, wenigstens, könnte sie tun.

Es war Glück und Gnade, daß der Himmel streng zu ihr gewesen war und ihr banale Anmut des Gesichts und der Gestalt versagt hatte. Die Frauen rings um sie, die Frauen des Alltags, hatten ihre Männer, ihre Geliebten, vergnügten sich mit ihnen in dumpfer, tierischer Lust in ihren Kammern, hinter Büschen. Ihre Liebe war ganz rein und hoch, das Schmutzige, Erdhafte war ihr von Anfang an verboten und versperrt. Sie schwebte gelöst, hell und sehr anders über den kleinlichen, ärmlich dumpfigen Lüsteleien und widerlich körperhaftem Getriebe der andern. Süß war es, streng und rein zu sein vor sich und den andern. Süß war es, nicht verstrickt zu sein in tierische, unsaubere Verschlingung von Haut und Fleisch.

Sie wurde krankhaft empfindsam gegen Lautheit, Massigkeit, Körperlichkeit, Schmutz. Es ekelte sie vor fremder Berührung, die Ausdünstung anderer Menschen machte ihr Pein.

März war, von Italien her kam in warmen, linden Stößen Wind, der sehnsüchtig ins Blut ging. Oben lagen die Berge dick in Schnee, aber die unteren Hänge waren voll vom zarten Geflock der Mandel- und Pfirsichblüten. Sie schaute hinaus von der Loggia des Schennaschen Schlosses in das wellige, starkfarbige Land. Über ihr schritten bunt und überschlank Lanzelot und Ginevra, Tristan fuhr übers Meer, Dido stürzte sich in die Flammen. Sie gehörte nun zu diesen. Die Verse, die ihr so lange hohl, versperrt, ohne Sinn gewesen waren, hatten sich aufgetan, sie hatte trinken dürfen aus ihrer dunkeln, wohligen Fülle.

Willkommen, großes, strenges Schicksal! Willkommen, Häßlichkeit! Willkommen, fürstlicher Reif und Zepter!

Fast dankbar war sie ihrem harten, tyrannischen Gemahl, denn seine Härte hatte sie ihren Geliebten finden lassen. Süßer Freund! Er kannte sie. Er wußte, daß diese graue, lappige, körnige Haut, dieser scheußliche Mund, dieses tote Haar ein Außen war und daß sie innen zart war und schlank und voll Reichtum und Lieblichkeit. Sie sah ihn selten, sprach ihn fast niemals, nie war ein Wort zwischen ihnen gefallen, das nicht jeder hätte hören dürfen.

Dennoch zweifelte sie keinen kleinsten Augenblick, daß er sie liebe. Sie hatte seinen hingegeben dunkeln Blick nicht vergessen damals, als sie gesungen hatte und aus der Vigne zu ihm trat. Und seine Stimme nicht, und wie er verströmt war, als sie ihm von seiner Belehnung mit der Herrschaft Taufers gesprochen hatte. Freilich war dies eine andere Liebe, als die sie so gemeinhin um sich sah mit Küssen und süßlichen Alltagsworten und Firlefanz. Sie, Margarete, hatte ihn durch jene Augen von damals, durch seine Verströmtheit, ganz anders, viel tiefer zu eigen als sonst eine Dame ihren noch so verliebten Galan. Mochten die andern ihre Männer leiblich besitzen. Das war wohlfeil und wie Essen und Trinken gemein. Ihr, der Fürstin, stand eine höhere, strengere Liebe an. Es war wohl auch leicht, so niedrige, wohlfeile Liebe wie der andern immer neu anzufachen, aufzuwärmen durch den Anblick, durch den Genuß tierisch dumpfer Lust. Sie mußte immer wieder gegen ihre Gestalt kämpfen, die Liebe ihres Feundes immer von neuem seinem Widerwillen gegen ihr häßliches Außen abringen.

Selige Bitterkeit solchen Kampfes! Sie dankte Gott und der Jungfrau für so herbe, verschlungene, harte, reine, wahrhaft fürstliche Liebe. Sie ließ nicht ab, Chretien mit immer mehr Schein und Strahlen zu verklären. Chretien war ohne Ehrgeiz. Sie war ehrgeizig für ihn. Daß sich seine strahlende Begabung nicht auch den andern offenbarte, war nur, weil sie ihn in Tirol zurückhielt, weil ihm hier die Gelegenheit fehlte. Sie, Margarete, war schuld, daß er vor der Welt unscheinbar und ohne Größe war. Sie war ihm verschuldet, sie schuldete ihm die Gelegenheit zur Größe.

*

Chretien hatte mittlerweile die Herrschaft Taufers übernommen. Er besaß die Dörfer Luttach, Sand, Kematen, das Nevestal, das Reintal. Das alles war unter dem Regiment der Damen von Flavon ein wenig heruntergekommen. Er freute sich darauf, es wieder hochzubringen.

Eine große, unbändige Lust füllte ihn an, nach den langen Jahren bei Hofe sein eigener Herr zu sein. Leer, bunt und widerwärtig lag die Zeit bei Herzog Johann hinter ihm. Die vielen, zwangvollen Zeremonien, das ewige Geknufftwerden, das Nichtsprechendürfen, die tiefen Neigungen und Kniefälle, die frechen Anmerkungen hinterher, das verlogene Gefeilsche bei den Turnieren, das glänzende und dabei so drangvoll bettelhafte Leben, ständig in Angst vor dem Gläubiger. Er reckte das magere, gebräunte Gesicht mit der starken Nase und dem unbekümmerten, langen Haar in die Luft, in seine Luft. Er ritt herum auf seinen Höfen, die Bauern schauten wohlgefällig, voll Verehrung auf den schlanken, sicheren, hurtigen Herrn, die Weiber und Mädchen starrten ihn andächtig an wie in der Kirche.

Am Tiroler Hof hätte er es nicht länger ausgehalten. Er wäre gern und mit Überzeugung irgendwohin geritten ins Abenteuerliche. Jetzt, so war alles anders,und er fühlte sich sehr wohl. Es genügte seiner Unternehmungslust vollauf, sein Leben heraufzuwirtschaften. Natürlich wird er auch zu Hofe reiten, Kriegszüge mitmachen, bei Turnieren nicht fehlen. Aber etwa nach Afrika zu ziehen und Mauren zu erschlagen oder sich mit Türk und Sarazen um das Heilige Grab herumzuhauen, danke sehr! Dazu verspürte er vorläufig durchaus kein Verlangen. Er ritt männlich und zufrieden auf seinem Boden herum und genoß seine junge Herrschaft.

Eines Tages besuchte ihn die Herzogin. Er war Margarete tief und untertänig zugetan. Er dachte keinen Augenblick daran, seine flüchtigen und sehr wirklichen Beziehungen zu der und jener Frau mit den Gefühlen für sie zu vermengen. Margarete war ihm ein Begriff, in den sich auch Vorstellungen eindrängten, die er von den Sängern und Spielleuten her kannte. War ihm eine poetische und luftige Angelegenheit, die in der Belehnung mit Taufers eine unerwartete, glückhafte, reale Auswirkung gefunden hatte, die er aber mit seiner übrigen Wirklichkeit nicht in den losesten Zusammenhang brachte. Er ahnte nicht, was er für Margarete war, welche Rolle er in ihrem Leben spielte.

Er empfing die Herzogin freudig und mit ergebener Herzlichkeit. Seine Simme hatte jene schleierige, vieldeutige Befangenheit, die Margarete erbeben machte. Was er sagte freilich, war nüchtern und sachlich. Er sprach ihr von den Veränderungen, die er für seine Güter plante, von einer mehr rationellen Bodenbewirtschaftung, strafferen Zucht der Bauern. Sie unterbrach ihn unvermittelt, auf die Gletscher weisend, die einsam, klar und höhnisch fern in ein helles Blau zackten: „Haben Sie nie Lust, Chretien, einen von diesen Gletschern zu betreten?“

Chretien sah sie verblüfft und etwas töricht an. Er sagte, und jetzt klang auch seine Simme ganz klar und ohne Geheimnis: „Nein. Warum sollte ich da hinaufsteigen?“ Dann sprach er wieder davon, wie angenehm und ertragreich die unteren Hänge seien.

Einige Tage später kam Agnes von Flavon. Sie war schon mehrmals bei Chretien auf Schloß Taufers gewesen. Es ergab sich immer wieder eine Kleinigkeit, die noch zu regeln war; auch Chretien fand nicht ohne Geschicklichkeit immer neue Fragen, die Auskunft und persönliche Besprechung erforderten. Agnes war blond, rührend, hilflos und nahm stets von neuem mit verlorenen Blicken Abschied von dem Schloß und den Bergen ringsum.

Unterdes heiratete die ältere Schwester Maria von Flavon einen bayrischen Herrn und überließ den beiden anderen Schwestern Schloß Velturns. Es mußte aber dem Bayern eine ansehnliche Mitgift ausgezahlt werden; die Herrschaft Velturns war an sich schon überlastet; Agnes bat mit großen, treuherzigen Augen Chretien um Rat. Chretien kam nach Velturns, sah die schlampige, elegante Wirtschaft der Schwestern, empfahl Einsparungen da und dort, die sehr praktisch waren, aber die Herrschaft aus einem Fürstensitz zu einem ertragreichen Bauernsitz machen mußten. Agnes beneidete die Schwester. Die habe es gut, sei aus der Misere heraus. Freilich sei der Bayer ein grober, tölpischer Bursch, auch sei es übel, das schöne Tirol mit der faden bayerischen Ebene zu vertauschen. Aber am Ende werde ihr wohl auch nur Ähnliches übrigbleiben. Sie richtete ernst und lange das zarte und doch kühne Gesicht mit den starken blauen Augen auf Chretien, der schlank, gebräunt, befangen und ein bißchen dumm vor ihr stand.

Das Projekt gegen die Luxemburger war gereift. Volkmar von Burgstall, Tägen von Villanders, Jakob von Schenna hatten sich unmerklich, nachdem sie die Sache gesät, mehr und mehr ins Dunkle gedrückt. Vornean stand jetzt der kleine, heftige Heinrich von Rottenburg und, halb gegen seinen Willen, der muntere, harmlose Albert von Andrion, Margaretes Bruder. Margarete selbst wob und zettelte mit leidenschaftlicher, fiebriger Beflissenheit die Fäden. Endlich sah sie, endlich, hier die Gelegenheit, Chretien auf den Platz zu stellen, der ihm gebührte, ihm die Möglichkeit großer Taten zu schaffen, die sie ihm schuldete.

Die andern Herren zögerten, Chretien einzuweihen oder gar ihm eine wichtige Stelle anzuvertrauen. Er war kein Einheimischer, er war ein Welscher, Johanns vertrautester Kämmerling. Margarete mußte umständlich darauf hinweisen, wie gemein der hämische, bösartige Johann ihn immer behandelt habe und daß von allen Chretien am meisten unter den giftigen Launen ihres tyrannischen Gemahls habe leiden müssen.

Chretien selber war ziemlich verwundert, als Margarete ihm von dem Projekt sprach. Selbstverständlich war er Ritters genug, sofort mitzutun, wenn es galt, die Dame, die er so tief verehrte und der er so sehr verpflichtet war, aus der Hand ihrer Bedränger zu befreien. Aber sehr begeistert schien er nicht gerade. Er war beschäftigt mit der Arbeit für seine Güter, es wäre ihm lieber gewesen, wäre das Abenteuer ein wenig später gekommen. Er sah, abgesehen von der selbstverständlichen, aber im Augenblick lästigen Erfüllung seiner Ritterpflicht, einen einzigen, etwas mageren Vorteil in der Angelegenheit. Er festigte dadurch seine Stellung unter dem einheimischen Adel; der Herr von Taufers-Laferte konnte fortan, hatte er sich an diesem tirolisch bodenständigen Unternehmen beteiligt, kaum mehr als landfremd angesehen werden.

Margarete brannte in Erwartung, schürte, hetzte, spähte mit ihren klugen, raschen Augen alle Möglichkeiten aus. Wußte es einzurichten, daß neben Albert von Andrion und Heinrich von Rottenburg Chretien als das eigentliche Haupt der Unternehmung galt.

Auf Schloß Velturns war mittlerweile ein gewisser Herr Giulio aus Padua eingekehrt, ein unansehnlicher Mensch, langsam, schweigsam, immer lächelnd, eigentlich ein bißchen idiotisch. Allein sein Oheim hatte das Kapitanat von Padua inne, er selber war am Comersee reich begütert. Er schien Agnes hündisch ergeben, und Chretien überfiel jähe Angst, sie könnte sich entschließen, ihm in die Lombardei zu folgen wie das Jahr zuvor ihre Schwester dem Bayern. Seine Burg Taufers, seine Dörfer und Täler schienen ihm auf einmal wertlos und ohne Licht, wenn er das dachte.

Man konnte mit Agnes nicht wohl reden wie mit anderen Frauen. Man konnte sie nicht einfach nehmen. Sie war so zart. Sie wäre einem vor Schreck im Arm vergangen. Ganz behutsam sprach er zu ihr. Wenn es ihr in dem überlasteten Velturns nicht mehr gefalle, ob sie nicht wolle mit ihm in Taufers hausen.

Ei, wie konnte sie erstaunt sein! Sie hieß ihre Augen sich schleiern, ihre Lippen befangen lächeln, ihre Hand scheu und lockend abwehren. Antwortete halbe Sätze voll von Sträuben und Versprechen.

Er war ein hübscher Junge, unleugbar, sehr anders als die plumpen Tiroler Herren. Das kühne, magere Gesicht mit der starken Nase, die kurzen, vollen Lippen. Mit seinem unbekümmerten, langen, kastanienfarbenen Haar mußte sich gut spielen lassen. Auch war Taufers ein reicher Besitz. Aber schließlich, ihr Haar, ihre Augen, ihre Haut, ihre kostbare Zartheit und Lieblichkeit war, Gotts Donner und Blitz, zehn solche Herrschaften wert. Wenn sie dachte, wie die Welschen hingerissen auf ihre Blondheit starrten, wie sie blaß wurden bei ihrem Anblick, dann war sie überzeugt, sie hätte können in der Lombardei einen ganz andern Ritter und Herrn finden. Als Gattin eines Visconti in Mailand, eines Scala in Verona zu herrschen, umrauscht von der Bewunderung der glänzenden Städte, wäre Triumph gewesen, viel offenkundiger, als am Tiroler Hof die Gattin des Herrn von Taufers-Laferte zu sein.

Chretien sah, daß sie zögerte, ihn hinhielt. Er spürte, er müsse sich größer machen, wichtiger. Er weihte sie ein in den Plan gegen die Luxemburger.

Agnes hörte zu mit einem merkwürdigen, dummen, sonderbar befriedigten Lächeln. Sie wußte plötzlich, es war ein viel größerer Triumph, die Gattin Chretiens zu sein als die des Mastino della Scala oder des Visconti von Mailand. War es Sieg, der häßlichen Herzogin, der wüstmäuligen, lapphäutigen, den Mann zu entreißen? Ja, ja! Es war Sieg! Plötzlich wußte sie, daß sie seit langem auf diesen Sieg gewartet, diesen Augenblick mit allen Mitteln herbeigekitzelt hatte. Es floß *ein* Strom von ihr zu der Häßlichen, sie schaukelten auf *einem* Brett. Jene war häßlich, gewiß; aber auf ihrem häßlichen Haar saß ein Fürstenreif, und aus ihrem häßlichen Gesicht schauten ein Paar höllisch kluge, brennend energische Augen. Sie zu besiegen war viel schwerer als eine andere, Schöne. Der Haß zwischen ihr und jener war ein sehr Lebendiges, war das wichtigste Stück Leben, ihres sowohl wie jener. Wie hatte jene gekämpft um den Mann! Hatte sie beraubt und den Raub dem Manne geschenkt, hatte große Ereignisse künstlich gehäuft, den Mann darauf zu stellen und zu erhöhen. Sie, Agnes, die arm war und bloß und nichts besaß als sich selbst, hatte nur gewinkt, und der Mann war sogleich heruntergesprungen von dem riesigen Sockel, den jene so mühsam getürmt, und ihr zu Füßen. Sie kostete ganz diese Erfüllung, schwoll an, schwamm in ihr. Nein, sie wird in Tirol bleiben, wird sich messen mit der Herzogin, die sie haßt, wird ihr mehr noch nehmen als den Mann. Es war herrlich, oben zu schweben auf der Schaukel, selig und schwebend hoch, und die andere ganz tief zu sehen und ganz vernichtet.

Chretien ging in den gefährlichen Handel mit den Luxemburgern wie in ein Turnier. Er war glücklich, Agnes vorher für sich geborgen zu haben. Er dachte nicht einen Augenblick daran, daß durch seine Verbindung mit ihr die Herzogin geschmälert werden könnte. Margarete war hier, Agnes dort, seine Beziehung zu jener, seine Neigung für diese war aus sehr verschiedenem Stoff. Er rüstete die Hochzeit in aller Eile, denn die Ereignisse drängten. Agnes war sehr damit einverstanden; es war kitzelnde Lust für sie, daß Margarete die Befreiung ihrem, ihrem Manne zu danken haben würde.

Zu Ende der Woche wollte Herzog Johann mit dem Markgrafen Karl und dem größern Teil der luxemburgisch-böhmischen Truppen das Land auf mehrere Monate verlassen, um seinem Vater in dem polnischen Krieg Hilfe zu bringen. Agnes fragte Chretien, wann und wie man die Herzogin von ihrer Vermählung unterrichten solle. Chretien hatte geplant, Margarete zur Hochzeit zu bitten. Unter dem unverwandten, tiefblauen, spöttisch unschuldigen Blick des Fräuleins von Flavon wurde er unsicher, verschob die Mitteilung an Margarete, die mit allen Gedanken in ihrer Revolution stecke, erst bis nach vollzogener Vermählung, dann bis zu seiner letzten Unterredung mit der Herzogin. Als er indes die letzten Einzelheiten der Unternehmung mit ihr besprach, schien es ihm richtiger, ihr seine Ehe erst dann zu melden, wenn die luxemburgischen Truppen und Beamten vertrieben und sie die alleinige Herrin ihres Landes sei. Es war übrigens, als er sich von ihr verabschiedete, um sie erst nach geglücktem Staatsstreich wiederzusehen, in seiner Stimme die gleiche vertrauliche, vieldeutige Schleierung, die sie auf den Scheitelpunkten ihrer Neigung so beglückt hatte.

Kurz nachdem Chretien gegangen war, stand Herzog Johann in Rüstung vor Margarete, um nun, auch er, sich zu verabschieden. Markgraf Karl war mit der Masse der luxemburgischen Garde vorausgezogen. Kühl, verächtlich hörte Margarete auf Johanns grimmige Sätze. Bissig schloß er: „Jetzt wird hier ein gescheites Regiment anfangen, wenn Sie ohne mich regieren. Man sieht ja an Taufers, was dabei herauskommt, wenn man meine Maßnahmen kreuzt."

„An Taufers?" konnte sie sich nicht enthalten zu fragen.

„Nun ja, jetzt hat sich die Agnes das Schloß eben auf diese Art zurückgeholt. Da hätten wir es ihr gleich lassen können."

Margarete fragte nicht weiter. Sie wußte plötzlich alles. Sie beherrschte sich, bis der Herzog fort war. Sie fiel nicht um, die Stimme versagte ihr nicht, ihr Blick hielt seinen kleinen, bösartigen, lauersamen Wolfsaugen ruhvoll höhnisch stand.

Allein, brach sie furchtbar aus. Wer jemals war so verraten worden? Geschleiert hatte er die Stimme, beredt gemacht und voll letzter Ergebenheit den Blick, jede Geste voll Einverständnis. Hatte sie in den Glauben geschläfert, er sehe durch ihre wüste Haut in die strenge, harte Schönheit dahinter im Innern. Hatte getan, als verzichte er ihre Resignation mit, als kämpfe er ihre Kämpfe, ihre leidvollen Siege mit, ziehe sich mit ihr zurück aus den bequemen Tälern der Alltagslust auf ihre kalte, einsame, wild strenge Erhöhtheit. Und hatte sie sogleich preisgegeben an die glatte, leere Larve. Wer weiß, vielleicht saßen sie jetzt zusammen, Agnes und er, und lachten sie aus!

Schlau hatte er es angestellt, ei ja! Hatte sich seine Gaukelei, die verzückten Mienen, das ergebene Getue verflucht teuer bezahlen lassen. Mit solchem Preis, mit der Herrschaft Taufers, hätte man sich sämtliche Hofzwerge, Sänger, Gaukler, Spielleute des Römischen Reichs erkaufen können. Und jetzt hatte er es gnädig zugelassen, daß sie ihn dem Projekt gegen die Luxemburger an die Spitze stellte. Hatte wohl erwartet, er werde nun Burggraf werden, Landeshauptmann, der eigentliche Regent von Tirol. Darum wohl auch hatte er ihr bis jetzt nichts mitgeteilt von seiner Verbindung mit Agnes. War der Streich einmal geglückt, dann hatte er die Macht in der Hand. Brauchte ihren Zorn nicht mehr zu fürchten. Konnte im Land schalten, als der Retter von der Fremdherrschaft, auch gegen ihren Willen.

Wie sie sich lustig machen mußten, er und jene, über die dumme, häßliche Herzogin, die Gans, die glaubte, sie könne durch Geschenke, durch Gefühle über ihre Wüstheit hinwegtäuschen! Als wiege dem Mann die strahlendste Seele einen plumpen Mund auf und hängende Backen. Sie raste. Sie wütete gegen sich. Mit *einem* Krach stürzte der ganze künstliche Bau ein, in den sie sich geflüchtet hatte. Oh, wie verlogen waren alle diese Phantasien gewesen von ihrer strengen, hohen Sendung, ihr Willkommgruß an die Häßlichkeit! Lächerlich war sie, lächerlich im Putz ihrer modischen Kleider und weltumströmenden Gefühle, sie, die Gott verworfen hatte durch ihre widerwärtige Gestalt und doppelt verhöhnt durch den Platz, auf den er sie gestellt.

Wie hatte sie herabgeblickt aus ihrer kristallenen Höhe auf Agnes, das kleine, bunte, dumme Insekt. Und jetzt lag sie im Dreck, wo sie hingehörte, ekles Geziefer, das sie war, und Agnes lächelte aus dem Blau auf sie herunter mit ihren feinen, roten, ach, so zierhaft geschwungenen Lippen.

Haßte sie Agnes? Nein, sie haßte sie nicht. Die war nun, wie sie war. Wer so schön war, hatte gut herunterlächeln – warum sollte sie nicht? – auf die Häßliche. Aber er, Chretien! Wie er gelogen hatte! Wie er sie angeschaut hatte aus seinem kühnen, gebräunten, offenen Gesicht, hündisch ergebene Andacht in den Augen! Wie sich ihm die Stimme gepreßt hatte aus Bewegtheit und Neigung! Daß einer mit so offenem, treuherzigem Gesicht so lügen konnte! Daß Gott das zuließ! Daß die Erde nicht aufriß unter ihm! Der Hund! Der Betrüger! Der schmutzige Lügner!

Sie häufte, in ungehemmter Raserei, alle Flüche und Schimpfworte, die unflätigsten, die sie kannte, sinnlose, irgendwo aufgeschnappte. Sie tobte durch das Zimmer, bis sie kraftlos auf den Teppich fiel. Da lag sie, die plumpen, geschminkten Hände von sich gestreckt, unfähig, sich zu regen, heiser, das harte, kupferfarbene Haar gelöst in spröden Strähnen.

Als sie sich erhob, war sie sehr verändert. Ging an ihre Geschäfte, eisig starr, rasch, ohne Schwanken, zielklar, mit einer kalten, besessenen Energie. Diktierte, schrieb selber Briefe, fertigte Kuriere ab. Neue Briefe, neue Siegel, neue Kuriere. So ging das durch zwei Tage. Dann versank sie in ebensolche Untätigkeit, wie sie vorher rastlos gewesen war. Niemand wurde vorgelassen. Sie schleifte sich auf und ab durch ihre Zimmer. Schaute stundenlang über das Land hin, die dicken, plumpen Lippen halboffen in einem merkwürdig lüsternen, bösartigen Lächeln. Wartete. Aß nicht. Sprach nicht. Wartete.

*

Bevor Markgraf Karl und Herzog Johann die böhmische Grenze erreicht hatten, erhielten sie einen Eilbrief des Bischofs Nikolaus von Trient, des der luxemburgischen Sache blind Ergebenen. Er habe von den verschiedensten Gegenden des Landes anonyme Warnungen erhalten. Es gäre im Land. An der Spitze der Aufruhrbewegung stünden Chretien von Taufers, Heinrich von Rottenburg, Albert von Andrion. Er rate den Fürsten dringend, mit ihren Truppen zurückzukehren.

In Eilmärschen kehrten die Luxemburger um. Fingen Albert von Andrion und Chretien von Taufers in einem Hinterhalt. Der Aufstand war mißglückt, ehe er ausgebrochen war. Die revolutionären Feudalherren krochen in ihre Burgen zurück; keiner hatte von einem Protest gegen das luxemburgische Regiment etwas gewußt, geschweige denn von bewaffnetem Widerstand. Die eigentlichen Anstifter, Burgstall, Villanders, Schenna, waren von Anfang an zu klug gewesen, sich bloßzustellen. Wie Schnee im Sommer verschwanden die Aufständischen vor den luxemburgischen Truppen. Heinrich von Rottenburg entkam; gute Freunde, um sich zu halten, lieferten ihn aus.

Nachdem der Aufstand so rasch und mühelos erstickt war, hielt Markgraf Karl seinen weiteren Aufenthalt in Tirol für überflüssig. Er empfahl seinem Bruder und dem Bischof von Trient, die Mitläufer nicht zu verfolgen, aber die Führer rücksichtslos zu bestrafen. Legte verstärkte Besatzung nach Schloß Tirol, in die wichtigsten Festungen, zog mit dem Rest der Truppen seinem Vater zu Hilfe nach Polen.

Auf Schloß Sonnenburg bei Innsbruck saß der Bischof Nikolaus von Trient, hörte mit finsterer, beflissener Aufmerksamkeit das Protokoll, das der Sekretär des Herzogs Johann vorlas. Johann selber lehnte am Tisch, schaute mit kleinem, bösem, triumphierendem Lächeln auf den sitzenden, finstern Prälaten.

Ja, nun zeigte es sich, daß er recht gehabt hatte. Der Bischof hatte es für unpolitisch gehalten und, wenn dann doch nichts herauskommen sollte, für geradezu schädlich. Aber er, Johann, hatte darauf bestanden, hatte sich kühn hinweggesetzt über so umständliche Bedenken. Was Bruder der Herzogin! Was Blut vom angestammten Fürstenhaus! Ein Hochverräter war er, ein meineidiger Rebell. Und er hatte über Albert von Andrion die Tortur verhängt.

Der blonde, nette, fröhliche Mensch war ihm von je zuwider gewesen. Ei, er hatte ihn immer angehaßt, mit Margarete gegen ihn gezettelt. Nur hatte man ihm nichts nachweisen können. Jetzt endlich konnte man ihn, Gott sei Dank, überführen, unschädlich machen.

Der Herzog selber war dabei gestanden, als man den Gefangenen peinlich befragte. Den ersten Grad überstand er stumm und trotzig. Man zog ihn, die Füße mit Bleikugeln beschwert, an den nach rückwärts gebundenen Händen hoch, ließ nieder, zog wieder hoch. Seine weiße, rosige Haut lief an, schwitzte. Aber er schwieg. Auch die Daumenschrauben überstand er. Es knirschte, Blut spritzte, er erbrach sich. Aber seine Heimlichkeit nicht mit. Erst als man ihn mit glühenden Zangen zwickte und mit Feuerbränden unter den Achseln kitzelte, bequemte er sich und wurde gesprächig.

Und nun also hatte man das Protokoll. Ein gutes, kostbares Protokoll. Der Bischof zwar meinte, der Rottenburger sei ein sprudelnder Narr, Chretien und Albert dumme Jungen, es müßten bessere Köpfe dahinterstecken, und an die könne man trotz des Protokolls nicht heran. Aber jedenfalls hatte man es jetzt schwarz auf weiß, daß die Revolutionäre Margarete verständigt hatten, daß die Herzogin mit im Komplott war.

Der finstere Bischof fragte ironisch, ob Johann je daran gezweifelt habe. Der erwiderte: nein, aber er freue sich, den Beweis in der Hand zu haben; er werde Margarete das Schriftstück ums Gesicht schlagen. Der Bischof fragte, ob er glaube, daß dadurch dem Haus Luxemburg großer Machtzuwachs erreicht sei.

Bevor er nach Schloß Tirol ging, urteilte Johann die Führer der Verschwörung ab. Albert, verrenkt, siech durch die Folterung, wurde seiner Lehen für verlustig erklärt; nachdem ihn die Mönche von Wilten einigermaßen transportfähig gepflegt hätten, sollte er in ewige Haft nach Böhmen gebracht werden. Den kleinen Heinrich von Rottenburg ließ Johann in Lumpen vor sich bringen, zerrte den Gebundenen, Geknebelten am Bart, schlug ihn auf beide Wangen, eröffnete dem unter seinem Knebel Fauchenden, Augenrollenden, daß nun auch seine beiden anderen Burgen zerstört, verbrannt, dem Erdboden gleichgemacht werden würden. Der Rottenburger selber wurde in einen Kerker nach Luxemburg geschafft, Chretien nach Schloß Tirol mitgeführt.

Der Herzog fand Margarete durchaus nicht so verzweifelt und zerknirscht, wie er erwartet hatte. Sie hockte in einer Ecke, in einer seltsamen, toten Müdigkeit. Johann hatte ein Gefühl wie vor einer Schlange, die satt gefressen ist und sich nicht regt und keine Hoffnung und keine Furcht mehr kennt in ihrer gelähmten, apathischen Sattheit. Er klirrte auf und ab vor ihr, machte sich knabenhaft wichtig in seiner Rüstung, stieß Drohungen aus, unflätige Beschimpfungen. Sie solle sich nicht beifallen lassen zu fliehen, alle Gänge seien bewacht, Gräben, Tore, Mauern dreifach besetzt. Sie dürfe ihr Zimmer nicht verlassen, auf Monate; er werde sich sehr überlegen, wem er Zutritt zu ihr gestatte. Aber er kam mit seinen großen, bedrohlichen Worten durchaus nicht auf seine Rechnung. Sie fielen leer, ungeflügelt zu Boden. Margarete hörte mit lässiger, stumpfer Neugier zu, man konnte ihr nicht beikommen, es hätte durchaus keinen Sinn gehabt, sie zu schlagen und anzuspeien, wie er es sich ausgemalt hatte. Er funkelte sie an mit seinen kleinen Wolfsaugen; aber er merkte, daß sein Toben und Wüten ziemlich künstlich blieb und ohne Eindruck. Enttäuscht zog er schließlich ab.

Sie lag lange allein. Wie war sie leer und ausgehöhlt! Es war trüber, feuchter Tag. Sie fröstelte. Wollte heizen lassen. Schellte. Niemand kam. Sie schleppte sich zur Tür. Zwei Geharnischte traten ihr entgegen, streckten ohne Wort die Lanzen vor.

Abend fahlte herein. Ein Mensch glitt in den Raum, stellte eine große, brennende Kerze auf den Tisch, still, merkwürdig lautlos, ein Verhülltes daneben und eine Buchrolle, glitt ebenso stumm wieder hinaus.

Margarete fröstelte stärker, blinzelte in die flackernde Kerze. Schleifte sich schließlich heran an das Licht, wärmte die klammen Hände an der Kerze. Die Buchrolle waren Kapitel aus der Schrift. Aus dem Verhüllten stieg ein fauliger, süßlicher Geruch auf. Gezogen fast und wider Willen zerrte sie an dem Tuch, es öffnete sich. Fäden, braune Fäden. Nein, das war Menschenhaar. Langes, kastanienbraunes. Eine Stirn darunter. Dies war ein abgeschlagener Kopf. Vergraust warf es sie zurück. Chretiens Kopf starrte sie an aus verglasten Augen. Er lag schräg da, die starke Nase stach spitz aus dem Tuch, Mund und Kinn waren noch verhüllt.

Der Gaumen wurde ihr trocken. Sie atmete wild, in kaltem Schweiß, drückte sich in den Winkel, röchelnd. Stierte auf den Kopf, den das Licht flackerig, willkürlich und lächerlich verzerrte. Schloß die Augen. Rötlich tanzte vor ihr die Nacht.

Es zwang sie, wieder auf den Kopf zu stieren. Gut wäre es, wenn diese Kerze tot wäre und ihr irrsinniges Geflacker. Man müßte sie auslöschen. Aber sie konnte nicht auf. Hatte sie denn Angst? Nein, sie hat nicht Angst. Sie ist die Herzogin. Wenn man sie belauert, durch ein Loch in der Tür? Sie steht auf; Kopf starr geradeaus, mit seltsam gespreizten Gliedern stelzt sie zu dem Tisch, schlägt die Kerze aus. Sackt hin.

Liegt eine lange Weile steif. Spürt, wohlig fast, die Kälte und nichts sonst. Dann fängt die Nacht wieder an zu tanzen und zu zucken. Der Kopf zuckt in ihr hin und her. Wird endlos lang und schmal. Die mageren, bräunlichen Wangen schillern giftig, bläulichgelb, und jedes dieser schmutzigen, schwärzlichen Flaumhaare sticht nach ihr. Die toten Augen klappen auf und zu in der Nacht. Sie sind ganz ohne Ausdruck, wie von einem toten Tier. Oh, wenn es Tag wäre! Es wäre besser gewesen, die Kerze nicht totzumachen. Jetzt liegt die Nacht so schwer und plump auf ihr wie eine grobe, erstickende Decke. Man liegt in dieser Nacht wie in einem Sarg, und der tote Chretien klappt seine sinnlosen Augen auf und zu.

Er ist häßlich. Das häßlichste Lebendige ist nicht so häßlich wie ein Totes.

Nein, es ist ihm nicht gut bekommen, daß er sie hat betrügen wollen. Die Schöne hat jetzt auch nicht viel von ihm. Mit einem Mann ohne Kopf läßt sich kein Staat machen.

Er hat andere mitgerissen. Armer Albert! Lieber, gutmütiger, freundhafter Bruder! Er war so harmlos und kameradschaftlich. Sicher hat er nur mitgetan, um kein Spaßverderber zu sein. Jetzt ist er kahl und bloß und verrenkt und im Kerker. Der frische, lustige Junge, der er war.

Aber Chretien war doch anders. Das kühne, magere, bräunliche Gesicht. Sie wird keine Furcht mehr haben vor dem toten Kopf. Sie wird ihn lang und genau anschauen, und Chretien wird ihr gehören, nicht der Schönen. Tag sollte es sein, Tag, daß sie ihn sehen kann. Die dummen Gedichte des Herrn von Schenna singen immer von den Herrlichkeiten der Nacht und daß die Nacht der Liebe gehöre und verwünschen den Tag, daß er fernbleiben möge. Unsinn. Ihre Zeit ist der Tag. Herauf, Tag! Schenk mir meinen toten Freund, der mir gehört, Tag!

Doch als der Tag heraufkroch und um den toten Kopf das erste graue Licht war, lag sie überschauert, mit geschlossenen Augen, im Fieber.

Nach zwei Monaten strenger Überwachung erhielt sie Erlaubnis, für einige Tage nach dem Kloster Frauenchiemsee zu reisen, zu ihrer kranken Schwester Adelheid. Sie fand das sieche, krüppelhafte Mädchen scheu und unzugänglich wie immer.

Margarete war vollkommen leer und ausgeschöpft. Sie aß, trank, ging herum. Beugte in der Klosterkirche das Knie wie die Nonnen, nahm und gab Gruß und Rede und Gegenrede. Sie war jung und alt wie die Welt. Sie war viel älter und erfahrener als die welke, milde Äbtissin, wußte viel besser als diese, daß alles eitel war und Haschen nach Wind.

Der betuliche Abt von Viktring kam zu Besuch. Er war den Luxemburgern nie sehr freund gewesen, König Johann galt ihm als Spötter und Freigeist – darum auch hatte ihn der Herr mit Blindheit geschlagen –, und er freute sich, daß Margarete sich gegen sie erhoben hatte. Er sprach in seiner redseligen Manier viel in sie hinein; doch sie blieb wortkarg. Er häufte Zitate, führte tröstlich Anselmus an: „Schneller vergeht nicht die Stunde, als wechselt der Anblick der Dinge. Diesseits ist und für nichts alle irdische Zierde zu achten.“ Aber es schien auf Margarete nicht viel Eindruck zu machen.

Sie saß mit der Äbtissin lange Stunden am Ufer der winzigen Insel, schaute über den blassen, hellen See. Das Wasser gluckste träg im Schilf, stille, fahle Sonne war, weit draußen lag ein Fischer in seinem plumpen, altertümlichen Kahn. Die Äbtissin schaute sie aufmerksam an, streichelte ihre dicklichen, jetzt nicht geschminkten Hände. „Junge Herzogin!“ sagte sie mit ihrer welken, milden, wissenden Stimme. „Junge Herzogin!“

„Jung?“ fragte Margarete zurück, so müde, daß es nicht einmal bitter klang. „Jung? Sie sind zehnmal jünger als ich, hochwürdige Frau."

Die Äbtissin sagte: „Ein Baum ist nicht tot, auch wenn er im Winter kahl steht." Ferner sagte sie: „Es gibt nichts Schmerzhafteres, aber auch nichts Wohligeres, als wenn man, erstarrt, wieder ins Leben zurückkehrt." Auch sagte sie: „Sie sollten mit den Nonnen singen, junge Herzogin."

*

Als Margarete nach Schloß Tirol zurückkehrte, ließ ihr Ludwig der Bayer von einer prunkvollen kaiserlichen Bedeckung bis an die Grenzen seines Gebiets das Geleite geben. Die ersten Herren des Münchner Hofs führten den glänzenden Zug, die Fahne mit dem wittelsbachischen Löwen wehte ihm voran, Feudalbarone und Behörden standen feierlich an seinem Weg.

Die Herzogin dankte den Herren automatisch, nicht mit der gewohnten pomphaften Sicherheit. Sie war schlaff, gleichgültig, viel zu müde, sich Gedanken zu machen über die Gründe, die den Kaiser zu so auffallender Ehrung veranlaßten.

Ja, der Wittelsbacher hatte seine guten Gründe. Er war erst jetzt wieder peinlich daran erinnert worden, wie sehr die luxemburgische Herrschaft in Tirol ihn behinderte. Seine Absicht, gewisse lombardische Händel durch einen Kriegszug zu beendigen, hatte der Bischof von Trient vereitelt, der ihm kühl und ohne Umschweife den Durchzug durch sein Gebiet verbot. Diese Verärgerung des Kaisers hatten die Tiroler Feudalherren klug genutzt. Die Burgstall, Villanders, Schenna, die sich bei der ersten Revolution gegen die Luxemburger schlau im Hintergrund gehalten, hatten ihre Pläne keineswegs aufgegeben. Das mißglückte Unternehmen hatte sie gelehrt, daß es nötig sei, eine Großmacht als Rückendeckung zu gewinnen. Was lag näher, als sich an den Feind der Luxemburger zu wenden, den Kaiser, den Wittelsbacher? Margarete hatte in dem letzten Unternehmen keine glückliche Hand gezeigt. Es war nicht ganz klar, was der unmittelbare Grund war, über den jener Aufstand strauchelte. Aber so viel war gewiß, daß vornehmlich ihre seltsame Laune, ausgerechnet den Chretien von Taufers zu berufen, die klug gezettelten Fäden verwirrt und zerrissen hatte. Jedenfalls war es geratener, diesmal über ihren Kopf hinweg zu handeln und sie erst im letzten Augenblick beizuziehen. Die Befreiung von Herzog Johann mußte sie, wie immer sie ins Werk gesetzt wurde, so, wie die Dinge jetzt lagen, als Erlösung empfinden.

Man schickte also in aller Heimlichkeit Botschaft an den Kaiser. Stellte ihm vor, wie die Erbitterung im Land gegen die Luxemburger steige; wie man bedaure, daß sein italienischer Feldzug an dem steifnackigen Widerstand des Bischofs von Trient, des Böhmen, gescheitert sei. Fragte unverbindlich an, ob er allenfalls einwilligen würde, seinen Sohn, den Markgrafen von Brandenburg, mit der Herzogin von Tirol zu vermählen. Der ländersüchtige Wittelsbacher, ungeheuer gelockt durch die Aussicht, Tirol zu gewinnen, erwiderte ebenso unverbindlich, er werde mit seinem Sohn, dem Markgrafen, den Plan durchsprechen; solange die Luxemburger noch im Land säßen, sei das Ganze ein blaues Projekt.

Den tirolischen Herren genügte solche Antwort vollauf. Sie wußten, es ging nicht an, daß der vorsichtige Wittelsbacher sich mehr exponiere. Seine Antwort war verklausuliert, doch ihr Kern ein deutliches Ja. Die prunkvolle Bedeckung, die er jetzt ihrer Herzogin stellte, wäre Bescheid genug gewesen. Die Zerstörung der Rottenburgischen Festen, die Folterung Alberts, des Sohnes des guten Königs Heinrich, die Hinrichtung des Herrn von Taufers hatten die Luxemburger der letzten Sympathien beraubt. Die Barone schürten weiter, hetzten. Immer ohne Margarete zu verständigen.

Agnes von Flavon stand vereist, als sie von dem Niederbruch der Revolution erfuhr. Sie durchschaute sofort die Zusammenhänge. So schreckbar wuchtig also hatte die Häßliche zurückgeschlagen. Sie stand vergraust, kroch in tierischer Angst für ihr Leben in sich zusammen, dachte an Flucht.

Als sie sah, daß gegen sie nichts unternommen wurde, tauchte sie dann langsam aus ihrem Schrecken hoch, äugte um sich. Sah die strengen Maßnahmen gegen Margarete, verwirrte sich. War jene so ungeschickt, daß sich das Unternehmen zuletzt gegen sie kehrte? Sicher nicht. Dazu war sie viel zu klug. Es mußte mit ihrem Willen so gekommen sein. Agnes begriff die Feindin nicht mehr. Ihr Haß wuchs mit ihrer Angst. Sicher plante sie einen noch ärgeren Schlag, sich an ihrer Vernichtung zu weiden.

Es geschah nichts. Man kümmerte sich nicht um sie. Es war verständlich, daß man sich von ihr, der Frau des schmählich Hingerichteten, fernhielt. Aber warum beschlagnahmte man ihre Güter nicht? Sie ertrug nicht die Stille und Gleichgültigkeit um sich herum. Dazu die Angst, dies alles sei nur Vorbereitung tieferer Vernichtung. Sie beschloß, nach Schloß Tirol zu reisen.

Auf dem Stadttor von Meran sah sie auf eine Stange gesteckt den Kopf ihres Mannes Chretien von Taufers. Er glotzte auf sie her, bläulichgelb; in verfilzten Strähnen wehte sein langes, unbekümmertes, kastanienfarbenes Haar in dem lauen Wind. Sie zuckte zurück. Dann schaukelte, von den Pferden getragen, ihre Sänfte unter dem Kopf des Gerichteten in die Stadt Meran. War es eine schlechte Vorbedeutung? Sie hatte keine Zeit für Sentimentalitäten. Sie mußte sich sammeln für die Unterredung mit Herzog Johann. Die war nicht leicht diesmal. Sie war schon einmal in schwarzer Trauerkleidung vor ihm auf der Erde gelegen. Wiederholungen wirken matt. Und diesmal ist die Situation gegen sie.

Johann empfing sie denn auch gereizt, bösartig, höhnisch. Fragte giftig, ob sie auch keine Waffen bei sich habe. Er tue wohl gut daran, sich vorzusehen. Mit großen, traurigen, ob solcher Kränkung vorwurfsvollen Augen sah sie ihn an. Weinte sehr, daß der großmütige, junge Herzog, der ihr huldvoll entgegengekommen, nun Ursach habe zu solchem Mißtrauen. Beteuerte, wie sie von den Plänen ihres hochverräterischen Mannes keine Ahnung gehabt. Sagte, es sei gut, daß er tot sei; denn wer so hinterlistig seinen Fürsten verrate, trage gewiß nicht lange Bedenken, auch sein Weib zu verraten. Gestand mit unschuldiger Verruchtheit, sie habe Chretien nie geliebt; ihn nur geheiratet, um Taufers behalten und in der Nähe des Fürsten bleiben zu können. Johann hörte zu, mißtrauisch und geschmeichelt. Sie trat näher an ihn, daß er ihr Fleisch atmete. Er knurrte, er glaube ihr kein Wort, aber er kämpfe nicht gegen Weiber, vorläufig könne sie Taufers behalten. Dann klatschte er ihr, die sich geduldig und lauernd duckte, verächtlich, derb und lüstern den Nacken, kehrte sich grob ab, warf ihr hin, er werde nächstens nach Taufers kommen, nachschauen, ob man dort Rebellion treibe; aber allein, er habe keine Angst. Damit lachte er laut und eindeutig auf, ließ sie stehen, ging auf die Jagd.

Mittlerweile war die Verschwörung des Adels reif geworden. Schloß Tirol sollte in Abwesenheit Johanns besetzt werden. Man konnte nicht länger umhin, Margarete zu verständigen. Auch mußte man ihre Einwilligung in eine eheliche Verbindung mit dem Wittelsbacher einholen. Herr von Schenna übernahm es.

Er saß vor ihr, dürr, in lässiger, uneleganter Haltung, sprach ihr mit seiner welken, brüchigen Stimme von allerlei Kleinzeug. Glitt mit seinen alten, klugen, skeptischen Augen auf und ab an ihr. Er als einziger ahnte die Zusammenhänge. Behutsam, beiläufig warf er ihr hin, sie möge nicht erschrecken, wenn nächster Tage einmal andere Besatzung das Schloß beziehe, verstärkte Besatzung. Sie möge, auch wenn geschrien, rumort, mit Waffen geklirrt werde, sich nur ja in ihrem Zimmer halten, für sie sei keine Gefahr. Er hielt ein, wartete. Sie reagierte nicht. Nach einer Weile, sacht, holte er aus, ob sie denn nicht frage, warum das alles. Nein, sie fragte nicht.

Er wechselte. Sprach von Agnes. Jeder neue Trauerfall bekomme ihr besser. Jetzt wieder, als sie hier im Schloß war, habe jeder sehen müssen, Schwarz stehe ihr am besten. Margarete horchte auf, der kluge Schenna sah: jetzt war ihre Gleichgültigkeit Maske. Er lenkte ab, kehrte dann wieder zurück. Ja, nun werde Agnes wohl bald auf längere Zeit als Gast hier einziehen; in diesem Stück sei Herzog Johann dem guten König Heinrich ähnlich. Margarete schnellte hoch. Schenna habe sich bisher immer als ihr Freund gezeigt. Ob dies wahr sei? Sie als Gefangene und die andere als Herrin: hier, in den gleichen Wänden, in der gleichen Luft – unausdenkbar sei das. Und er solle jetzt um Christi willen die Wahrheit sagen.

Schenna erwiderte schlicht: Ja, Johann habe Agnes von Flavon eingeladen; und wie er die Dame kenne, werde sie wohl annehmen. Da Margarete die Augen schloß, das Gesicht verzerrte: Es gebe ja noch Mittel, tröstete er, fing an von seinen Plänen. Sie winkte ab, wollte nicht hören.

Bat Herzog Johann dringlich zu sich. Ob das wahr sei? Ob er das wirklich tun wolle? Sie flammte. Das Schloß hier zu einer Hurenherberge machen? Er: Ja, er werde machen. Er werde sich erlauben. Er sah, daß er endlich, auf solche Art, sie treffen, ihre Starrheit durchstoßen, sie anbohren, wund machen konnte. Er beschaute sie mit seinen kleinen, hassenden, gierigen Wolfsaugen, schwoll an. Was sie sich erfreche? Ob sie ihm das Weib verbieten wolle? Sie ihm? Sie, so wie sie ausschaue? Margarete schluckte, sagte beherrscht: Sie bitte ihn nicht, zu bedenken, was man im Volk, was an andern Höfen sagen werde, wenn er hier, im Schloß ihres Vaters, das sie ihm zugebracht, sie im Kerker und die andere in Glanz halten wolle. Aber daran müsse sie ihn erinnern, daß der Mann seiner Mätresse die Revolutionäre geführt habe, daß jene mit im Komplott, vielleicht die Anstifterin gewesen sei, daß es undenkbar sei, jene habe den schmählichen Tod ihres Mannes so schnell vergessen. Er solle sich hüten vor ihr! Er lachte hämisch: Mit solchen Faxen solle sie ihm nicht kommen. Sie sei eine eifersüchtige Gans. Prahlerisch fügte er hinzu: Wie, wenn etwa gar Agnes ihn gewarnt, ihre Intrigen vereitelt hätte?

„Ich habe dich doch gewarnt!" rief sie. „Ich! Ich!"

Ihm, für einen Augenblick, stieg ein unbehagliches Gefühl auf: er sah sie wieder wie damals, als sie vor ihm lag wie eine satte Schlange, er fühlte sich gedemütigt durch seine widerlegte Prahlerei. Aber sogleich war er wieder oben. Dies war ja eine offensichtliche, schlaue, freche Lüge, durch die sie ihn verblüffen wollte.

„In einer so plumpen Schlinge kannst du vielleicht deine Tiroler Bauern fangen, nicht mich!" sagte er mit gespielter, verächtlicher Trockenheit. Und, sich weiter hineinsteigernd: „Also das endlich spürt man? Das geht an die Nieren? Die Schöne soll aus dem Haus? Das stachelt, daß sie da ist? Just erst recht kommt sie! Just erst recht bleibt sie! Aus reit ich mit ihr! Auf die Jagd reit ich mit ihr! Nach Meran, Bozen, Trient reit ich mit ihr! Dir zeig ich es, Kröte! Häßliche! Giftige! Schmutzige!"

Sie hockte starr entschlossen, als er fort war. So schlicht und ehrlich hatte sie gesprochen, ihm noch einmal breit den Weg aufgetan zu ihr. Wer nicht taub und verworfen war, mußte hören. Er selber hatte entschieden.

Andern Tages kam wieder Herr von Schenna. Unterbreitete ihr einen kurzen Brief an den Kaiser, dessen Schutz sie sich empfahl, die Abmachung ihrer Barone billigend. Ohne Zögern unterschrieb sie. Schenna eröffnete ihr ferner knapp, sachlich, andern Tags, wenn Johann auf der Jagd sei, werde das Schloß von den Truppen der Barone besetzt, Johann der Eintritt verweigert werden. Sie selber könne ihm das, begehre er bei seiner Rückkehr Einlaß, mitteilen. Man werde sich hüten, sich ins Unrecht zu setzen, Hand an ihn zu legen. Man werde ihm nur in der Grafschaft jede Herberge versagen. Verlasse daraufhin Johann das Land, schloß Schenna lächelnd, werde niemand ihn hindern. Im übrigen, fügte er freundlich und sehr ergeben hinzu, sei diesmal vorgesorgt. Selbst wenn der Herzog gewarnt werde, könne nichts mehr mißglücken. Er nahm den unterzeichneten Brief an sich, neigte sich, ging mit seinen unbehilflichen, ungleichmäßigen, schlendernden Schritten.

Am andern Tag, einem Freitag, zog Johann mit kleinem Gefolge auf die Jagd. Das Wetter – es war Anfang November – hatte sich klar und blau angelassen, bald aber war Nebel eingefallen und feuchter, widriger Wind. Der Herzog war verdrießlich; was ihm Margarete über Agnes gesagt hatte, war doch nicht so leicht zu verdauen. Auch hatte sich sein Lieblingsfalke, ein schöner, grauweißer, norwegischer Gerfalke, verscheucht von einem größeren Raubvogel, verflogen. Jetzt zankte der Herzog mit dem Falkner herum, keifte, schrie.

So brach er frühzeitig die Jagd ab, kehrte gegen Abend nach Hause. Fand die Zugbrücke aufgezogen, das Tor versperrt. Stand verwundert, dann verärgert, fluchend. Stieß ins Horn. Der Turmwächter erschien, sagte, er habe keinen Auftrag, den Herrn einzulassen. Der Herzog lief rot an, bellte dem Mann unflätige Schimpfworte zu. In der Zinne des einen Torturms war auf einmal Margarete, rief mit ihrer warmen, dunkeln Stimme, der Prinz von Luxemburg möge nicht weiterschreien, hier sei kein Platz für ihn, er möge sich andere Herberge suchen. Vielleicht in Taufers. Johann legte an auf sie. Sie war fort vor seinem Pfeil.

Da stand er nun, schäumend und lächerlich, in seinem Jagdanzug vor dem versperrten Tor. Seine Begleiter tuschelten. Kalter

Wind blies, es regnete. Ein paar seiner böhmischen Leute aus der Burg machten sich heran, erzählten kleinlaut, betreten, wie eine riesige Anzahl gutbewaffneter Tiroler das Schloß besetzt, sie hinausgeworfen habe.

Der Herzog hielt noch eine Weile, kotig schimpfend auf die Feigheit seiner Leute, vor der hochgezogenen Zugbrücke. Aus der Burg kam Gelächter, Spottverse:

„Wer steht vorm Tor? Wer schlottert im Wind?
Ein Bettler? Ein Jud? Etwer vom Gesind?
Es ist bloß der Graf von Tirol."

Fluchend zog Johann schließlich ab, nach Zenoberg. Das gleiche. Nach Greifenstein. Das gleiche. Es ging schon auf Mitternacht. Er war todmüde, heiser vom Schreien und Toben, zerschlagen. Fröstelnd, jämmerlich, nächtigte er im Freien.

Morgen fahlte herauf. Der Herzog stieg auf sein Pferd, schmutzig, überwacht, die Glieder schmerzten ihn, der Magen war ihm hohl von Hunger. Er hatte nur mehr sechs von seinen Leuten um sich, die andern hatten sich sacht verlaufen.

Es regnete unaufhörlich. Seine Begleiter sagten ihm, das Volk sei sehr einverstanden mit dem Geschehenen, lache, juble, feiere, höhne. Jene Verse brummten, lästige Insekten um seine Ohren: „Ein Bettler? Ein Jud? Etwer vom Gesind? Es ist bloß der Graf von Tirol." Auf Nebenpfaden schlich er sich in die Burgen etlicher Adeliger, die er sich besonders verpflichtet hatte. Die Herren waren nicht da, die Kastellane hatten keine Weisung, verschlossene Tore. Es waren nur mehr vier von seinen Leuten bei ihm.

Er irrte ziellos durch Weinberge, Forst. Regen, Regen. Er glaubte sich verfolgt, umstellt. Er kannte keine Furcht in der Schlacht; jetzt kroch es ihm ekel herauf. Er wollte nicht gehetzt und geschlagen sein wie ein toller Hund von einem Bauern, einem stinkenden Bürger. Er schlug sich höher in die Berge. Kam endlich zu einer abgelegenen Burg des Tägen von Villanders. Der kluge, vorsichtige Baron, er wollte sich, wenn möglich, auch mit den Luxemburgern verhalten, nahm ihn auf. Allein er wagte nur, ihm sehr heimliche, auf ganz kurze Zeit befristete Unterkunft zu geben. Johann lebte die wenigen Tage als ein unbekannter Ritter Ekkehard, ließ sich nicht sehen. Da klatschten ihm auch hier Fetzen jenes Liedes um die Ohren: „Etwer vom Gesind? Es ist bloß der Graf von Tirol." Er machte sich fort, des Nachts, schlotterig, nur mehr zwei Knechte folgten ihm. Er war noch immer im Jagdkleid. Schmutzig, verschwitzt, stinkend, auf abgetriebenem, versagendem Roß, das auf den versumpften Nebenpfaden nicht mehr weiterkam, schlich er sich die Kreuz und die Quer durch sein Land. Wenn nur wenigstens dieser verfluchte Regen aufhörte! Er verkaufte den Schmuck, den er bei sich trug, Waffen, Jagdhorn, zuletzt auch das Pferd.

Fiebernd, erschöpft, ganz allein erreichte er das Gebiet des Patriarchen von Aquileja. Kam nach Friaul. In den Palast des Patriarchen. Die Knechte grölten, wieherten, als der lausige, verlumpte Mensch behauptete, er sei der Herzog von Kärnten, Graf von Tirol, Enkel der Römischen Majestät. Der Patriarch, Feind der tirolischen Feudalherren, von Luxemburg allezeit sehr gefördert, nahm ihn ehrerbietig auf, schloß ihn in seine Arme. Langsam kam, nach Tagen, der erschöpfte, verstörte Fürst wieder zu sich. Knirschte, wob bösartige Pläne, sott Gift, spie Flüche und Drohungen in das Land, aus dem ihn seine Frau vertrieben.

Zweites Buch

In München der Kaiser Ludwig hatte seinen Sohn, den Markgrafen, den Brandenburger, um die Schulter gefaßt. Ging auf und ab mit ihm. Redete gütlich auf den Finsteren, Verdrießlichen ein. Der Brandenburger sah, trotzdem er erst fünfundzwanzig Jahre war, sehr männlich aus. Blonder, kleiner Schnurrbart, harte, graublaue, etwas stechende Augen in gebräuntem, magerem Gesicht. Er hatte den massigen Nacken der Wittelsbacher, war groß, sehnig. Aber der wuchtige, ungeschlachte Kaiser überragte ihn doch um ein beträchtliches. Durch die gemalten Scheiben kam das helle, fahle Licht des Schneetags. Wie sie so auf und nieder gingen, der Kaiser den Arm um die Schulter des Sohnes, schien es, als schleifte er den Zögernden, sich Sperrenden.

Nein, nein! Er konnte es nicht und konnte es nicht. Er brachte es einfach nicht über sich, die Herzogin Margarete zu heiraten. Er hatte jetzt eine fünfjährige Ehe hinter sich mit Elisabeth, der dänischen Prinzessin. Sie war ein bescheidenes Geschöpf gewesen, etwas dürr, ja. Nun war sie tot, Gott gebe ihr die ewige Ruh. Jetzt will er drei, vier Jahre ohne Frau sein. In Brandenburg seine Staatsgeschäfte betreiben, Ackerbau, Städtewesen hinaufbringen, die Wenden kleinkriegen. Die tirolische Margarete heiraten, die ihren Mann auf so sonderbare Weise davongejagt hat? Die extravagante Person? Nein, danke! Sein kaiserlicher Vater werde ihn stets dienstwillig finden. Aber die Margarete heiraten, nein!

Der Kaiser richtete die riesigen, starren, blauen Augen auf den Sohn. Sein Widerspruch überraschte ihn nicht, erregte ihn nicht. Es war kein Vergnügen, die Tirolerin zu heiraten. Er an seiner Stelle hätte sich auch gesträubt. Aber er wußte, sein Ludwig war ein guter Sohn, ein einsichtiger Fürst, der begriff, daß Heirat das wichtigste politische Mittel war. Eine Gelegenheit wie diese kam nicht wieder. Hatte Wittelsbach Tirol, so war die Ländermasse geschlossen, so regierte Wittelsbach vom Nordmeer bis zur Adria. Er verstand durchaus, daß Ludwig es vorgezogen hätte, auszuschnaufen, etliche Jahre Witwer zu bleiben. Aber dafür war er Fürst und Wittelsbacher. Er konnte sich solche Bequemlichkeit nicht gönnen.

Der mürrische Markgraf häufte weiter seine verdrossenen Einwände. Abgesehen davon, daß ihm diese Margarete und alles um sie tief zuinnerst gegen den Strich gehe, sei es gewiß, daß der Papst die Ehe der Tirolerin mit dem Luxemburger nicht lösen werde. Die ganze Christenheit werde wie ein Mann Skandal schreien, wenn er sich jetzt mit der Frau eines andern vermähle. Der Kaiser erwiderte gelassen, er habe sein Leben lang Bann und Interdikt tragen müssen; er könne es seinem Sohn nicht sparen. Ein Wittelsbacher komme leider anders nicht voran.

Der Markgraf entzog sich seinem Vater, lehnte sich an den Tisch in unbehaglichster Laune, strich sich mechanisch den kleinen Schnurrbart. Die dänische Elisabeth sei keine Helena gewesen, ein Fürst könne nicht nach Schönheit der Gestalt freien, das wisse er. Aber die Margarete! Die plumpe Taille! „Kärnten!" sagte der Kaiser. Das überworfene Maul! „Tirol!" sagte der Kaiser. Die Hängebacken! Die schrägen, vorstehenden Zähne! „Trient! Brixen!" sagte der Kaiser.

Durch München ritten indes die tirolischen Herren, die die Verhandlungen führten. Es war eine prunkvolle Gesandtschaft, an ihrer Spitze die ersten Herren des Landes, Burgstall, Villanders, Schenna, Eckehard von Trostberg. Sie hatten keine Eile, waren sehr zuversichtlich, beschauten anerkennend, behaglich die helle, bunte Stadt, die unter Ludwig rasch hochkam, die neue, wohnliche Residenz, die er sich baute. Die Wittelsbacher waren umsichtige, feste Herren. Man mußte nur, damit sie einem nicht zu genau kamen, sich mit allen Mitteln sichern. Das taten die Tiroler denn auch. Ließen sich alle ihre Handfesten, Urkunden, Privilegien bestätigen. Rafften, rissen an sich. Erzwangen sich Vetorecht und Kontrolle über alle Regierungsmaßnahmen. Verärgert, verzweifelt brach der Brandenburger aus, was er denn mit einer Herrschaft solle, die überall so geengt, gepreßt, gehemmt sei. Voll und bieder schaute ihm der Kaiser in die Augen: „Hab du den Mantel erst an! Ist er dann zu lang, kannst du ihn ja abschneiden."

Nach Lichtmeß, in hohem Winter, unter einem leuchtenden, hellblauen Himmel, fuhr, ritt der klingelnde, prächtige Zug der Wittelsbacher durch die grellweißen Berge nach Schloß Tirol. Schnee knirschte, Rüstungen klirrten, Gehänge, Gold und Silber läuteten. Weich in der dämpfenden Schneeluft ging der riesige, bunte Zug, Pferde, Saumtiere, Sänften, Menschen. Der Kaiser, in strahlender Laune, sein Sohn Ludwig, der Markgraf, der Brandenburger, mißmutig, zögernd, aber halb schon durch die Größe und Vielgestaltigkeit des Landes gelockt, sein junger Bruder Stephan. Der Herzog Konrad von Teck, der reiche schwäbische Herr, der intimste Freund des Brandenburgers, finster, fanatisch, ein wilder Arbeiter, ein unbedingter Anhänger der Wittelsbacher. Die tirolischen Barone. Zahllose bayrische, schwäbische, flandrische, brandenburgische Edle. Die Bischöfe von Freising, Regensburg, Augsburg. Die beiden großen Theologen, die der Kaiser an seinen Hof gezogen hatte, Wilhelm von Okkam und Marsilius von Padua.

Der Kaiser hielt während der ganzen Reise vor allem diese geistlichen Herren in seiner Nähe. Die Nachricht von der beabsichtigten Vermählung des Brandenburgers mit Margarete hatte ganz Europa skandalisiert. Nicht nur, daß Margarete die Frau eines andern war, sie war auch von ihrer Großmutter Elisabeth her mit dem Brandenburger im dritten Grade verwandt. Der Papst dachte nicht daran, die Herzogin von diesem Ehehindernis zu lösen, hatte vielmehr sogleich mit Bann und Interdikt gedroht. Ängstlich hörte, tief beunruhigt, die Bevölkerung diese Drohung. Der Kaiser war aber durchaus nicht willens, vor der Kurie zurückzuweichen. Er stellte dem Papst seine Theologen entgegen. Der Kaiser selbst war ohne viel Bildung, sprach nicht einmal Latein; aber er hatte eine tiefe, abgründige Ehrfurcht vor der Gelehrsamkeit. Er bedauerte aufrichtig, daß seine Bayern so dumpf und stumpf waren, sich zum Studium so gar nicht eigneten. Ach, überall in der Welt fanden die großen Gelehrten, die er an seinen Hof gezogen, Wilhelm von Okkam und Marsilius von Padua, Widerhall, nur nicht in seinem Bayern.

Er war fromm, er hatte Gewissen, er verehrte die weisen Herren von Herzen, glaubte an sie, war überzeugt von ihrem Wissen um Gott. Er hatte also an seine Theologen, sie aus seinen riesigen blauen Augen anstarrend, die Frage gerichtet, ob die Einwände des Papstes zu Recht bestünden. Marsilius und Wilhelm hatten ein Gutachten ausgearbeitet, die Ehe Margaretes mit Johann dem Luxemburger sei infolge Untauglichkeit des Gatten nie de facto vollzogen worden, sie bestehe also nicht, sei ungültig. Daraufhin hatte sich, vom Kaiser dringlich gebeten, der Bischof von Freising, Ludwig von Chamstein, bereit erklärt, die Ehescheidung zwischen Margarete und Johann auszusprechen. Aus diesem Grund also zogen die bayrischen Bischöfe mit über die Alpen. Ihre Mission kam ihnen sehr gefährlich, sie selber sich sehr kühn und wichtig vor. Sie hatten gespannte Gesichter, schwitzten.

Der Brandenburger ritt neben Konrad von Teck. Mehr und mehr interessierte ihn das Land, das Technische der Verwaltung. Leidenschaftlicher Nationalökonom, der er war, hatte er keinen Blick für die Gegend, die Sonderart der Menschen, sprach mit seiner harten, hellen Stimme nur von Ackerbauflächen, Siedlungsmöglichkeiten, Handelsstraßen, Bezirkseinteilung, Steuermethoden. Ob Brandenburg, ob Tirol – ihm war das Land nichts anderes als Verwaltungsgegenstand. Hier war überall Verrottung, Schlamperei. Er wird mit harter, tüchtiger, wohlmeinender Hand zupacken.

Herr von Schenna ritt neben Wilhelm von Okkam. Der kluge, weltkundige, gelehrte Theologe fesselte ihn. Er hatte an der Universität Paris doziert, war kein blasser Theoretiker, sah die Zusammenhänge von Westen nach Osten. Vor ihnen – die Straße stieg sacht an – hob sich hoch der wuchtige Rücken, der starke Nacken des Kaisers. Die beiden Herren sprachen über ihn. Der Theolog, nicht ohne eine gewisse Leidenschaftlichkeit, rühmte die ideellen Neigungen des Kaisers, seine Ehrfurcht vor der Bildung, den heiteren Ausbau der Stadt München, die Stiftung des Ritterordens von Ettal nach dem Muster des Wolframschen Parzival. Der schärfere Herr von Schenna aber wollte das nicht gelten lassen, er sah in dem Wittelsbacher einen viel moderneren Typ. Der Kaiser liebte die Städte mehr als die Burgen, den Kaufmann mehr als den Kriegsmann, Verträge mehr als Schlachten, sah auf Nutzen mehr als auf Ritterlichkeit. Gewiß hatte er noch romantische Anwandlungen; aber die waren Tradition, nicht Ausdruck seines wahren Wesens. König Johann, der Luxemburger, der war bei aller Wandelbarkeit viel konservativer, war ein Ritter alten Schlages, ein Abenteurer. Der Kaiser hingegen glich vielmehr den Stadtbürgern, war ein Mann von heut, ein Rechner. Darum auch werde der Luxemburger zwar mehr packen, aber weniger festhalten können, und auf die Dauer werde der Kaiser triumphieren; denn er sei ein Kind seiner Zeit. Der Theolog hörte den klugen, richtigen und literarischen Ausführungen nachdenklich und widerstrebend zu. Sie sahen den breiten, wuchtigen Rücken des Wittelsbachers vor sich. Sie dachten beide, was keiner sprach: er wird immer nach seinem Nutzen handeln und nur nach ihm, wird immer bieder und aus großen Augen sich, die andern, die Welt betrachten, wird immer, ehrlich und überzeugt, Gerechtigkeit, Moral, Gottes Willen gleichsetzen mit seinem Nutzen.

Man nächtigte in Sterzing, klomm andern Tages in klarer, schneidender, fröhlicher Kälte den Jaufenpaß hinan. Man hatte schon die Höhe hinter sich, stieg ins Passeier. Da strauchelte das Pferd des Bischofs von Freising, scheute, warf den Reiter vornüber ab. Der Bischof flog sehr unglücklich gegen einen Felsen, brach den Hals. Da lag er, der kleine, bewegliche Mann, auf dem gefrorenen Schnee unter dem fröhlichen, hellen Himmel. Er hatte gegen den Kandidaten des Papstes den Bischofsstuhl von Freising besetzt, er hatte gegen den Willen des Papstes das heilige Sakrament der Ehe brechen wollen; jetzt lag er gelb und steif und tot. Der bunte, laute, klingelnde Zug stockte. „Gottesgericht!" raunte es; übergraust standen die Herren um die Leiche. Man schlug den Toten in Decken, führte ihn auf einer Bahre mit nach Meran. Sehr still gelangte der kleine, wichtige Herr in die Stadt, wo er die kühne, gefährliche Tat seines Lebens hatte tun wollen. Die erschreckten Bischöfe von Augsburg und Regensburg weigerten sich den Bitten des Kaisers, daß nun sie Margaretes erste Ehe lösen sollten.

Gleichwohl brach des Kaisers gute Laune wieder durch, als er in das Schloß Tirol einzog. Avignon war weit, mochte Benedikt ohnmächtige Flüche gegen ihn schicken. Das waren Worte: er hatte das Land. Wo war ein Fürst der Christenheit mächtig wie er? Er hatte beide Bayern vereinigt, er hatte Brandenburg, hatte sichere Anwartschaft auf Holland, Friesland, Seeland, Hennegau. Jetzt das Land in den Bergen dazu, das schöne, alte, reiche, berühmte Land. Dahinter lag Italien, zerrissen, machtlos. Er hatte es, nun er die Höhen der Alpen beherrschte, fest in der Hand. Schönes Schloß Tirol! Gutes, festes Schloß Tirol!

Erstaunt hörten die Herren im Vorzimmer, wie der Kaiser innen mit heller, lauter Stimme sang. „Er singt Lieder wie König David vor der Bundeslade!“ sagte der Bischof von Augsburg. Der Kaiser aber, in seinem Gemach, allein, schaute in das weiße, helle Land, schlug sich auf die Schenkel, sang kleine, lustige, derbe Trutzlieder, wie man sie in den Kneipen seiner bayrischen Dörfer sang.

Zwei Tage später vollzog der Kaiser selber die Vermählung des Markgrafen Ludwig mit der Herzogin Margarete. Zum großen Ärgernis des Landes und ganz Europas. Wieder den Tag darauf belehnte er in der Stadt Meran die Neuvermählten mit Kärnten und Tirol. Er war angetan mit dem kaiserlichen Ornat. Konrad von Teck hielt das Reichsschwert, Arnold von Maßenhausen das Zepter, Herr von Krauß den Reichsapfel. Margarete strotzte von Prunk, steif, übersät mit Edelsteinen standen die schweren Kleider um sie herum, sie sah starr und reglos geradeaus.

Im Wiener Schloß saßen Albrecht der Lahme und Johann von Böhmen in langer Unterredung. Der Griff des Wittelsbachers nach Tirol hatte den Luxemburger und den Habsburger wieder ganz zusammengetrieben. Der Kaiser, dieser Schamlose, hatte nicht nur Tirol gestohlen, er hatte seinen Sohn auch mit Kärnten belehnt, in dem der Habsburger festsaß, das der Kaiser selber ihm hatte erobern helfen. Weniger über die Frechheit als über solche Torheit des Wittelsbachers waren die Fürsten erstaunt und empört.

Albrecht hatte alle Vorsorge getroffen, sein Kärnten gut zu verteidigen. Der gelähmte Fürst hatte noch einmal, nun auch er, die umständlichen, ihm doppelt beschwerlichen Zeremonien der Kärntner Thronübernahme auf sich genommen; es lag ihm daran, nur ja seine Volkstümlichkeit zu sichern.

Der blinde Luxemburger hatte mehr Phantasie und weiterschauende Pläne. Dieses Tirol, die schönste Frucht, die der dreiste, plumpe Wittelsbacher sich gepflückt, trug den Wurm in sich.

Der lahme, in Kleidung und Frisur etwas verwahrloste Albrecht sah mit Interesse, mit einer leisen, widerstrebenden Bewunderung auf den blinden König, der straff, elegant und sehr gepflegt vor ihm saß und leicht und behutsam seine blauen, kühnen Pläne andeutete. Nein, der Kaiser wird an seinem neuen Land nicht viel Freude haben. Er, Johann, ist im Grund verträglich. Er trat bisher Ludwig entgegen, wenn er mußte, wenn es sein Nutzen verlangte, aber ohne Haß und Leidenschaft. Von nun an wird es anders sein. Er ist randvoll von Ekel und Zorn über diesen letzten plumpen, schoflen Streich, über solche dumm anmaßliche, vor sich und andern heuchelnde Habgier und Frechheit. Der Grimm des Ritters und Abenteurers gegen den Kleinbürger brannte auf.

Der neue Papst, der sechste Klemens, kein Theoretiker wie der verstorbene Benedikt, nein, ein weltkundiger, glänzender Fürst und Herr und Politiker, ist ihm und seinem Sohn Karl eng befreundet, der Lehrer und nächste Vertraute seines Karl. Die Vermählung des Brandenburgers hat dem Kaiser überall Unwillen erregt. Wenn jetzt der neue Papst von allen Kanzeln Bann und Interdikt gegen den Kaiser verkünden läßt, wird solche Verfluchung nicht als Politik aufgefaßt werden, sondern bei aller Christenheit Billigung und herzlichen Beifall finden. Kurfürsten, Städte, Volk werden dem Wittelsbacher sich weigern, haben ihm schon ihre Gefolgschaft aufgesagt. Wenn dann mit Unterstützung Avignons sein Sohn Karl zum Römischen König erwählt wird, kann er, Johann, ihm eine unüberwindliche Liga gegen Ludwig schaffen.

Albrecht rieb sich mechanisch das schlechtrasierte Gesicht, hörte besonnen den Ausführungen des andern zu. Dies waren Pläne, die solider gegründet waren als gewöhnlich die Pläne des Luxemburgers; aber sie bedeuteten Angriff, unvermeidlichen Kampf. Er, Albrecht, war nicht willens, sich hineinzumengen. Er war nicht mehr jung, war gewitzt, zog das Schwert nur im äußersten Fall.

So saßen sie beisammen, die beiden mächtigen Fürsten, die mehr als die Hälfte Mitteleuropas regierten; der Blinde zerrte an dem Lahmen, aber er konnte ihm nur ein Defensivbündnis abringen.

Dann, als die Unterhandlung zu Ende war, reckte sich Johann, erhob sich, um zu gehen, tastete sich, der Blinde, an der Wand entlang, fand aber die Türe nicht. Albrecht konnte ihm zwar sagen, wo sie sei, vermochte aber, der Lahme, dem Tappenden nicht zu Hilfe zu kommen. Da lachten sie beide lang und herzhaft, bis endlich einer aus dem Gefolge draußen die Tür öffnete.

Schlimmes Unglück brach über das Land in den Bergen herein, die Strafe Gottes, weil die Herzogin das Sakrament der Ehe so grob verletzt hatte. „Die Plagen Ägyptens!" schrien die Anhänger des Papstes durch ganz Europa. „Die Plagen Ägyptens!" erblaßte das Volk, seufzte, schlug sich die Brust, fastete.

Zuerst taten zu erneuter Bestrafung der Sünden der Menschen die Schleusen des Himmels sich auf, eine zweite Sintflut.

„Wehe! Der Wassermann ergießt deukalionischen Regen", zitierte der Abt Johannes von Viktring einen alten Lateiner. Als hätten sämtliche Flüsse Europas sich über das Land ergossen, wurden Bäume, Wiesen, Dörfer, Menschen von Grund auf weggerissen, der Inn führte Brücken, Türme, Häuser mit sich, das untere Etschland glich einem See, von Neumarkt fuhr man zu Schiff nach den unter Tramin gelegenen Gütern.

Im gleichen Jahr rasch nacheinander vernichteten wilde Feuersbrünste die Städte Meran, Innsbruck, Neumarkt.

Aber das Grauenvollste und Seltsamste, was das Volk erstarren ließ, waren die riesigen Heuschreckenschwärme, die in diesem Sommer das Land verheerten. Sie kamen von Osten.

Nachdem sie Ungarn, Polen, Böhmen, Mähren, Österreich, Bayern, die Lombardei kahl gefressen hatten, lagerten sie sich über dem blühenden Tirol. Man sah die Sonne nicht, so dicht flogen sie. Sie flogen bei Tag und bei Nacht, und doch brauchten sie siebenundzwanzig Tage die Etschufer hinab.

Das erschreckte Volk schleppte in Prozessionen die Heiligenbilder, betete, streckte die Hände zum Himmel. Der Pfarrer von Kaltern ließ das Geziefer durch ein förmliches Rechtserkenntnis von Geschworenen verurteilen, bannte es von der Kanzel herab. Es waren riesige Tiere, sie hatten Zähne wie leuchtende, edle Steine, so daß die Frauen ihre Gewänder damit besetzten. Die Schwärme, die die Inngegenden verheerten, waren zwiefach merkwürdig. Die Führer flogen mit wenigen anderen dem Heer um eine Tagesreise voraus, suchten die Orte, die der Masse des Schwarmes geeignet waren. In Geschwadern brachen sie wieder auf, mit militärischer Disziplin. Sie fraßen Busch und Baum, sie fraßen alles Grün, sie fraßen den Halm, das Korn, die Hirse, Stumpf und Stiel. Die Erde war schwarz und grau und wie ausgedorrt, wenn sie endlich fortzogen.

*

Die Herzogin Margarete fuhr über den Arlberg. In Sankt Anton stand unter dem gaffenden Volk ein Mädchen von elf, zwölf Jahren mit seiner Mutter. Wie der Zug vorbeikam, rief eifrig, wichtig das Kind: „Mutter! Mutter! Welche ist die gnädige Frau Herzogin? Die Lange, Dürre oder die andere, die Maultasch?"

Die Mutter, eine derbe, wackere, behagliche, junge Frau, grinste, wurde rot, schlug nach dem Kind: „Wirst du den Brotladen halten, Saufratz!"

Die Leute ringsum lachten, das Kind plärrte, das Wort wurde aufgenommen. Es flog durch das Land, flog weiter, bald nannte alle Christenheit die häßliche Herzogin nur mehr die Maultasche. Margarete hörte davon, trug den Beinamen mit einer gewissen stillen, bitteren Absichtlichkeit. Wie sollte ihr neues Schloß heißen? Bruneck? Neugrafenburg? Sie nannte es Schloß Maultasch.

Markgraf Ludwig saß zusammen mit seinem Freund, dem Herzog Konrad von Teck, über Rechnungen und Belegen. Der junge, straffe Markgraf stellte nüchtern, klar Ziffern und Tatsachen zusammen; der massige, soldatische, etwas ältere Herzog von Teck hörte aufmerksam zu. Er war in Rüstung, unbeweglich, während der Markgraf bei aller Sachlichkeit sich nicht enthalten konnte, auf den Tisch zu schlagen, auf die raschelnden Papiere.

Sein festes, mageres Gesicht, harte, glanzlose, blaue Augen, bräunliche, verwitterte Haut, etwas spärliches, blondes Haar, gegen die Mode kurzer, blonder Schnurrbart, war böse und sehr erregt. Er hatte die Tiroler Barone immer für tückische, betrügerische Raffer gehalten. Doch daß sie auch unter seinem Regiment so frechen, offenkundigen Unterschleif wagen würden, daß sie bieder und traulich nicht etwa die Hälfte, sondern neun Zehntel seiner Einkünfte in ihre Tasche steckten und sich in ihren Schlußrechnungen kaum bemühten, das zu verschleiern, das war denn doch ein Gipfel frecher Habsucht, den er nicht erwartet.

Der junge Fürst liebte sachliches, rasches, sauberes Arbeiten. So hatte er sich in Brandenburg bewährt; es war dem Land gut bekommen. Hier in Tirol fand er überall Schlamperei, die ganze Verwaltung war ein Ungefähr, alle Grenzen und Befugnisse verwischt, Betrug und Unterschleif üppig in Schuß und Wucher. Dabei hatten die Barone gut vorgesorgt. Amnestie für ihre Verwaltungssünden war ihnen zugesichert, auch konnten sie fürderhin nur durch Einheimische kontrolliert werden, und da sie alle versippt waren, blieb solche Kontrolle Formsache.

Der massige, bartlose, soldatische Konrad von Teck ließ den Markgrafen zu Ende reden. Dann sagte er: „Durchgreifen! Verträge, Amnestie: einen Schmarren! Pack einen von ihnen am Kopf! Laß die andern reklamieren, protestieren! Wenn sie sehen, es nützt nichts, werden sie rasch kirre."

Mit einem halben Lächeln schob der Markgraf dem Freund ein Schriftstück hin: einen Haftbefehl für Volkmar von Burgstall. Aber er war nicht unterzeichnet. „Mein Vater täte es bestimmt nicht", sagte er. „Es kann verteufelt schiefgehen. Ich hab keine Rückendeckung."

Konrad von Teck schaute ihn aus seinen stumpfen, braunen Augen an, sagte knarrend: „Schaff dir Rückendeckung."

Ludwig gab den Blick zurück, schellte, befahl: „Die Frau Herzogin."

Bis Margarete kam, schwiegen die beiden Männer. Ludwig hatte keine Heimlichkeit vor dem Freund; so wußte der genau, wie es zwischen ihm und Margarete stand. Es stand aber so, daß aus Mißtrauen und Abneigung langsam eine kühle, geschäftsmäßige, wohlwollende Kameradschaftlichkeit gewachsen war. Margarete war ruhig, klug, nicht zudringlich, gab und verlangte keine Sentimentalität. Dies war dem Wittelsbacher sehr recht; seine saubere, straffe, nüchterne Art war die einzige an einem Manne, die Margarete in diesen Jahren nicht reizte. An ihre seltsame Erstarrung und Verkrustung gewöhnte er sich langsam ebenso wie an ihre Häßlichkeit, und es geschah ohne jeden verächtlichen Unterton, wenn er etwa im Gespräch mit Konrad ebenso wie das ganze Land Margarete die Maultasche nannte.

Es dauerte eine ziemliche Weile, bis sie kam. Denn nie erschien sie anders als in herzoglichem Prunk. Sie trug ein Kleid aus schwerem, braunem Stoff, mit vielem Gold besetzt, das Gesicht maskenhaft steif von Schminke und Puder, auch die Hände geschminkt. Der Markgraf legte ihr die Dokumente vor, wies in kurzen Worten darauf hin, wie lückenlos vor allem das Material gegen Volkmar von Burgstall sei. Margarete sah vor sich den dumpfen, dröhnenden, wuchtigen Volkmar, die nackte, brutale Gier seines Gesichts. Er hatte mit seiner plumpen, grausamen Hand zugeschlagen, wo er konnte, er hatte im Kampf gegen die Luxemburger den jungen Rottenburg, den lustigen, harmlosen Albert vorgeschickt und sich selber feig, schwer, tückisch in den kellerigen, widerwärtigen Winkeln seiner Burg versteckt. Ihr Gesicht unter der Schminke blieb steif und ohne Ausdruck. „Verhaften Sie ihn!“ sagte sie.

Selbst der starre Konrad von Teck sah überrascht auf. „Sie sind eine tapfere Dame, Frau Herzogin!“ sagte er.

„Nachdem das Ihr Rat ist, Margarete“, sagte der Brandenburger, „werden sich Ihre Landsleute wohl beruhigen müssen, wenn ich ihn befolge.“ Er bat, auch sie möge den Verhaftsbefehle unterzeichnen. Sie tat es.

Der Burggraf Volkmar wurde verhaftet, prozessiert. Solches Vorgehen gegen den ersten Aristokraten des Landes machte ungeheures Aufsehen. Die Barone, zitternd jeder für sich selbst, schlossen sich zusammen; vom Süden her wühlte Bischof Nikolaus von Trient, von Westen der Bischof von Chur. Konrad von Teck, dem der Gefangene unterstellt war, wich keinen Schritt. Anklage, Vermögenskonfiskation, Verhör, Tortur. Zum Urteil kam es nicht. Der Burggraf starb vorher, im Kerker, unversehens. Das Land raunte, übergraust, wollte sich empören, wagte es nicht, duckte sich, schwieg.

Margarete saß am Putztisch, als sie die Nachricht von dem plötzlichen Tod Volkmars erhielt. Das Fräulein von Rottenburg, das ihr Haar kämmte, schnaufte, zitterte, ließ den Kamm fallen. „Mach doch weiter!“ sagte Margarete, und ihre volle, dunkle Stimme war gleichmütig und ohne Schwanken.

Die Herzogin schaute von der Loggia der Burg Schenna aus in das besonnte Land. Jakob von Schenna saß ihr gegenüber. Zu ihren Häupten an den Wänden schritten die bunten Ritter.

Es tat wohl, die müde, gescheite Stimme Schennas zu hören. Seine hellen, klugen, reinlichen, phrasenlosen Sätze waren wie ein laues Bad. Der Markgraf hatte ihn in seine Dienste ziehen wollen. Doch Herr von Schenna hatte die diplomatischen Würden, die goldenen Ehrenketten seinen Brüdern Petermann und Estlein überlassen, er selber war wohl bereit zu raten; doch ein Amt nahm er nicht an.

Er sprach vom Markgrafen, wie häufig. „Nein", sagte er, auf die gemalten Ritter weisend, „von diesen hat er nichts. Wenn er einen Wald sieht, denkt er nicht an ein Ungeheuer, das darin sein könnte, auch nicht an eine Dame, die ein Riese hütet und die zu befreien wäre. Er überlegt, wie groß der Holzwert des Waldes ist, ob es lohnt, das Holz in die nächste Stadt zu schaffen, dort den Wohnungsbau zu fördern. Die Zwerge hat der Markgraf nie gesehen; sie werden auch nicht zurückkehren, solange er regiert. Auch wird er mit König Johann nie konkurrieren. Es wird ihm nichts daran liegen, achtzehn oder zwanzig Turniersiege im Jahr zu behaupten, die modischste Rüstung zu haben, möglichst oft in Paris zu sein. Aber darauf sehen wird er, daß sein Name selten in der Korrespondenz des Messer Artese aus Florenz vorkommt, daß die Kaufleute ihre Transporte in Sicherheit führen können, daß in den Städten feste, redliche Behörden sitzen."

Margarete schwieg. Ähnliches hatte Schenna schon oft geäußert. Es fiel ihr auf, daß früher die gleichen Dinge in seinem Munde ironisch geklungen hatten, ablehnend, während er jetzt fast mit Anerkennung von diesen bürgerlichen Eigenschaften des Fürsten sprach.

Herr von Schenna blieb bei seinem Lieblingsthema. Die alte Zeit war vorbei. Rittertum und Rittersitte war wohlfeil geworden und Attrappe. Man konnte nicht mehr so einfach und geradezu in die Welt hinausziehen und drauflosschlagen; gleich kam die Polizei. Mit Abenteuern war jetzt, in dieser farbloseren Zeit, weder Ehre noch Besitz zu holen. Es war vielleicht schöner gewesen früher, bunter, ehrlicher. Aber die Welt war verwickelter geworden. An Stelle der Burg trat die Stadt, an Stelle des kräftigen einzelnen die Organisation. Wenn der fahrende Ritter Herberge verlangte, Speis und Trank, forderte man von ihm – Gotts Marter! – Bezahlung. Nicht ihm gehörte die Zukunft, sondern dem Bürger, nicht der Waffe, sondern der Ware, dem Geld. Mochten Herren wie König Johann noch so herrlich herfahren über die Erde; was sie taten, blieb ohne Bestand. Bestand hatte das kleine, langsame, sorgfältige, rechenhafte Gewerk der Städte; sie bauten winzig, sie bauten ängstlich, aber sie bauten Zelle an Zelle, schichteten Stein um Stein, unablässig.

Margarete war überzeugt von der Richtigkeit solcher Grundsätze. Hatte sie es nicht an sich selber tief und grauenvoll erlebt? Was war Liebe? Was waren Abenteuer? Das höhlte einen aus, zerrieb, machte wund und leer. Gedanken, die sie früher schon gedacht, setzten sich tiefer, wurden wesenhaft, mischten sich ihr ins Blut. Ihre Häßlichkeit war Geschenk, der Wegweiser, mit dem Gott ihr den rechten Weg zeigte. Rittertum, Abenteuer, das war bunter Schaum und Schein. Ihr Amt war, in die Zukunft zu bauen. Städte, Handel und Handwerk, gute Straßen, Ordnung und Gesetz. Ihr Amt waren nicht Feste und Fahrten und Liebe; ihr Amt war nüchterne, ruhvolle Politik.

Sehr kam solchen Grundsätzen das Wesen des Markgrafen entgegen. Sie erkannte genau, wußte, spürte, wie eng und pedantisch er war. Aber sie achtete seine Tüchtigkeit und Verlässigkeit, gewöhnte sich daran als an etwas Freundhaftes, schwer zu Entbehrendes. Die Gatten waren viel zusammen, aßen zusammen, schliefen zusammen. Arbeiteten zusammen. Gutes Einverständnis war von ihm zu ihr. Ihre Gedanken schmiegten sich ineinander. Margarete regte an; aber so unmerklich, daß nicht zu unterscheiden war: wer war Führer, wer geführt? Oft, im Gespräch mit Konrad von Teck, sagte der Markgraf anerkennend: „Ja, meine Frau, die Maultasche.“ Bei alledem blieb Margarete im Innersten zugesperrt, ihre Umkrustung war nicht zu durchbrechen, es blieb bei einer freilich großen und ehrlichen Höflichkeit.

Im zweiten Jahr ihrer Ehe wurde Margarete schwanger. Ihr Wesen wurde gelöster dadurch, ihre volle, dunkle Stimme klang wärmer; aber jene Fremdheit und Starrheit fiel nie ganz von ihr ab. Sie blieb frei von heftigen, überschwenglichen Begierden, gleichmäßig, ohne stärkeres Gefühl. Sie sah, daß das Kind, ein

Mädchen, weder schön noch häßlich war. Es hatte die harte, ekkige Stirn des Vaters und, Gott sei Dank, seinen, nicht ihren Mund. Sie betreute das Kind sorglich, mütterlich, pflichtbewußt, ohne Herzlichkeit.

Der Papst zog den Arm des jungen Markgrafen Karl von Mähren-Luxemburg in den seinen, führte den Fürsten, eifrig auf ihn einredend, in dem behaglichen Zimmer auf und ab. Draußen, über der weißen Stadt Avignon, brannte helle, starke Sonne. Im päpstlichen Palast war es angenehm dämmerig, nicht zu heiß. Der sechste Klemens, dunkles, starkes, sehr repräsentatives Gesicht, die Konturen gehoben durch die bläulichen Schatten des Rasierens, hatte ein zärtliches, pflegliches Gefühl für den jungen Fürsten, seinen lieben, verständnisvollen, empfänglichen Zögling. Der hatte ihm die Tiara, er jenem die römische Kaiserkrone vorausgesagt.

Ja, und nun war es an dem. Der Wittelsbacher, der tölpische Bär, hatte zu gierig nach jeder Beute getappt. An dem letzten, übergroßen Bissen, an Tirol, sollte er erwürgen und ersticken. Mochten die Kurfürsten, die Städte des Römischen Reichs sich noch so vorsichtig und unbehaglich gegen die Kontrolle der Kurie sperren; der üble Geruch, der von den tirolischen Händeln ausging, stank allen so in die Nase, daß sie an der Person dieses Usurpators Ludwig von Bayern doch wohl nicht festhalten konnten. Ja, jetzt kam er angekrochen, der Wittelsbacher. Demütig winselte er vor dem päpstlichen Stuhl, erkannte das lange Verzeichnis seiner Verbrechen an, bot Unterschrift und Unterwerfung. Klemens lächelte, faßte seinen jungen Schüler fester um die Schulter. Der Bayer kam zu spät. Schon hatte er, Klemens, in feierlichem Konsistorium den großen Kirchenbann über ihn ausgesprochen, schon das Kurfürstenkollegium aufgefordert, zur Wahl eines neuen Königs zu schreiten. Wenn morgen sein lieber Schüler Karl von Luxemburg an den Rhein fährt, nach Rhense, zur Wahl, kann er die Gewißheit mitnehmen: der Papst hat alles getan, durch Segen und Verdammung, seine Prophezeiung von der Kaiserkrone wahr zu machen.

Wenige Tage später gab denn auch die Majorität der Kurfürsten dem Luxemburger ihre Stimmen. Von den fünf Fürsten, die für ihn stimmten, war der erste sein Vater, der zweite sein Oheim, der dritte ein Erzbischof ohne Stift und Land, der vierte und fünfte durch viel Gold erkauft.

Karl, nachdem ihm der Vorsitzende des Kollegiums, der Erzbischof Balduin von Trier, das Ergebnis der Wahl verkündet hatte, nahm die Umarmung seines Vaters, die Glückwünsche der Kurfürsten entgegen. Sandte einen Eilkurier an den Papst. Dann, allein, breitete der lange, hagere Mann die Arme, atmete. Erwählter Deutscher König, Römischer Kaiser bald. Er war nicht wie sein Vater, der Blinde, der Ritter. Er wird nicht glänzen, alles, wie er es an sich gerafft, verstreuen. Er wird haben, halten, besitzen. Er war aber auch nicht wie der Bayer, der Langsame, Pedantische, Bürgerliche. Burg *und* Stadt, das war es, Militär *und* Verwaltung. Nicht Territorien allein erraffen, was ist das groß? Sie beackern, sie durchkneten. Kirche, Kunst, Wissenschaft, Städtebau. Sammeln, häufen, pflegen. Alles sammeln und pflegen: Länder, Städte, Titel, Schlösser, Gelehrte, Reliquien, Kunstdinge. War er eitel? War er habgierig? Nein, dies war wohldurchdachte, wohlerkannte Fürstenpflicht. Der hagere, sehnige Herr setzte sich an den Schreibtisch. Notierte sich Richtlinien, entwarf ein Schema, einen Kanon seiner Regierung. Disponierte wissenschaftlich Tugenden, Erfordernisse, Pläne. Teilte sie ein: Ziffer eins, zwei, drei. Arbeitete viele Stunden, tief in die Nacht hinein.

Überlas das Geschriebene. Stak in all dem nicht doch ein bißchen Eitelkeit? Er war fromm, Eitelkeit war Sünde. Er wird büßen. Er sammelte leidenschaftlich Reliquien: Dornen aus der Krone Christi, Kleider, Schädel, Arme von Heiligen. Aus Pavia hat man ihm die Überreste des heiligen Veit angeboten. Der Heilige war viel zu teuer. Er wird, zur Buße, diese Reliquien trotz der Übervorteilung erstehen.

Vor Margarete stand ein kleiner, fetter, zappeliger Mensch, war sehr unterwürfig, sprach gaumig glucksend. Nannte sich Mendel Hirsch. War Jude. War während der Verfolgungen durch die Brüder Armleder aus dem Bayrischen nach Regensburg geflohen, dort von der Bürgerschaft geschützt worden. War aus den hundertundsiebenundzwanzig Gemeinden, in denen damals die Juden erschlagen worden waren, einer der wenigen Entkommenen.

Jetzt hatte er einen Schutzbrief des Kaisers, vorsichtshalber auch einen des Gegenkönigs Karl.

Die Herzogin hatte niemals einen lebendigen Juden aus der Nähe gesehen. Aufmerksam, mißtrauisch, leicht angewidert, beschaute sie den dicken Mann, der in braunem Rock und spitzem Hut vor ihr herumagierte, rasch sprudelnd, gurgelnd, possierlich zappelnd. So also schauen die aus, die Hostien schändeten, unschuldige Kinder gräßlich marterten, das von Gott verfluchte Geschlecht, das Gott gemordet hat. Sie hat oft von den fremden, unheimlichen Menschen gehört, erst unlängst, anläßlich der letzten Judenmetzeleien, mit dem Abt Johannes von Viktring eingehend darüber gesprochen. Der hatte die Verfolgungen weder gutgeheißen noch sie mißbilligt. Es erfüllte sich eben an dem geschlagenen Volk die uralte Verwünschung, die es sich mit eigenen Lippen herabgeflucht: „Sein Blut über uns und unsere Kinder!" Der Abt zuckte die Achseln, zitierte einen antiken Klassiker: „Weh Unseligem mir! Viel fürcht ich, weil viel ich verbrochen."

Margarete fand diese Lösung ein bißchen zu einfach. Gewiß, ein Mann, der so eine Judenverfolgung anfachte, mochte aus Eifer für die Sache Gottes handeln. Vielleicht. Sicher war, daß er viel daran verdiente. Denn gab es ein probateres Mittel, den jüdischen Gläubiger loszuwerden, als ihn totzuschlagen? Warum, wenn es nützlich und gemäß war, sie zu vertilgen, setzten sich just die weisesten geistlichen und weltlichen Herrscher für sie ein? Die Gesetze des zweiten Hohenstaufenfriedrich, die Bullen des vierten Innozenz bewiesen eine sehr andere Auffassung als die ihres wackeren Abtes. Und der jetzt regierende Klemens – er war ihr Feind, aber verflucht gescheit –, warum stellte sich der so breit und schützend mit Bullen und strengen Gesetzen vor sie hin?

Sie schaute auf den kleinen Mann, der sich vor ihr abarbeitete. Er erzählte von dem Jämmerlichen, was er durchgemacht. Wie man seine Leute in ihre Bethäuser zusammengetrieben und verbrannt habe, andere in Säcke gesteckt, mit Steinen darin, und elendiglich im Rhein ersäuft, wie man sie verstümmelt, gemartert, erwürgt, Frauen vor den Augen ihrer angepflockten Männer geschändet, aufgespießte Kinder wie Fahnen aus den Fenstern brennender Häuser gehängt habe. Er erzählte das hastig, mit vielen saftigen Einzelzügen, gestikulierend, seine bunten, gurgelnden Worte überkugelten sich, er lächelte entschuldigend, anklagend, resignierend, streute spaßige Sätze in seine Erzählung, rief Gott an, strähnte nervös seinen mißfarbenen Bart, wiegte den Kopf. Die Herzogin hörte ihm schweigend zu; in einer Ecke hockte Herr von Schenna, in schlechter Haltung, betrachtete aufmerksam den kleinen, eifrigen, possierlichen Mann.

Mendel Hirsch bat, sich in Bozen niederlassen zu dürfen. Er war auf dem Weg nach Livorno zu Glaubensgenossen. Aber jetzt, beim Anblick der aufblühenden Städte und Märkte Tirols, war ihm beigefallen, hier sei besserer Boden, neuerer. „Transithandel, gnädigste Frau Herzogin!“ sagte er. „Transithandel! Messen! Märkte! Hier führten die großen Straßen von der Lombardei nach Deutschland, von den slawischen Ländern in die romanischen. Warum sollten Trient, Bozen, Riva, Hall, Innsbruck, Sterzing, Meran schlechter sein als Augsburg, Straßburg?“ Schon seien die Bischöfe von Brixen und Trient geneigt, Juden in Schutz und Privileg aufzunehmen. Er werde mit gnädiger fürstlicher Erlaubnis den Handel hier rasch hochbringen. Geld ins Land, viel Geld, großes Geld. Er verfüge über Kapital in beliebiger Höhe. Bediene kulanter als die Herren in Venedig und Florenz. Er werde Wein, Öl, Holz exportieren; Seide, Pelzwerk, Schwerter einführen, spanische Wolle, Juwelen, maurische Goldarbeit; aus dem slawischen Osten Felle, vor allem auch Sklaven. Die brauche man hierzulande nicht? Man habe genügend leibeigene Bauern? Nicht? Also nicht. Aber Glas, das brauche man doch, sizilianisches Glas, er habe ausgezeichnete Verbindungen. Und gefärbtes Tuch brauche man auch. Und Zimt, Pfeffer, Gewürz. Er werde schon machen. Man möge ihn nur machen lassen.

Margarete sagte, sie werde seine Bitte in Erwägung ziehen. Als er fort war, überlegte sie mit Schenna. Dem gefielen die Projekte des Juden sehr. Gewiß solle man ihn hereinlassen, ihn zu halten suchen. Das sei die neue Zeit, das bringe Leben ins Land. Beim Turnier freilich werde Herr Mendel Hirsch keine gute Figur machen, die Barone, wohl auch die Bürger, würden die Stirn runzeln. Aber just wegen dieser faulen Überheblichkeit solle man dem trägen Volk den raschen, beweglichen Mann in den Pelz setzen.

So kam also der Jude Mendel Hirsch nach Bozen. Er kam mit

einem Gewimmel von Söhnen, Töchtern, Schwiegersöhnen, Schwiegertöchtern, Enkeln; auch drei Säuglinge waren dabei und eine uralte, mummelnde Großmutter. Das kribbelte mandeläugig, flinkfüßig, vielwortig durch die Straßen Bozens, beschaute die bunten, stattlichen Häuser, Mauern, Tore, Plätze, Menschen, schätzte ab, urteilte mit raschen, lauten Worten und Gesten.

Man kann nicht sagen, daß die Bozener Bürger den Juden Mendel Hirsch gerade begeistert aufgenommen hätten. Es bedurfte vielmehr erst der strengen Vermahnung des Markgrafen – der wie sein Vater, der Kaiser, die Juden als städteförderndes Volk schätzte und begünstigte –, bis sie ihm überhaupt nur Unterkunft gewährten. Und auch dann behandelten sie ihn denkbar grob und mißtrauisch, riefen die Kinder von den Straßen, wo er ging, wischten sich die Ärmel, wenn sie ihn angestreift, riefen ihm Schimpf- und Spottworte nach, bewarfen ihn hinterrücks mit Kot. Der kleine, fette, bewegliche Mann tat, als sehe und höre er nichts, putzte sich ab, wenn man ihn besudelte, lächelte, strähnte sich den verfärbten Bart. Trieb man es zu arg, wiegte er den Kopf, machte: „Nu, nu!" Er blieb immer gleich unterwürfig, kam wieder, wenn man ihn davongejagt hatte. Kaufte sich ein Haus, noch eines, ein drittes. Waren kamen für ihn, stapelten sich, fremdartige, schöne, in einer Fülle, wie man sie nie gesehen, nicht zu teuer. Er kaufte, was man ihm anbot, prüfte rasch, sicher, hatte immer Geld, zahlte bar. Die eingesessenen Kaufleute machten scheele Gesichter, die übrigen Bürger gewöhnten sich an den Juden, schimpften wohl noch, aber mehr aus Gewohnheit, ohne Überzeugung.

Wenn Mendel Hirsch besonders schöne neue Waren hatte, Tücher, Pelze, Juwelen, brachte er sie zuerst der Herzogin und Herrn von Schenna. Beide unterhielten sich gern mit dem flinken, weltbefahrenen Mann, der Wege, Waren, Menschen, Zusammenhänge gut kannte und aus sehr anderem, ungewohntem Gesichtswinkel sah. Er schnitt, kam man ihm in ernsthaftem Gespräch mit großen Worten, ein bitteres Gesicht; für Ritterlichkeit, Turnier, Fahnen und dergleichen Dinge hatte er eine gutmütige, schmunzelnde Verachtung, die Schenna ergriff und erheiterte. Er sagte: „Wozu immer klirren und recht haben? Ein bißchen Billigkeit, und allen ist geholfen." Er wurde nervös und ängstlich vor Lanzen, Spießen, Rüstungen. Einmal, als er bei der Herzogin angesagt war, kam er nicht, weil viel Kriegsvolk unterwegs war. „Er ist feig“, sagte Margarete.

„Gewiß“, sagte Herr von Schenna. „Mit einem Schwert tut er höchstens sich selber weh. Aber er geht allein und ohne Waffen herum unter einem Volk, das ihn anhaßt, und seine ganze Rüstung ist der Schutzbrief des Markgrafen.“

Margarete erfuhr, daß er Abend für Abend in seinen krausen, hebräischen Büchern las, seine Kinder darin unterrichtete. Sie hörte von seinen seltsamen Gebräuchen, Gebetmantel, Gebetriemen, anderer Kost. Sie fragte ihn nach Einzelheiten. Er wich höflich und entschieden aus. Dies gefiel Margarete. Er war häßlich und besonders. Er war umkrustet. Sie war die Maultasch, er der Jud.

Allmählich kamen mehr Juden ins Land. Nach Innsbruck, Hall, Meran, Brixen, Trient, Rovereto. Alle mit vielen mandeläugigen Kindern. An die zwanzig Familien. Geld floß herein, die Städte wurden größer, üppiger, die Straßen besser, neue, fremde Stoffe, Früchte, Gewürze, Waren drangen ein. Das Land in den Bergen lebte reicher, behaglicher.

Die Woche über trieben die Juden vom frühen Morgen bis in die tiefe Nacht hinein ihren Handel. Kein Geschäft war ihnen zu gering, sie warteten stundenlang, unermüdlich, für jeden. Sie nahmen alle Demütigungen hin, bückten sich, wehrten sich nicht, trat man nach ihnen, spie man sie an. Aber am Freitagabend schlossen sie sich ein in ihren Häusern, waren ihren Sabbat über für niemand, auch für den größten Herrn nicht und für den wichtigsten Handel nicht, zu sprechen. Das Volk stand vor ihren versperrten Türen, drohend: „Da treiben sie ihre Hexerei und verfluchte Hantierung. Zauberwerk, ruchlose, gottverdammte Kunst.“ Doch die Juden ließen sich die Drohungen nicht kümmern, hielten Türen und Fenster gut zu.

Mendel Hirsch pflegte an solchen Tagen viele festliche Lichter anzuzünden, den braunen Rock und den spitzen Hut mit schönen Kleidern aus alten Stoffen und prächtigen Mützen zu vertauschen, auch seine Frau, seine Töchter und Schwiegertöchter zogen sich prächtig an. Dann sang er mit seiner häßlichen, gaumigen Stimme Psalmen und Gebete, und seine Kinder sangen mit. Er ging und saß in seiner Wohnung herum, aß gut, trank gut, freute sich seiner Kinder und seines Reichtums. Las einen Abschnitt aus der Schrift vor, begleitete ihn mit kunstvollen Auslegungen, bezog ihn auf Ereignisse des Tages. Das Haus strahlte geschmückt, duftete von kostbaren Essenzen. Er legte den Kindern die Hand aufs Haupt, segnete sie, daß sie werden möchten wie Manasse und Ephraim. Er ging behäbig herum in seinem Haus, strähnte sich den Bart, wiegte sich, sagte: „Am Sabbat sind alle Kinder Israels Fürstenkinder."

Der Markgraf sagte zu Margarete: „Es war gut, daß man die Juden ins Land gesetzt hat. Sie bringen Geld herein, Bewegung, treiben an. Aber es hat schon seinen guten Grund, daß das Volk sie nicht riechen mag. Da lebt so was wie dieser Jud Mendel Hirsch. Hat keine Kirche, keine Spur Religion. Ist ärger als ein Heide und das liebe Vieh."

Herr von Teck mit seiner knarrenden Stimme sagte: „Das widerwärtigste ist, daß so ein Mensch nicht den leisesten Sinn hat für Würde. Wie sich das bückt! Wie das hündisch kriecht! Gewanz! Lausepack!"

Margarete schwieg. „Er ist der Jud", dachte sie, „ich bin die Maultasch."

*

Der blinde König Johann saß in der kahlen, niedrigen Bauernstube, sein Friseur kämmte ihm Haar und Bart. Der gestrige Tag war drückend heiß gewesen, aber jetzt kam, von Nordwest her, ein frischer Wind. Es war halb vier Uhr morgens, die Sonne war noch nicht da, der Himmel hell. Um den König waren zwei seiner Offiziere, fertig in Rüstung, sein Erzkämmerling und Adjutant, zwei Pagen. Der Luxemburger legte trotz seiner sechzig Jahre und seiner Blindheit größtes Gewicht auf einwandfreie Wappnung und Kleidung. Der Kämmerling und die Pagen rieben seine weiße, körnige Haut mit Essenzen, legten ihm umständlich Hemd, Unterkleid, die silberne Rüstung an.

Der König hatte nur wenige Stunden geschlafen, aber er war frisch und in strahlender Laune. Vor ihnen war ein großes Gehölz, dahinter standen die Engländer. Heute also, endlich, wird man sich schlagen. Es wird kein Geplänkel, es wird eine heiße, große Schlacht sein. Es geht für den Engländer um alles.

Wie der elegante, blinde Mann jetzt dasteht, gewaschen, gerüstet, den Sommermorgen schnuppernd, hat er alle die leisen, melancholischen Anwandlungen vergessen, die sonst manchmal in letzter Zeit aus seinem zerronnenen und zerdunsteten Leben in seine Nacht steigen. Wie ein Tier, das nach langem winterlichem Stall den Frühling wittert, sog er gierig den Geruch der Schlacht, der rings in der Luft war.

Trat vor das Haus, frühstückte, scherzte mit seinen Herren. Kleiner, reiner Wind ging. Nun wird gleich die erste Sonne kommen.

Sein Vater war Römischer Kaiser gewesen, mächtig über alle Christenheit. Er, Johann, kämpfte jetzt in französischem Sold; es hat eigentlich gar keinen Sinn gehabt, daß er sich in den großen Zwist zwischen England und Frankreich gemengt, er hat es aus bloßer Freude am Kampf getan. Zudem hat er das Geld verschleudert, das er von Frankreich für die Truppenwerbung erhalten, und muß jetzt ziemlich kläglich Ausflüchte suchen. Genau gesehen, hat sich ihm nichts, gar nichts gefügt. Wenn auch! Das geht ihn jetzt nichts an. Jetzt wird er kämpfen. Er ist sehr vergnügt.

Man reichte ihm weiße Scheiben Brotes, Butter, Honig, einen Trank Met. Bienen summten um ihn. Er tätschelte die weichen Haare der Pagen.

Er hat das Geld für die Söldner vertan. Er lächelte. Nun ja, wenn heute sein Sohn Karl Deutscher König ist, so hat jener Sold sein gut Teil dazu beigetragen. Karl darf es nicht wissen. Er ahnt es wahrscheinlich, aber wissen darf er es nicht. Er ist so korrekt. Gleichviel, gleichviel. Er liebt Frankreich, er hat Frankreich viele gute Dienste getan, er wird auch heute, er spürt es, das vertane Geld reichlich hereinbringen. Er schüttelte sich, reckte sich, fragte, ob die Sonne schon da sei.

Man stieg zu Pferde, brach auf. Es ging durch ein großes Gehölz, dahinter stand auf dem weiten, staubigen Feld der Feind. Man hatte die Visiere noch nicht heruntergelassen; Vögel sangen, Zweige streichelten das Gesicht, man roch das Laub. Es war schön zu leben, es war schön, im Morgen durch den Wald zu reiten, und dahinter stand der Feind.

Ah, jetzt verstummten die Vögel. Klirren, Schreien, Dröhnen, stampfende, trappelnde Pferde, helle Trompeten, Staub, viel Staub. Man war am Ende des Waldes. Der König hielt mit seinen Herren. „Wie steht die Schlacht?“ fragte er mit der Erregung des leidenschaftlichen Spielers. Seine Herren mußten ihm alle Wechsel des Kampfes schildern. Er kommandierte, warf Truppen hierhin, dorthin. Aber die Strategie des Blinden blieb notgedrungen theoretisch, die Offiziere korrigierten, ohne viel Worte zu machen, seine Befehle nach Belieben oder führten sie überhaupt nicht aus. Staub lag dicht auf dem Feld, legte sich grau, dick auf Halme, Gräser, Ähren, auf die Pferde, die Rüstungen. Die Schlacht hatte sich in zahllose, verbissene Gruppenkämpfe aufgelöst. Da hielt es den alten Herrn nicht mehr. Spürte er, daß seine Befehle leerer Schall waren, demütig entgegengenommen, unbeachtet weggeworfen wurden? Er reckte sich plötzlich hoch auf, sein braunes, gutes Pferd stieg, wieherte, er warf einen hellen, fröhlichen Schrei in das Gewieher, brach los. Seine Offiziere suchten ihn zu halten, die Pagen drängten brennend, hitzig vor. So kam er trotz allen Hemmungen ins dickste Getümmel, sein Schmuck, seine wertvolle Rüstung reizten Gegner. Er wurde umzingelt, herausgehauen, nochmals umzingelt. Vor allem zwei schottische Ritter, jüngere Söhne, Habenichtse, hatten es auf seinen Schmuck und den prachtvollen Brustpanzer abgesehen. Der blinde alte Herr sprach, schrie, lachte, stach um sich. Er war von seinen Offizieren getrennt, die Pagen hatten sich bei ihm gehalten. Er sprach, scherzend, grimmig, anfeuernd, zynisch, zu dem einen, dem blonden, feinen Jehan, seinem Liebling. Der war schon zusammengehauen, tot, aber der blinde König wußte es nicht. Endlich warf sein verwundetes Pferd ihn ab, begrub ihn. Man drang ein auf ihn, riß ihm Helm und Visier herunter, schlug ihm den Schädel ein. Da lag er still und jämmerlich im Staub, der rastloseste Mann und Fürst der Zeit, sein eleganter Bart war übel zerrauft und mit Blut verklebt, die schäbigen Ritter zerrten ihm den silbernen Panzer von der Brust, der Ring wollte nicht los von der steifen, im Staub verkrampften Hand, so hackten sie den ganzen Finger ab. Dann zog sich der Kampf weg, und die Franzosen, für die der Blinde ohne Sinn und ohne Zweck gekämpft hatte, wurden zersprengt und besiegt.

Der tote König lag allein. Krähen und Raben kreisten.

Karl von Luxemburg, der Deutsche König, hatte sich, verwundet, aus jener Schlacht gerettet. Der König von England, der immer gern und stolz betonte, wie ritterlich seine Kriegführung sei, hatte ihm die Leiche des Vaters mit ehrenvollem Geleite übersandt. Nun stand Karl vor den scheußlich verstümmelten Resten. Er hatte den Vater nie geliebt. Der alte Verschwender, der in so launischem Zickzack über die Erde gefahren war, der so toll und übermütig mit seinen Kronen gespielt hatte, statt sie zu wahren und zu festigen, hatte sein Erbe schwer gefährdet. Immerhin, es waren Rechte, Titel, Länder auf allen Seiten erworben. Er wird sich nicht verzetteln, er wird nicht überflüssig prahlerisch alles zu halten suchen; er wird zusammenstücken, runden. Nur auf die Sache sehen, nicht auf äußeren Glanz.

Da lag nun dieser König Johann, sein Vater. Er war ein Ritter gewesen, der erste Ritter der Christenheit; er hatte groß geglänzt, nun lag er da, ein Haufe scheußlich verstümmelten, verwesenden Fleisches. Er hatte gelebt für nichts, er war gestorben für nichts. Er hatte über Kirche, Priester, Heilige gelacht und die Welt nicht unter seine Sohle gezwungen, hatte weder den Himmel erworben noch die Erde. „Schlaf in Frieden, Vater! Ich werde anders sein wie du.“

König Karl ließ das Herz ausnehmen, die Fleischteile in siedendem Wasser von den Knochen lösen. Überführte die Gebeine in das heimatliche Luxemburg, ließ sie feierlich neben tiefverehrten Reliquien beisetzen. Dann ließ er – Aachen hatte seine Tore gesperrt – sich in Bonn als Deutscher König krönen, in Prag als Böhmischer. Kaiser Ludwig hielt jetzt, nach der Niederlage der Franzosen, die richtige Zeit für gekommen, an den Gegenkönig eine schwungvolle Protestnote zu richten. Er forderte ihn in großen Worten auf, von seinem Gebaren abzustehen und sich ihm, dem Stärkeren, zu unterwerfen. Karl antwortete im gleichen Stil, seine Stärke bestehe nicht in Kriegsheeren, sondern in dem großen Alliierten: Gott.

Fürs erste aber sah er sich nach irdischen Alliierten um. Unterhandelte mit Ungarn, mit dem lahmen Albrecht. Karl hatte für sich Legitimität, Titel, Kirche, Religion, Sympathien, Ludwig die Macht. Ihre Länder grenzten aneinander; beide aber waren sie wägend und bedacht und verhüteten, daß hier Krieg losbrach. Der findige, anschlägige Karl glaubte vielmehr, die schwache Stelle des Wittelsbachers ganz woanders herausgefunden zu haben: in Tirol.

Hier hatten die Bischöfe von Trient und Chur, denen Markgraf Ludwig verhaßt war, unablässig gewühlt und gezettelt. Die Feudalbarone, knirschend gegen die Brutalität und die Rechenhaftigkeit der Wittelsbacher, warteten nur darauf, die Luxemburger zurückzurufen. Auch die großen lombardischen Stadtherren, die Carrara, Visconti, della Scala, Gonzaga, sahen die bedrohliche Nachbarschaft Kaiser Ludwigs mit tiefer Besorgnis. Der kluge, vorsichtige Tägen von Villanders vereinigte geschickt die Interessen dieser drei Oppositionsparteien. Er selber war Landeshauptmann von Tirol, der Markgraf begünstigte ihn, hielt ihn für zu gefährlich und zu einflußreich, mit ihm anzubinden. Allein der elegante Herr hatte feine Witterung; er spürte sehr gut, wie unsympathisch er dem Markgrafen war, wie der immer mehr Befugnisse seinem brutalen Freund, dem Konrad von Teck, und den anderen schwäbischen und bayrischen Herren übertrug.

Er sandte Botschaft an König Karl. Kuriere, immer dringendere. Die Truppen der Bischöfe stünden zu seiner Verfügung, die lombardischen Söldner, die Kontingente der Barone. Karl entschloß sich. Die Gelegenheit konnte nicht besser kommen. Markgraf Ludwig kämpfte hoch im Norden, in Preußen. Möge er sich Ruhm gegen die Heiden erwerben. Tirol jedenfalls hatte weder Truppen noch seinen Herrn.

Es kam über Karl etwas von dem abenteuerlichen Geist seines Vaters. Heimlich brach er auf, von drei Vertrauten begleitet, alle vermummt, als Kaufleute reisend mit lombardischen Pässen. Reiste im schärfsten Frost, auf veschneiten Bergpfaden. Stand unerwartet in Trient. Feierliches Hochamt im Dom. Karl in kaiserlichem Ornat. Die Insignien freilich, Reichsapfel, Zepter, Schwert, leider nur Ersatz; die echten hielt der Wittelsbacher in strenger Hut. Glocken, Weihrauch. „Gloria in excelsis", sang mit seiner fanatischen Stimme der finstere Bischof Nikolaus, sangen die Knaben. Karl hielt Parade ab: die Truppen des Bischofs Nikolaus, der italienischen Städte, des Bischofs von Chur, des Patriarchen von Aquileja, zahlreicher südtirolischer Barone, seines Bruders Johann, des rachgierigen. Mächtig brach er auf, nahm Bozen, nahm Meran. Lagerte dick und gewaltig vor Schloß Tirol.

Hier war Margarete allein auf sich angewiesen. Der Markgraf und Konrad von Teck waren fern in Preußen, der Landeshauptmann Tägen von Villanders ließ sich nicht auffinden. Die Unterführer zögerten, verwiesen, fragte man sie: Ist die Burg zu halten?, auf Gott, wälzten alle Entscheidung stets wieder auf Margarete zurück. Immer dichter und enger schloß sich der Kreis der Belagerer.

Margarete ging herum in grimmiger Ruhe. Ihr Gatte Johann, der kleine, tückische Wolf, war vor dem versperrten Tor gestanden, und sie hatte ihn nicht hereingelassen. Jetzt kam er mit Gewappneten und Geschwadern und allem Pomp des Kriegs, sich den Eingang zu erzwingen. Sie hatte aus ihrer Vernichtung die Trümmer leidlich wieder zusammengestückt, hatte sich eine Ehe aufgebaut, hatte ihr Land und ihr Leben einigermaßen wieder in Ordnung und Fug gebracht. Es war nichts Großes, Schönes, Leuchtendes. Es war ein armseliges, mitgenommenes Stück Leben, Flickwerk hier, hier Ersatz, dort Lücke und Verzicht. Aber es war wohlerworben, war gerettet aus Schlamm und Nichts, war umzäunter, gesicherter Besitz. Und nun kamen jene Erbärmlichen ein zweites Mal und wollten es ihr entreißen! Oh, sie wird es dem geduckten, hintertückischen Karl zeigen und dem Johann, dem boshaften, lauersamen Wolf.

Sie wußte, es kam darauf an, die ersten Tage auszuhalten. Sie hatte nicht viele, aber zuverlässige Truppen. Organisierte selber den Widerstand. Sie war nicht feig, trug – alle sahen das – keinen Augenblick Bedenken, sich zu exponieren. Ihr Wille, ihre hinreißende, umsichtige Energie ging über auf die Besatzung. Die ersten Stürme wurden sachlich und ohne große Opfer abgeschlagen; unter den Truppen des Schlosses herrschte eine gewisse grimmige Scherzhaftigkeit; die Markgräfin wurde vertraulich verehrt und bewundert. „Unsere Maultasch!“ sagten die Soldaten.

Ein Bayer war unter ihren Offizieren, ein junger, häßlicher Mensch, ein Albino, Konrad von Frauenberg. Die andern mieden ihn wegen seines abstoßenden, frechen, mürrischen Geweses. Margarete fiel er gerade dadurch auf. Sie übertrug ihm das Kommando der Verteidigung, verstand sich gut mit ihm. Fand ihn kurz und energisch von Wort und Sitte, wo die andern nichts sahen als mürrische Anmaßung. Er wiederum rühmte mit dreister, karger, quäkender Anerkennung ihre Tatkraft, ihre Anordnungen.

Die Belagerer wurden von Tag zu Tag verdrossener. Es war klar: das Land konnte nur im Flug genommen werden oder gar nicht. Jetzt lag man da, vor unerwartetem Hemmnis, belagerte eine Frau, die häßliche, verachtete Herzogin, die Maultasch, kam nicht vorwärts. Unflätig schimpfte, fluchte Johann. Herr von Schenna hatte das Gerücht verbreitet, die Luxemburger wollten Tirol nur, um es an die Visconti zu verschachern, an die Mailänder; sie hätten bereits heimlichen Vertrag gemacht. Die tirolischen Hilfstruppen faßten Mißtrauen, murrten auf, hielten keine Zucht mehr, verliefen sich. Der kluge, vorsichtige Tägen von Villanders zog sich von den Luxemburgern zurück, wurde unauffindbar auch für sie. Schon stand der Markgraf, in Eilmärschen von Norden kommend, in Bayern, wo der Kaiser ihn mit vielen Regimentern verstärkte. Als er in Innsbruck eintraf, war plötzlich Herr von Villanders in seinem Lager, sagte, ja, er habe mit dem Gedanken gespielt, zu König Karl überzugehen, habe sich aber jetzt reuig eines Besseren besonnen, ehe noch ein entscheidender Schritt geschehen. Bat um Verzeihung, führte dem Markgrafen, dem hart und steif blickenden Konrad von Teck seine Truppen zu.

Karl schluckte an dem unvorhergesehenen Hemmnis, preßte die Lippen, würgte. Es war unbegreiflich, daß seine wohlgerüstete Armee vor diesen Mauern scheitern sollte. Woher nahm die Frau, diese im Grunde doch lächerliche Maultasch, die Kraft? Er war tief beunruhigt, betete, erforschte sein Gewissen. In Trient hatte man ihm einen Finger des heiligen Nikolaus vorgezeigt. Er hatte die kostbare Reliquie erwerben wollen – eine Hand des Heiligen besaß er bereits –, aber man gab den Finger nicht her. Er konnte der Versuchung nicht widerstehen, zog kurz entschlossen sein Messer heraus, schnitt ein Glied des Fingers ab, nahm es mit sich. Vielleicht hatte das den Heiligen verdrossen, vielleicht hielt der das Glück von seinen Fahnen ab und wog es der Feindin zu. Karl schickte mit einem weitschweifigen Entschuldigungsschreiben den Knochen zurück.

Allein, es half nicht mehr, seine Reue kam zu spät. Der Markgraf war nahe. Nahm man den Kampf erst an, so war große Gefahr, daß der Rückweg nach Italien abgeschnitten würde. Karl hob sich weg von Schloß Tirol. Trat den Rückzug nach Süden an, in verbissener Wut. Es kläffte Johann, es schäumten die italienischen Barone. Karls Straße war Raub, Brand, Verwüstung. In Asche Meran, in Asche Bozen, überall im Etschland die Äcker verwüstet, die Reben abgeschnitten, die Häuser zerstört.

Klirrend unterdes ritt der Markgraf in Schloß Tirol ein. Umarmte Margarete stürmisch, ehrlich. Nie hatte man ihn so herzlich gesehen. Sie hatte, sie allein, Tirol gerettet. „Unsere Maultasch!" sagte der Markgraf zu Konrad von Teck, ihr die Schulter klopfend. „Unsere Maultasch!"

Konrad von Teck nützte die Gelegenheit, den einheimischen Adel bis zur völligen Machtlosigkeit zu demütigen. Margarete spürte die ganze, überlegte Grausamkeit seiner Maßnahmen. Doch sie ließ ihn gewähren, hatte nie Einwände. Seitdem sie Tirol für die Wittelsbacher gerettet, fühlte sie sich ihrem Gatten herzlich und von innen her verbunden. Sie fühlte sich eins mit dem Land, ihr eigenes, leibliches Wohlbefinden verlangte, daß das Land nach wittelsbachischen Grundsätzen verwaltet werde: der Adel geduckt, Städte und Bürger gehoben. Langsam richtete sie sich auf, zusammen mit dem Land, befreit von dem Druck der Barone.

Sie saß auf ihrem Schloß Maultasch. Sie bohrte sich, wühlte sich in das Land hinein. Sie hatte nun drei Kinder, zwei Mädchen und den Knaben Meinhard. Sie besorgte sie treulich; aber sie hatte nichts mit ihnen gemein. Das Land war ihr Fleisch und Blut. Seine Flüsse, Täler, Städte, Schlösser waren Teile von ihr. Der Wind seiner Berge war ihr Atem, die Flüsse ihre Adern.

Einmal ging sie im Mittag allein spazieren, am Ufer der Passer, legte sich unter Felsen, ruhte, nickte ein. Da weckte sie eine hohle, feine Stimme: „Grüß Gott, Frau Herzogin!" Sie fuhr auf, sah ein winziges, kleines, behaartes, bebartetes Wesen im Geklüfte stehen, sich mit raschen, zutraulichen, possierlichen Bewegungen viele Male neigen, verschwinden. Ein Zwerg! Die Zwerge waren wieder im Land! Die Zwerge, die nur kamen, wenn sie sich sicher fühlten, die nur dem wirklichen Fürsten sich zeigten, waren ihr sichtbar. Jetzt war sie in Wahrheit die Herrin des Landes in den Bergen.

*

König Karl verließ bald, nachdem er die Belagerung von Schloß Tirol aufgegeben hatte, das Land in den Bergen. Mit mancherlei Reliquien, aber sonst geringem Gewinn. Er verfehlte nicht, auf seinem Rückzug vor allem noch die Grafen von Görz gegen den Brandenburger aufzustacheln; auch verlieh er, dem Beispiel seines Vaters folgend, an Fürsten und Herren viele tirolische Städte und Gerichte, die er nicht besaß, so dem Wittelsbacher immer neue Feinde aufwühlend.

Nach Deutschland zurückgekehrt, wurde er für die Mißerfolge in Tirol bald reichlich entschädigt durch eine unerwartete Wendung im Kampf um das Reich. Ganz plötzlich, auf einer Bärenhatz, in der Nähe seiner Hauptstadt München, starb Kaiser Ludwig, der Wittelsbacher. Ein Schlaganfall warf den vollblütigen Mann vom Pferd, eine alte Bäuerin drückte ihm die riesigen, treuherzigen, blauen Augen zu, Mönche führten die Leiche heimlich fort, sie trotz Bann und Interdikt geweiht und heilig zu bestatten.

Da stand nun Karl von Böhmen, und sein Feind, der die weiten Länder unter sich hatte und dem die Städte anhingen, war tot. Die Heiligen hatten geholfen. Er, Karl, stand jetzt, da das Jahrhundert sich scheitelte, als unbestrittener Deutscher König ohne Nebenbuhler.

Er war des Streites mit den Wittelsbachern müde, sie des Streites mit ihm. Der lahme Albrecht vermittelte. Karl verzichtete gleichwie sein Bruder Johann auf Tirol und Kärnten, belehnte den Markgrafen mit diesen Ländern, versprach, die Kurie mit ihm auszusöhnen. Die Wittelsbacher dagegen erkannten ihn als Deutschen König an, leisteten ihm Huldigung, lieferten ihm die Reichskleinode aus.

Die Reichskleinode! Karl hatte sich schmerzhaft danach gesehnt. Er besaß so viele teure Reliquien, nicht diese kostbarsten Zeichen der Macht, die ihm gehörte. Er hatte sich und seine Würde nackt und bloß gefühlt, solange er sie nicht besaß und sich mit nachgemachtem Zeug begnügen mußte. Jetzt führte er die süßen, werten Dinge in feierlichem Zug nach Prag in seine Schatzkammer. Die heilige Lanze war darunter, auch ein Nagel von der Kreuzigung sowie ein Arm der heiligen Anna. Vor allem aber das altertümliche Zepter, der Reichsapfel von hellem, blassem Gold, die zackige Krone, das Schwert, das Karl dem Großen durch einen Engel gegen die Heiden geschickt worden war. Im Dom von Prag ließ der König die Kleinode weihen. Dann brachte er sie selbst in das Schatzgewölbe. Da lagen sie nun unter den bleichen Knochen der Märtyrer, unter Juwelen, unter kostbaren Büchern und Bildern, unter Akten und Verträgen, unter heiligen Spießen, Dornen von Christi Krone, Splittern von Christi Kreuz. Der hagere König stand davor, lächelte mit schmalen Lippen, streichelte mit der mageren, knochigen, bräunlichen Hand die Zinken der Krone, die merkwürdigen Kanten des unregelmäßigen, keineswegs runden Reichsapfels, das stumpfe, rostige Schwert des großen Karl, des ersten seines Namens.

Agnes von Taufers-Flavon kam selten auf ihre tirolischen Güter. Auch ihre jüngere Schwester hatte sich mittlerweile vermählt, mit einem Herrn von Castelbarco, der politisch sehr zweideutig war, zwischen dem Bischof von Trient, gewissen italienischen Stadtherren und dem tirolischen Hof hin und her pendelte, im übrigen außerordentlich reiche Pflegen und Privilegien besaß. Agnes reiste viel, lebte häufig bei ihrer älteren Schwester in Bayern, bei ihrer jüngeren in Italien. Man hatte sie nach der Austreibung Herzog Johanns nicht weiter behelligt; in allen Fragen, die zwischen ihr und der markgräflichen Verwaltung strittig sein konnten, gaben auf ihre kluge Weisung ihre Amtsleute nach, ehe es zu Streitigkeiten kam. Sie ging zu Hofe nicht öfter, als es der Anstand erforderte, vermied es peinlich, aufdringlich zu erscheinen.

Sie war jetzt von erregender, bewußter, fast beängstigender Schönheit. In Italien legte man ihr Städte und Fürstentümer zu Füßen, schlug sich tot für sie. Selbst die plumpen Bayern schnalzten mit der Zunge, klatschten sich die Schenkel, erklärten: ah, da lege man sich nieder, begingen Dummheiten für sie. Sie schritt liebenswürdig mit kleinem, vieldeutigem Lächeln durch die Huldigungen, Kämpfe, Selbstmorde.

Erschien sie selten am tirolischen Hof, so zeigte sie, wo immer sie war, das brennendste Interesse für die tirolischen Dinge. Gierig hörte sie, mit halbgeöffneten Lippen, von Margaretes Tätigkeit. Ihre Maßnahmen gegen den Adel, für die Städte, für die Juden, ihre Verteidigung gegen die Luxemburger, jeden kleinsten Zug aus Margaretes Leben ließ sie sich berichten, wieder und wieder erzählen. Niemals indes griff sie mit einem Wort oder gar mit einer Tat ein. Forderte man ein Urteil von ihr, so bog sie aus, sagte Belangloses, lächelte.

Sehr gern zeigte sie sich dem Volk. Sie war hochmütig, sie erwiderte keinen Gruß. Niemals stiftete sie Geld für die wohltätigen Anstalten der Dörfer und Städte; auch die Bauern ihrer Güter wurden schlecht behandelt. Dennoch sah das Volk sie gern. Man stand an ihrer Straße, wenn sie kam, bewunderte sie, schrie „Hoch!", liebte sie.

Häufig erhielt sie den Besuch des Messer Artese aus Florenz. Agnes lebte sehr verschwenderisch, sie brauchte immer von neuem die Hilfe des unscheinbaren, oft sich neigenden Florentiner Bankiers, der Pfandrecht bereits auf alle Güter hatte. Messer Artese erzählte ihr viel vom Tiroler Hof. Er war gar nicht gut auf den Markgrafen und die Maultasche zu sprechen. Wohl war Ludwig immer in finanziellen Nöten; denn seine Kriege verschlangen gewaltige Summen. Aber er lieh sich von seinen bayrischen und schwäbischen Herren, vermied ängstlich die Hilfe des guten, dienstbereiten Messer Artese; ja, er löste sogar mit Opfern die Pfänder aus, die dieser noch in Händen htte. Auch die gewalttätige Art, mit der des Markgrafen Statthalter Konrad von Teck Geld und Gut an sich zu bringen pflegte, diese Konfiskationen und Hinrichtungen gingen dem stillen, höflichen Florentiner sehr wider den Strich. Geld verdienen, gewiß; Geld, wenn es nicht gestohlen ist, kommt von Gott. Säumige Schuldner nicht schonen, verfallene Pfänder eintreiben, selbstverständlich. Aber alles mit Manier, höflich, in guten Formen. Gefängnis, Kopf ab – pfui, das tut man nicht, das schickt sich nicht.

Am meisten aber war Messer Artese erbittert über die Bevorzugung des Juden Mendel Hirsch. Was? Ihm, dem stillen, bescheidenen, gebildeten lateinischen Herrn und guten Christen zog man den stinkenden, zappelnden, gurgelnden, frechen, aufdringlichen Juden vor, den widerwärtigen Höllenbraten? War es nicht genug, daß dieses pestilenzialische, gottverfluchte Volk, das unsern lieben Herrn und Heiland gemartert und gekreuzigt hat, die deutschen und die italienischen Städte verseuchte? Mußte ihnen die unselige Maultasch auch noch das Land in den Bergen hinwerfen, daß sie hineinkrochen wie Würmer, alles anfraßen, nicht mehr wegzubringen waren? Da saßen sie nun, das ekle Geziefer, waren überall zur Stelle, drängten jedermann ungerufen ihr Geld auf und erdreisteten sich, das elende, erbärmliche Gesindel, niedrigere Zinsen zu verlangen als er, der hochangesehene, ehrsame, bei allen Fürsten und Herren wohlgelittene Florentiner Bürger! Das Gesicht des sonst so sanften, gesitteten, beherrschten Mannes verzog sich zu einer Fratze maßlosen Wütens.

Agnes hörte ihm still zu. Sie hörte alles, schrieb es in ihr Gedächtnis, bewahrte es wohl auf, war außerordentlich liebenswürdig zu Messer Artese. Der fing sich wieder ein, entschuldigte sich viele Male, glitt ins Dunkle.

Nach dem Abkommen mit König Karl bestritt niemand mehr Margarete und dem Markgrafen den sicheren Besitz von Tirol. Durch den Tod seines Vaters, des Kaisers, war Ludwig in mannigfache, schwierige Erbstreitigkeiten mit seinen Brüdern gekommen. Schließlich einigte er sich dahin, daß er aus diesem Erbe Oberbayern tatsächlich, von der Markgrafschaft Brandenburg aber nur den Titel und die Kurwürde behielt. Der Sorge um Brandenburg ledig, regierte er in seinem gesicherten Tirol; seine Macht reichte von Görz bis ins Burgundische, von der Lombardei bis an die Donau. Er nannte sich Markgraf zu Brandenburg und zu Lausitz, des Heiligen Römischen Reichs Oberster Kämmerer, Pfalzgraf bei Rhein, Herzog in Bayern und in Kärnten, Graf zu Tirol und zu Görz, Vogt der Gotteshäuser Agley, Trient und Brixen.

Margarete war zu ihm von herzlichem, fast mütterlichem Einverständnis. Es war ihr Gewißheit geworden, Gott hatte ihr alle fraulichen Reize genommen, daß sie all ihre Fraulichkeit in ihre Regentschaft senken müsse. Solche Erkenntnis hatte sie befriedet. Sie lag ganz in Ruhe wie windstilles Wasser. In ihren Entscheidungen war eine große, gerade Selbstverständlichkeit. Die Frau und die Regentin war eines. Was sie riet, was sie tat, war nie erklügelt, umwegig. Es war von einer geraden, gewachsenen, warmen Mütterlichkeit, die oft nicht dem Buchstaben, der Regel entsprach, aber stets ihren inneren wohltätigen Sinn hatte.

Es war ein schwieriges, steiniges Regiment, das sie zu führen hatte. Immer wieder Krieg: mit dem Luxemburger, den Bischöfen, den lombardischen Städten, den aufsässigen Baronen. Immer wieder das sorglich Aufgebaute niedergerissen, verheert. Dazu Erdbeben, Überschwemmungen, Feuersbrünste, Seuchen, die Heuschreckenplage. Die Finanzen durch die ständigen militärischen Ausgaben übel zerrüttet. Es war nicht leicht, unter diesen Widernissen das Land blühen zu machen. Aber ihre starke, Vertrauen atmende und gebende Fraulichkeit strömte ein in das Land, hielt es hoch, gab ihm immer neuen Schuß und Saft. Sie schuf Ausgleich, befreite Städte, die durch Krieg und Brand gelitten hatten, von den Abgaben, zwang trotz ihrem Murren die störrischen Barone, wenigstens einen Teil ihrer Steuern zu zahlen. Dies alles geschah mit einer gewissen natürlichen Gesetzmäßigkeit, ohne Geschrei und Gewalt.

Hatte sie schwierigere Finanzfragen zu regeln, so zog sie den Juden Mendel Hirsch zu Rate. Flink erschien er in seinem braunen Rock, dick, zappelnd, betulich, hörte Margarte zu, wiegte den Kopf, lächelte, sagte, das sei ganz einfach, gurgelte in vielen umwegigen Worten eine überraschende Lösung. Der kleine, umgetriebene, über die Erde gehetzte Mann war der Herzogin sehr dankbar für ihr Wohlwollen, das ihm eine einigermaßen sichere Ruhestätte und ein Dach über dem Kopf gönnte. Er liebte sie, er spürte sich ein in sie, er strengte alle seine Findigkeit an für sie.

Denn es war schwer, sich in der ökonomischen Wirrnis der tirolischen Verwaltung oben zu halten. Zwar hatte man die Willkür der einheimischen Feudalherren gedämmt, auch den unheilvollen Messer Artese ausgeschaltet. Aber der Markgraf trug kein Bedenken, die großen Gelder, die er brauchte, von seinen schwäbischen und bayerischen Herren zu entleihen. Die ließen sich als Entgelt skrupellos Verpfändungen und Verschreibungen geben, rafften immer mehr an sich, so daß schließlich nichts gewonnen war. Im Gegenteil: hatten früher wenigstens Einheimische das

Land ausgesogen, so mästeten sich jetzt Fremde, Bayern und Schwaben. Sie saßen in allen wichtigen Landesämtern, der habgierige, gewalttätige Konrad von Teck hatte ungeheuern Besitz an sich gerissen, Hadmar von Dürrenberg die Salzrechte von Hall, etliche Münchner, Jakob Freimann, Grimoald Drexler und andere Bürger, die Bergwerke im Gericht Landeck. Auch sonst die wichtigsten Zölle und Gefälle waren an Bayern, Schwaben, Österreicher verpachtet. Der Markgraf ließ sich hier nichts einreden. Er vertraute seinen Bayern und Schwaben, die nutzten das aus. Immerhin gelang es Mendel Hirsch, der sich vorsichtig, gedeckt von Margarete, im Hintergrund hielt, in die Verträge mit diesen Herren Klauseln einzuflechten, die den Fürsten nicht ganz wehrlos ihrer Willkür auslieferten.

Margarete blieb den bayrischen Freunden ihres Gatten gegenüber stets sehr zurückhaltend. Nur mit einem wurde sie vertrauter, mit jenem Offizier, durch dessen Hilfe sie damals Schloß Tirol gegen die Luxemburger gehalten hatte, mit dem Weißblonden, Häßlichen, Gedrungenen, Rotäugigen, mit Konrad von Frauenberg. Er war so häßlich, so unbeliebt, so einsam. Sie spürte Verwandtschaft zwischen sich und ihm, sie sprach vertraulicher zu ihm als zu den andern, zeichnete ihn aus. Der quäkende, unwirsche Mann kam rasch vorwärts, bekam Pflegen und Herrschaften. Ja, sie setzte es durch, daß er die Landeshofmeisterstelle erhielt.

Auch ein anderes erreichte sie: den Erlaß einer Landesordnung. Tarife wurden festgesetzt, Willkür und Gerichtsbarkeit der Feudalherren weiter eingeschränkt, die Zentralgewalt gestärkt, Bürger, Handel, Handwerk gefördert. Auf blühten da die bunten, farbigen Städte, dehnten sich, wurden breit, üppig. Nicht mehr die Burgen der Barone machten das Schicksal des Landes; die Magistrate entschieden, die stolzen Messen der Städte. Selbst die Kleinen regten sich: Bruneck, Glurns, Klausen, Arco, Ala, Rattenberg, Kitzbühel, Lienz. Von den großen Börsen und Märkten, von Trient, Bozen, Riva, Brixen zweigten Straßen und Geschäft über alle Welt. Was Mendel Hirsch gesät hatte, ging reich und blühend auf.

Die Herzogin liebte die bunten, lauten, lärmvollen Städte; die schönen, lebendigen, sinnvollen Siedlungen waren recht eigentlich ihr Werk. Was Männer! Was Liebe! Konnte man reicher leben, strömen, blühen, sich zweigen als so? War dieses Auf und Nieder, dieses lebendige, zweckvolle Fluten nicht ein Teil von ihr? Sie gab sich ganz hin, wuchs hinein. Mußte das Land das nicht spüren, so viel Liebe zurückgeben, sie in sich hineinwachsen lassen? Ja! Ja! Ja! Die Häuser der Städte schauten mit lebendigen, verständnisvollen Augen auf sie, die Straßen klangen anders, vertrauter unter den Hufen ihrer Pferde. Ihre Verkrustung löste sich, sie gab sich hin, verströmte im andern, war befriedet, glücklich.

Herr von Schenna und Berchtold von Gufidaun ritten gemächlich im lauen Abend den gepflegten Pfad nach Burg Schenna. Sie kamen von Meran, wo die Herzogin in prunkender Zeremonie dem Großen Rat einen Kleinen beigegeben, die Rechte der Bürgerschaft wirksam erweitert hatte. Dies war ein Geschenk von großem Wert, für die Herzogin verbunden mit Opfern an Geld und Einfluß. Das Volk hatte geziemend und ehrerbietig gedankt, hatte „Hoch!" gerufen, respektvoll „Unsere Maultasch!" gesagt.

Die Herren mußten absteigen, Platz machen vor einem kleinen, eleganten Zug. Sie grüßten sehr höflich. Agnes von Flavon saß in der Sänfte. Volk drängte zu: „Wie schön sie ist! Ein Engel vom Himmel!" Man schrie „Hoch!", es klang sehr anders als vorher bei der Zeremonie, hingerissen, begeistert.

Herr von Schenna pfiff ein italienischen Liedchen. Berchtold von Gufidaun schaute nachdenklich vor sich hin; die blauen Augen in dem männlich kühnen, bräunlichen Gesicht starrten angestrengt. Er war nicht sehr schnell im Überlegen.

An ihrem Wege, kurz vor der Stadt, zeigte eine kleine Seiltänzergesellschaft einem Häuflein Volkes ihre Kunststücke. Ein feuerfarbener Gaukler präsentierte einen großen Affen. Der hockte melancholisch und grotesk im Reifen, sprang nach dem Apfel. Dann produzierte sich ein Mädchen, tanzte, jonglierte mit Bällen. Dann kam wieder der Affe. Man hatte ihn jetzt in blaue Seide gesteckt, ihm goldenen Flitter auf den Schädel gesetzt. Er saß da, langarmig, plump, sehr häßlich, traurig, böse, fletschte gelbe Zähne in dem mächtig vorgewulsteten Maul. Das Volk starrte einen Augenblick. Dann brach es los, von allen Seiten, wiehernd, sich biegend, schenkelschlagend, Zwerchfell und alle Eingeweide schütternd, endlos, atemlos: „Die Maultasch! Das ist ja die Herzogin! Die Maultasch!"

Die Herren ritten weiter. Berchtold stieß tief verdrossen die Luft durch die Zähne. Ein Winzermädchen kam ihnen entgegen, bloßfüßig, braun, hübsch. Sie grüßte lächelnd, demütig. Berchtold sah sie nicht an, Schenna warf ihr ein paar Scherzworte zu. Doch seine Munterkeit klang nicht ganz echt. Bald versank auch er; schweigend wie Berchtold ritt er weiter, in schlechter Haltung auf seinem Pferd hockend, das lange, gescheite, welke Gesicht verzogen in etwas säuerlicher Überlegenheit.

*

In Ala, während die Barone Azzo und Marcabrun von Lizzana mit einem Kapitelherrn von Trient verhandelten, mitten im Satz schwankte der ältere der Brüder, Herr Azzo; sein Gesicht wurde gelblich, lief blauschwarz an, er fiel um. In den Achselhöhlen, in den Weichen, an den Schenkeln beulte es sich schwarz, eiterig, eigroß. Er röchelte, kam nicht mehr zu Bewußtsein, starb nach wenigen Stunden. Der Tridentiner, vergraust, ritt auf gehetztem Pferd in seine Stadt zurück. Nun war sie also da, die Seuche. Nun war sie in das Land in den Bergen eingedrungen. Daß in Verona schon viere, fünfe umgefallen seien, war keine Lüge gewesen. Und jetzt war also der Schwarze Tod in den Bergen. Und jetzt gnade uns allen Gott!

Die Pest war gekommen von Osten her. Sie raste vor allem an den Küsten der See, drang dann ins Binnenland. Sie tötete in wenigen Tagen, oft in Stunden. In Neapel, in Montpellier starben zwei Drittel des Volkes. In Marseille starb der Bischof mit dem ganzen Kapitel, alle Predigermönche und Minoriten. Weite Gegenden waren ohne Menschen. Große, dreiruderige Schiffe trieben führerlos auf dem Meer, mit allen ihren Waren, die ganze Bemannung war gestorben. Gräßlich wütete die Seuche in Avignon. Die Kardinäle fielen um, der Eiter der zerdrückten Beulen besudelte ihre prunkenden Gewänder. Der Papst schloß sich in sein innerstes Gemach, ließ niemand vor, unterhielt den ganzen Tag ein großes Feuer, in dem Würzkräuter verbrannten und die Luft reinigendes Räucherwerk. In Prag in dem Schatzgewölbe seiner Burg zwischen Gold, Kuriositäten, Reliquien hockte Karl, der Deutsche König, fastete, betete.

Schaurig in die Täler Tirols brach die Pestilenz. Von den Bewohnern des Wipptals blieb nur ein Drittel am Leben, von dem menschenreichen Kloster Marienberg nur Wyso, der Abt, der Priester Rudolf, ein Laienbruder und der Bruder Goswin, der Chronist. Es gab Täler, in denen von sechs Leuten nur je einer die Seuche überdauerte. Da der Atem und der Dunst, Kleider und Gerät die Krankheit übertrugen, floh jeder feindselig und voll Mißtrauen den andern, Freund den Freund, Braut den Geliebten, Kinder die Eltern. Die Menschen verröchelten ohne Sakrament, in den Städten standen viele Häuser leer mit allem Hausrat, und niemand traute sich hinein; Messen wurden nicht gelesen, Prozesse nicht verhandelt. Die Ärzte brachten vielerlei vor, vermochten aber schließlich keinen andern Grund anzugeben, als daß es Gottes Wille sei. Helfen konnten sie nicht. Die Menschen, irr vor Angst, kasteiten sich, geißelten sich, Frauen taten sich zu Schwesterbünden zusammen. Flagellantenprozessionen, Schwärmer und Propheten. Andere fraßen sich toll und voll, trieben jede Völlerei, Schwelgerei, Ausschweifung. Den blutrünstigen, abgezehrten Geißelbrüdern begegneten Züge besoffener, bunter Fastnachtsnarren.

Von den drei Kindern der Margarete blieb der Sohn Meinhard leben, die beiden Mädchen starben. Sie lagen scheußlich gedunsen, mit riesigen schwarzen Geschwüren. Margarete dachte: „Nun sind sie häßlich wie ich."

Sie hatte nicht Zeit, sich lange zu grämen, lange darüber zu sinnieren. Sie arbeitete, ging herum, furchtlos, klar, ruhevoll. In der ungeheuern Wirrnis wurden von ihren Befehlen nur wenige und schlecht befolgt; immerhin hielt sie ihr Land fester in Ordnung und Fug, als es anderen Regierungen in der allgemeinen Auflösung möglich war. Wie dann die Pest abflaute, straffte sie sogleich die Zügel, paßte die Gesamtverwaltung des Landes den neuen, durch die Entvölkerung viel weiteren und loseren Verhältnissen an. Auch baute sie der Verschleuderung der zahlreichen erledigten Güter vor, wußte übrigens bei dieser Gelegenheit auf wohlfeile, doch nicht unanständige Art viel Boden und Besitz in ihre Hand zu bringen.

Messer Artese war sehr geschäftig, es war gute Zeit für ihn. Überall in der Welt waren Häuser und Liegenschaften, Rechte und Privilegien an Erben gefallen, die nichts damit anzufangen wußten. Er erwarb, raffte. Doch in Tirol fand er Widerstand, Gesetze, die ihn hemmten, Vorkaufsrechte des Hofs, der Behörden, zähe Klauseln. In Schloß Taufers, vor Agnes, ließ er sich gehen, brach aus, schäumte. Der Jude war, der schlaue Mendel Hirsch, an allem schuld! Der hinderte ihn, den guten christlichen Finanzmann, am Geschäft. Der hatte, nur um ihm den Knüppel zwischen die Beine zu werfen, alle diese frechen, höllisch schlauen Klauseln und Erschwernisse ausgeheckt.

Agnes ließ den Florentiner sich austoben, hörte still zu, sah ihn mit ihren tiefen blauen Augen unverwandt an. Begann dann mit ihrer gleichmütigen und erregenden Stimme zu erzählen. Sie war am Rhein gewesen. Dort hatte man in zahlreichen Städten die Juden gefangen und verbrannt. Denn die Juden hatten die Pest gemacht, sie hatten Gift in die Brunnen geworfen. Sie wußte es genau. In Zofingen hatte man Gift gefunden. In Basel war sie selbst dabeigewesen, wie man die Juden auf eine Rheininsel getrieben hatte, in ein Holzhaus, und sie darin verbrannt. Sie hatten schrecklich geschrien, der Gestank war noch lange in der Luft geblieben. Recht hatte man getan. Sie, die Verfluchten, waren wirklich schuld an der Pest. Der lahme Albrecht von Österreich freilich, der Mainzer Bischof und die Maultasch schützten ihre Juden. Agnes sagte langsam, gleichmütig, immer ihre Augen auf den Florentiner: „Die Herrschaften werden wohl ihre guten Gründe haben."

Messer Artese hörte zu, erwiderte nicht. Kehrte unverrichteter Dinge zurück nach seinem Florenz.

Von Italien dann kroch es herauf in die Täler Tirols, schleimig, immer weiter, Geraune erst, dann immer festere Gewißheit: die Juden machen die Pest. Die Pest hört nicht auf, solang man die Juden im Land läßt. Es ballte sich zusammen. Hetze, Anschläge.

Die Juden indes gingen herum, trieben ihre Geschäfte. Es gab viele Geschäfte, große Geschäfte, sie hatten es sehr wichtig. Der kleine Mendel Hirsch lief, zappelte, gluckste gaumig, seine zahlreichen Kinder liefen mandeläugig, wichtig, selbst die uralte, mummelnde Großmutter lebte auf, fragte mühsam, lallend: „Wie gehen die Geschäfte?" Sie gingen ausgezeichnet, Gott sei Dank. Die Pest war im Abflauen, unberufen. Es gab viel zu tun, zu handeln, zu kaufen, zu vermitteln, Verträge zu machen. Schon in wenigen Wochen wird man, so Gott will, in Bozen wieder den ersten großen Markt halten können. Die gnädige Frau Herzogin – Gott schütze sie! – brauchte Mendel an allen Ecken und Enden.

Unterdes zog es heran, gefährlich, fletschend, sinnlos, immer schwärzer. Die Juden kannten das. So war es vor zwölf Jahren gewesen bei den großen Metzeleien der Brüder Armleder. Jetzt kam es von Südwesten her. Vergebens stellte der Papst, der weise, gütige, weltkundige Klemens, sich mit seiner Person und mit Bullen entgegen, wies darauf hin, daß die Juden ebenso von der Seuche getroffen wurden wie die andern: wie also sollten sie sie fördern? Es waren nicht die vergifteten Brunnen, es war ihr bares Gut und die Verschreibungen ihrer Schuldner, daran sie verdarben. Gemordet und geplündert die Juden in Burgund, am Rhein, in Holland, in der Lombardei, in Polen. In zwölf, in zwanzig, in hundert, in zweihundert Gemeinden. Die Tiroler Juden warteten ab. Fasteten, beteten. Den Behörden hier große Geschenke zu machen tat nicht not. Daß die Herzogin sie nach Vermögen schützen werde, war gewiß. Auch daß der Markgraf ihnen wohlwollte wie sein Vater, der Kaiser, der Städte und Handel Fördernde, der immer seine Hand über sie gehalten. Aber es hatte sich gezeigt, daß gegen rasendes, Blut und Geld witterndes Volk kein Kaiser, kein Papst und kein Büttel half. Man konnte nur warten, beten, seine Geschäfte betreiben.

Und dann, plötzlich und am gleichen Tag, brach es los. In Riva, Rovereto, Trient, Bozen. In Riva wurden die Juden im See ersäuft, in Rovereto mußten sie unter großem Gaudium und Gelärm von einem Felsen zu Tode springen, in Trient wurden sie verbrannt. In Bozen hatte man es mehr aufs Plündern abgesehen und das Totschlagen schlecht eingefädelt. Man besorgte es unmethodisch, so blieben die mummelnde Großmutter, eine Schwiegertochter und eines von den kleinen Kindern am Leben.

Der Markgraf hatte seine Juden in München nicht schützen können; in Hall und Innsbruck trat er energisch zwischen sie und den gewalttätigen Pöbel. Er war für Gerechtigkeit und Billigkeit. Nachdem er den Toten nicht mehr helfen konnte, jagte er den

Verfolgern wenigstens die Beute ab. Die Mörder hatten wenig Freude. Die bayrischen und schwäbischen Herren trieben nun an Stelle der Getöteten ihre Forderungen für den Markgrafen ein und sehr viel härter, als die Juden es hätten tun können. Schließlich mischte sich auch König Karl ein. Er wollte wie von allen Behörden, deren Juden umgekommen waren, so auch von dem Markgrafen seinen Teil an dem Nachlaß der Erschlagenen. Ein hartes Feilschen begann.

Margarete, sowie sie von den Gewalttaten hörte, fuhr in finsterer, erschreckter Hast nach Bozen. Kam in der Nacht an. Sah bei wanderndem Fackelschein das viehisch zerstörte Haus, die kleinen, liebevoll mit allem Möglichen vollgestopften Zimmer kahl, verwüstet, besudelt. Sah die Leichen der Söhne, Töchter, Schwiegersöhne, Schwiegertöchter, der vielen wimmelnden Kinder mit den raschen, mandelförmigen Augen, gräßlich verheert und verstümmelt die einen, die andern ohne sogleich sichtbare Wunden. Da lagen sie, die Flinken, Beweglichen, sehr still, und sehr still auch lag Mendel Hirsch. Er hatte einen Gebetmantel an und Gebetriemen am Arm und an der Stirn; man sah keine Wunde; im Fackellicht schien es, als lächle er demütig, wichtig, betulich, milde, gescheit. Margarete glaubte, jetzt müsse er gleich den Kopf schütteln, gurgeln, das sei gar nicht so schlimm, es sei ganz einfach; die Leute seien gar nicht so böse, sie seien verhetzt, dazu ein wenig langsam und schwer von Begriff; man müsse ihnen bloß gut zureden. Aber er sagte nichts, er zappelte nicht und gurgelte nicht und lag ganz still. Er hatte es gut gemeint, mit sich gewiß am meisten, aber auch mit ihr und dem Land, und er war gescheit gewesen und sehr tüchtig und hätte dem Land, ihren lieben Städten großen Nutzen gebracht. Nun hatten sie ihn erschlagen, plump, sinnlos, viehisch. Warum eigentlich? Sie packte mit harter, zufahrender Frage einen der Umstehenden. „Er hat doch die Pest gemacht!“ sagte der, scheu, blöde, ein wenig trotzig.

Leise, in einem Winkel, quäkte das gerettete kleine Kind, die Frau, sonderbar aufgeputzt, suchte es mit häßlicher, gebrochener Stimme in Schlaf zu singen, die Großmutter mummelte. Margarete trat näher, hob die Hand, das Kind zu streicheln. Sie fühlte sich müde, elend. Sie sah im Fackellicht ihre Hand; sie war groß, unförmig, die Haut fahl, gelblich; sie hatte vergessen, sie zu schminken.

In München, in einem der weiten Räume der neuen Residenz, die sein Vater angelegt hatte und an der er eifrig weiterbaute, stand vor dem kühl blickenden Markgrafen Ludwig die Baronin von Taufers, Agnes von Flavon. Sie bat um die Erlaubnis, gewisse Bezirke ihrer Herrschaft veräußern zu dürfen. Als Käufer trat ein Einheimischer auf. Doch im Hintergrund lauerte Messer Artese. Dem Markgrafen war Agnes nicht sympathisch; er hatte über ihre lotterige Zigeunerwirtschaft viel Abfälliges gehört; sein mageres, bräunliches Gesicht mit dem kurzen, blonden Schnurrbart blieb verschlossen, seine grauen, etwas stechenden Augen schauten mißtrauisch.

Agnes spürte sehr wohl seine feindliche Abwehr; aber sie gab sich durchaus nicht gekränkt. Sie glitt auf und ab vor ihm, schaute ihn an mit ihren tiefen, starkblauen Augen, lächelte mit den schmalen, kühnen, sehr roten Lippen aus weißem Gesicht, war damenhaft, munter, gefällig, nicht übertrieben liebenswürdig. Langsam, vorsichtig, geübt lockerte sie ihn auf, ganz leicht sich über seine Bärbeißigkeit belustigend.

Er schaute sie an. Man hat ihr doch wohl Unrecht getan. Seine Freunde verlangten von jeder Frau, daß sie Tag und Nacht im Haushalt stecke, hinter den Dienstboten herlaufe, Herd und Leinenkammer beaufsichtige. Ein feines Stück Weib war sie, unleugbar. Zart und zier und gepflegt jede Faser und doch sehnig und voll Kraft. Er verabschiedete sie höflicher, als er sie empfangen hatte. Beschied sie für ein zweites Mal zu sich.

Sah ihr lange nach. Seufzte. Dachte an Margarete. Die war jetzt wieder schwanger. Ja, schön war sie nicht. Wenn man die andere danebenhielt und dann an sie dachte – ein Grausen konnte einem ankommen. Klug war sie, unsere Maultasch. Die Leute hatten Respekt vor ihr. Aber sie mochten sie nicht. Wenn die andere kam, schrien sie „Hoch!".

Jetzt waren die beiden Mädchen gestorben. Im Volk sagten sie: die Strafe Gottes. Er war schuld, natürlich! Weil der Papst lieber Tirol im Besitz seines verhätschelten Karl gesehen hätte, war seine Ehe Sakramentsschändung, waren seine Kinder Bastarde. Die

Glocken läuteten nicht, und an Feuer, Überschwemmung, Heuschrecken, Seuche war er schuld.

Die Narren, die! Die pergamentnen Esel! Die Stumpfsinnigen! War es ein so großes Vergnügen, der Mann der Maultasch zu sein? Lange hatte er keinen Blick mehr dafür gehabt, wie sie ausschaute. Heute fiel es ihn an. Das Gespött Europas war er mit einer so wüsten Frau. Da war man ein großer Fürst und Herr, der mächtigste Mann in Deutschland. Städte blühten auf und fruchtbares Gelände, wo man streichelte; fielen in Schutt, trat man zornig auf. Man hat es sich nicht leicht gemacht. Hat gearbeitet, Tag und Nacht, nach bestem Gewissen. Keine Furcht gekannt außer der Gottes. Hat seine Pflicht getan, hart und schwer, all die Tage. Was hatte man nun davon? Das Gespött Europas.

Drunten stieg Agnes in ihre Sänfte. Volk stand herum, barhaupt, bewundernd. Wäre die an Stelle der Maultasch, sie würden nicht sagen: Strafe Gottes, auch nicht bei Heuschrecken und Pestilenz.

Sah sie nicht herauf? Rasch wandte er, ein ertappter Schuljunge, sich ab.

Margarete genas wenige Wochen später eines toten Kindes. Der Markgraf verfinsterte sich, wurde kälter zu ihr. Nein, seine Ehe war nicht gesegnet. Nun war alle seine Hoffnung auf den einzigen Sohn gestellt, Meinhard, einen harmlosen, fetten Burschen, unbegabt, gutmütig, schwächlich, der gar nicht dem Großvater Ludwig, vielmehr dem mütterlichen Großvater, dem guten König Heinrich, nachzuarten schien.

Margarte ging schon nach einer Woche wieder an ihre Geschäfte. Sie arbeitete mit der gleichen Emsigkeit und Gewissenhaftigkeit wie früher. Doch die Lust war weg, die Städte waren nicht mehr ihr Geliebter. Der kleine, betuliche Jude, der so geschickt Leben zugeleitet hatte von überallher, war erschlagen, die Kinder, die sie geboren, waren tot. Wohin sie trat, ging alles entzwei. Nichts fügte sich, nichts blühte. Der Markgraf? Ein pflichtbewußter, kahler Herr. Ihr Sohn? Ein dicklicher, dümmlicher Alltagsjunge. Was blieb ihr?

Um diese Zeit kam Konrad von Frauenberg ihr immer näher. Der häßliche Mann mit den roten Augen und dem weißblonden

Haar war der fünfte von den sechs Söhnen des Trautsam von Frauenberg, eines nicht sehr ansehnlichen bayrischen Ritters, der sich aber in einer frühen Schlacht um den Kaiser Ludwig verdient gemacht hatte. So kam der junge Konrad als Knabe Kämmerling an den bayrischen Hof, dann im Gefolge des Markgrafen nach Tirol, wo er als niederer Offizier lange Zeit im Hintergrund blieb. Seine Häßlichkeit und seine rohe, mürrische, bittere Art sonderten ihn ab; er hatte keine Aussicht, je was Besseres als ein untergeordneter Soldat zu werden, bis seine dreiste, kühne Vordringlichkeit bei der Belagerung des Schlosses Tirol ihn ins Licht hob.

Alles, was in Margarete noch an Phantasie war, an Sehnsucht nach Farbe, Buntheit, Abenteuer, alle Reste von dem, was Herr von Schenna die frühere Zeit nannte, hängte sie an den harten, häßlichen Frauenberger. Der Albino mit dem breiten Froschmaul, der knarrenden Stimme, den kurzen, groben Händen kam ihr wie eine Art verwunschener Prinz vor. Es war wie bei ihr; sicherlich war in dem plumpen Außen ein feines, zartes Innen. Man mußte ja rauh und grob werden, stak man in solcher Haut. Der Arme, Einsame, Unverstandene! Sie war besonders freundhaft zu ihm und mütterlich.

Der Frauenberger hatte sich in seiner harten, herumgestoßenen Jugend kalte, harte Verschlagenheit angeeignet. Er wußte um seine Häßlichkeit; er hielt es für ganz in der Ordnung, daß alle ihn stießen. Er hätte, wäre er nur weiter oben, auch die anderen getreten. Er glaubte an nichts auf der Welt. Geld, Macht, Besitz, Lust war das Ziel aller Menschen, Geldgier, Machtgier, Geilheit ihre Motive. Es gab nicht Lohn, nicht Strafe, nicht Gerechtigkeit, nicht Tugend. Das ganze Getriebe war ohne Sinn. Es gab Geschickte und Tölpel, im übrigen Glück oder Unglück. Er hielt es mit jenem Lied, das sachlich und überzeugt sieben Dinge als erstrebens- und besingenswert preist. Fressen ist das erste, saufen das zweite, sich entleeren des Gefressenen das dritte, des Gesoffenen das vierte, bei einer Frau liegen ist das fünfte, baden das sechste, aber das siebente und schönste ist schlafen.

Als die Herzogin ihm offenkundig ihr Interesse zeigte, zweifelte er keinen Augenblick, daß dieses Interesse nichts sei als sinnlicher Kitzel. Es war im übrigen nicht weiter verwunderlich, daß die Häßliche gerade auf ihn, den Häßlichen, verfiel. Er hatte sich beschieden; er war nüchtern, sachlich. Er hatte sich gesagt, als fünfter Sohn und mit solchem Gesicht könne man unmöglich vorwärtskommen. Er hatte aber nie aufgehört, schlau, hart, sprungbereit, scharfäugig auf der Lauer zu liegen. Jetzt lohnte sich das prächtig. Es war ein Mordsglück, daß die häßliche Vettel an ihm Feuer fing. Er wird es nutzen.

Vor seinem Burschen ließ er sich gehen, jubelte wüst, unter unflätigen Lobpreisungen der Maultausch und ihrer Gier. Er schenkte, so geizig er sonst war, dem Jungen einen Sonderkrug Weines, soff mit ihm. Bei einer Kerze, einsam mit dem Jungen, soff er die ganze Nacht. Grölte sein Lied von den sieben erstrebenswerten Dingen. Quäkte, aus dieser Maultasch werde er sich zu bedienen wissen. Streckte sich dann wohlig zum Schlafen. Ja, dies war das Schönste, was es gab. Er spürte seine vor Übermüdung schmerzhaften Glieder. Knackte mit den Gelenken. Sperrte das breite Maul auf. Wälzte sich, gähnte wollüstig. Schlief.

Schlau und vorsichtig ging er, aber nie zu bedenklich, seine Straße. Der Markgraf, das spürte er, mochte ihn nicht. Er blieb ihm aus dem Weg. Drängte sich auch sonst nicht vor. War nur immer da und packte im gegebenen Augenblick, wenn Margarete allein war, mit frecher Vertraulichkeit zu. So sackte er Schlösser, Herrschaften, Pflegen, Gerichte ein, wurde schließlich Landeshofmeister. Nie hätte ihm jemand, er sich selber nicht, einen solchen Aufstieg vorausgesagt. Er steckte, dreist grinsend und gefräßig, alles ein. Blieb als Landeshofmeister, was er als kleiner Offizier gewesen war. Hatte vor nichts und niemand Respekt, glaubte an nichts als an Macht, Geld, Lust.

Margarete hängte nach wie vor alle ihre Träume an den Albino. Sein scheusäliges Aussehen machte ihn zum Gezeichneten, machte ihn ihr verwandt. Es mußte, mußte in diesem breiten, fleischigen, widerwärtigen Kloß eine Seele stecken. Es kam nichts von ihm zu ihr; alle Bindung war höchstens einmal ein arges, freches, gemeines Grinsen übler Vertraulichkeit. Sie sah diese Ödnis nicht, oder sie deutete seine Leere um in bittre Resignation, in gewollte Stummheit, die ihr Zartes, Edles schamhaft versteckte und verschwieg.

Mit Besorgnis schaute Herr von Schenna zu, wie eigentlich ohne tiefere Ursache, mehr durch ein Geschehenlassen, Margarete immer weiter von dem Markgrafen wegglitt und halb gegen ihren Willen zu dem Frauenberger getrieben wurde. Der war ihm tief zuwider. Es kränkte ihn, störte ihn zumindest, daß die wählerische Margarete sich neben ihm gerade diesen Vertrauten auslas. Hatte er denn etwas gemein mit jenem? War es möglich, daß sie seine feine, kultivierte, empfindsame Skepsis zusammenwarf mit der rohen, niedrigen Leerheit und Glaubenslosigkeit des Bayern? Es kratzte seine Eitelkeit, daß Margarete ihm diesen Genossen ihres Vertrauens gab.

Sonst ging es Herrn von Schenna jetzt sehr gut. Die Seuche war nicht an ihn herangekommen. Er hatte geerbt, hatte auch sonst die Zeit nach der Pest genutzt, seine herrlichen Besitzungen auszubauen und abzurunden. Auf seinen Schlössern lebte er fein und behaglich, zwischen Bildern, Büchern, Schmuck und Pfauen, lehnte nach wie vor jedes Amt ab, schaute fröhlich und besinnlich über seine weiten Obstgärten, Äcker, Weinberge, wurde täglich milder, weiser, ruhte ganz in sich wie eine gepflegte, reifende Frucht. Der Abt Johannes von Viktring, der jetzt Sekretär des Herzogs Albrecht war und übrigens nachgerade recht alt und wackelig wurde, konnte beinahe den ganzen Horaz auf ihn zitieren.

Er hätte, aus seiner Ruhe und Befriedigung heraus, Margarete gern geholfen. Er versuchte, die Bindung zwischen ihr und dem Markgrafen wieder fester zu ziehen. Solchen Versuchen war sehr förderlich, daß der Druck leichter wurde, den der Kirchenbann auf Margaretes Ehe legte.

Herzog Johann nämlich, der Luxemburger, war es längst müde, in Wahrheit ledig, vor der Kirche aber ein verheirateter Mann zu sein. Seine Stellung hatte sich durch die kluge Politik seines Bruders, des Königs Karl, sehr gebessert; er gedachte sie durch eine neue geschickte Heirat vollends zu festigen. Vorerst aber mußte er zu diesem Zweck legitim und in aller Form von Margarete geschieden sein. Er bat sie um eine Zusammenkunft. Er wolle gemeinsam mit ihr eine Formel finden, die, beiden genehm, weder ihn noch sie demütige. Ihre Interessen seien die gleichen. Dies lag auf der Hand, und Margarete war bereit, ihn zu empfangen.

So erschien Herzog Johann als Gast auf Schloß Tirol. Diesmal öffneten sich die Tore vor ihm. Trommeln, Trompeten, Ehrenbezeigungen. Johanns langes Gesicht sah immer noch knabenhaft aus. Er blinzelte aus seinen kleinen, tiefliegenden Augen Margarete ohne jede Verlegenheit an. Fand einen Ton grimmiger Schalkhaftigkeit, eine gewisse ironische Kameradschaftlichkeit, die ihr nicht übel gefiel. Sie saßen beieinander, heckten Gründe aus, drehten sie hin und her, eifrig, kneteten, schmiedeten. Kamen, befriedigt, überein. Herzog Johann habe Margarete geehelicht, trotzdem sie mit ihm im vierten Grad verwandt sei, aus Unkenntnis solcher Verwandtschaft. Wiewohl sie beide sich redlichste Mühe gegeben, die Ehe zu vollziehen, hätten sie, zweifellos infolge Verhexung Johanns, dies nicht zustande gebracht. Da nun Johann mit anderen Frauen die Ehe sehr wohl vollziehen könne und seinen erlauchten Stamm fortzusetzen wünsche, ersuche er den Papst, die Heirat mit Margarete für ungültig zu erklären. Der Papst, Freund des Hauses Luxemburg-Böhmen, werde solchem Ansuchen zweifellos willfahren.

Dies abgesprochen, frühstückte Johann noch mit Margarete. Beide waren guter Laune. „Sie sind gar nicht älter geworden, kleiner Wolf“, sagte Margarete.

„Und Sie sind, Gotts Marter! trotz allem ein Staatsweib, Herzogin Maultasch“, sagte Johann. Sie fühlten sich jeder dem andern sowohl wie der Situation überlegen; alles hatte sich reinlich gelöst; sie fanden auf dieser Basis ihre Beziehungen eigentlich ganz angenehm. Trennten sich wohlgesinnt, mit grimmiger, verständnisvoller Vertraulichkeit.

*

Durch den Tod jener beiden Kinder Margaretes waren die Erbverhältnisse des Landes in den Bergen wieder ähnlich geworden wie seinerzeit unter dem guten König Heinrich. Einziger Erbe des Landes war der Knabe Meinhard, dessen Gesundheit schwächlich stand und dessen Geschwister alle in jungen Jahren gestorben waren. Wieder also schauten die mächtigen deutschen Herrscher nach Tirol, streckten gierige Hände aus. Die Luxemburger rundeten ihren Besitz am Rhein und an der Moldau, waren aus dem Kampf um das südliche Land ausgeschieden. Doch Wittelsbach und Habsburg saßen auf umständlichen, begründeten Ansprüchen, äugten, lauerten.

Der Habsburger vor allem, der lahme Albrecht, säte einen weiten, folgerichtigen Plan. Er selber zwar hatte wenig Hoffnung, ihn reifen zu sehen. Aber der Lahme, durch sein Siechtum bitter und weise geworden, arbeitete längst nicht mehr für den Erfolg der nächsten Tage, sondern auf weite Sicht. Für ihn galt es, Tirol zu kriegen, den Weg nach Westen, die Brücke zu den schwäbischen Besitzungen, oder auf alle Großmachtsträume zu verzichten.

Er suchte vornächst die Herren der bischöflichen Territorien zu gewinnen. Trient und Chur hatten mit den Wittelsbachern schlechte Erfahrungen gemacht; sie waren gern geneigt, dem Habsburger anzuhangen, der sie hätschelte. Auch sonst hatte Albrecht ein mildes Gesicht und eine offene Hand für alle Herren, die in Tirol von Einfluß waren. Er übertrug den Schennas, den Vögten von Matsch, dem Frauenberger Titel, Würden, Ämter, die keine Mühe und viel Geld brachten.

Dem Markgrafen selbst suchte er auf jede Weise Vertrauen und Freundschaft abzugewinnen. Er fiel ihm bei dem Angriff des Luxemburgers nicht in die Flanke, ja, er vermittelte zwischen ihm und diesem. Bald war es so weit, daß der lahme Albrecht eine seiner Töchter dem Sohne Ludwigs, dem kleinen, dicken, harmlosen, schwächlichen Meinhard, dem Erben Tirols, vermählen konnte. Auch zeigte Albrecht, sonst ein sehr genauer Rechner, dem finanziell immer bedrängten Markgrafen eine stets offene Hand und brachte ihn dadurch in immer größere Abhängigkeit.

Dann plötzlich, als Ludwig wieder einmal eine erhebliche Summe benötigte, erklärten die Finanzräte des Österreichers, es sei diesmal leider unmöglich. Ihre Kassen seien erschöpft; ja, sie müßten ihm sogar demnächst zu ihrem größten Bedauern früher geliehene Beträge kündigen. Der Markgraf, tief betroffen, in wütiger Verlegenheit, wollte mit Blicken, mit Worten auf sie losfahren. Bezwang sich, biß sich die Lippe, ging wortlos.

Wollte sich persönlich an Albrecht wenden. Rang es seinem Stolz nicht ab. Bei einer zweiten Zusammenkunft erklärten die habsburgischen Finanzräte den seinen sehr harmlos, sie hätten einen vortrefflichen, billigen Ausgleich gefunden. Der Markgraf solle doch als Pfand für die alte und die neu geforderte Summe Österreich auf einige Jahre die Verwaltung Oberbayerns übertragen. Durch Einsparungen infolge der gemeinsamen, verbilligten Verwaltung werde Albrecht sicherlich binnen kurzem den geschuldeten Betrag aus Oberbayern herauswirtschaften.

Der Markgraf wurde blaß, als seine Räte ihm das österreichische Anerbieten mitteilten. Überflog sie mit hartem, stechendem, blauem Blick. Nein, sie lächelten nicht. Sie hatten nüchterne, ernsthafte Beamtenmienen. Er schluckte, sagte, er werde überlegen, nickte, entließ sie.

Saß, allein, schwer nieder. Zog den massigen Nacken hoch. Das Ansinnen war eine Unverschämtheit. Allein Albrecht war klug, ihm befreundet, hatte gewiß nicht die Absicht, ihn zu beleidigen. Es war also an dem, daß offenbar auf andere Art kein Geld mehr aufzutreiben war. Die Einkünfte sollte er abtreten; die Einkünfte waren nicht das Land. Immerhin, wenn das Haupt der Wittelsbacher einem Habsburger die Verwaltung seines Stammlandes übertrug, war dies, trotz allen Sicherungen, eine Einbuße, hart, hart, kaum zu ertragen.

Als er die Angelegenheit in seinem Rat vorbrachte, saß er sachlich, ruhig, behandelte das Ganze, als wäre es ohne viel Gewicht. Äugte argwöhnisch, ob seine Herren wagen würden, ihr inneres Grinsen auf ihren Gesichtern zu zeigen. Ach, lebte sein Freund noch, Konrad von Teck! Bei dem hätte er solches Mißtrauen nicht nötig gehabt. Alles wäre leichter zu ertragen gewesen. Keine Sentimentalität! Er sagte in zwei Worten, worum es ging. Äußerte keine Meinung. Bat um ihre Ansicht.

Als erster sprach der Frauenberger. Er sah natürlich wie alle andern, daß der österreichische Vorschlag auf eine glatte Erpressung hinauslief. Es lag ihm nicht das geringste weder an Ludwig noch an Albrecht, weder an Bayern noch an Tirol noch an Österreich. Der Habsburger war der Reichere und Klügere; er wird also vermutlich recht behalten. Da er überdies ihn, den Frauenberger, durch Ehrenämter und riesige Summen erkauft hat, muß er darauf sehen, daß Ludwig auf den Vorschlag eingeht. Redet er zu, so wird Ludwig, der ihn ohnedies nicht leiden mag, argwöhnisch. Umgekehrt bleibt dem Markgrafen, rät man nun zu oder ab, nichts anderes übrig, als knirschend den demütigenden Vertrag zu unterschreiben. Er, Konrad von Frauenberg, kann sich also ruhig, ohne daß der Habsburger es am Ergebnis inne wird, die spaßhafte Geste leisten, sich als patriotischer Bayer zu gebärden, dem Fürsten von den erniedrigenden österreichischen Zumutungen abzuraten.

Margarete war stürmisch begeistert von den habsburgischen Vorschlägen. Man wird Geld in Fülle haben, wird die lastenden Verpflichtungen noch aus der Zeit des guten Königs Heinrich endlich, endlich abtragen können. Wie werden, ist dieser Druck erst fort, ihre lieben Städte aufatmen! Bayern war ihr immer nur ein Anhängsel gewesen. Sie gab es gern preis für Geld. Sie hatte von Schenna und Mendel Hirsch gelernt, was Geld ist. Was nutzte es, einen großen Leib zu haben und zu wenig Blut? Jetzt wird das Land genug Blut haben, jetzt wird es gesund werden. Ihr gutes Land! Ihre lieben, blühenden Städte!

Finster hörte der Markgraf zu. Nun erwies es sich gut, wie wenig sie ihn von je verstanden hatte. Er war Bayer, Wittelsbacher, Kaisersohn, an Weltmacht gewöhnt, gewöhnt, in Ländern zu denken. Sie war Tirolerin; wo ihre Berge endeten, hörten ihre Gedanken auf. Sie dachte bis an die Ebene, nicht weiter. Sie war die Tochter des kleinen Grafen von Tirol, eng, rechenhaft, krämerhaft. Er war der Erstgeborene des Römischen Kaisers, herrisch, weltweit, nur Gott und sich selber verantwortlich. Nein, zwischen ihm und ihr stand mehr als nur ihre Häßlichkeit.

Der feine Herr von Schenna sprach. Ludwig mochte ihn gar nicht in diesem Augenblick. Er war natürlich Margaretes Meinung, er war ja Tiroler, kein Bayer. Die Finanzen beider Länder aus eigenem großzupäppeln sei nun leider unmöglich. Da füge es sich gut, daß man den edlen Renner Bayern dem befreundeten Habsburger auf kurze Zeit zur Dickfütterung in den Stall geben könne. Bekomme man so endlich den nötigen Hafer für das gute Pferd Tirol. Wo bleibe übrigens ein anderer Ausweg?

Ja, wo blieb sonst ein Ausweg? Das war es. Es half nichts, die Gegengründe noch so hell ins Licht zu stellen. Man mußte das Angebot des Habsburgers schlucken. Der Markgraf duckte den Kopf auf den dicken, gefährlichen Nacken. Dankte den Räten, unwirsch, kurz. Sagte, er werde ihre Meinungen in Erwägung ziehen. Alle wußten, wie er entscheiden wird.

In dicker Verdrossenheit ritt Ludwig von Schloß Tirol ab, mit kleinem Gefolge, nach Norden, nach München, die letzten, nicht mehr wesentlichen Fragen zu regeln, ehe er das Land der Verwaltung des Habsburgers überstellte.

Ein trister Oktobertag. Feiner, fader, rieselnder Regen. Was hatte man vom Leben? Man regierte, man war ein großer Fürst. Aber das meiste, was man zu tun hatte, die meisten dieser feierlichen Zeremonien, Kundgebungen, Verschreibungen waren widerwärtig und beschwerten einem den Sinn. Die Verwaltung des Stammlandes dem Habsburger überlassen, ein freundlich Gesicht dazu machen, „Vergelt's Gott!" dazu sagen. Er knirschte. Er sah die riesigen, stumpfen blauen Augen seines Vaters auf sich. Was hätte der dazu gesagt?

Zu Hause, die freuten sich. Der ekelhafte Schenna, der Neunmalkluge, der an allem seinen Spott hat, mit seinem frechen, faden, milden Lächeln. Der Frauenberger, der unverschämte Hammel, der von wittelsbachischer Würde quäkt, von der Bindung zwischen Wittelsbach und Bayern, und dabei innerlich seine höhnische Freude hat; denn der Giftpilz weiß sehr gut, er muß doch hineinbeißen. Die Maultasch, die an nichts denkt als an ihr Tirol, der sein Bayern ein Handelsobjekt ist, das sie gern hinschmeißt, kriegt sie nur die Gulden und Veroneser Mark. Die Häßliche, die ihn aller Christenheit zum Gespött macht! Wie sie ihm zuwider ist! Wie sie dasitzt und gespannt auf das Gequäk des Frauenbergers hört, des Albinos, des Mißgeschaffenen! Seine Frau! Seine Fürstin! Pfui! Die Maultasch!

Wirklich, in Christi Namen, was denn hatte man vom Leben? Konnte er nicht, auf dem Weg nach München, ehe er den sauren Trank schluckte, was tun, was weniger sauer einging? Wenn er etwa in Taufers zukehrte, sich mit eigenen Augen überzeugte, wie dort die Dinge standen? Es war nicht viel Zeit verloren; zudem, je länger er jenes hinausschob, so besser.

In Taufers war Agnes keineswegs so überrascht, als er wohl erwartet hatte. Ja, als der Pförtner ihr meldete, der Markgraf komme mit einigen Herren, da hatte sie wohl geatmet, die Arme gestreckt, ein sattes Lächeln um die sehr roten Lippen. Aber sie empfing den Fürsten mit gelassener Höflichkeit, keineswegs besonders geehrt. Auch das Mahl, das sie ihm vorsetzen ließ, die übrigen Zurüstungen waren zwar geschmackvoll und nicht unwürdig, aber weit entfernt von jenem prahlerischen Luxus, den man ihr nachsagte. Und mit dem sie auch weniger mächtige Herren, kleine italienische Barone etwa, bewirtet hatte.

Ludwig schaute sie an. Kerzen brannten, ein kleines Feuer im Kamin, wohlriechende Hölzer. Diener reichten Obst und Konfekt. Eine ziere Person, bei Gottes Marter und Tod! Kein Wunder, daß man viel über sie schwatzte. Aber leicht machte sie es einem nicht. Das Gespräch, das sie führte, war lau, ein bißchen spöttisch; sie ließ einen nicht heran. Der ernsthafte, ungewandte Markgraf machte ein paar hilflose Versuche, ihr etwas Galantes zu sagen. Sie schaute ihn ruhig und ohne Verständnis an. Nein, sie war geradezu spröde.

Um so unerwarteter kam andern Tages ihre gleichmütig vorgebrachte Bitte, sich dem Markgrafen auf der Reise nach München anschließen zu dürfen. Sie wolle ihre Schwester besuchen, habe auch sonst im Bayrischen Geschäfte.

Der Markgraf, zögernd, betreten, schwieg. Diese Bitte kam ihm ungelegen. Es wird Geschwätz geben. Er war ein ernsthafter, fester Mann, zudem nicht in den Jahren, derartige Historien zu machen; es paßte ihm durchaus nicht, daß sich Geschwätz an ihn hängte. Aber er konnte der Dame – denn das war sie immerhin –, deren Gastfreundschaft er in Anspruch genommen hatte, unmöglich die kleine Gefälligkeit abschlagen. Leicht knurrend, schwerfällig, unwirsch sagte er, er freue sich.

Auf der Reise war sie dann sehr sittsam, zurückhaltend, unauffällig. Hielt sich die meiste Zeit in ihrer verschlossenen Sänfte. Einsam, hinter den Vorhängen der Sänfte, kaute sie, schlang sie ihren Triumph. Die andere, die Feindin, saß auf Schloß Tirol, nannte sich Markgräfin zu Brandenburg, Herzogin zu Bayern, Gräfin zu Tirol. Hatte ihren soliden, ehrenfesten Gatten. Hatte ihm Kinder geboren. Sich in ihn, ihn in sich eingelebt. Aber jetzt zog sie, Agnes von Flavon, mit diesem Markgrafen herum in dem angeerbten Land der Feindin.

Ludwig erledigte in München hochmütig und unfrei seine verdrießlichen Geschäfte. Agnes hatte sich bei der Ankunft sogleich mit höflichem, nicht übertriebenem Dank verabschiedet. Jetzt hätte er seine unmutigen Abende gern zuweilen durch ihre Gegenwart erhellt. Ein erstes Mal versagte sie sich, ein zweites Mal kam sie. Er gewöhnte sich an sie. Sie ging aufs Land zu ihrer Schwester. Er verzögerte seine Rückreise, bis sie sich anschließen konnte.

Auf dieser Rückreise durch strahlenden Spätherbst verschloß sich Agnes nicht mehr in der Sänfte. Schimmernd ritt sie auf geschmücktem Pferd an der Seite des Markgrafen, den Kopf hochmütig geradeaus.

Geld floß ins Land. Die riesigen Summen für die Verpfändung Bayerns. Die Industrie holte Atem. Die Bergwerke, die Salzwerke. Die Straßen wurden ausgebaut, der Handelsverkehr erleichtert, geregelt. Die Städte streckten sich, weiteten sich. Die Bürger stolzierten breit, gravitätisch. Ihre Häuser wurden höher, füllten sich mit edeln Möbeln, Kunstwerken, Gerät. Mauern, Türme, Rathaus, Kirchen wuchsen. Geflügel, Würzwein kam auch am Werktag auf den mit gutem Geschirr gedeckten Tisch des Bürgers. Prächtiger als die Frau des kleinen Adeligen schritt in Seide, stolzen Bändern, riesiger Haube, Schleppe, Schmuck die Frau der Städte.

Seit wann war diese glückliche Veränderung? Seitdem der Markgraf mit der schönen Agnes von Flavon zusammen war. Agnes von Flavon, die Schöne, Gesegnete. Sicher war sie es, die den glücklichen Plan gehabt hat, Bayern abzustoßen, alle Kraft und alles Geld nach Tirol zu leiten. Alle Gnade Gottes auf unsere schöne Agnes von Flavon! Man sah ja, wie sie auserlesen war. Sichtbarlich von ihrem himmlisch schönen Antlitz strahlte aller Segen der lieben Mutter Gottes. Die andere dagegen, die Maultasch, war gezeichnet. Der Zorn des Himmels war auf ihr. Verflucht war, was sie tat. Ihre Kinder starben. Seuchen fielen ein, Brand, Wasser, Geziefer, wo sie die Hand anlegte. Alles, was sie rät, was sie tut, ist verflucht. Hat sie nicht die Verbindung herbeigeführt mit Bayern, den Keim alles Verderbens? Hat sie nicht die harten, habgierigen bayrischen Herren herbeigerufen, die das Land aussogen? Hängt sie nicht an dem Frauenberger, der scheußlichen Mißgeburt? Hat sie ihn nicht zum Landeshofmeister gemacht? Ein Glück, daß sich der Fürst von ihr abgewandt hat. Jetzt endlich hat er erkannt, wo das Rechte lag. Jetzt ist gute Zeit. Gott segne unsere liebe, schöne Agnes von Flavon!

Agnes sah das Volk an ihrer Straße, wie sie Bäume und Häuser sah, brauchte seinen Zuruf, wie sie Schmuck brauchte. Lächelte. Schritt durch die Gaffenden, sie Bewundernden, sah nicht rechts, nicht links, den Kopf geradeaus, mit schmalen, kühnen, hochmütigen Lippen. Und das Volk jubelte.

*

Margarete, sehr weit weg von ihrem Gatten, sehr weit weg von ihrem Sohn Meinhard, ging herum, schwer, in sich versponnen. Wußte nichts als das einzige: von Agnes und ihren Siegen. Sah Schenna, sah den Frauenberger. Sah die Städte aufatmen, sich recken, sich weiten. Ihre Saat, ihr Werk. Sie war ausgehöhlt, sie war leer und arm. Was einer jeden gegönnt war, ihr war es versagt. Doch dies wenigstens war getan. Dies wenigstens, es war ihr einziges, blieb.

Um so deutlicher sah Schenna. Sah, wie das Volk alles Gute, was die Häßliche gewirkt, der Schönen zuschrieb. Dies Erkennen wollte er ihr, dieses schmerzhafte Aufwachen, ersparen. Auch sah er, wie Ludwig immer mehr in Taufers sich verstrickte. Noch wehrte sich erstaunt und schwer atmend der dumpfe, hilflose Mann, der solche Wirrnis das erstemal erlebte. Noch war es Abenteuer, vorübergehend, begrenzt. Aber bald wird es, in wenigen Wochen vielleicht schon, zu spät sein, bald wird er willentlich und unlösbar verknüpft sein.

Er wollte ihn zurückhaben zu Margarete. Er wollte das Volk zurückhaben zu Margarete. Das Volk war dumm, instinktlos. Es war an sich gleichgültig, was es dachte. Jedes Tier war klüger und hatte mehr Instinkt. Aber es sollte nicht sein, daß Margarete auch dies Letzte von sich fortgleiten sah.

Er mußte vor allem dahin wirken, daß endlich diese alberne kirchliche Verfemung von ihr genommen wurde. Der Makel der kirchlich Ausgestoßenen scheuchte das Volk von ihr, scheuchte den Gatten von ihr. Denn war auch ihre Ehe mit Johann in aller

Form gelöst, so daß sie der Kirche nicht mehr als Ehebrecherin galt, so war gleichwohl ihr Zusammenleben mit Ludwig vom Papste noch keineswegs sanktioniert. Die Kirche betrachtete ihre Ehe als Konkubinat, ihren Sohn und Kronprinzen Meinhard als Bastard. Belegte nach wie vor sie und ihren Mann mit dem Bann, ihr Land mit dem Interdikt. Wohl hatte der Markgraf Gesandte nach Avignon geschickt, jede Genugtuung angeboten, die der Heilige Vater fordern konnte; allein der Papst, von Kaiser Karl gehetzt, weigerte sich.

Jetzt war Klemens tot, sein Nachfolger, der sechste Innozenz, stand stark unter dem Einfluß des Habsburgers. Der lahme Albrecht mußte selber alles Interesse haben, daß seine Tochter nicht mit einem Bastard, sondern mit dem von der Kirche anerkannten Erben Tirols vermählt sei. Schenna arbeitete mit einer an ihm ungewohnten Rastlosigkeit. Fuhr von Ludwig zu Albrecht, von Albrecht zu Margarete. Von München nach Wien, von Wien nach Tirol.

Albrecht stellte Bedingungen. Er säte, er säte für die Zukunft. Seine Tochter wird durch die Vermählung mit Meinhard Anspruch haben auf das Land in den Bergen. Aber der junge Meinhard war ein Wittelsbacher. Auch die Wittelsbacher werden, in gewissen Fällen, Ansprüche machen. Es hatte sich gezeigt, daß das schwierige Land am Schluß immer dem verblieb, dem das Volk als seinem rechtmäßigen Herrscher anhing. Die Maultasch war nicht beliebt, aber als der einzige legitime Nachfahr der alten Grafen von Tirol vom Volk mit religiöser Selbstverständlichkeit als rechtmäßige Eignerin des Landes angesehen. Sie hatte darüber zu verfügen; wem sie es übermachte, der hatte das Volk auf seiner Seite. Albrecht verlangte nichts von Ludwig, dem Wittelsbacher; aber er forderte ein bindendes Testament von Margarete. Für den Fall, daß sie, ihr Gemahl Ludwig, ihr Sohn Meinhard ohne Leibeserben abgingen, solle das Land an die Herzöge von Österreich fallen. Eine Formsache. Eine reine Formsache, betonte er dem Herrn von Schenna. Dazu noch für einen höchst unwahrscheinlichen und unerwünschten Fall. Aber er war nun einmal ein Pedant; er verlangte diese, Margaretes, Unterschrift. Dafür verbürgte er sich, vom Papst für Ludwig und Margarete Lossprechung von Bann und Interdikt zu erwirken.

Schenna hielt diesen Vorschlag für sehr vorteilhaft. Ihm waren die heiteren, umgänglichen Österreicher von jeher lieber als die dumpfen, gewalttätigen Bayern.

Margarete saß über dem Schriftstück, allein; es war später Abend. Also den Habsburgern soll sie das Land übermachen. Nun ja, sie hat es dem Luxemburger zugebracht, dann dem Wittelsbacher; warum nicht dem Habsburger? Der lahme Albrecht war zweifellos der klügste und tüchtigste unter den deutschen Fürsten. Und sein Sohn, der Rudolf, kühn entschlossen, gescheit. Tüchtige Leute, die Habsburger. Sie werden sicher auch Tirol sehr tüchtig regieren. Sie hatten Österreich, Kärnten, Krain, die schwäbischen Vorlande, Görz, verwalteten Oberbayern. Sie werden Tirol nicht schlechter verwalten.

Tirol! Ihr Tirol! Gerade erst hat sie es von Bayern losgeeist. Jetzt dann soll es zu sechs Ländern ein siebentes sein. Ein Verwaltungsobjekt für fremde Fürsten. Ihr Tirol!

Nicht hitzig. Das alles zielt sehr ins Weite. Vorläufig ist ihr Sohn noch da. Er ist nicht so gescheit und kühn wie Rudolf, wie Albrechts Söhne. Er ist, zugegeben, ein etwas belangloser junger Mensch. Aber er ist ihr Sohn. Der Urenkel des Grafen Meinhard. Was geht eigentlich jene anderen Tirol an? Und wenn ihr Sohn vollkommen verblödet wäre; er ist Tirol.

Sachte, sachte. Es will ihm ja niemand an. Für den Fall, daß er ohne Nachkommen – Er zielt sehr ins Weite, der kluge Albrecht, der lahme, bittere. Eigentlich seltsam, daß man gerade von ihr die Unterschrift will. Ihr Mann, der Markgraf, der Kaisersohn, der Wittelsbacher: aber der kluge Albrecht will ihre Unterschrift, nicht seine.

Was Ludwig wohl darüber denkt? Tüchtig ist er auch. Er versteht sich gut mit dem Habsburger. Seltsam, daß man ihn nicht darüber befragt hat. Weiß der kluge Albrecht schon so genau, wie weit er von ihr weg ist? Früher hätte er sich mit ihr darüber ausgesprochen. Jetzt ist er fort. In Bayern. Mit Agnes. Sie schaut vor sich hin, ihr breiter, wüster Mund verzieht sich, trüb, nicht sehr bitter. Warum soll Ludwig nicht an Agnes von Flavon sein Pläsier haben? Sie ist sehr schön. Er ist nicht mehr der Jüngste. Hat sich abgerackert. Jetzt ist er Bayern los. Kann ein wenig ausschnaufen. Sie ist sehr schön. Warum soll er nicht sein Pläsier haben?

Sie erhob sich, schwer, ein wenig ächzend. Überlas noch einmal die Urkunde. Sie war lang und umständlich. „Wir Margarete, von Gottes Gnaden Markgräfin zu Brandenburg, Herzogin zu Bayern und Gräfin zu Tirol, allen Christenmenschen ewiglich, die diesen Brief je sehen, lesen oder hören jetzt und später, Unsern Gruß und die Kenntnis nachgeschriebener Dinge. Wenn es geschieht, was Gott in seiner Gnade nicht verhänge, daß Wir und der durchlauchtige Fürst, Unser herzenslieber Gemahl, Markgraf Ludwig von Brandenburg, abgehen ohne Leibeserben, die wir miteinander gewinnen, und auch wenn Unser lieber Sohn, Herzog Meinhard, abginge, was Gott nicht wolle, ohne Leibeserben, daß dann Unsere obgenannten Fürstentümer und Grafschaften, Länder und Herrschaften mit der Burg zu Tirol und mit allen anderen Burgen, Klausen, Festen, Städten, Märkten, Dörfern, Leuten und Gerichten soll fallen gänzlich zu rechtem Erb und Vermächtnis den vorgenannten Unsern lieben Oheimen, den Herzögen von Österreich –“

Sie ließ das Schriftstück zurückgleiten, unbehaglich, daß es sich knisternd auf dem Tisch zusammenrollte. Sie verließ das Zimmer. Machte mit ihren schweren, schleppenden Schritten den Rundgang, den sie jede Nacht vor dem Schlafengehen zu tun gewohnt war. Einsam schleppte sich, in ihrem prunkvollen Gewand, das sonderbar leblos an ihr niederfiel, die häßliche Frau durch die Säle, Stuben, Korridore, der ungeschlachte Schatten der Kerze ihr voraus.

Sie kam an die Spinnstube. Die plumpe Tür öffnete sich ohne viel Geräusch. Die Mägde waren fertig mit der Arbeit, ein paar Knechte waren da. Alles drängte sich in einem Knäuel um eine junge, untersetzte Magd, die breit, verlegen, amüsiert grinsend dastand. Um sie herum Gekreisch, Stöße von Gelächter. Was? Sie begriff es wirklich nicht? Sie war die einzige in Tirol, die es nicht kapierte. Nochmals also. Die Pechmarie war schiech und wüst; wo sie hintrat, verdorrte alles, schrumpfte ein. Die Goldmarie strahlte himmlisch schön. Was sie anrührte, blühte, Gold klingelte unter jedem ihrer Schritte. Wer also war die Goldmarie? A – Ag – Endlich ging es auf, breit, leuchtend, auf dem Gesicht der Magd.

Agnes von Flavon! Natürlich. Und die Pechmarie? Ah! Großes Staunen. Und nun schütterte es auch sie in stürmischem Lachen.

Unter dem Gekreisch und Gewieher hatte man die Herzogin nicht bemerkt. Still war sie mit ihrer Kerze im Schatten der halbgeöffneten Türe gestanden. Jetzt, langsam, zog sie die Türe zu. Ging. Schleppte sich über die Korridore. Zurück vor das Dokument.

Breitete die Urkunde vor sich hin. „Wir Margarete, von Gottes Gnaden Markgräfin –“ Das Pergament knisterte. Sie tunkte die Feder ein, umständlich, unterschrieb.

Der lahme Albrecht saß in seiner Burg in Wien in Schlafrock und Decken. Nebenan lag auf einem Tisch unter andern Papieren die Urkunde Margaretes. Sein Sohn Rudolf war da, der Bischof von Gurk, der uralte Abt Johannes von Viktring. Der betagte Herzog hatte die Letzte Ölung empfangen; er wußte, daß er in wenigen Stunden verlöschen werde. Er saß in seinem Lehnstuhl, fror trotz der Decken in dem überheizten Zimmer, fühlte mit fast wohligem Schmerz, wie langsam das Leben aus ihm herausrann. Sah im übrigen wie stets klar, ruhig, mit einer gewissen heiteren Bitterkeit.

Rudolf fragte das drittemal, ob er nicht die anderen Brüder beschicken solle. Sein festes Gesicht, blond, bräunlich, nicht hohe, eckige Stirn, Hakennase, starke Unterlippe, blickte ernst, sachlich, selbstbewußt, unsentimental. Der Lahme lehnte zum drittenmal ab. Die Jungen hatten zu tun, sein Sterben sollte sie nicht stören.

Er atmete still, die ungelähmte Hand öffnete sich, schloß sich, öffnete sich. Er hatte ein gutes Leben gelebt, soweit ein menschliches Leben gut sein kann. Es war Mühe und Arbeit gewesen. Es war Erfolg gewesen. Er hatte sich gefördert und seine Länder gefördert. Er war mit sich in Frieden, er war mit den Menschen in Frieden, er war mit Gott in Frieden.

Sein Sohn Rudolf erbte ein gutes Erbe. Schön war es und eine Gnade Gottes, daß er das Dokument noch zu sehen bekam, das ihm Tirol sicherte. Jetzt war alles geschlossen, von Schwaben bis Ungarn geschlossenes habsburgisches Land. Gut und christlich regiert, in Ordnung und Fug. Seine Söhne gescheite, feste Männer. Er weiß schon, warum er sie nicht mit seinem Sterben inkommodiert.

Da fährt er also hin, der Letzte von den dreien. Der Luxemburger, der Johann, ist einen albernen Tod gestorben, einen dummen, ritterlichen Tod auf einem Schlachtfeld, das ihn nichts anging. Der Bayer, der Ludwig, ist einen unvorbereiteten, leichtfertigen Tod gestorben, auf der Jagd, mitten zwischen schwankenden, ungeordneten Geschäften, einen unentschiedenen Tod ohne Richtlinien und Gesicht, einen Tod, so halb und blöde und nichtssagend wie sein ganzes Leben. Er, Albrecht, hat sich niemals Römischer Kaiser genannt, hat nie nach der Römischen Krone gestrebt, hat sie nicht gehabt und hat sie nicht gewollt. Aber wenn man es recht erwägt – er lächelte ein mildes, listiges Lächeln –, war immer er der mächtigste gewesen von den dreien, der eigentliche Schiedsrichter der Christenheit, und immer war geschehen, was er gewollt hatte.

Er fühlte sich jetzt schrecklich müde. Rief – es verwehte heiser – nach Rudolf. Der wandte sich schnell ihm zu. Der Lahme tastete mit der gesunden Hand nach der des Sohnes. Sie fiel herunter, ehe sie den Sohn erreichte. Auch der Kopf sank vornüber.

Rudolf stand gerafft, fest. Jetzt war er das Haupt der Habsburger, der mächtigste Mann unter den Deutschen. Der Bischof von Gurk betete. Der uralte Abt Johannes von Viktring strich mit der dürren, braunen Hand über das Pergament Margaretes. „Aufgerichtet hab ich ein Denkmal dauernder als Erz“, zitierte er murmelnd einen antiken Klassiker. Dann schlurfte er zu Albrecht hinüber. Sah, daß er tot war. Riß sich zusammen, streckte sich, schwankte, stand. Machte seine Stimme so fest wie möglich. Setzte mehrmals an, verkündete: „Defunctus est Albertus de Habsburg, imperator Romanus.“ Der Bischof und der Fürst sahen sich an; nie hatte der Tote diese Würde gehabt, nie sie angestrebt. Der Uralte wiederholte, mit Anstrengung, schwankend, feierlich: „Gestorben ist Albrecht von Habsburg, Römischer Kaiser.“ Dann sank er in sich zusammen, schlurfte zurück zu dem Tisch, bekreuzte sich, mummelte.

Die kleine, der heiligen Margarete geweihte Kapelle der Münchner Hofburg ist dick voll von prunkenden Würdenträgern. Draußen ist klarer, leuchtender, hellbrauner Herbst. Drinnen reiben sich die Rüstungen der weltlichen Herren, die strotzenden Ornate der geistlichen; aneinandergepreßt stehen sie. Die Herzöge von Österreich, Rudolf, Leopold, Friedrich, ihre Kanzler und Marschälle, Johann von Platzheim, Pilgrim Strein, die bayrischen und tirolischen Herren, die Marschälle, Burggrafen, Oberjägermeister, Landeshofmeister des Markgrafen, die Schenna, Frauenberger, Konrad Kummersbrucker, Dipold Häl. Violett und lachsfarben die Ornate der geistlichen Fürsten. Die Bischöfe von Salzburg, Regensburg, Würzburg, Augsburg, Dekane, Pröpste, Domherren. Die Pfarrer zu Tirol, Teisendorf, Pyber. Fahnen, päpstliche, weltliche. Weihrauch. Draußen, von Militär zurückgehalten, Volk. In allen Fenstern, auf den besonnten herbstlichen Bäumen, auf allen Mauern, Vorsprüngen Volk.

Drinnen knieten Ludwig und Margarete vor den päpstlichen Kommissaren, dem Bischof Paul von Freising und dem Abt Peter von Sankt Lamprecht. Gestern war ihre Ehe formal geschieden und ihnen aufgegeben worden, getrennt zu leben. Jetzt verlas der Bischof feierlich das päpstliche Reinigungsdekret: Nachdem Ludwig von Bayern, Erstgeborener weiland Ludwigs von Bayern, der sich als Römischer Kaiser führte, alles erfüllt habe, was der Papst von ihm gefordert, nachdem er persönlich seine Vergehen gegen die Kirche bekannt, gäben er und der Abt Peter als päpstliche Kommissare diesem besagten Fürsten und der Fürstin Margarete Dispens wegen zu naher Verwandtschaft, erlaubten ihnen, die Ehe neu einzugehen, legitimierten den bereits geborenen Prinzen Meinhard. Lösten von Ludwig und Margarete allen Makel und Infamie, machten sie fähig, Privilegien, Lehen, Güter, Rechte zu besitzen. Nähmen sie wieder auf in den Verband der Kirche. Befreiten ihre Länder vom Interdikt.

Dann öffneten sich überall in Bayern und Tirol die Kirchentüren, die viele Jahrzehnte durch geschlossen waren. Die Glocken, die so lange stumm geblieben, schwangen an, tönten. Das Volk, ausgehungert nach geistlicher Erhebung, strömte in die Kirchen. Männer, Frauen, herangewachsen, ohne je Gottesdienst und Glockenklang erlebt zu haben, hörten zum erstenmal eine Messe, trieben staunend und beglückt auf den frommen Wellen der tönenden, blendenden, pomphaften Anbetung des dreieinigen Gottes.

*

„Ich mache kein Geschäft mehr mit den Habsburgern!" rief heftig mit seiner harten Offizierstimme Herzog Stephan von Niederbayern und warf den Metallhandschuh klirrend auf den Tisch. Er stand auf, ging hin und her. Aus dem eckigen Schädel schauten seine mißtrauischen, kalten Augen bösartig und zürnend auf den Bruder, den Markgrafen, der sitzen geblieben war, den Kopf müde zum Tisch geneigt, daß der Nacken noch massiger sich wulstete. Der große Saal in der Münchner Hofburg war trotz allen Heizens nicht recht warm geworden, draußen flockte ein widerwärtiges Gemengsel von Schnee und Regen.

„Also nicht", sagte der Markgraf, und seine Stimme war mühsam und gedrückt. „Ich lasse Ihnen dann, Herr Bruder, das andere Dokument ausfertigen, wie wir es besprochen haben."

Herzog Stephan preßte die Lippen zusammen unter dem strammen, dicken, schwarzbraunen Schnurrbart. Er trat näher, erklärte seine Heftigkeit. „Wir sind in den vielen unangenehmen Erbfragen leidlich auseinandergekommen. Wir haben einander nichts vorgemacht. Haben klar und sachlich jeder sein Interesse gewahrt, ohne viel Worte und Flausen, und einer dem andern nicht eingeredet. Es hat jeden von uns sechsen ins Herz gebrannt, daß wir die Länder so haben zerstücken und zerteilen müssen und Wittelsbach klein machen. Es war eben sonst kein Ausweg und Auskommen, und wir haben nicht groß darüber geredet. Aber, Herr Bruder", und er hob die Stimme und knarrte anklägerisch, „daß Sie das tirolische Testament für Habsburg zugelassen haben, Sie, der Chef der Wittelsbacher, das zwingt mir den Mund auf. Es ist eine rein tirolische Angelegenheit, ich weiß, und geht mich nichts an; ich hab mich auch nie in Ihre Angelegenheiten gemengt. Aber das beißt mich zu arg, es giftet mir das Blut, ich muß es Ihnen sagen."

Der Markgraf antwortete nicht. Seine harten, stechenden blauen Augen schauten stumpf vor sich hin; er sah sehr viel älter aus als der nur um weniges jüngere Bruder. Wie er, der sonst zufuhr und keine Gegenrede schuldig blieb, auch fürder geduckt und stumpf schwieg, sagte Herzog Stephan etwas gesänftigt: „Sie können sagen, daß es Sache Ihrer Frau war, nicht Ihre; Sie können auch sagen, daß die Lösung von Kirchenbann und Interdikt eine gute Zahlung ist für das zweifelhafte Stück Papier, und Sie haben recht. Aber ich hätte es doch nicht zugelassen an Ihrer Stelle und von den andern Brüdern auch keiner und der Vater auch nicht, wenn er noch lebte." Der Markgraf hockte müde, sonderbar verloschen. Solche Verlorenheit des sonst so harten und heftigen Mannes war dem Bruder unbehaglich. Er sagte, und es klang fast wie eine Entschuldigung: „Ich glaub's, es ist kein Leichtes, die Maultasch zum Weib zu haben und den Frauenberg zum Landeshofmeister."

Den Markgrafen, wie er allein war, fiel ein dumpfer, lahmer, hilfloser Zorn an, wie er ihn nie gespürt. Was war denn das gewesen? Da saß er in seiner Hofburg, und sein jüngerer Bruder stand vor ihm, der Stephan, der Nichtige, der Mittelmäßige, der Wicht, mit seinem armseligen Niederbayern, und schimpfte ihn zusammen wie einen Lausbuben. Und er – ja wie in aller Welt kam denn das? –, er saß und ließ es sich gefallen. War es so weit mit ihm gekommen? War er so lahm?

Der Stephan hatte recht, das war es. Die Habsburger regierten zusammen, überließen dem klugen Rudolf die Führung. Er war ihr Haupt, sie waren ein Ganzes, ihre ganze, große Ländermasse einheitlich gesteuert. Wittelsbach war zersplittert und zerstückt, in sechs Fetzen zerrissen. Er hatte es geschehen lassen, er, der Älteste. Und nicht nur das. Er hatte den Habsburgern Vorschub getan. Mit dem Judenschlag war es angegangen. Das war der erste Fehler gewesen. Hätte er seine Juden geschützt wie der lahme Albrecht, niemals wäre sein Beutel so leer und zerlöchert worden. Niemals hätte er sein Bayern den österreichischen Finanzräten ausliefern müssen. Jetzt saßen sie dick und zahlreich im Land, kontrollierten, schalteten nach Belieben. Überall, unter, neben, über dem wittelsbachischen der rote Löwe Habsburgs. Er fühlte die riesigen, starren Augen des Vaters auf sich. Er schnaufte. Der Bruder hatte recht.

Nicht darüber grübeln. Der Fehler war gemacht. Die Juden waren tot; die am Leben geblieben waren, ließen sich durch keine Versprechungen mehr zurücklocken. Das Land war kahl und ohne Geld, und der Habsburger verwaltete es.

Unsinn! Darum ging es ja gar nicht. Niemand hatte ihm das vorgeworfen. Um das Testament ging es. Um das Testament, das sein Weib gemacht hat, die Häßliche, die Maultasch. Daran mußte man sich klammern, das war festzuhalten. Er war froh, vor sich selber alle Schuld ihr zuzuschieben. Wie hatte der Bruder gesagt? Es ist kein Leichtes, die Maultasch zum Weib zu haben. Nein, daß dich Gottes Marter schände, es ist kein Leichtes! Er trieb sich hinein in eine dumpfe Wut gegen das Weib. Sie war an allem schuld, auch an dem Verwaltungsvertrag mit den Habsburgern. Da saß sie, die Häßliche, die Maultasch, mit ihrem lächerlichen Liebhaber, dem Frauenberger, dem Mißgeschaffenen, Quäkenden. Da saßen sie und machten ihm sein Bayern kaputt. Das Gespött Europas. Oh, er hatte schon das rechte Gefühl gehabt damals, als sein Vater ihn auf und ab schleifte und er sich weigerte, das Weib zu heiraten. Er starrte vor sich hin. Schnaufte, knurrte, stöhnte.

Ging zu Agnes. Die lag auf einem Ruhebett, der Falkenierer stand vor ihr. Sie hatte den Handschuh an, spielte mit dem neuerworbenen Vogel. Sie sah sogleich, der Markgraf brannte darauf, mit ihr zu sprechen. Aber sie ließ ihn warten. Beschäftigte sich mit ihrem Falken, führte ihn vor, dachte gar nicht daran, den Falkenierer wegzuschicken.

Ludwig drückte heraus, er habe heute wenig übrig für Falkenbeize und Sport. Oh, der Herr Markgraf sei verstimmt? Habe Ärger gehabt? Das tue ihr leid. Mit dem Herzog Stephan? Sieh da! Der Herr Herzog sei doch ein ganz umgänglicher Herr. Er habe vom Testament der Markgräfin gesprochen? Und von dem bayrisch-habsburgischen Verwaltungsvertrag? Davon nicht? Doch, auch, freilich nur nebenher.

Wenn sie doch endlich den Kerl mit dem Falken wegschicken wollte! Aber sie dachte gar nicht daran. Bedeutete es ihr so gar nichts, daß Stephan das gewagt hatte? Und war es ihr so nebensächlich, daß er sogleich von seinem Bruder weg zu ihr kam? Der Vogel öffnete die Flügel, schloß sie. Sie streichelte ihn, gab ihm Hätschelnamen. Ein großer heimlicher Triumph war in ihr. War es endlich an dem? Brach es endlich los? Stürzte das Haus der Feindin, das mühsam errichtete, endlich zusammen?

Also von dem bayrisch-habsburgischen Vertrag habe Herzog Stephan gesprochen? Nun, sie verstehe ja nichts von Politik. Aber, ganz ehrlich, gewundert habe sie sich immer. Ein so großer, weiser Fürst – und läßt die Verwaltung seines Landes einem andern! Ganz beiläufig warf sie es hin, dem Falken die Haube abziehend, wieder aufsetzend. Stritt sogleich wieder mit dem Falkenierer, wie lange man jetzt den Vogel hungern lassen solle. Still jubelte sie: Allen Saft herausquetschen aus Tirol, ihn fortleiten, nach Bayern, irgendwohin. Verdorren machen das Werk der Feindin.

Ludwig saß gepreßt in großer Bitternis. Ein Narr war er gewesen. Selbst die Kinder sahen klarer, worauf es ankam. Niemals hätte er die Verwaltung Bayerns weggeben dürfen. Und hätte er alle seine Städte und Einkünfte dem Messer Artese verschreiben müssen. Das Testament Margaretes, da war nun nichts zu machen. Aber den Verwaltungsvertrag, der lief ab in wenigen Monaten: er wird ihn kündigen. Komme, was will!

Agnes lag auf dem Ruhebett, kümmerte sich kaum um ihn. Der Falkenierer war noch immer da. Wäre sie allein gewesen, er hätte sich auf sie gestürzt, sie geschüttelt: Höre, lach nicht über mich! Ich sag den Vertrag auf! Ich schmeiß die habsburgischen Beamten heraus! Lach nicht über mich, Luder! Und er hätte sie gepackt, daß ihr das Lachen und die Gedanken an den Falken vergangen wären. Aber der Falkenierer stand da mit seinem dummen, respektvollen Gesicht, und Agnes sah gar nicht auf zu ihm.

Konrad von Frauenberg verhandelte mit Räten des Bischofs von Brixen. Das Bistum war ganz in Abhängigkeit des Markgrafen geraten, Konrad gab das den Herren deutlich zu spüren. Vergnügt saß der quäkende Mann, beschaute aus kleinen rötlichen Augen die schwitzenden Herren, schikanierte sie breit, behaglich. Warf ihnen schließlich, den armen Schluckern, mit verächtlicher, grausamer Jovialität ein paar Brocken hin. Sein Sekretär, ein unscheinbarer Kleriker, protokollierte still, mit ängstlicher Gewissenhaftigkeit.

Als die Herren gegangen waren, gab der Frauenberger dem Sekretär Weisung für etliche Briefe an Amtleute seiner eigenen Besitzungen. Immer wieder mußte man diesen Herren das gleiche vorkauen. Sie sollen doch – daß der dreigeschwänzte Satan sie hole! – nicht so schlapp sein. Nicht immer Steuer nachlassen. Nicht immer die Termine für Fronleistungen und Robot prolongieren. Und diese alberne Gefühlsduselei in der Verhängung von

Strafen. Einen Dieb nur mit Pranger und Gefängnis zu züchtigen, weil er aus Not handelte. Blödsinn! Jeder handelt aus Not. Dem Schuft wird die Hand abgehauen wie bisher. Einen Wilderer schonen, weil er Familie hat! Sein Wild hat auch Familie; hat jener es geschont? Der Kerl wird zu Tod gehetzt. Das ist guter alter Brauch. Mit der modernen Humanität wird auf seinen Gütern nicht erst angefangen. Der Frauenberger quäkte, der stille Sekretär schrieb.

Allein dann, strich sich der häßliche Mensch das farblose Haar zurück, dehnte sich, legte sich auf Polster, knackte mit den Gliedern, gähnte, faul und vergnügt. Es war eine wohleingerichtete Welt, und er verstand sich darauf. Er hat es, Gotts Marter, weit gebracht. Der Markgraf ist fast immer auf Reisen, bei seiner Agnes, sonstwo. Warum auch nicht? Warum soll er nicht der Maultasch die schöne Agnes vorziehen? Er, der Frauenberger, hat freilich viel Arbeit, wenn der Markgraf außer Landes ist: die Maultasch und Tirol. Viel Arbeit, wüste Arbeit. Aber profitlich, das ist nicht zu leugnen. Auch könnte es ihm Ludwig nicht leichter machen, mit ihm auszukommen. So spart ihm der Fürst die Mühe, sich mit ihm auseinanderzusetzen.

Er beschaute seine dicken, roten, fleischigen Hände. Er hat seine Männlichkeit offenbar unterschätzt. Man muß nur selber daran glauben, dann glauben auch die Weiber daran. Heute wird ihm jede kirr, die er mag. Er rekelt sich, pfeift, grinst. Steht faul auf. Holt sich Tusche, Pinsel, Pergament. Zeitvertreib für freie Stunden, wenn man nicht schläft. Heute hat er Lust, ja. Der Schenna hält ihn für stumpf. Glaubt, er habe kein Aug für das, was schön ist. Der Schenna ist kein Esel; aber wenn er meint, er habe allein den Sinn gepachtet für das, was schmeckt und rund ist und sich glatt und wohlig anfaßt, dann irrt er sich, der Geck, der Zierbold! Er legt sich das Pergament zurecht. Ho! Er weiß sehr genau, worauf es ankommt bei der Schönheit. Er grinst, pfeift sein Lieblingslied vor sich hin, das von den sieben Freuden des Lebens, beginnt zu arbeiten. Sein breites Maul zieht sich wohlgefällig auseinander, er schnalzt, schmatzt, gurgelt, quäkt, rülpst. Strichelt, pinselt. Bunt, säuberlich. Frauenkleider, Brüste, Gesicht. Vertieft sich in die Arbeit.

Sieht auf. Margarete steht hinter ihm. Ihr wüstes Antlitz ist sonderbar lächerlich verzerrt. Sie hat offenbar gesehen; es hat durchaus keinen Sinn zu verstecken, zu leugnen. Er schaut sie frech an, verzieht den breiten Mund, quäkt, nachlässig: „Ein Amulett."

„Ein Amulett? Das? Das saubere, liebevolle Bild der Person?" Er, naiv, dreist: Ja, natürlich. Er habe Grenzstreitigkeiten mit ihr, sie wisse doch. Dazu ihr unheilvoller politischer Einfluß auf den Markgrafen.

Sie schaut ihn finster an mit ihren starken, erfüllten Augen. Er hält stand, kalt, gleichmütig. Er solle ihr das Bild geben, sagt sie schließlich.

„Warum nicht?" quäkte er. Es sei ein nicht gerade frommes Amulett. Man könne seinen Willen, seine Wünsche hineinhexen. Ihre Wünsche für jene seien vermutlich ebenso unangenehm wie seine eigenen. Er grinst, reicht ihr mit einer tiefen, übertriebenen Verbeugung das Bild.

Allein, beschaut sie es lange, prüft es. Die Haare sind gold, die Augen starren, zwei blaue, dumme Flecke, aus der unbeholfenen Malerei. Margarete zieht mit ihren geschminkten Fingern die Nadel aus ihrem Haar. Langsam, sorgfältig zielend, stößt sie durch die blauen Flecke. Das Pergament hält fest, sie bohrt, bohrt stärker, bohrt langsam durch. Das Pergament knirscht. Dann sind zwei kleine ausgefranste Löcher an Stelle der Augen.

Der Markgraf erhob sich, die Besprechung hatte kaum zehn Minuten gedauert. Es war nur Geschäftliches besprochen worden, Rede und Antwort waren von eisiger Sachlichkeit gewesen.

„Es bleibt noch die Angelegenheit mit Taufers", sagte Margarete.

„Auf später", sagte Ludwig ablehnend.

„Es ist jetzt schon fast ein Jahr, daß die Sache hinausgezögert wird", sagte Margarete. „Sie muß endlich erledigt sein."

„Was also wollen Sie?" sagte feindselig der Markgraf.

Die Sache mit Taufers war so, daß Grenzstreitigkeiten entstanden waren zwischen Agnes von Taufers und dem Frauenberger. Agnes versteckte sich hinter dem Bistum Brixen, das sie belehnt hatte, nicht den Frauenberger. Sachlich war dieser, formal sie im Recht. Der Markgraf brauchte nur zu wollen, so ließ Brixen seine

Einwände fallen, Agnes verlor die Güter. Die Räte des Bischofs nahmen an, dies sei nicht in der Absicht Ludwigs; so wagten sie, dem Frauenberger in diesem Punkt zäh zu opponieren.

Margarete, in feindseliger Laune, brachte die Gründe vor, die gegen das Bistum sprachen. Der Markgraf, ebenso verdrossen und vertrotzt wie sie, zählte die politischen Motive her, aus denen er jetzt den Bischof nicht verärgern wollte. Sie maßen sich, finster, entschlossen. Nie hätten sie sich, wäre es um eigenen Besitz gegangen, mit solcher Erbitterung widersprochen.

Es war bisher, trotz zunehmender Entfremdung, noch nie zu ernsthaftem Streit gekommen. Mit keinem Wort je hatte der Markgraf Margaretes Testament erwähnt, mit keinem Wort ihre Beziehungen zu dem Frauenberger. Sie hatte den Namen der Agnes in seiner Gegenwart niemals genannt. Jetzt erhitzten sie sich, bekämpften sie sich, drohend, trotzig, viel heftiger, als der geringfügigen Sache angemessen war. Sie standen sich gegenüber, wütend. Das ruhige, männliche Gesicht des Markgrafen verwilderte, verzerrte sich. Sie erwiderte mit erzwungener Ruhe, bösartig, stachelig, höhnisch.

Bis er schließlich nicht mehr an sich halten konnte und ihr hinwarf in hellem, spöttischem Zorn: „Das ist ja alles nur für deinen Affen, den Frauenberger."

Sie wurde ganz grau, schnappte, sah ihn haßerfüllt an. Sagte schließlich heiser: „Ja, ja, ja! Ich leid es nicht, daß das Recht kaputtgeht für deine Hur."

Er krampfte die Hand, sie nicht zu schlagen. Es war nicht seine Art zu schimpfen. Jetzt fiel er unflätig über sie her: „Hexe! Scheußliche! Stinkende! Hockst du zusammen mit deinem Affen und spintisierst das aus? Ist es nicht Schande genug, daß ich ein Weib haben muß, von Gott gezeichnet, wie dich? Willst du noch meinen Namen verschimpfieren? Bist auf Männer aus, so, wie du aussiehst? Paßt ja gut zusammen, die Maultasch und der Aff!" Er schlug plötzlich um, ging mit dicken Adern und so verwildertem Gesicht auf sie los, daß sie hinter den Tisch zurückwich. „Ich duld es nicht!" schrie er. „Ich schlag ihn tot! Ich laß mich nicht lächerlich machen!"

*

Unterdes saß der Frauenberger auf Schloß Taufers. Aus seinen rötlichen Augen blinzelte er Agnes an. „Wir werden uns schon einigen", quäkte er. „Sie sind reich, ich bin nicht arm. Liegt Ihnen so viel an den Höfen? Mir nicht. Mir sind sie ein Vorwand, Sie zu sehen." Mit seiner roten, kurzen Hand tätschelte er ihre weiße, lange. Agnes lächelte. Der war ein Mann, der hatte Kraft, Willen, das nackte Geradezu.

„Die Welt ist dumm", quäkte er. „Immer noch dümmer, als man denkt." Er saß da, weites Maul in dem nackten, roten Gesicht, breit, fest, frech, häßlich. „Mir ist, ringsherum sind wir die einzigen Vernünftigen." Und seine harten, kurzen, zupackenden Finger langten ihren Arm weiter hinauf.

Er dachte übrigens nicht daran, ihr in der strittigen Frage auch nur ein Tipfelchen entgegenzukommen.

Agnes ging herum, ein leises, tänzerisches Lächeln um die Lippen. Sog ihren Triumph über Margarete, schlürfte ihn, ließ ihn auf der Zunge zergehen. Knüpfte den Markgrafen immer enger an sich, gleichmütig, unmerklich. Höhlte ihn aus, glitt in ihn hinein, nahm Besitz von ihm.

Er war ein sparsamer, nüchterner Herr, durchaus nicht geneigt zu verschwenden. Sie verlangte von ihm, nebenher, über die Achsel, Ausgaben, die er sich sonst durch Jahre überlegt hätte. Machte er den leisesten Einwand, so bestand sie nicht, ließ sofort ab. Allein sie hatte eine Art, sich abzuwenden mit einer höhnischen, kaum greifbaren, tief verächtlichen Verwunderung, die ihn mehr reizte, als Tränen, Bitten, Beschimpfungen hätten tun können. So stülpte sie allmählich den festen, sachlichen, rechenhaften Mann von Grund auf um, trieb ihn in Prunk und Verschwendung, zermürbte, unterwühlte, was Margarete in der Arbeit von Jahrzehnten geschaffen hatte.

Plötzlich war auch Messer Artese wieder da. Überall war er, an zehn Orten zugleich, mit drei Brüdern, die ihm sehr ähnlich sahen, unscheinbar, überaus höflich. Ehe man es recht merkte, hatte er von neuem die Hand auf Zöllen, Salzrechten, Bergwerken. Die eisige Verachtung Margaretes erwiderte er mit zahllosen Verneigungen. Mit größter Bereitwilligkeit löste er den Markgrafen aus den Verpfändungen der Habsburger. Jetzt, wenn er wollte, konnte Ludwig jenes Verwaltungsabkommen kündigen. Freilich war, was er dem Florentiner zahlte, dreimal höher als die Forderung der Österreicher. Schattenhaft dann, wie er kam, war Messer Artese wieder fort.

Erschien auf Schloß Taufers. Wer, wenn er den kleinen, höflichen Mann sah, hätte gedacht, daß er je so toben könnte, wie er es damals vor Agnes getan? Sie saßen sich gegenüber, Agnes und er. Sie lächelten sich zu, mit einem kleinen, wissenden Lächeln. Ei ja, schönes Land, reiches, gesegnetes Land. Wein, Obst, Brotfrucht. Blühende, geordnete, werktätige Städte. Er zerrte, sie stieß. Sie traf die Herzogin, die Häßliche, wenn sie stieß. Ihm war es schon weniger die Freude am Gewinn, die lockte: es trieb ihn, in dem Werk des Feindes zu stochern, zu wühlen, das Werk des erlegten, erledigten Juden vollends zu zerfetzen. Sie stieß die Häßliche, er zerrte an dem toten Feind.

Prall im Fett saß Konrad der Frauenberger, mästete sich, sein nacktes, breitmäuliges Gesicht glänzte rosig. Er lag auf Polstern in dem eleganten kleinen Saal von Taufers, Agnes saß ihm gegenüber. Sonne kam herein, er blinzelte, rekelte sich faul, gähnte, knackte mit den Gliedern. Agnes bat, forderte, schmeichelte, drohte, er solle sie nach Trient begleiten. Er sagte, er denke nicht daran. Soll der Markgraf ihr den Narren machen. Sie kehrte sich ab mit jener leisen, gleitenden, verwunderten Verächtlichkeit, die beim Markgrafen alles erreichte. Er lachte schallend, derb vergnügt. Kehrte sich nach der andern Seite. Da sie beharrlich schwieg, fing er an zu gähnen. Streckte sich knackend, schlief friedlich, behaglich ein, lärmvoll schnarchend. Nach einer Stunde wachte er auf; es ging gegen Abend, sie saß noch immer im entgegengesetzten Winkel, gekränkt. Er stand faul auf, ging zu ihr, packte sie, grob, jovial, zog sie neben sich auf die Polster. Sie ließ es geschehen.

Er behandelte sie nach Laune. Ließ sie wie einen Hund nach einer Liebkosung zappeln. Tätschelte sie mit Versprechungen, die er lachend und selbstverständlich brach. Ihn davonjagen? Es ging nicht. Er hätte gelacht. Und es wäre auch lächerlich gewesen. Wer war noch so häßlich? So frech? So hart von Griff? So gab es keinen zweiten.

Sie dehnte sich unter seinen groben Liebkosungen, schaute schräg zu ihm auf. Sah sein sattes, schlaues, fleischiges, grinsendes

Gesicht. Wie häßlich es war! Wie voll Kraft und Gemeinheit es war! Sie war neugierig. Konnte man ihm nicht bei, daß seine freche, selbstsichere Fratze klein wurde und voll Angst?

Sie begann den Markgrafen zu hetzen. Ganz unmerklich, mit Scherzworten. Ihre Saat fand guten, lange vorbereiteten Boden. Sproßte, keimte, wuchs. Wie hatte Herzog Stephan gesagt? Es ist kein Leichtes, zu diesem Weib den Frauenberger zum Landeshofmeister zu haben. Er wird ein Ende machen. Er hat es satt bis dahin. Das Gespött Europas. Er wird ein Ende machen. In München. In *einem* Aufwischen. Erst mit der habsburgischen Schweinerei. Dann mit dem Frauenberger, dem Schandkerl, der Mißgeburt.

„Schau mich genau an", sagte der Frauenberger zu Margarete und spreizte sich mit grotesk unterstrichener Wichtigkeit. „Schau mich genau an. Du wirst vielleicht nicht mehr lange Gelegenheit haben." Da Margarete erstaunt hochblickte, quäkte er weiter: „Ich bin kein schöner Mann, ich weiß, aber sehr einmalig. Wer Interesse an mir hat, wird gut tun, mich genau anzuschauen, daß er mich in Erinnerung behält. Ich werde nicht mehr lange zu sehen sein. Es braut sich was zusammen gegen mich. Der Markgraf schaut auf mich mit Blicken wie Lanzen. Leider stehen wirkliche Lanzen zur Genüge dahinter. Er hat mich mit zur Begleitung nach München befohlen. Dort tut er sich leichter. Der Gufidaun, der gute, ehrliche Junge, der mich nicht leiden kann, und der Kummersbrucker haben den Rand nicht halten können. Schau mich genau an, Margarete. Wenn ich nicht mehr da bin, sauf dich voll und träum von mir! Messen brauchst du keine lesen zu lassen. Bist eine gute Haut, Herzogin Maultasch", lachte er und haute sie auf die Schulter. Er pfiff sein Lied von den sieben Freuden, blinzelte sie an, ging fort mit gegrätschten Beinen.

Margarete hatte kein Wort erwidert. Jetzt saß sie allein vor dem massigen Tisch, prunkend in hellgrünem Damast, starr geschminkt. Vor ihr lagen gehäufte Akten und Dokumente. Der Raum war schwer und düster, in ihrem Ohr war das gepfiffene Lied des Frauenbergers.

Ja, er hatte wohl recht. Was gab es sonst als die sieben Freuden seines Liedes?

Sie hatte nicht abgelassen. Sie war zerschlagen und zerstört worden ein erstes Mal, aber sie hatte nicht abgelassen. Hatte sich aus Dreck und Nichts ein Neues gebaut, das Land, die Städte, ihre bunten, lärmvollen, menschenvollen, zweckvollen Städte, ihr Werk. Und jetzt sollte das Blut, das sie ihnen mühsam zugeführt, abgezapft werden, weggeleitet, nach Bayern, irgendwohin, für die Hure, planlos verströmt. Der Markgraf hatte ihr nichts gesagt; aber es war ihr zugesickert aus vielen Mündern. Gekündigt das Verwaltungsabkommen mit den Habsburgern. Ihre Städte, ihr Tirol entblößt, leer, ausgesogen, hingeschmissen.

Nicht genug. Das andere. Der Frauenberger. Der Häßliche, Einsame. Der zu ihr gehörte. Den sie herangeholt hatte. Vielleicht war er schlecht, niedrig, ein Lump. Aber er gehörte zu ihr. Vor allen Menschen er. Und den wollte er ihr auch nehmen. Oh, sie hatte nicht vergessen, wie er geschrien hatte in jener Unterredung: „Ich schlag ihn tot! Ich laß mich nicht lächerlich machen!" Sie hörte seine Stimme, die heiser war vor Haß, sah seine verwilderten Augen. Ja, der Konrad hatte schon die rechte Witterung, es roch nach Mord. Ging er nach München, kam er nicht zurück.

Ihr dürres, altes Fräulein von Rottenburg war im Saal, räusperte sich. Der welsche Händler war da, der Palermitaner, den sie herbestellt. Sie war froh an der Ablenkung, ließ ihn kommen. Er stand vor ihr, dick, olivfarbenes Gesicht, rasche, bräunliche Augen. Er hatte vielerlei. Bunte Vögel, feine glänzende Tücher und Gewebe, edle Steine, seltene Essenzen, fremdartiges Konfekt. Mit schnellen, geschmeidigen Bewegungen, unterstützt von seinem Gehilfen, breitete er seine Dinge vor sie hin. Sie verweilte da, dort. Ließ sich erklären, war nicht bei der Sache, sprach dann lebhafter als sonst. Was war das? Ein Fläschchen, eine kleine Vase aus mattfarbenem Halbedelstein, schönformig, fest verschlossen und versiegelt. Das? Oh, die Frau Herzogin sei eine Kennerin, die Frau Herzogin habe sichersten Geschmack. Das sei freilich eine große Kostbarkeit. Aus *einem* Stück, wie edel in der Form, in der Rundung! Von einem großen Meister, ei ja. Und sie möge gnädigst die Bilder beachten, die eingeschnitten seien. Hier der Hohenstaufenkaiser, der zweite Friedrich, und hier der jüdische König Salomo, und da die Königing von Saba, und auf der vierten Seite der Sultan Boabdil, ein starker, grausamer Fürst der Berberei. Auch sei der Inhalt des Fläschchens eine große Seltenheit: ein feiner Saft, ohne Geruch, ohne Farbe, ohne Geschmack; wer auch nur einen Tropfen davon genießt, der überlebt die Stunde nicht, der geht aus wie ein Docht ohne Öl. Ein kostbares, edles Fläschchen.

Die Herzogin kaufte viel und wahllos durcheinander, ohne Feilschen, gegen ihre Gewohnheit. Tücher, Gewürz, viel Schmuck, zwei von den bunten Vögeln, auch das Fläschchen.

Dann setzte sie sich zu Tische. Aß. Aß ganz allein, prächtig geschmückt. Auch die Tafel war prunkvoll bereitet, mit Schaugerichten, goldenen Schüsseln und Tellern. Musik im Nebenraum. Diener, Kämmerlinge, Vorschneider liefen. Sie aß mächtig. Der Frauenberger hatte recht. Dies war eine der sieben Freuden des Lebens. Um sie herum waren die Dinge gestapelt, die sie gekauft hatte, Schmuck, Tücher, auch das Fläschchen. Sie führte mit ihren geschminkten Händen die Speisen zum Mund: Brühe, Fische, Braten, von dem köstlichen, fremdartigen Konfekt, das sie heute erstanden. Sie schlang, schüttete Wein hinunter. Dämmerung brach herein, schwere, riesige Kerzen wurden entzündet. Sie saß allein, plump, starr, pomphaft. Aß.

Da also lag es. Er hatte nicht gewagt, es ihr selber zu bringen. Er hatte es durch einen Boten geschickt. Ein kurzes, höfliches Schreiben lag bei, in dem er um ihre Unterschrift ersuchte.

Sie hatte sogleich Schenna hergebeten. Vor dem ließ sie sich gehen, verströmte. Wirklich gekündigt der habsburgische Vertrag! Eingerissen und kaputt der schöne, kunstvolle Kanal, durch den sie ihren Städten Saft und Gedeih zuführte. Und sie soll noch ihre Unterschrift dazu geben! Der Boden unter ihren Füßen bröckelnd wie Sand. Das Werk ihres Lebens fort, entgleitend, wie fließendes Wasser, nicht zu halten. Hin alles, blöde, sinnlos vertan.

Schenna hörte still zu, sein welkes, langes Gesicht sonderbar kraus verzerrt; ihr Verströmen, ihr Zusammenbruch ging ihm näher, als er vor sich selber wahrhaben wollte. Arme Frau! Arme Herzogin Maultasch! Wäre dein Mund einen Finger schmaler, die Sehnen deiner Backen ein weniges straffer, du lebtest befriedet, glückhaft, und Tirol und das Römische Reich sähe anders aus. Er raunzte mit sich selber. Alberne Sentimentalität!

Als er endlich antwortete, hatte er sich wieder ganz im Zaum. Mit seiner hohen, müden, brüchigen Stimme legte er dar, es sei nichts zu gewinnen, wenn sie nicht unterzeichne; formal sei ihre Unterschrift ohne Belang, der Markgraf verlange sie nur aus Prestigegründen. Unterzeichne sie aber, so könne man nicht umhin, sie zumindest bei der Liquidierung des Vertrags mit einreden zu lassen.

Wie sie aber schwieg, breit, plump, verloren und verfallen dahockte, packte es ihn wieder. Er sagte, er wolle helfen, wo er helfen könne. Er sei Tiroler; es kratzte ihn, daß das lebendige, wache, rege, kultivierte Tirol den schläfrigen, dumpfen, trägen, gewalttätigen Bayern solle ausgeliefert werden. Er gab sich einen Ruck, es war ein schwerer Entschluß, man sollte eigentlich wirklich nicht so weichherzig sein. Aber dann stand er und sagte, und in seiner Feierlichkeit war schon ein bißchen Ironie: wenn sie also noch Wert darauf lege, sei er, um das Mögliche zu retten, bereit, die Hauptmannschaft im Gebirg, das Burggrafenamt zu übernehmen. Sie drückte seine lange, dürre, schlaffknochige Hand mit ihrer dicken, geschminkten.

Dann stand der Frauenberger vor ihr, sich zu verabschieden. Klirrend stand er, aus dem hellen Eisen grinste rosig, glatt, nackt das freche, weitmäulige Gesicht. Es bleibe ihm nur übrig unterzutauchen, ins Dunkle, ins Subalterne, wo der Markgraf ihn nicht finden könne; denn zu sterben habe er durchaus nicht die Absicht. Er werde also unterwegs im gegebenen Augenblick verschwinden. Man sei ein Mann, nehme das Schaukeln, hinauf, hinunter, nicht zu schwer. Sie sei eine gute Haut, er habe mehr Spaß an ihr gehabt als an so mancher mit einem zierlichen Puppenmund. Interessanter sei es sicher gewesen. Somit Gott befohlen.

Sie sagte, er habe ihr ein Amulett gegeben mit bösen Wünschen für eine gewisse Person. Sie wolle sich revanchieren. Sie reichte ihm das mattfarbene Fläschchen. Der Saft sei geruchlos, geschmacklos; wer davon koste, sei in der gleichen Stunde in der Hölle, im Paradies. Bevor er zurücktauche ins Dunkel, in die Niedrigkeit, solle er sich das überlegen.

Er griff danach, grinste, sie sei ein Teufelsweib. Geruchlos, geschmacklos; hm, das sei wohl zu überlegen.

Sie, rasch: sie habe nichts gesagt. So habe es ihr der Sizilianer geschworen. Und da er vermeine, sie sehe ihn nicht wieder, gebe sie ihm das. Alles stehe bei ihm, sie habe nichts gesagt.

Er, ungeheuer massig in der Rüstung, quäkte aus dem vielen Eisen heraus, er danke auch vielmals. Wie gesagt, ein Teufelsweib. Er hob beschwerlich den eisernen Arm, klopfte sie, quäkte: „Unsere Maultasch." Zog mühsam ab, eisern, klirrend, froschmäulig grinsend. Pfiff sein Lied.

Von unten klangen die Hörner und Trompeten der Abreitenden. Der Markgraf hatte sich nicht verabschiedet. Sollte sie ans Fenster? Kein Glied gehorchte ihr. Sie lehnte am Tisch, fahl, grau, eine geschminkte Tote.

Durch den braungoldenen September trabten der Markgraf und seine Herren. Eine Weile ritten sie den blassen, weiten Chiemsee entlang. Starke Luft ging, die Berge in sattem Blaugrau blieben zurück.

Ludwig war bester Laune. Er trug einen leichten, dunkeln Brustpanzer, den Helm hatte er einem Knaben gegeben, der Wind wehte angenehm um den kurzhaarigen Schädel. Er fühlte sich sehr jung, seine harten, blauen Augen blickten frischer als sonst aus dem bräunlichen, männlichen Gesicht. Es war ein guter Entschluß gewesen, die Österreicher hinauszuschmeißen. Jetzt ritt er als wirklicher Herr in seinem Land. Fort mit dem frechen roten Löwen Habsburgs von dem blauen wittelsbachischen! Er freute sich darauf, seine Beamten einzusetzen, reinen Tisch zu machen.

Ja, reinen Tisch. Auch die Sache mit dem Frauenberger hat er sich genau zurechtgelegt. Heute nacht schon wird er ihn packen, es mit ihm austragen, ritterlich, mit der Waffe. Am Ausgang zweifelte er nicht. Dann wird er Luft haben, atmen können. Margarete wird er kaum mehr sehen. Soll sie in ihrem Schloß Tirol sitzen; er wird in München, Innsbruck, Bozen residieren, gubernieren, wie er es für gut hält. Stimmt sie zu, schön; stimmt sie nicht zu, auch gut. Agnes wird keinen Grund mehr finden, ihm die Schulter zu kehren mit jener frechen, leisen Manier, die ihn so reizt.

Daß er seine Dumpfheit hinter sich gelassen hatte, daß er so genau wußte, was er vorhatte, kratzte ihn auf, machte ihn freier und lustiger als seit Jahren. Er scherzte mit Berchtold von Gufidaun, mit seinem getreuen Kummersbrucker. Ja, er schaute sogar mit einem gewissen grimmigen Wohlwollen auf den Frauenberger. Der ritt daher, breit, plärrend, rosig in seiner hellen Rüstung, blinzelte schlau und behaglich aus seinen rötlichen Augen in die besonnte, vergnügte Welt – und war doch schon so gut wie tot. Der Markgraf rief ihn an, ritt neben ihm. Der Frauenberger erzählte unflätige Witze, machte freche Anspielungen. Ludwig lachte schallend, ging auf seinen Ton ein, sie führten ein derbes, grobes Soldatengespräch, unterhielten sich ausgezeichnet.

Dann machte man, sehr früh, Mittag. Man aß im Freien, reichlich, trank, legte sich eine Weile nieder. Dann trank man nochmals, saß wieder zu Pferde. Ludwig hatte jetzt auch den Helm auf, er wollte so durchreiten bis München. Der Frauenberger hielt sich in der Nähe des Markgrafen, der suchte ihn geradezu. Man ritt los. Man war jetzt in der Ebene, die Berge verdämmerten rückwärts, die Ebene war weit, einförmig, zuweilen flimmerte in der Sonne ein kleiner, unansehnlicher Rittersitz, ein Hof, ein ziemlich armseliges Dorf. Man ritt frisch zu, man wird noch vor Abend in München sein.

Die Unterhaltung zwischen dem Markgrafen und dem Frauenberger wurde lahmer, stockte. Er fühlte sich merkwürdig müde, der Atem ging ihm schwer, die leichte Rüstung drückte ihn. Hatte er zuviel getrunken? Rechts am Weg tauchte ein Dorf auf, die Häuser waren so sonderbar rund, schmutzigblaß trotz der hellen Sonne, schichteten sich komisch übereinander. Jemand sagte: „Der Ort heißt Zorneding.“ War das die Stimme Gufidauns oder des Kummersbruckers?

Plötzlich nestelte er am Helm, am Panzer, fiel vornüber zur Seite vom Pferd, der halb gelöste Helm schlug herunter. Der Kummersbrucker ritt zu, ein Knabe, sie fingen ihn auf. Der Helm kollerte vollends in Staub, das Gesicht war fahl, doch nicht weiter entstellt, der Unterkiefer hing herab. Der massige Nacken des Leblosen sah gar nicht mehr gefährlich aus, nur dumm und plump. Sie rieben ihn, beteten. In die dumpfe Betretenheit der Herren hinein quarrte die helle, breite, gemeine Stimme des Frauenbergers: „Seltsamer Zufall. Auf freiem Feld in der Nähe von München. Genau wie sein Vater.“ Berchtold von Gufidaun sah ihn auf und ab, finster, drohend. Der Frauenberger, frech blinzelnd, hielt stand, quäkte: „Wünschen der Herr etwas?" Gufidaun kehrte sich langsam ab, schwieg.

In der Margaretenkapelle der Münchner Hofburg wurde der Leichnam aufgebahrt. Viele Kerzen brannten. Ulrich von Abensberg, Hippolt vom Stein, fünf andere Barone hielten Totenwacht. Auch der Frauenberger war darunter. Doch der begann bald zu gähnen, zog sich zurück. Streckte sich auf sein Bett, pfiff sein Lied, knackte die Glieder, rülpste, schnalzte, schlief friedsam ein.

Drittes Buch

In Landshut in seiner Hofburg hatte Herzog Stephan eben Weisung gegeben, wer von seinen Herren ihn nach München begleiten sollte. Er wollte seinen ältesten Bruder begrüßen, den Markgrafen, der den glückhaften Entschluß gefaßt hatte, die Habsburger aus seinem Land hinauszujagen. Herzog Stephan freute sich stolz, daß recht eigentlich er diesen Entschluß angestoßen hatte. Er reckte den Kopf mit dem kurzen, dicken, nußbraunen Schnurrbart; sicher hatten seine kräftigen Worte jüngst Ludwig den Rücken gesteift. Und jetzt wird er nach München gehen und zusehen, ob er nicht einen engeren Zusammenschluß der Wittelsbacher erwirken kann. Warum soll es – Pest und geschwänzter Satan! –, wenn Ludwig und er festen Willens sind, nicht glücken, Wittelsbach unter *ein* Dach zu bringen, so, wie die Habsburger zusammengeschweißt sind? Sicherlich streiten die sich wie Hähne, wenn sie ohne Zeugen untereinander Rats pflegen: aber repräsentieren sie nach außen, dann stehen sie wie *ein* Mann, und es geht eitel Honig von einem zum andern. Es war gut, daß Ludwig sich endlich aufgerafft hat. Er wird jetzt nicht lockerlassen, bis das zerfetzte Wittelsbach wieder zusammengeflickt ist.

Man brachte die Rüstung, begann, ihn für die Reise zu wappnen. Da kam ein Kurier aus München, meldete den Tod des Markgrafen. Herzog Stephan stand starr, den Mund halb auf, die Finger merkwürdig gespreizt. Dann mit einem heftigen, knarrenden Kommando schickte er seine Leute weg, lief, der halb angekleidete Mann, hin und her, machte jähe, herrische Gesten, sein Gesicht arbeitete, furchte sich drohend, glättete sich, der kurze, dicke Schnurrbart stieg mit der zuckenden Lippe.

Er sah Möglichkeiten, die mannigfachsten, schillernd. Hier winkten sie, dort. Der junge Meinhard war ein Knabe, schwach, dümmlich, gutmütig; hing zudem schwärmerisch an seinem, Stephans, Sohn, dem Friedrich.

Ja, in Stephans Händen lag jetzt das Schicksal Wittelsbachs. Beide Bayern vereinigen. Die Widerstrebenden, die Brüder, den Holländer, Brandenburger, die Pfälzer zusammenzwingen. Sie mußten doch sehen, sie mußten sich doch fügen. Wer waren sie denn, diese Ludwig, Albrecht, Wilhelm, Ruprecht? Nichts waren sie; aber Wittelsbach war viel, war alles. Es wird gute Kraft von ihm ausgehen, sein Glaube, sein ehrlicher, frommer, reiner Wille wird in sie überströmen, sie werden sich überzeugen lassen.

Er setzte sich schwer nieder, sein Gesicht verlor die künstlich straffe, soldatische Miene, die Schultern erschlafften. Ach, nichts von alledem wird sein. Die Hoffnung war krampfhaft, verlogen. Er war nicht der Mann, das durchzuwirken. Wohl, die Gelegenheit war gut; aber die Bürde war zu schwer für ihn. Sein Vater schon, der Kaiser, der viel Robustere, war ein Zauderer gewesen, hatte sein Werk halb fertig liegenlassen müssen; wie sollte er, der Schwächere, das zerstückte, verstümmelte zu Ende bringen?

Sein Bruder war am Wege gestorben. Ein schlechtes Zeichen. Er hatte Ludwig nicht besonders gemocht, kein vertrauteres Wort mit ihm gesprochen. Die Brüder hatten sich alle sechs nie enger aneinandergeschlossen, jeder schaute dem andern mißtrauisch auf die Finger, daß der kein zu großes Stück des Erbes packe. Aber Ludwig war ein anständiger Mensch gewesen, er hatte es nicht leicht gehabt, er hatte die Maultasche geheiratet, dem Haus ein großes Opfer gebracht. Nun war er tot, in guten Mannesjahren gestorben. Es verblaßte um die Wittelsbacher, ihr Glanz ging aus.

Er erinnerte sich, wie er jene päpstliche Bulle gehört hatte, die den Bannfluch über den Vater verkündete: „Seine Söhne treffe dieser Fluch: Aus ihren Wohnsitzen verjagt, sollen sie ihren Feinden in die Hand und der Vernichtung anheimfallen.“ Er war ein kleiner Junge gewesen damals, er hatte unter den großen, drohenden, pathetischen Worten nichts Rechtes verstanden, aber sie hatten ihn überschauert und nicht mehr losgelassen. Es war nicht gut gegangen mit den Wittelsbachern seither. Ihre Länder zerfallen. Die Brüder sich zerkrallend einer den andern. Im Nordwesten, in den flandrischen Provinzen, hatte die Mutter geherrscht, die Kaiserin, zusammen mit Wilhelm, dem begabtesten unter den Brüdern. Sie waren in Streit geraten, Wilhelm hatte die Mutter in jener wilden, blutigen Seeschlacht an der Mündung der Maas geschlagen, sie war zu ihrem Schwager geflohen, dem König von England. Sie war eine hochmütige Dame gewesen, schwermütig, ihren Kindern fremd; ja, man hatte sich zusammennehmen müssen, war immer beklommen gewesen in ihrer Gegenwart. Nun war sie gestorben, müde von Hoheit, Leid und Sorgen, und Wilhelm, der lichteste, begabteste, liebenswürdigste der Brüder, war in Tobsucht und Irrwahn gefallen, krank an dem Zwist mit der Mutter, krank an dem fremden Land. Nein, es stand nicht gut um Wittelsbach; jener Fluch ging, wenn nicht seine Worte, so doch sein Sinn, in bittere Erfüllung. Er starrte vor sich hin. Der Tod des Bruders gab ihm die Möglichkeit und die Pflicht, das Land in den Bergen fester zu klammern, die Südmark zu halten. Er sah auf seine Hände; sie lagen schwer, schlaff, kraftlos. Wie soll er mit diesen Händen –?

Unsinn. Er hat zuviel schweren Würzwein zum Frühstück genommen, das ist alles. Das macht das Blut dick, die Gedanken trüb. Waren seine Aussichten nicht ausgezeichnet? Der Knabe Meinhard war schwach und leicht zu lenken. Den wird er doch, Gotts Marter, von sich abhängig machen können. Er straffte sich, fest über der gepreßten Lippe stand der kurze, dicke, nußbraune Schnurrbart. Er wird Wittelsbach zusammenkneten und groß machen in der Welt.

Er ließ sich fertig wappnen. Er hatte jetzt doppelten Anlaß, nach München zu reiten. Seine Stimme war die alte, soldatisch knarrende. Er befahl seinen Sohn Friedrich zu sich.

Prinz Friedrich hatte schon von dem Tod des Markgrafen gehört. Er barst beinahe von Plänen, von Energie. Meinhard hing an ihm mit schwärmerischer Bewunderung. Er war jetzt durch Meinhard mächtiger als sein Vater. Der junge Mensch, schlank und elegant von Wuchs, dunkles Haar tief ansetzend über der breiten, eckigen, eigenwilligen Stirn, hatte von frühester Jugend an mit Verachtung auf seine Umgebung geschaut. Er allein war der rechte Kaiserenkel. Knirschend hatte er gesehen, wie Wittelsbach immer kleiner zersplitterte. Hochfahrend hatte er sich gebäumt gegen alles Reden und Tun seines Vaters, der nicht Faust und Schenkel hatte, dieses edle, nervenfeine, widerspenstige Roß Wittelsbach zu zähmen. Oh, er, Prinz Friedrich, hatte Griff und Gefühl dafür, er wird es zwingen.

So trat er, schlank, stolz, feindselig, voll heimlicher Verachtung vor seinen Vater. Herzog Stephan liebte diesen seinen Prinzen mit tiefer, zerspalteter Liebe. Er hielt ihn für begabter und begnadeter, als er selber war, sah in ihm seine Erfüllung, liebte sogar seine Raschheit, seinen Jähzorn, seine Hoffart. Aber er konnte sich nicht halten, wenn der Junge zu frech gegen ihn aufbegehrte; es kam immer wieder zu wilden Ausbrüchen zwischen ihnen.

Stephan eröffnete dem Prinzen in kurzen Worten, soldatisch knarrend, Markgraf Ludwig sei plötzlich gestorben, er werde jetzt zur Bestattung nach München reiten und gedenke, etwa acht bis zehn Tage zu bleiben. Friedrich solle inzwischen in Landshut Siegel und Geschäfte führen, in wichtigeren Fragen ihm Kuriere nach München schicken. Friedrich überlegte. Noch nie hatte ihm der Vater so viel Verantwortung überlassen: was stak dahinter? Er maß ihn mißtrauisch. Ah, der Herzog fürchtete seinen Einfluß auf Meinhard, wollte allein nach München, Meinhard von ihm abdrängen, ihn dort ausschalten.

Er warf den Kopf zurück, glitt mit raschen, braunen Augen über den Vater, sagte hochmütig, er denke nicht daran, in so schwerer Stunde seinem Freunde Meinhard fernzubleiben, er werde selbstverständlich auch nach München reiten. Es waren noch zwei oder drei Herren im Zimmer, auch ein Knabe Kämmerling. Herzog Stephan schwoll an, fragte heiser, ob der Junge verrückt sei. Die andern standen großäugig, gestreckt von Erwartung. Friedrich sagte, er sei wohl bei Sinnen; jeder anständige Fürst und Herr müsse ihn verstehen, ihm beistimmen. Der Herzog klirrte drohend auf ihn los. Der Junge stand zunächst, dann wandte er sich, wischte hinaus. Warf sich – niemand wagte ihn zu halten – auf ein Pferd, jagte davon, nach Süden, nach München.

Der Herzog lachte, zuerst ärgerlich, dann wohlgefällig. Seine Herren, froh über diese Lösung, lachten mit. „Ein Teufelsjunge, der Friedrich!" sagte der Herzog. „Ein Teufelsjunge, der durchlauchtigste Prinz!" wiederholten seine Herren.

Aber dann, langsam, verfinsterte sich Stephan wieder. Den eigenen Sohn kann er nicht halten. Wie soll er das ganze bäumende Wittelsbach kleinkriegen?

Er stieg zu Pferde. Schwer mit großem Troß ritt er die Straße, die Prinz Friedrich vorangejagt war.

Dem jungen Meinhard machte der Oberjägermeister, Herr von Kummersbruck, Mitteilung von dem Tod seines Vaters. Er tat dies sehr vorsichtig, umwegig. Verlorene Mühe. Der Achtzehnjährige begriff durchaus nicht, so daß Herr von Kummersbruck schließlich schlicht und geradezu erklären mußte: Der Markgraf ist tot.

Meinhard schaute ihn verblüfft aus großen, runden, treuherzigen Augen an, wälzte die Nachricht in seinem gutmütigen, dikken Kopf, schwitzte. Er wußte durchaus nicht, welche Folgen dieses Ereignis haben konnte, was er mit ihm anfangen sollte. Er war nun Herzog. Das war vermutlich sehr anstrengend, brachte Arbeit, Ungelegenheiten. Er hätte sich als kleiner Landbaron viel behaglicher gefühlt. Eigentlich war es wohl traurig für das Land und für alle, daß sein Vater tot war. Denn er war tüchtig und energisch gewesen, wohingegen seine Mutter, wie sein Freund, der Prinz Friedrich, ihm auseinandergesetzt, ausschweifend und widerwärtig war. Lieber Gott! Im Grund hatte sich weder sein Vater noch die Mutter um ihn gekümmert. Dieser Tod war ihm gleichgültig, kostete ihn nur Ärger, forderte Mühe, Nachdenken.

Er holte das kleine Nagetier aus der Tasche, das er stets bei sich zu führen pflegte, den kleinen, langgeschwänzten Siebenschläfer, den er in geduldiger Arbeit dressiert hatte, so daß er auf den Namen Peter hörte und auf seinen Pfiff mit ihm aß, mit ihm schlief. Er betrachtete das Tier aus großen, verdrossenen, unglücklichen Augen, streichelte es.

Sehr langsam nur löste er sich aus seiner blöden, verworrenen Befangenheit, als er sah, daß man ihn jetzt ganz anders wichtig nahm als vorher. Die Gesichter waren, von den Generalen und höchsten Beamten bis hinunter zum letzten Lakai, ergebener, behutsamer, serviler. Wie er dies langsam merkte, machte es ihm Freude, es immer wieder zu erproben und zu erhärten. Er gab Befehle, vielerlei, durcheinander, sich widersprechende, schaute amüsiert zu, wie man sie beflissen ausführte, er ließ seine Leute springen, ergötzte sich, wie ihre Gesichter immer gleich unterwürfig und ohne Widerspruch blieben.

Nur *einer* ließ sich offenbar von seiner neuen Würde durchaus nicht imponieren, der Frauenberger. Meinhard hatte, sooft er den feisten Mann sah, ein unbehagliches Gefühl gehabt; sein fettes, nacktes Gesicht mit dem Froschmaul, dem weißlichen Haar, den rötlichen Augen war ihm immer gefährlich erschienen, auch seine joviale Art hatte ihm angst gemacht. Jetzt kam der Frauenberger auf ihn zu, blinzelte, quäkte herablassend, väterlich: „Na, junger Herzog! Es ist nicht leicht. Aber nur nicht den Kopf verlieren! Wir werden es schon schaffen." Er nahm mit seiner fleischigen, gefährlichen Hand die dicke, gutmütige des Jungen, blinzelte ihn an, gar nicht ehrfürchtig, gar nicht untertänig, eher mit einer scherzhaften, spöttischen Überlegenheit, drehte sich um, ging, pfiff sein Liedchen.

Da langte stürmisch, schwitzend, begeistert Prinz Friedrich an. Drang sogleich zu dem jungen Herzog. Die Vettern umarmten sich, Meinhard war erlöst in der Gegenwart des Freundes. Friedrich erzählte die Geschichte mit seinem Vater, Meinhard war enthusiasmiert. Der schwarze, schlanke Prinz, geschwellt von Tatendrang, Ehrgeiz, Jugend, Sturm, strömte aus, riß den blonden, dicken, widerstandslosen Meinhard mit, der aus seinen blauen, schlichten, runden Augen entzückt zu ihm aufschaute, sich glücklich pries, diesen herrlichen Freund zu haben. Er schloß sich ganz auf, erzählte auch von der unbehaglichen, überheblichen Art des Frauenbergers. Friedrich schäumte, stampfte. Erklärte, das werde er gleich haben. Ließ den Frauenberger rufen. Sagte ihm über die Achsel, hoffärtig, der Herzog brauche seine Anwesenheit in München nicht, beauftragte ihn, die Herzoginwitwe einzuholen, die ohne Zweifel bereits auf dem Wege nach Bayern sei. Der Frauenberger schaute die beiden jungen Herren an, langsam, lächelnd, frech, gutmütig-höhnisch, sagte, er hätte gern bei der Anordnung der Bestattungsfeier für den ihm so huldvollen verewigten Markgrafen mitgeholfen, fühle sich aber sehr geehrt, daß man ihm das Geleite der ihm ebenso huldvollen Fürstin übertrage. Er hoffe nur, fügte er väterlich besorgt hinzu, daß die jungen Herren hier in München ohne ihn zurechtkommen würden. Er blinzelte vom einen zum andern, ging.

Friedrich war mit einem heftigen politischen Programm gekommen und bemühte sich, ehe andere, sein Vater, die Maultasch, der Habsburger, dazwischentreten könnten, den Vetter darauf festzulegen. Er war durchaus nicht einverstanden mit der traditionellen wittelsbachischen Regierungsmethode, die den Bürger ausspielte gegen den Adligen, die Städte bevorzugte auf Kosten der Burgen. Diese zögernde, vorsichtige Händler- und Krämerpolitik, die den Nichtritter für einen vollen Menschen nahm und achtete, war ihm in tiefster Seele zuwider. Die Welt stand – dies galt ihm für ausgemacht – auf dem christlichen Ritter, auf dem Fürsten, der keine andere Schranke kannte als die selbstgewählten Gesetze der Ritterlichkeit. Aber die heutigen Fürsten waren ohne Stolz, machten Konzessionen hier, Kompromisse dort, waren Minderer statt Mehrer ihrer Macht. Den Adel stark machen, was darunter ist, ducken, daß es nur mehr der Schemel ist für den Fuß des Fürsten. Was Geld! Was Handel! Was Städte! Die alten, lichten Gesetze der Ritterlichkeit wieder blank putzen, Land und Reich auf sie stellen.

Der junge Meinhard hörte schwärmerisch den überschwenglichen Ausführungen des andern zu. Der kam jetzt mit praktischen Vorschlägen. Meinhard solle diese Grundsätze in seinen Ländern verwirklichen. Noch gebe es in Bayern Barone der alten Art, die das Bürgergeschmeiß zeitlebens mit geziemender Verachtung traktiert hätten. Meinhard solle mit ihm und einer Anzahl dieser Aristokraten eine Jagd- und Turniergesellschaft aufbauen auf den strengen Statuten früherer Rittergesellschaften wie der Artusrunde und ähnlicher hochadeliger Klubs. Aber dieser Bund solle keineswegs nur sportlichen Spielen dienen, es solle von ihm eine Erneuerung der ganzen Nation ausgehen. Vor allem auch solle an Stelle eines Kabinetts alter, vertrockneter Theologen und Beamten dieser Bund die eigentliche Regierung führen.

Meinhard war mit ganzer Seele dabei. Er hatte Angst gehabt vor dem Regieren; jetzt war er befreit und glücklich, daß sich das so angenehm anließ, daß man es erledigen konnte in Gesellschaft sportfreudiger Kavaliere und Kameraden, unter Führung des genialen, herzlichen, freundhaften Friedrich.

Sie setzten sich zusammen, machten die Liste der Barone, die in den Bund aufgenommen werden sollten. Ulrich von Abensberg, Ulrich von Laber, Hippolt vom Stein zuerst. Dann der Höhenrain, Freiberg, Pinzenau, der Trautsam von Frauenhoffen, Hanns von Gumppenberg, Otto von Maxlrain. Mancher Name klang nicht ganz unbedenklich, erforderte, daß man ein langes und breites erwog. Der junge Herzog hatte sein Murmeltierchen aus der Tasche genommen; es saß auf dem Tisch, äugte aus dickem Kopf auf die Schreibenden, wischte mit dem Schwanz hin und her. Die beiden Jungen arbeiteten, daß ihnen die Schädel rauchten.

Als am Abend Herzog Stephan eintraf, war die Regierung Bayerns so gut wie vergeben. Friedrich hatte den Vetter dringlich gewarnt, sich vor Herzog Stephan bis ins letzte vorzusehen. So fand der den Neffen scheu, störrisch. Er wollte Unterschriften von ihm unter gewisse prinzipielle Fragen, Grenzangelegenheiten, Zollsachen. Meinhard wich aus, sagte, auf Rat Friedrichs, er wolle zunächst warten, bis sein Vater unter der Erde sei. Herzog Stephan wußte sehr wohl, daß Friedrich hinter diesem Widerstand stak. Wütete, freute sich.

Dann kam Margarete und am gleichen Tag, sehr prunkvoll, Herzog Rudolf von Österreich. Mit ungeheurem Gepräng wurde der Markgraf bestattet. Wieder sah Agnes von Flavon, daß Schwarz sie am besten kleidete. Von dem Katafalk des Toten weg, von der Markgräfinwitwe weg, von den Pfalzgrafen bei Rhein, den Herzogen beider Bayern, Österreichs weg gingen alle Augen immer wieder zu ihr.

An dem jungen Meinhard zerrten Margarete von Tirol, Herzog Stephan von Niederbayern, Herzog Rudolf von Österreich, wollten Regelungen, Verträge, Anerkenntnisse, Unterschriften. Der gutmütige, leicht lenkbare Junge, unter dem Einfluß Friedrichs, blieb fest. Am dritten Tag nach der Bestattung des Markgrafen wurde der Artusbund bayrischer Ritterschaft gegründet. Meister waren Meinhard und Friedrich, Obersten die Herren von Abensberg, von Laber, vom Stein. Mitglieder zweiundfünfzig ober- und niederbayrische Barone. Seiner Mutter, den Herzogen, die an ihm zerrten, erwiderte Meinhard, er sei durch Rittereid gebunden, nichts Endgültiges zu sagen und zu tun, ohne seine Freunde und Vertrauten, die Herren vom Artusbund, zu befragen. Verblüfft standen Stephan, Margarete, Rudolf. Wer war diese

Adelssippschaft, die die Hand auf den Jungen gelegt hatte? Mißtrauisch beschnüffelte einer den andern. Nur Stephan witterte sogleich das Rechte. „Der Teufelsjunge!" wütete er, vergnügt.

Ulrich von Abensberg war verheiratet mit der älteren Schwester der Agnes von Flavon-Taufers. Durch ihn lernte Friedrich Agnes kennen. Schwärmte. Agnes sah wohlgefällig auf den jungen, schlanken, trotzigen, ungebärdigen Prinzen. Sie übernahm das Patronat des Artusbunds. War zugegen, als die Fahne des Bundes geweiht wurde, die ihre Farben trug. Sie sagte zu Friedrich: „Ihre Politik, Prinz Friedrich, kann man mit dem Herzen mitmachen." Er sprach die Formel vor, aus dem Innersten, als sich die Fahne vor ihr senkte: „Pour toi mon âme, pour toi ma vie!" Sie ging unter den klirrenden Herren herum, hatte liebenswürdige Worte, für jeden einzelnen persönlich zugeschnitten. Ihre länglichen, blauen Augen waren oft und einverständnisvoll auf dem schlanken, schwarzen Friedrich, ihre schmalen, kühnen Lippen lächelten dem Abensberger zu, mit den langen, weißen Händen streichelte sie das Murmeltier Herzog Meinhards. Alle waren begeistert und beglückt.

*

„Darf ich Eurer Durchlaucht Bericht erstatten", sagte der Frauenberger zu Margarete, „wie der Markgraf starb?"

Margarete war sehr dick geworden. Schlaff hing, in wüsten Falten, von dem äffisch sich wulstenden Maul die Haut herunter; weiter oben war sie voll von Rissen und Warzen, die die Schminke nicht mehr verdecken konnte.

„Ja", sagte der Frauenberger und feixte, „der Markgraf war vergnügt wie selten, als wir aufbrachen. Wir hatten getrunken, er und ich. Ich hielt mich immer bei ihm. Er fiel vom Pferd zur Seite. Er war nicht sehr entstellt. Es ist sonderbar, daß ihn in der Nähe Münchens der Schlag rührte. Ganz wie den Papa."

Margarete erwiderte nichts. Ihre sonst so erfüllten Augen blickten starr und leer. „Na, na, Herzogin Maultasch", quäkte Konrad, „wir werden es mit dem Meinhard nicht schwer haben. Ein bißchen scheu, aber ein guter Kerl. Der Niederbayer hetzt ihn auf, der Friedrich, der Schwarze, der dumme Junge. Abwarten! Nicht bange werden. Einen Kuß hab ich wohl verdient", grinste er. Aber wie der Atem seines breiten Mundes ihr näher kam, zuckte sie zurück, überschauert. „Na, dann nicht", sagte er gemütlich.

Mit Herzog Rudolf von Österreich war auch der uralte Abt Johannes von Viktring nach München gekommen. Er war nun ganz wackelig geworden, ausgehöhlt, zitterig, hielt die meiste Zeit die Augen geschlossen, mummelte gelegentlich Unverständliches vor sich hin. Er streichelte Margarete, seine Haut war noch trockener als die ihre, er nannte sie: „Mein gutes Mädchen."

Später ließ sie ihn zu sich bitten. Erzählte ihm von dem mattfarbenen Fläschchen, ihr Gespräch mit dem Frauenberger, Wort um Wort. Es war keine Beichte und mehr als eine Beichte. Er hockte da, verschrumpft, erloschen, sie wußte nicht, ob er verstand. Dies war auch gleichgültig; wichtig war nur, vor lebendigen Ohren zu reden. Doch als sie geendet, zitierte er einen antiken Klassiker: „Viel Furchtbares ist in der Welt, doch nichts furchtbarer als das menschliche Herz."

Agnes wich dem Frauenberger aus, war kalt zu ihm, spöttisch. Er sagte behaglich: „Sie sind schlechter Laune, Gräfin? Mein Gesicht gefällt Ihnen nicht mehr?" Dann klopfte er sie auf die Schulter, grinste, quäkte: „Bist doch eine Gans, Agnes. Hältst dich an die Jungen, die Gecken. Glaubst, das alte Schiff ist leck. Bist eine gute, dumme Gans, Agnes." Er tätschelte sie, tastete sie ab. Da sie sich ihm entzog, lachte er gemütlich, streckte sich aufs Polster, drehte sich um, gähnte lärmvoll.

Herzog Rudolf, der Habsburger, griff gierig nach den Dokumenten, die ihm sein Kanzler, der kluge Bischof von Gurk, bedeutsam feierlich überreichte. Er vertiefte sich in sie, las wiederholt, fieberisch glühte der sonst so ruhige, beherrschte Mann. Er streichelte die Papiere. Hörte auf die Erklärungen, die ihm der Kanzler, der juristisch ungewöhnlich gebildete Bischof, vortrug. Von wie ungeheuern staatsrechtlichen Folgen die Auffindung dieser Dokumente sei. Er las nochmals. Küßte feierlich fromm die Pergamente, kniete nieder, betete. Drückte dem Bischof, der gesammelt dastand und sich kein kleinstes Lächeln gestattete, voll heftigen, erregten Dankes die Hände.

Herzog Rudolf hatte von seinem Vater den harten Tatsachensinn geerbt, den klaren Blick für Realitäten, Möglichkeiten. Er wußte, daß Habsburg noch nicht stark genug war, die Verpflichtungen der Kaiserwürde zu tragen, ohne im Innersten Schaden zu nehmen. Die Wahrung des kaiserlichen Ansehens zwang zu Zersplitterung, sog am Mark. Wittelsbach und Luxemburg hatten es spüren müssen. Es gab nur eines: vorläufig auf diesen äußeren höchsten Glanz klug verzichten, sich aber im Innern so festigen, daß die Kaiserkrone schließlich wie von selbst Habsburg als dem Stärksten zufallen mußte. Dies war die Politik, die Albrecht mit so großem Erfolg vorgelebt hatte.

Rudolf sah klar und nüchtern, daß es für ihn einen andern Weg nicht gab. Eisern zwang er sich, dieses Maß zu halten. Aber er besaß nicht den ruhevollen Sinn seines Vaters, des Lahmen, der am Bewußtsein der realen Macht sein Genüge hatte. Ihn brannte es, daß ein anderer da war, der vor ihm saß, der sein Lehensherr war, der sich, und mit Recht, Römischer Kaiser nannte. Wer war denn dieser Karl, der Duckmäuser, der hagere, hohlwangige, mit seinem krausen, schmutzigen Vollbart? Er besaß Land wie jener, hatte wie jener Universitäten gegründet, Kathedralen, Paläste, die Universität Wien, den großen Dom. Jener hatte rechtzeitig die glückliche Gelegenheit gepackt, sich die Krone zu sichern; jetzt wäre es Unsinn gewesen, Kraft und Macht um dieses äußere Zeichen zu verzetteln. Aber alle Vernunftgründe hinderten nicht, daß es Rudolf kratzte, nagte, brannte, schnitt, den andern über sich zu wissen.

Er war zu stolz, seinen Kanzler solche Gedanken merken zu lassen. Aber der kluge Bischof erriet sie, erwog, wälzte in sich, wie er dem Fieber seines Herrn die kühlende Salbe schaffen könnte.

Plötzlich, eines Abends, hellte es sich ihm. Der Abt Johannes von Viktring, mit dem er gern zusammen saß, hatte ihm eben gute Nacht gesagt. Der Abt schloß sich wie jeden Abend ein, um an der Weltchronik zu arbeiten, an der er seit ewigen Zeiten schrieb. Er nahm es ungeheuer genau, hielt das Manuskript versperrt, geheim. In letzter Zeit, da er nicht mehr schreiben konnte, hatte der Uralte einen Bruder seines Klosters beigezogen, dem diktierte er. Der hatte einen heiligen Eid schwören müssen, nie einen Buchstaben zu verraten. Gab es einen Meinungsstreit, so fragte man den Abt. Was in seiner Chronik stand, galt als letzte Wahrheit wie das Evangelium.

Wie jetzt der Abt sich zurückgezogen hatte, sagte sich der Kanzler: „Was der Abt schreibt, gilt als Geschichte, ist Geschichte. Und ist doch nur Papier. Alles Gewordene, Rechte, Privilegien sind Papier. Und werden anerkannt, man kann darauf bauen. Nimmt man es genau, so steht die Welt auf Papier. Der Böhme Karl hat kluge, gelehrte Theologen, die haben um seine Krone einen Wall von papierenen Privilegien gemacht. Sind wir in Wien weniger klug und gelehrt als die in Prag?"

Er setzte sich zusammen mit dem Abt. Er erinnerte ihn an den Tod Herzog Albrechts. Wie da der Abt verkündet hatte: „Defunctus est Albertus de Habsburg, imperator Romanus." Dieses Wort, sagte der Kanzler, brenne in Herzog Rudolf weiter; wie das Ewige Licht in den Kapellen brenne es, Tag und Nacht brenne es. Der Uralte hörte zu mit erloschenen Augen. Der Kanzler sprach fort in halben, andeutenden Worten, der Uralte mummelte.

Auf einmal waren jene Dokumente da. Der gelehrte Abt hatte sie bei seinen Forschungen im Archiv der Hofburg aufgestöbert. Verstaubt waren sie, vergessen im Winkel hatten sie gelegen, die köstlichen Pergamente. Unbegreiflich.

Waren sie doch, wie jetzt der Kanzler dem Herzog auseinandersetzte, weit mehr als bloß historische Spielereien. Von ungeheuerm, lebendigem Belang waren sie, geeignet, Habsburg auf einen neuen, hohen, mächtigen Sockel zu stellen, unmittelbar neben den Römischen Kaiser.

Fieberisch erregt prüfte Rudolf die Papiere. Es waren fünf Urkunden. Sie waren ausgestellt von Römischen Kaisern, von dem ersten Friedrich, dem vierten Heinrich, gingen zurück bis auf Cäsar und Nero. Sie bestimmten, daß Haus Habsburg ausgezeichnet sein solle vor den andern deutschen Fürstengeschlechtern, befreiten es von lästigen Pflichten, begabten es mit besonderen Rechten, machten den Habsburger zu des Reiches erstem, oberstem und treuestem Fürsten.

Rudolf sah langsam, besinnlich auf, sah den Kanzler an. Ernst, feierlich, gelassen, treuherzig schaute der auf ihn zurück. Da hob Rudolf die Papiere vom Tisch, drückte sie an seine Brust, sagte fest, er sei gewillt, die Würden und Verantwortungen, die Gott durch diese Papiere ihm auferlege, auf sich zu nehmen.

Mit gewaltigem Schwung verkündete er aller Christenheit die Auffindung dieser Hausprivilegien. Große Gesandtschaften an Papst, Kaiser, sämtliche Höfe. Feierliche Messen in allen Kirchen der habsburgischen Lande. Rudolf, ungeheuer geschwellt, ließ das Zimmer, in dem er geboren war, er, der Chef der Habsburger, den Gott begnadet hatte, diese Urkunden wieder ans Licht zu ziehen, in eine Kapelle verwandeln.

In den Kanzleien der deutschen Fürsten gab es verblüffte Gesichter. Die Juristen des Böhmen, des Brandenburgers, des Pfälzers schrieben sich, kamen persönlich zusammen, berieten mit halben, vorsichtigen Reden, schauten sich an, allen lag ein Wort auf der Zunge, keiner wagte es auszusprechen. Endlich kam von Italien her das Wort, der Chronist Villani brachte es, der um sein Gutachten angegangene Petrarca hatte es geprägt, klar, unzweideutig: Die österreichischen Hausprivilegien sind Schwindel, lahme Fälschungen. Allein man traute sich nicht, das Gutachten des Welschen zu verwerten.

Tief mißvergnügt schaute Kaiser Karl dem Treiben des Habsburgers zu. Fast verleidete es ihm seine Reliquien, daß nun auch der Nebenbuhler solche Dokumente innehatte. Er bezweifelte sehr die Echtheit der Schriftstücke, vor allem die Urkunden Cäsars und Neros schienen ihm trotz ihrer einwandfreien Latinität bedenklich. Aber gleichwohl, sogar nach dem Urteil Petrarcas, schwankte er und wagte auch vor sich selber nicht, die Pergamente schlechthin für Fälschungen zu halten.

Herzog Rudolf saß über seinen köstlichen Dokumenten, las sie wieder und wieder, vertiefte sich, prägte jeden Schnörkel, jede Faserung des Papiers in sein Herz. Der Kanzler, der Abt Johannes schauten zu. Einverständnisvoll, befriedigt sahen sie, wie tief und immer tiefer der Herzog die Privilegien in sein Credo einschloß.

Margarete blieb, nach Tirol zurückgekehrt, in ihrer leeren, befremdenden Erstarrung. Sie kümmerte sich nicht um die Regierungsgeschäfte. Die Dekrete mußten durch Kuriere dem jungen Herzog nach München geschickt werden zur Unterschrift; sie blieben wochenlang, monatelang liegen. Die Räte regierten auf eigene Faust, zögernd, mit halben Maßnahmen; denn man wußte nicht: wer wird nun endgültig die Herrschaft an sich reißen, Wittelsbach, Habsburg, die Maultasch, die Münchner Artusrunde? Die wichtigsten Dinge wurden unerledigt hingeschleppt.

Margarete war ausgeschöpft bis ins letzte. Sie hatte sich mit so unerhörter Anstrengung hochgehoben, war in den Dreck geschleudert worden, hatte sich wieder hochgerafft. Es hatte sich alles als Gerede erwiesen, es war alles dumm, verlogen, frech; Reinheit, Tugend, Kraft, Ordnung, Sinn und Zweck waren ebenso alberne Phrasen wie Herrentum und Ritterlichkeit. Der Frauenberger hatte schon recht: es gab die sieben Freuden, von denen sein unflätiges Lied grinste, und sonst nichts auf der Welt.

Mit einer fast pedantischen Gier stellte die alternde, häßliche Frau ihr Leben darauf ein. Ihre Tafeln bogen sich von Leckerbissen, sie saß viele Stunden bei Tisch, in ihren Küchen wetteiferten burgundische, sizilianische, böhmische Köche. Aus großen Bechern trank sie schwere, hitzige Weine. Von allem wollte sie haben, alles mußte sie kosten. Seltene Fische, Vögel, Wildbret, Muscheln, in immer neuer Zubereitung, gesotten, gebraten, gebakken, in Mandelmilch, in Würzwein. Unersättlich verlangte sie, daß man immer anderes herbeischleppe, gierig, voll Angst, sie könne etwas übersehen, etwas versäumen. Sie ging früh zu Bett, stand spät auf, schlief auch lange Stunden des Tages. Denn schlafen war das beste. Von dem Frauenberger hatte sie sich angewöhnt, sich zu strecken, lärmvoll zu gähnen, mit den Gelenken zu knacken. So lag die dicke, alternde Frau, grauenvoll häßlich, schnarchend. Ihr hartes, kupferfarbenes Haar zottelte in spröden Strähnen. Über dem Gesicht trug sie eine Maske aus Teig, mit Eselsmilch und einem Pulver aus Zyklamenwurzeln geknetet; denn dies erhielt die Haut jünger.

Der Frauenberger war zufrieden mit der Entwicklung der Herzogin. Ja, die Maultasch war ein vernünftiges Weib, hatte sich überzeugen lassen, hatte erkannt, daß seine Weltanschauung die rechte war. Er klopfte ihr anerkennend die Schulter. Übernahm die Organisation ihrer Freuden.

Seltsame Gerüchte raunten durch die Stadt Meran, durch das Passeier. Um nächtlichen Verkehr zu erleichtern, sei der Eisenkorb am Erkerfenster von Schloß Tirol so eingerichtet, daß er in den Hof niedergelassen, der Besucher in ihm emporgewunden werden könne. Im Fällturm des Schlosses faulten die Günstlinge, die der Herzogin unbequem geworden seien. Man rümpfte die Nase über die Privilegien des Passeier Tals, seine Schildhöfe, die Befreiung von Steuern, die Jagd- und Holzrechte.

Die Herzogin ging tiefer nach Süden. Ihr kleines Lusthaus strahlte ganz weiß; unten, schwärzlichblau, dunstete in mittäglicher Sonne der weite See. Verfallene Steinstufen führten hinunter, zwischen Granatäpfelbäumen. Festlich auf großer, bunter, geschmückter Barke glitt die Häßliche über das schwarzblaue Wasser, vor dem Kiel sprangen flirrende Fische, gleichmäßig schäumten die Ruder. Aus dem Bauch des Schiffes, während sie auf dem Verdeck lagerte, klang Musik.

An ihrem Wege stand der kleine Aldrigeto von Caldonazzo. Der heftige, gewalttätige Junge, gelblichweißes, leidenschaftliches Gesicht, kurze Nase unter raschen, großen, dunklen Augen, siebzehnjährig, hatte sie in Verona gesehen, dann in Vicenza, wo ihr Can Grande der Jüngere, der mächtigste Herr der Lombardei, feierlichen Empfang gerüstet. Der kleine Baron Aldrigeto war in den zerfleischenden, blutrünstigen Kämpfen der Castelbarcer als einziger Träger seines stolzen, reichen Namens übriggeblieben. Er selber hatte wütig in mehreren Scharmützeln mitgefochten. Jetzt waren die meisten seiner Festungen und Güter in den Händen der Gegner; er hatte sich an den Hof des großen Veronesers geflüchtet, fast drohend Hilfe, neuen Kampf verlangt. Er war der letzte Nachfahr seines uralten Hauses. War maßlos verwöhnt, jeder Wallung bis an die äußerste Grenze nachgebend. Die Frauen liebten sein hartes, gelblichweißes Knabengesicht.

Er sah Margarete. Er sah sie an der Seite des großen della Scala die Stufen seines Palastes hinanschreiten zwischen ehrfürchtigen Gerüsteten und sich senkenden Fahnen, unter Glockengeläut, starr geschminkt, in mächtigem, stein- und goldübersätem Prunkkleid, abenteuerlich häßlich. Er spürte auf sich ihren langen, sonderbar leblosen Blick. Er hatte natürlich wie alle Welt die dumpfen, wilden Legenden gehört, die um sie gingen, wie sie, die Unersättliche, ihren ersten Mann vertrieben, ihren zweiten vergiftet, zahllose Liebhaber habe verschwinden lassen in grenzenloser Gier. Die deutsche Messalina hieß sie in Italien. Es schmeichelte ihm, daß sie ihn ansah. Ihn reizte ihre Macht, durch die er, vielleicht, seine Gegner erdrücken konnte. Ihn reizte das gefährliche Gerücht, das um sie ging. Er war jung, ein später Abkömmling eines uralten Geschlechts. Ihn reizte ihre Häßlichkeit.

Zwei Sommermonate verbrachte die Herzogin an dem weiten See mit dem Knaben Aldrigeto. Es war brütend heiß, sie waren auch die Nächte fast immer im Freien. Sie hatte Zelte aufschlagen lassen auf einer kleinen Halbinsel am südöstlichen Ufer, unter den Trümmern lateinischer Villen, zwischen uralten Oliven. Sie lagen in Hängematten, unter Moskitonetzen. Schwärzlichblau, ehern lag der See.

Es geschah das Seltsame, daß der wilde, gelblichweiße Knabe die Häßliche zu lieben begann. Er war schön, schlank, gelblichweiß wie die zerbrochenen Statuen, die da und dort unter den Ölbäumen herumstanden. Sie war ein großes, mächtiges, starres, zaubervolles, häßliches Götzenbild. Was waren die jungen, schlanken, heißen Mädchen, die schwerer atmeten, wenn er in ihre Nähe kam? Gänse waren sie, leer und dumm und albern waren sie, eine wie die andere. Die Herzogin war etwas ganz Besonderes, einmalig, voll von uraltem Wissen, die Herrin des Landes in den Bergen, eingesperrt in ihrer rätselvollen, machtvollen, einsamen Besonderheit. Er hängte alle seine Träume um sie herum. Längst war es nicht mehr Ehrgeiz, Eigennutz, Neugier, was ihn an sie band. Wenn er ihr vorschwärmte von dem großen Reich, das er zusammenschweißen wollte vom Po bis zur Donau, wenn sie dann langsam ihre traurige, starre, unsäglich häßliche Fratze ihm zuwandte, geschah es, daß er mitten im Wort abbrach, versank. Etwas in diesem Gesicht ergriff ihn panisch, überschauerte ihn, band ihn geheimnisvoll, unlöslich. So waren sie zusammen in dem brütenden Mittag, die Herzogin, ein großes, tristes, altes Sagentier aus einer versunkenen Zeit, umkrustet mit den Narben zahlloser Kämpfe, träge von endlosem Erleben, und der Knabe, palmenschlank und biegsam, der letzte, späte Enkel der ungeschlachten Eroberer, mit heißen, dunkeln Augen aus dem weißen Gesicht in eine Zukunft schauend, die für jene Vergangenheit war.

Sie zerlegte einen Granatapfel. Der blutige Saft troff über ihre geschminkten Finger. Ihr weiter, wüster Mund nahm die glasklaren Kerne auf, sie zerspritzten unter ihren schrägen, großen, malmenden Zähnen. „Wie seltsam!" dachte sie. „Dieser Knabe schaut zu, und ihn ekelt nicht. Es scheint fast, er hält sich nicht aus Eigennutz zu mir. Ich bin alt geworden, leer, trocken, und jetzt kommt einer und liebt mich." Sie dachte an Chretien de Laferte, sie strich mit ihrer plumpen Hand über Aldrigetos strahlend schwarzes Haar. Mit einer jähen Bewegung warf der Knabe den Kopf herum, biß sie in die Hand. Dann lachte er, nicht bösartig. Silbern standen die Oliven, dunstig im Mittag flirrten die stillen, trägen, seligen Ufer des Sees.

In Tirol indes, während die Herzogin in Italien war, ging das Gerede um sie immer dicker und schwefliger. Sie sei eine Hexe, hieß es, sie sauge den Männern nächtlich das Blut aus, sie könne an zwei Orten zugleich sein; in Tramin hatten sie, während sie leibhaft in Verona war, ein Weib auf dunkelrotem Pferd durch die Luft reiten sehen. Immer öfter mußte die Obrigkeit Leute stäupen lassen, die unehrerbietig von der Herzogin gesprochen hatten.

Margarete lag schlaff und faul herum an den Ufern des Sees. Stunde, Tag, Monat stand still. Fuhr die Barke unter den Bäumen hin, dann war der See plötzlich tot, Schatten weckten einen unheimlich, überfrostend aus dem warmen Hindämmern. Der Knabe Aldrigeto liebte sie also. Er war schlank, schön, die Blicke der Frauen feuchteten sich verlangend, wenn sie ihn trafen, und er liebte sie; aber sie war zu leer und ausgehöhlt, sich daran zu freuen. Fernher dachte sie an den Frauenberger: Schlafen ist das beste. Mit einem matten Verlangen wünschte sie nur eines: immer so bleiben, immer so dahindämmern in dem brütenden Sommer, schlaff, still verdunsten wie das besonnte Wasser.

Die Münchner Adelsgesellschaft, die bayrische Artusrunde, hatte sich mittlerweile konstituiert. Mit großem Zeremoniell vollzog sich Gründungsfeier, Aufnahme und Ritterschlag der einzelnen Mitglieder, Fahnenweihe, Krönung der Agnes von Flavon zur Königin des Bundes. Dann ein großes Turnier, Galatafeln, ausgedehnte Treibjagden.

Den jungen und gewalttätigen Herren des Bundes behagten die Grundsätze des Prinzen Friedrich außerordentlich. Sie waren da, sie waren jung, sie waren die Welt. Sie waren erfüllt von einem unbändigen Herrentum, randvoll von dem Bedürfnis, um sich zu schlagen, zu schreien, zu toben, einen endlosen, lustigen Lärm zu machen. Die Welt anzufüllen mit ihrer Jugend, die nicht wußte, wohinaus, ihrer ziellosen, zwecklosen Kraft, ihrem Durst, irgend etwas anzustellen, zu tun. Nun hatte Prinz Friedrich diesem vagen, gewalttätigen Drang einen schönen, klingenden Namen gegeben, etwas, das aussah wie Sinn, Idee, Ideal. Die jungen, übermütigen, rauflustigen Barone fühlten sich plötzlich als Träger einer Mission, sie hatten Gott, Recht, Macht für sich, waren glücklich.

Wo soff und fraß man so gewaltig wie am Münchner Hof? Wo gab es größere Jagd? Wo gab es soviel Tote bei Turnieren, soviel festliches Gelärm? Die Brocken für die Narren und Zwerge, die zwischen den Beinen der Gäste herumkrochen, waren reicher als die Herrentafel manches kleinen Fürsten. Die jungen Barone waren so geschwellt von Rauflust, daß sie Wildfremde anfielen: „Gibt es eine edlere Frau als Agnes von Flavon?", und wenn der Gefragte erwiderte, er kenne die Dame nicht, ihn zu Tode fochten. Sie brannten nach ihren Jagden Bauernhäuser, ganze Forsten nieder zur festlichen Beleuchtung ihrer nächtlichen Gelage im Freien.

Die höfischen Tänze waren zu fein und zu umständlich. Die Sackpfeife quäkte an Stelle der Flöte, an Stelle der Harfe knurrte der Fotzhobel. Man tanzte grobe Bauernreigen, den Ridewanz, den Hoppeldei, andere plumpe, ungeschlachte Tänze, sang dazu, sich die Schenkel klatschend, unflätige Verse. Fuhr herum wie die wilden Bären, hob die Frauen hoch, daß die Röcke über den Kopf flogen, streckte sie unter maßlosem Gelächter auf wenig ehrbare Weise zu Boden. Man spielte Würfel, sinnlos, erhitzt, verspielte Höfe, Burgen, Herrschaften, schenkte sie vielleicht zurück, schlug gelegentlich den Partner tot. Dazwischen torkelten Besoffene, konnten den Wein nicht bei sich halten. Man sang grobe, schmutzige Lieder, durch die nächtlichen Gassen Münchens grinste, kreischte in grölendem Rundgesang das Lied des Frauenbergers von den sieben Freuden.

Der junge Herzog Meinhard ging dick, gutmütig, dümmlich und vergnügt in dem tosenden Getriebe herum, fühlte sich stolz als der Mittelpunkt dieses festlichen und berühmten Geweses, das in seinem Namen veranstaltet wurde. Lächelte jeden wohlwollend an, sagte, heute sei alles wieder besonders gut geglückt. Blickte schwärmerisch zu dem schlanken, dunkeln Prinzen Friedrich auf. Streichelte seinen kleinen Siebenschläfer Peter, erzählte dem aufmerksam blickenden Tierchen, daß er sich sehr wohl fühle, daß das Regieren eine leichte, einfache Sache sei, viel angenehmer, als er erwartet habe.

Agnes ließ sich lässig und mit Wohlgefallen in der Verehrung und dem Überschwang dieser vielen Jugend treiben. Ganz leise merkte sie hier und dort eine sprödere Stelle der Haut oder eine schlaffere, ein winziges, trockenes Fältchen in der Lippe, am Aug, ein gebleichtes Haar, spürte, wie ihre Bewegungen um ein kleines mühsamer, träger, fetter wurden. Sie brauchte die tosende Verehrung dieser vielen jungen Menschen als Bestätigung ihrer Wirkung, sie brauchte ihre geräuschvolle Anhimmelung, sie schwamm darin, sie ließ sich von der hemmungslosen Anbetung des Prinzen Friedrich wohlig überspülen.

Der Prinz von Bayern-Landshut vergaß über dem Getümmel nicht seine politischen Pläne. Er sah nicht Lärm und Roheit, er sah Macht; er sah nicht Völlerei und Schlemmerei, er sah Herrentum und Glanz. Mit den Führern der Artusrunde, dem Abensberg, Laber, Hippolt vom Stein, riß er die Leitung der ganzen Geschäfte an sich. Der junge Herzog vertraute ihnen an, was immer sie wollten: Pflegnis, Rat, Amt, Siegel. Bei Tafel, auf der Jagd wurde regiert. Hochmütig, zwischen zwei Bechern Weins, wurden Städten ihre Privilegien abgesprochen, Bauern sinnlos harte Fron auferlegt. Die alte Vorschrift, die Wildbret und Fisch dem Tisch des Bauern versagte, dem Herrn vorbehielt, wurde streng erneuert. Die Hofhaltung Meinhards, die Vergnügungen der Tafelrunde waren außerordentlich kostspielig. Die Domänen wurden vergeudet, die Zölle, Gefälle, Gelder der Städte den öffentlichen Bedürfnissen entzogen, für die Zwecke der Artusrunde verbraucht. Die Steuern wurden erhöht. Der Wildschaden stieg ins Ungemessene, der Bauer, der sich selbst zu helfen suchte, wurde grausam zu Tode gehetzt. Einzelne Herren der Artusrunde überfielen wohl auch die Transporte der Kaufleute, erst war es Scherz, später willkommene Bereicherung. Handel und Gewerbe stockten durch die Unsicherheit der Straßen.

Die Städte murrten, die Bauern stöhnten. Die Tiroler Herren

standen an den Grenzen, Herzog Stephan, der Habsburger, untätig noch, aber mit drohenden Augenbrauen. Zuweilen erschien der Frauenberger in der Artusrunde, als Gast; zur Mitgliedschaft wurde er nicht aufgefordert. Er war indes keineswegs gekränkt, machte Späße, stachelte an; es war nicht zu leugnen, er verstand gut, die Herren zu animieren. Herzog Stephan schickte scharfe Botschaft an seinen Sohn, er werde seiner Erbschaft Niederbayern verlustig gehen, kehre er nicht nach Landshut zurück. Prinz Friedrich antwortete nicht, warf den Gesandten in Fesseln.

Auch der Habsburger, wiewohl er klüger und leiser sondierte, fuhr in München nicht gut. Herzog Rudolf hatte ein Bündnis mit dem König von Ungarn gegen Kaiser Karl geschlossen. In einem vertraulichen Schreiben forderte er Meinhard auf, in dieses Bündnis einzutreten, den Kaiser für den natürlichen Feind des Wittelsbachers ansehend. Allein Prinz Friedrich, im Verfolg maßlos dünkelhafter Prestigepolitik, erachtete keinen Reichsfürsten, sondern nur den Römischen Kaiser für Wittelsbach gleichbürtig, alliierte sich nicht mit einem gewöhnlichen Territorialherrn, schon gar nicht mit dem anmaßlichen Habsburger. Nein, Wittelsbach stand, und mochten auch politische und ökonomische Gründe dagegen sprechen, aus idealen Motiven stolz und adelig zu dem einzigen ihm ebenbürtigen Deutschen, zum Römischen Kaiser.

Auf seinen Kolben bei Tafel steckte ein buntscheckiger, buckliger Hofnarr den vertraulichen Brief des Habsburgers, des Ersten, Obersten, Treuesten Fürsten des Reichs. Von Gast zu Gast lief der vielgefleckte Zwerg, mit zahlreichen, tiefen Verneigungen, wies auf seinem Kolben das geheime, bösartig den Kaiser verunglimpfende Schreiben des Österreichers. Dann schickte Friedrich im Auftrag Meinhards den durchlöcherten, besudelten Brief mit einem hochtrabenden Begleitschreiben als Gleicher dem Gleichen dem Kaiser nach Prag.

*

Auf einer Barke kam zur Halbinsel im Südosten des Sees der uralte Johannes von Viktring. Er war begleitet von zwei Klosterbrüdern und führte mit sich in verschlossener Truhe seine Chronik, „Das Buch gewisser Geschichten“, das er nun endgültig abgeschlossen hatte.

Der Uralte war jetzt ganz ausgetrocknet und sehr weise. Er hatte so vieles gesehen, alle Menschen und Ereignisse mit schönen Versen begleitet, alle Dinge gewogen und in seinem Buch aufgezeichnet. Was noch geschah, das konnten immer nur Variationen von dem sein, was er geschildert. Zudem hatte er erfahren, daß ein Italiener, ein gewisser Giovanni Villani aus Florenz, an einer ebenso weit und gründlich angelegten Chronik arbeitete wie er selber. So hoch er jetzt über Wallungen und eitlen Erregungen des Gemüts stand, so hatte es ihn doch verdrossen, als er das Werk des Italieners von klugen und urteilsfähigen Männern sehr rühmen hörte. Der ehrsüchtige welsche Literat machte es sich leicht; er arbeitete mit sensationell aufgeputzten, auf starken Effekt hinzielenden Schilderungen, während er, der verantwortungsvolle Gelehrte, feilte, rundete, Daten, Fakten solid fundierte, immer das Werk als Ganzes im Auge haltend. Jetzt also hatte er sich entschlossen, den großen Punkt zu setzen. Er diktierte seinem Bruder Sekretär mit einem wissenden Grinsen unterstrichen falscher Bescheidenheit: „Ich aber überlasse es Späteren, die zukünftigen Ereignisse besser zu berichten, und beende hier meine Aufzeichnungen, und zwar, wie ich wenigstens selbst gern möchte, in guter und der Geschichte würdiger Weise.“ Er mummelte ein weniges, kicherte, legte dem Bruder Sekretär die dürre Hand auf die Schulter, diktierte voll falscher, gespielter Demut den letzten Satz: „Sollte es aber weniger gut geraten sein, so möge es mir verziehen werden als unternommen zum Ruhm der heiligen und unteilbaren Dreieinigkeit, welcher sei Ehre, Lob, Preis und Erhabenheit in alle Ewigkeit. Amen.“

Und jetzt also saß der Uralte unter Oliven und tausendjährigem Gemäuer und überreichte der Herzogin das Werk, bei seiner aufmerksamen Schülerin Verständnis erhoffend. Margarete lag in der Hängematte, schüttete gekühlten Orangensaft in ihren großen Mund; faul, schlank, weiß dehnte sich der Knabe Aldrigeto, träg sich mokierend über den zahnlosen Greis.

Als der Abend kam und es kühler wurde, ließ sie sich von dem Bruder Sekretär vorlesen. Die geübte, dunkle, gleichmäßige Stimme des Klerikers rezitierte Widmung und Vorrede des Abtes. Unter Anführung vieler Zitate sprach er davon, wie Leben und Wirklichkeit Geschichte wird, wie nichts bleibt vom Leben und Sein als Geschichte, und wie Geschichte der letzte Zweck alles Tuns ist und seine beste Basis. Was bleibt von großen Männern als ihr Gedächtnis, das gleich ist dem Duft, den mit Äpfeln beladene Schiffe auf unserm Ufer zurücklassen, wenn die Schiffe schon weit am jenseitigen Ufer sind? In diesem Sinne begann er aufzurollen das Bild der letzten hundertundzwanzig Jahre, ein Bild von der Kürze des menschlichen Lebens, der Vergänglichkeit der Natur, der Unbeständigkeit des Glücks, dem schnellen und flüchtigen Wechsel irdischen Ruhmes.

Margarete dachte: „Das alles weiß ich, und es trifft mich nicht mehr. Mein Programm liegt hinter mir." Aber mählich, wie die dunkle, gleichmäßige Stimme des Klerikers weiterkam in den vielfältigen Begebnissen, wie die bunten, einfältigen, schlauen, frechen, milden, großen, kleinen Historien einander ablösten, alle abgekühlt, gut gebettet, jede so da und so vorbei wie die vorhergehende und wie die folgende, mählich da riß es sie mit, sie glitt hinein in den gemalten Strom der Zeit. Meinhard, der große Graf von Tirol, der starke, schlaue, unbedenkliche: sie war ein Teil von ihm. Diese Gebiete, die da so lange getrennt gewesen waren: sie hatte das Ihre getan, sie in der rechten Art zusammenzukneten. Diese Städte, die als kleine, lächerliche Siedlungen begonnen: sie hatte das Ihre getan, sie groß und blühend zu machen.

Und jetzt war sie aus dem breiten, fließenden Strom ausgeschieden, abgespaltet, brackiges, schlaffes, totes Wasser. Ihr Leben auf der kleinen Halbinsel kam ihr plötzlich unsäglich albern vor. Die Ölbäume, das alte Gemäuer, der Orangenhain, was war das anders als eine leere, dumme, protzige Dekoration? Wie war es möglich, sich zu verstecken in dem toten, brütenden, einsamen Sommer, während draußen heftige, wilde, zerstörerische Dinge geschahen, in ihrem Land, während die deutschen Fürsten sich balgten um ihren armen, lächelnden, blöden Sohn? Was hatte sie statt dessen? Den Knaben Aldrigeto, einen hübschen, kleinen Jungen.

Den ganzen andern Tag las sie in dem „Buch gewisser Geschichten". Der Uralte strahlte, trank gegen seine Gewohnheit Wein, die größere Hälfte mit zitternder Hand verschüttend, wackelte mit dem Kopfe. Dann schickte sie einen Eilkurier nach Vicenza zu Can Grande, sie habe ihn dringend zu sprechen.

Nahm mit einem tiefen, gütigen Lächeln leichten Abschied von dem Knaben, strich über sein strahlend schwarzes Haar, streichelte sein gelblichweißes, heftiges Antlitz. Sagte, sie werde in drei Tagen zurück sein. Der Knabe ließ sich ihre Zärtlichkeiten faul gefallen, preßte plötzlich mit kräftigen Fingern schmerzhaft scherzend ihr Gelenk, ließ sie lächelnd fahren.

In Vicenza hatte sie mit dem Herrn della Scala eine kurze Unterredung. Der kluge, mächtige, energische Herr mochte die Herzogin gut leiden, man konnte mit ihr rasch und sachlich verhandeln. Sie sagte, die Episode mit dem kleinen Aldrigeto sei nun zu Ende; sie haben den Knaben in guter, freundlicher Erinnerung. Da sie ihn in solcher Erinnerung behalten wolle, möge Herr della Scala ihr die Gefälligkeit erweisen, dafür zu sorgen, daß jener verschwinde. Can Grande schaute sie mit klaren, braunen, gewölbten Augen aus dem starken, fleischigen Gesicht aufmerksam und verständnisvoll an, neigte sich höflich.

Aus brütender, sommerlicher Versunkenheit tauchte Margarete empor in die frischere Luft der heimatlichen Berge. Man begrüßte sie ohne Schwung. Das Land litt. Die Münchner Regierung der Artusrunde, von den Launen der Agnes abenteuerlich hin und her gerissen, preßte experimentierend hier und dort an Tirol herum, machte das Land krank. Die Städte verfielen, der Bauer, zusammenbrechend, knurrte. „Die Maultasch macht uns kaputt", hieß es. „Sie saugt uns das Blut aus. Jetzt, wo der Markgraf tot ist, erweist es sich klar, daß alles Gute von ihm kam, alles Schlechte von ihr."

Margarete, mit kräftiger Hand, riß die Zügel an. Rottete die schlimmsten Übelstände aus. Milderte den Vollzug der Vorschriften, die von München kamen. Das Volk atmete auf: „Ah, nun hat, endlich, Agnes von Flavon eingegriffen! Die schöne, gesegnete Agnes! Unser Engel, unsere Retterin."

In der Loggia von Schloß Schenna saß mit dem Schloßherrn Margarete. An den Wänden schritten die bunten Ritter, Garel vom Blühenden Tal, der Löwenritter. „Wie gut, daß Sie aufgewacht sind!" sagte Herr von Schenna. Hell und freundlich lagen die Berge, sich drängend, gewellt. Frischer Wind ging, Obst und Wein lag fast gereift, besonnt.

„Warum haben Sie mich nicht früher geweckt?" sagte Margarete.

„Sie mußten durch diesen Sommer allein hindurch, Herzogin Margarete", sagte Schenna.

Der Frauenberger quäkte: „Wie schade, daß Sie schon Schluß gemacht haben, Herzogin Maultasch! Er war ein hübscher Junge, gelblichweiß, südlich. Und Ihnen so hemmungslos ergeben. Das findet sich nicht alle Tage. Was haben Sie hier? Arbeit, Dreck, Mist. Hätten Sie die Münchner Lausbuben ihren Fasching ruhig zu Ende hetzen lassen. Die wären schon von allein an ihrer Tollheit erstickt."

Die Herzogin fuhr beschwerlich in schneereichem Januar nach München, sich das Gewese der bayrischen Artusrunde an Ort und Stelle zu beschauen. Mit Mißtrauen, Zurückhaltung, starrer Höflichkeit wurde sie in der Hauptstadt empfangen. Meinhard, als sie fester zupacken, klare Auskunft von ihm haben wollte, drückte herum, blöde lächelnd, sagte, er regiere zusammen mit seinen ritterlichen Kameraden, stammelte etwas von Weiberregiment, warf sich schließlich in die Brust, ein paar Worte des Prinzen Friedrich von den aristokratischen Grundsätzen deklamierend, die an Stelle des jämmerlichen, krämerhaften, modernen Pöbelregimes gesetzt werden müßten. Sie hatte eine Unterredung mit dem Landshuter Prinzen. Der erklärte ihr schlank, kühl, höflich, hochmütig, seines Wissens sei Herzog Meinhard mündig. Es stehe bei ihm, wem er sein Siegel anvertrauen wolle. Ihr mütterlicher Rat werde stets gehört werden. Weiter kam sie nicht.

Überall stieß sie auf Agnes. Ihre Farben, ihre Sitten, ihre Launen, Moden, Neigungen gaben dem Hof sein Gesicht, bestimmten die Regierung des Landes.

Agnes machte der Herzogin den Besuch, den die Etikette verlangte. Schlank, schlicht saß sie vor der häßlichen, plumpen, geschminkten, prunkenden Margarete. Ihre tiefen blauen Augen lächelten höflich in selbstverständlichem Triumph in die erfüllten, dringlichen, drohenden der andern. Im Kamin brannte ein starkes Feuer, der Duft des verbrennenden Sandelholzes füllte den großen, dunkeln Raum.

„Sie leben jetzt immer in Bayern, Gräfin Agnes?" fragte Margarete.

„Durchaus nicht, Frau Herzogin", erwiderte Agnes, und ihre etwas scharfe Stimme stach grell ab von der warmen, dunkeln Margaretes. „Ich beabsichtige schon in den nächsten Wochen nach Taufers zu gehen. Nötig freilich ist meine Gegenwart nicht. Ich habe tüchtige Beamte; auch hat Herr von Frauenberg die Liebenswürdigkeit, sich der Verwaltung meiner Güter anzunehmen."

Die Herzogin betrachtete Agnes still und aufmerksam. Sie war ein klein wenig voller geworden; aber ihre Haut war ganz glatt. Sie saß leicht und elastisch; der Hals stieg zart und ohne Falte aus dem dunkeln Kleid. Die Verehrung all dieser Jugend war ihr offenbar ein feiner Jungbrunnen, besser als Bad und Schminke. So sicher und voll Sieg saß sie, daß kaum mehr Hohn um ihre schmalen Lippen war.

„Sie beschäftigen sich neuerdings viel mit Politik?" fragte Margarete.

„Nein, gnädige Frau", sagte Agnes, sie war sehr aufmerksam jetzt und auf der Lauer. „Der Herr Herzog und Prinz Friedrich fragen mich zuweilen um meine Meinung. Ich halte dann nicht zurück; warum auch sollte ich? Aber es ist die Meinung einer törichten Frau und will nicht mehr sein." Sie sprach außerordentlich verbindlich.

„Ich halte Ihre Meinung nicht immer für die rechte, Gräfin Agnes", sagte Margarete. „Ja, ganz ehrlich, ich bin überzeugt, daß sie dem Lande zuweilen schädlich ist. Ich will Ihnen etwas vorschlagen", sagte sie heiter, fast scherzend. „Wie wäre es, wenn Sie Ihre Meinungen auf Bayern beschränkten?"

Agnes erwiderte sehr angeregt, mit der gleichen, leichten, herzlichen Munterkeit wie Margarete. „Sie sind mein Souverän, gnädige Frau. Aber ist nicht auch Herzog Meinhard mein Souverän? Wenn er nun meine Meinung über eine tirolische Angelegenheit durchaus hören will? So freudig ich jedem Wunsch Eurer Durchlaucht folge, wenn der Fürst meine gewiß törichte Ansicht verlangt, darf ich sie ihm verweigern? Und es kostet Sie doch gewiß nur einen Hauch, und mein albernes Gerede ist weggeblasen."

Die beiden Damen schauten sich an, beide lächelten. Der Sieg um die Lippen, in den Augen der Schönen war vielleicht um eine Spur satter geworden. Dann sprach man von anderem. Von den baulichen Veränderungen der Münchner Hofburg, von den Haarnetzen, die jetzt wieder aufkamen von Prag her. Margarete hatte ein schweres, goldenes Gewebe über ihre spröde, harte, gefärbte, kupferne Frisur gelegt. Agnes fuhr sich lässig über ihr starkes, leuchtendes Haar; sie konnte sich mit der neuen Mode nicht befreunden.

Kaiser Karl residierte in großem Prunk in Nürnberg. Hielt Galatafel, Turnier. Empfing die Ratsherren der Stadt. Fremde Künstler, Gelehrte. Hatte mit ihnen lange, behaglich interessierte Gespräche. Ruhte fern seiner Hauptstadt von den Geschäften aus. Nahm teil an den großen Faschingsfesten, die die reiche Stadt zu Ehren der Römischen Majestät rüstete.

Der Bart des Kaisers, ein stumpfer Keil, begann sich stark zu verfärben, die Haut des hageren Gesichts wurde grau, zerknitterte. Aber lebhaft, schlau, sehr wach blickten über der etwas platten Nase die raschen Augen, der lange, knochige Körper war schnell, sicher.

Der Kaiser war sehr vergnügt. Er hatte zugewartet, bis er ganz fest in der Macht saß. Erst dann hatte er ein Kind gezeugt. Gott hatte seine abwägende Vorsicht gesegnet: es war ein Sohn geworden, ein schwerer, gesunder Knabe, dem er das Reich vererben konnte. Der beglückte Vater hatte das Gewicht des Kindes in lauterem Golde als Weihgeschenk nach Aachen gesandt; dann war er unter seinen Reliquien gekniet und hatte den Gebeinen verkündet: „Ich, Karl der Vierte, Römischer Kaiser, habe einen Sohn und Erben. Ihr lieben, verehrten Heiligen, ihr hocherlauchten Märtyrer! Betet für Wenzel, meinen Sohn!“

Heiter jetzt saß er in Nürnberg, freute sich seiner Dichter und Architekten, vermied Politik, sprach mit seinem Kanzler, dem vielerfahrenen, weltläufigen Theologen, leicht und frei über menschliche und göttliche Dinge, vermehrte seinen Besitz an Reliquien und sonstigen Kostbarkeiten, erlustierte sich an Schlittenfahrten, Mummenschanz, Turnier.

Unerwartet in diese unbeschwerten Tage brach die Herzogin Maultasch. Tief erstaunt waren der Kaiser und seine Herren.

Margarete hatte, seitdem Karl sie in Schloß Tirol belagert, zu ihm nur kühle, sehr förmliche Beziehungen unterhalten. Ihre Ankunft, schrieb der Kanzler seinem Freund, dem Erzbischof von Magdeburg, sei eines der fünfzehn Wunderzeichen vor dem Jüngsten Tag. Er machte sich weidlich lustig über die deutsche Messalina, diese moderne Kriemhild, die da zu Hofe fahre, nachdem sie ihr Leben hindurch um ihrer eigenen Liebe und Hasses willen Land und Leute in Kummer und Elend gestürzt. Er schilderte, wie sie beim Turnier in der Loge saß, neben der schönen Prinzessin Hohenlohe, die plumpe Frau, bewarzt wie eine Kröte, dick wie ein Bierbrauer.

Der gutgelaunte Kaiser empfing seine ehemalige Schwägerin mit Wohlwollen und Ironie. Ei ja, sie waren zusammen jung gewesen. Er hatte damals, als er das italienische Abenteuer seines Vaters liquidierte, manches gute Gespräch mit ihr geführt. Sie war eine kluge Prinzessin gewesen, aber doch wohl eben nicht maßvoll genug. Sie hatte unersättlich von allem haben wollen, so war ihr schließlich alles zerronnen. Er hatte sein Temperament klug gezügelt, er war Römischer Kaiser und hatte einen Sohn, dem er eine festgefügte Herrschaft hinterlassen konnte. Sie irrte herum in der Welt, ein schwächlicher, ungeratener Junge vergeudete ihre Länder, war Spielball in der Hand eines jeden, der ihn zu nehmen wußte. Sie hatte seinen Bruder Johann höhnisch, schmählich aus Schloß Tirol ausgesperrt; man mußte es dann vor der Kurie so drehen, als könnte aus der Ehe mit Johann kein rechter Erbe kommen. Der Kaiser konnte es sich nicht versagen, ihr den stattlichen, schmucken Sohn Johanns vorzustellen. Wer hatte nun den rechten Erben, sie oder Johann?

Alte Geschichten. Alte Geschichten. Margarete nahm Ironie und Demütigung still hin, mit einer geschäftsmäßigen Ruhe, die sie vielleicht von dem Juden Mendel Hirsch gelernt, mit einem Gleichmut, der die Einleitungsformalitäten ruhig über sich ergehen läßt, um nur ans Ziel zu kommen. Dann klagte sie. Klagte über die törichten Gewalttätigkeiten der Artusritter, die das Land ruinierten. Der Kaiser hörte zu; in ihm grinste eine jungenhafte, hämisch die Zunge weisende Schadenfreude. Er versicherte ihr sein persönliches Interesse, betonte aber, er habe sich jetzt nach so vielen Jahren einer anstrengenden Regierung für einige Wochen Ferien gemacht. Die Sache sei letzten Endes nur eine Angelegenheit des Hauses Wittelsbach. Er werde sie aber, nach Prag zurückgekehrt, trotzdem in wohlwollende Erwägung ziehen. Auch bei einem wiederholten Vorstoß erreichte Margarete nicht mehr; sie hatte sich umsonst gedemütigt. Karl war offenbar fest entschlossen, der inneren Schwächung der Wittelsbacher in schmunzelnder Neutralität zuzuschauen.

Im übrigen behandelte der alternde Kaiser die Herzogin mit einer übertriebenen, amüsierten, fast parodistischen Galanterie, die Margarete früher aufs Blut gereizt hätte. Es würzte ihm die gehobene Heiterkeit seiner Ferien- und Faschingstage, sein Glück, seine Erfolge zu unterstreichen durch die Folie dieser im Grunde gescheiterten Ehrgeizigen. Fast gutmütig scherzte er mit seinem Kanzler über die Maultasch. Sie zeigte sich ohne Scheu, im hellsten Licht, schmuckstrotzend wie ein Götzenbild, an der Seite des Kaisers. Das Volk staunte sie groß an. Sie starrte nur auf ihr Ziel: Tirol, die Städte. Agnes verjagen, das Land Agnes aus der Hand reißen. So angefüllt davon war sie, daß sie mit keiner leisesten Ahnung merkte, was sie dem Hof und der Stadt war: die groteske Krone dieses Karnevals.

Agnes war sehr belebt durch die Unterredung mit Margarete. Die Herzogin hatte einen Vergleich angeboten, weiteren Kampf angesagt. Hatte, auf Umwegen, ihre Niederlage einbekannt.

Agnes wußte, daß die Artusrunde allein das Land nicht auf die Dauer halten konnte. Die Städte, der ganze Adel, soweit er nicht dem Bund angehörte, bäumten auf. An den Grenzen stand lauernd der Habsburger, drohend der Wittelsbacher. Drängte jetzt noch von Süden her die Maultasch an, dann war es Narretei, ohne Allianz das Land halten zu wollen.

Prinz Friedrich wollte das nicht wahrhaben. Schlank, dunkel, trotzig stand er, deklamierte überzeugt von seinem Schwert und seinem Recht. Er gefiel Agnes sehr. Aber sie dachte an den Frauenberger, wie der wortlos mit seinem jovialen, gefährlichen Lächeln den ganzen knabenhaften Überschwang in kahle Nebel entzauberte. Sie seufzte ein kleines, träges Seufzen, strich dem Prinzen über das dunkle Haar, begann vorsichtig eine Aussöhnung anzuregen mit seinem Vater, mit dem Herzog Stephan, daß

Wittelsbach geschlossen stehe gegen Habsburg, gegen die Maultasch. Wie gestochen fuhr der Prinz herum, trotzte auf, tief gekränkt, daß sie ihm das zumute. Agnes schwieg, lächelte mit ihren kühnen Lippen, fuhr fort, sein Haar zu streicheln.

Wenige Wochen später schlossen Stephan von Niederbayern und die Pfalzgrafen Ruprecht der Ältere und der Jüngere bei Rhein einen Bund mit Rat und Bürgern von München und elf anderen bayrischen Städten sowie mit zweiundzwanzig bayrischen Baronen gegen diejenigen, die sich Artusritter hießen und den Herzog Meinhard seinen Ländern und Leuten entfremdeten. Sie sprachen den Ministern, die sich Meinhards, seiner Pflegnis, seines Rates und Amtes angenommen, ihre Anerkenntnis ab, erklärten das Regierungssiegel des Artusbundes für ungültig, die Gesetze und Verordnungen, die jene erlassen hätten, für kraftlos. Sie verpflichteten sich, den jungen Herzog der Schmach zu entreißen, in welche jene ihn gestürzt, dahin zu wirken, daß er seine fürstliche Gewalt besser wahrnehme und handhabe.

Die Artusbrüder machten große, grölende Worte, nahmen ein paar Münchner Bürger als Geiseln fest, erklärten, sie würden die Meuterer an den Beinen aufhenken lassen wie räudige Hunde. Indessen wurden in einzelnen Städten im Oberland Truppen des Artusbundes entwaffnet und gefangengesetzt, Steuerbeamte, die Gelder erheben wollten, verprügelt. Die Münchner Tafelrunde hielt sich an den Geiseln schadlos, mißhandelte sie, hieß sie den Boden rein lecken, zwei wurden schmählich aufgehängt. Das verhinderte nicht, daß die Truppen der Barone von Tag zu Tag weniger wurden, während im Norden Herzog Stephan ein Heer zusammenzog. Die trotzigen Herren dachten nicht daran, ihren Bund gutwillig aufzulösen. Im großen Saal der Münchner Hofburg schworen sie, mit gekreuzten Schwertern, feierlich Einigkeit und Widerstand bis zum Untergang. Herzog Meinhard stand benommen, erhoben, dümmlich und überflüssig bei diesem Akt herum; heimlich streichelte er sein Murmeltier Peter, heftig dann schrie er im Chor mit, als die andern beteuerten, sie würden sich nicht unterwerfen, niemals, niemals, niemals!

Es begann nun für den Herzog ein wildes Wanderleben, dessen Sinn er nur sehr teilweise begriff. Er wurde herumgeschleppt auf den Burgen der Artusritter, von einer zur andern. War auf Schloß

Laber, Prinzenau, Maxlrain, Abensberg. Man jagte, soff. Berannte ab und zu die Burg eines aufständischen Barons. Eroberte Schloß Wörth, zwei Burgen des Oberjägermeisters von Kummersbruck, des Vertrauten des alten Markgrafen. Die Maßnahmen, zu denen der Herzog seine Unterschrift gab, wurden immer wilder und sinnloser. Ein Marktflecken, dessen Steuerertrag hinter den Erwartungen zurückgeblieben war, wurde dem Erdboden gleichgemacht, der Kummersbrucker, der sich neutral erklärt hatte, ohne Gerichtsverfahren enthauptet. Diese Hinrichtung trieb den ganzen neutralen Adel ins Lager der Gegner.

Der nicht sehr robuste Meinhard war den abenteuerlichen, gehetzten Fahrten kaum gewachsen. Trist und apathisch saß er, während die andern zechten, schlief zuweilen im Sitzen ein. Mehr und mehr glichen seine Reisen einer Flucht. Im ganzen Süden besaßen die Artusritter keine Stadt, keine Burg mehr. Sie wurden immer mehr zur Donau abgedrängt, wo ihre festesten Burgen lagen. Noch immer erließen sie hochfahrende Edikte, bedrohten Meuterer mit den grausamsten Strafen. Sie flohen nach Neuburg, dann in das Gebiet des Bischofs von Eichstätt, der ihnen ergeben war. Die Truppen Herzog Stephans besetzten ganz Oberbayern, belagerten schließlich Meinhard mit den letzten seiner Anhänger in Schloß Feuchtwangen im Altmühltal. Der Bischof von Eichstätt suchte sich mit Herzog Meinhard verkleidet durchzuschlagen. Der junge Herzog ging eifrig darauf ein; er hatte viel Spaß an der Kostümierung und keine Ahnung, worum es eigentlich ging. Allein schon in Voburg wurden sie von Bauern erkannt, festgehalten, dem Herzog Stephan nach Ingolstadt ausgeliefert.

Feuchtwangen fiel. Prinz Friedrich und die letzten der Artusritter wurden gefangen.

In der Hofburg von Ingolstadt standen sich der Herzog und Prinz Friedrich gegenüber. In Gegenwart der Agnes von Flavon-Taufers. Der Herzog in Rüstung, schäumend. Städte und Dörfer kaputt, Menschen hin, Geld vergeudet. Alles wegen des dummen Jungen. Soldatisch knarrte er unter dem dicken Schnurrbart aus ehernem Gesicht. Der Junge stand schlank, mit verfinsterten, verwilderten Augen, den Arm verwundet, im Verband, grau das Gesicht. „Du wirst Abbitte tun, in der Kirche, vor allem Volk, dich unterwerfen!“ kommandierte der Vater. Der Junge lachte nur, höhnisch. „Ich laß dich verfaulen in meinem stinkigsten Gefängnis!" tobte der Herzog.

Agnes glitt von einem zum andern. „Der Verband muß erneuert werden", sagte sie besorgt, nestelte daran herum.

„Diese Ärzte!" schimpfte der Herzog. „Lauter Pfuscher!" Er lief selbst nach Arzt und Verbandzeug. „Der Teufelsjunge!" fluchte er.

Langsam, hart feilschend, während Agnes vermittelte, kamen sie überein. Um jeden einzelnen der Artusritter, Begnadigung, Höhe der Bestrafung, gab es erbitterten Kampf, Ausbrüche, Schäumen, Toben. Zweimal wies Herzog Stephan den Henker an, sich bereit zu halten. Endlich fügten sie sich zu leidlichem Frieden. Meinhard wurde München als ständige Residenz zugewiesen; Prinz Friedrich führte weiter sein Siegel, doch bedurften seine Verordnungen der Gegenzeichnung eines niederbayrischen oder eines rheinpfälzischen Rates. Zwischen München und Landshut-Ingolstadt vermittelte Agnes.

Herzog Meinhard lächelte sanft und dankbar. War froh, daß er nach den wilden Wochen ausruhen durfte. Streichelte sein Murmeltier.

*

Margarete hielt Rat mit ihren Ministern. Anwesend waren der Vogt Ulrich von Matsch, der Pfarrer Heinrich von Tirol, Graf Egon von Tübingen, Landeskomtur des Deutschen Ordens in Bozen, Jakob von Schenna, Berchtold von Gufidaun, Konrad von Frauenberg.

Was war, nachdem Herzog Stephan Macht und Einfluß in Oberbayern an sich gerissen, zu tun?

Man konnte sich mit dem Wittelsbacher vertragen. Sich damit abfinden, daß nicht Bayern von Tirol aus, sondern Tirol von Bayern aus regiert wurde. Dadurch, daß der eigentliche Regent, Herzog Stephan, nicht in München saß, sondern in Ingolstadt oder Landshut, war sein Zentrum nicht gar so nahe an Tirol, die Zentralisierung und Unitarisierung erschwert, dem Land in den Bergen eine gewisse Autonomie gewährleistet.

Man konnte aber auch den Habsburger anrufen gegen Herzog

Stephan. Er wartete nur darauf. Abhängigkeit in irgendeiner Form wird sich freilich auch da nicht vermeiden lassen. Aber ein kräftiges, stetiges Regiment war verbürgt.

Zäh, träge schleppten sich die Argumente hin und her. In dumpfer Verdrossenheit hörte Margarete zu. Kam denn niemand auf den Gedanken, der am nächsten lag. Hatte sie sich so schlecht bewährt? Sie schaute auf Schenna, auf Gufidaun. Die starrten mit mühevollen, leeren Gesichtern vor sich hin.

Seltsamerweise war es der Frauenberger, der den Plan vorschlug, den sie erwartete. Breit grinsend, vergnügt führte er aus: Wenn der junge Herzog wirklich so anlehnungsbedürftig sei und Führung brauche, warum diese Führung nicht dem gegebenen Vormund anvertrauen, der Mutter, der Herzogin, die sich in viel schwierigeren Lagen so fürstlich bewährt habe? Wozu erst lange mit Wittelsbach paktieren? Man bringe Meinhard nach Tirol. Hätten ihn die bayrischen Herren in ihre scheußlichen, verlorenen Winkelnester schleppen können, so werde man es mit Gottes oder Teufels Hilfe noch fertigbringen, ihn nach Tirol zu kriegen, wo er hingehöre. Habe man ihn erst im Land, dann werde man von hier aus nach Bayern regieren. Herzog Stephan werde es sich reiflich überlegen, ehe er von der Donau aus ein kriegerisches Abenteuer in das Land im Gebirge wage. Und sogar dann habe man immer noch den Rückhalt an dem Habsburger als natürlichen Bundesgenossen. Im schlimmsten Fall werde man eben förmlich auf Oberbayern verzichten, gegen Entschädigung, und sich auf ein großes, autonomes Tirol beschränken.

Ja, ein autonomes Tirol. Das war auch Margaretes Plan. Bayern als Anhängsel; oder im äußersten Fall überhaupt nicht. Aber Tirol den Tirolern.

Es handelte sich zunächst darum, Meinhard dem Einfluß Herzog Stephans zu entziehen, ihn von München weg nach Tirol zu kriegen. Der junge Herzog hatte seit Antritt seiner Regierung das Land in den Bergen noch nicht betreten. Es war nur billig, daß das Volk ihn endlich zu sehen verlangte.

Auf Betreiben Schennas und Gufidauns wurde eine große Tagung nach Bozen einberufen. Es kamen blonde, stämmige Männer mit kurzen, breiten Nasen und trägen, schlauen Augen und hagere, schwarzbärtige, gebräunte mit kühnen, gebogenen Nasen und scharfen, raschen Augen. Es kamen die drei Hauptleute des Landes im Gebirg, der zu Tirol, der an der Etsch und der am Inn, es kamen die Hofmeister und Vögte und Burggrafen. Es kamen die Barone, die großen und die kleinen, die Vertreter der Städte, Pflegen und Gerichte. Es waren ihrer hundertunddreiundfünfzig Herren und Männer. Sie traten zusammen auf dem bunten, fröhlichen Marktplatz von Bozen an zwei strahlend dunkelblauen Spätsommertagen. Sie überlegten, sie berieten langsam, schwer, vorsichtig, mit harten, krachenden, gurgelnden Kehllauten. Sie schauten einander schlau und bieder in die Augen, sie hatten umständliche, eckige, treuherzige Bewegungen, sie wischten sich mit den schweren Rockschößen den Schweiß von den Gesichtern. Die Berge standen rotbraun und violett, ganz oben weiß.

Sie entschlossen sich, dem jungen Herzog einen Brief zu schicken. Diesen Brief unterzeichneten von den Baronen sieben, der ältere Ulrich von Matsch, Schenna, der Trostburger, Heinrich von Kaltern-Rottenburg, Gufidaun, der Frauenberger, der Botsch von Bozen, und es siegelten von den Städten vier, Bozen, Meran, Hall, Innsbruck, im Namen aller übrigen.

Das Schreiben lautete so: „Lieber gnädiger Herr! Wir tun Euer Gnaden zu wissen, daß wir zu Bozen beieinander gewesen und übereingekommen sind, Sie zu bitten, daß Sie zu Ihrer wie des Landes Ehre und Nutzen hereinkommen möchten zu uns, weil wir Sie schon lange gern gesehen hätten, wie ganz billig ist; denn Sie sind ja unser lieber, rechtmäßiger Herr. Auch werden Sie bei uns besser gerichtet und gewürdigt werden und unverdorbener bleiben, als draußen in Bayern, wie man uns sagt, geschehen ist, und auch Ihr Land und Leute da herinnen werden dann von den Drangsalen, welche draußen sind, frei bleiben. Bei uns hier in dem Gebirge steht durch Gottes Segen alles richtig und freundlich, so gut als es je bei Ihres Vaters seligen Zeiten gestanden hat; auch herrscht Friede im Land und an der Grenze. Gnädiger Herr! Wir bitten, auf uns zu vertrauen, wir meinen es gut mit Ihnen. Trauen Sie es uns zu, wir opfern Gut und Blut für Sie, vertrauen Sie sich sonst niemandem."

Der Frauenberger brachte das Schreiben nach München. Er kam mit stattlichem Gefolg, übergab das Schriftstück in feierlicher Audienz. Versprach sich im übrigen nicht den geringsten

Erfolg, sondern war gewiß, daß man andere Mittel werde brauchen müssen.

Bei Tafel erzählte Prinz Friedrich, sein lieber Herzog und Vetter Meinhard habe aus seiner Provinz Tirol ein sehr kurioses Dokument bekommen, das er den edeln Herren doch nicht vorenthalten wolle. Der Brief wurde verlesen. Erst schmunzelte man, dann pruschte man heraus. Gelächter, immer lauter, stürmischer, schütterte alle. Es lächelte Agnes, es lachten die Damen, es dröhnten, bogen sich die Herren, es lachten scheppernd die Lakaien, es pfiff Meinhards Murmeltier Peter, es quiekten die Kämmerlinge.

„Diese Tiroler!“ sagte man, atemlos von der Erschütterung.

„Ja, unsere Tiroler!“ sagte der Frauenberger, behaglich, rosig, fett, und blinzelte aus den rötlichen Augen.

„Finden Sie auch den Brief Ihres Landes in den Bergen so komisch, Herr Herzog?“ fragte der Frauenberger. Er war, trotzdem eigentlich sein Geschäft mit der Übergabe des Briefes zu Ende war, in München geblieben und hielt sich viel in der Nähe Meinhards.

Der junge Herzog hatte in der Gegenwart des breiten, fleischigen Mannes mit dem Froschmaul in dem nackten, rosigen Gesicht stets ein unbehagliches Gefühl, seine joviale Art machte ihm angst. Aber er konnte doch nicht recht fort, wenn er kam; der massige, lachende, quäkende Mensch imponierte ihm; er sprach so ganz anders als alle andern, respektlos, selbstverständlich, nackt. Man fühlte sich auf eine nicht unangenehme Art hilflos vor ihm, von ihm hingenommen. Voll immer neuer, mit Grauen untermischter Neugier ging der sanfte, dickliche, dümmliche Herzog um den Albino herum.

Der Brief seiner Tiroler war Meinhard im Grund durchaus nicht lächerlich vorgekommen, im Gegenteil, er hatte ihm lieb und lieblich in die Ohren geklungen; nur weil die andern so schrecklich gelacht und das Schreiben so albern und anmaßend gefunden hatten, hatte er mitlachen müssen. Daß jetzt der Frauenberger, der große, gescheite Mann, die Kundgebung der Tiroler so ernsthaft zu nehmen schien, war dem gehetzten, umstellten Fürsten tröstlich und sehr angenehm. Aus dem zutraulichen Brief hatte ihn etwas Einfaches, Ruhevolles angesprochen; es war ihm für ein paar Minuten gewesen, als gebe es kein München und kein schwieriges Ritterzeremoniell und keinen Artusbund und keine Wittelsbacher. Es mußte schön sein, auf einer Bergwiese zu liegen zwischen großen Kühen, nichts zu hören als leisen Wind und das sanfte, blasende Geräusch, mit dem die Tiere das Gras abrauften.

Der Frauenberger stand vor ihm, blinzelte. Meinhard mußte näher an ihn heran. „Wie es mich freut", sagte er und schaute aus seinen blanken, runden Augen zu ihm auf, „daß Sie den Brief meiner Tiroler nicht dumm finden."

„Nicht dumm!" quäkte eifrig der Frauenberger. „Jedes Wort sitzt an der rechten Stelle! Jeder Buchstab trifft! Die über ihn gelacht haben, sind die Dummen! Sonst hätte ich ihn doch nicht unterschrieben. Heut und jederzeit unterschreib ich ihn wieder, mit beiden Händen!"

Meinhard trat noch einen tastenden Schritt näher an den fetten Mann. „Ich bin so müd und gehetzt", klagte er. „Der Friedrich schaut mich auch nicht mehr so freundhaft an wie früher. Erst hab ich gedacht, regieren ist leicht. Jetzt zerrt einer hierhin und eine dahin, und alle reißen an mir."

Der Albino legte ihm die fleischige, gefährliche Hand auf die Schulter, quäkte: „Bub! Laß dich nicht kleinkriegen, Bub!"

Meinhard zitterte unter der Hand des feisten Mannes, wollte ihr entgleiten, schmiegte sich in sie.

„Sie haben Freunde, junger Herzog", quäkte der Frauenberger, blinzelte bieder, feixte behäbig.

Den Tag darauf sagte er: „Warum bleiben Sie eigentlich hier, junger Herzog? Wenn Ihnen der Brief Ihrer Tiroler nicht mißfällt, warum folgen Sie ihm nicht?" Sie ritten spazieren, es war früh am Morgen, unten rauschte grün und frisch zwischen vielen Inseln von Kies die Isar, ein großes Floß unter Lärm und Geräusch der Schiffer steuerte vorsichtig. Der Gang des Pferdes verlangsamte sich, Meinhard hockte schlaff, dick, betreten auf seinem Falben.

„Das geht doch nicht", sagte er. „Das kann ich doch nicht."

„Warum können Sie nicht?" beharrte der Frauenberger. Er ritt ganz dicht an ihn heran, hob ihm wie einem Kind das Kinn. „Wer ist hier der Herr", sagte er, „Herzog Stephan oder Sie?"

„Ja", sagte Meinhard, „wer ist hier der Herr?" Aber es klang gar nicht trotzig, sondern trüb grüblerisch. Sein ganzes Zutrauen zu dem Albino war weg, es war trist, wie unten die Isar sich zwängte, er hatte Scheu vor dem Frauenberger, hätte nachmittags beinahe den Prinzen Friedrich gebeten, ihn wegzuschicken.

Am andern Morgen sprach der Albino nicht mehr von dem Plan, Bayern zu verlassen. Er lag mit Meinhard im Gras unter reifendem Obst. Er sang sein Lied von den sieben Freuden, kommentierte es väterlich, wohlwollend, saftig. Diese Weltanschauung ging dem jungen Fürsten sehr ein, er streichelte seinen Siebenschläfer Peter, war vergnügt. Der Frauenberger streckte sich, knackte die Gelenke, drehte sich auf die Seite, gähnte, schlief mit mächtigem Geräusch. Ja, schlafen war das beste. Gelockt, aber doch mit dunkleren, scheuen Augen betrachtete Meinhard den unbekümmerten, fleischigen, schnarchenden Mann.

Agnes sagte zu ihm: „Sie sind sehr lange in München, Herr von Frauenberg. Sie haben doch so wichtige Ämter in Tirol. Vermißt man Sie dort nicht?"

Der Frauenberger grinste, betastete sie mit seinen rötlichen Augen, daß sie schwerer atmete, quäkte: „Ich bin natürlich nur Ihrethalb hier, Gräfin Agnes."

Sie kamen zusammen, er lag auf ihren Polstern, es war drükkender Sommer, die Luft im Raum war dumpf und furchtbar heiß. Sie streichelte seine prall fette, rosige Haut. „Nun", lächelte sie, „hab ich den falschen Teil erwählt? Ich hab mich gut gesichert, scheint mir."

Er feixte: „Werden sehen, Hühnchen, werden sehen."

Das hieß die gut gesichert, dachte er. Gut gesichert war er. Wenn er jetzt den Buben mit nach Tirol nahm, hielt er die Mutter durch den Jungen, den Jungen durch die Mutter. Er war der eigentliche Regent von Tirol. Ei ja, wenn man noch so häßlich war, was alles aus einem werden konnte mit einem bißchen Vernunft, Sachlichkeit, Glück.

In seiner breiten, behaglichen, munteren Art hetzte er weiter an dem Jungen. Lockte, stachelte, trieb. Nahm ihn gewalttätig in seine kurzen, roten Hände. Nach Tirol! Meinhard solle endlich nach Tirol, sich seiner Grafschaft zeigen. „Also Flucht?" machte Meinhard, zaghaft. Ei was! Wer dachte an Flucht? Nur war es nicht nötig, zuviel Wesens aus dieser Reise zu machen. Man brach einfach auf, Meinhard, er, zwei, drei Knechte. Ohne große Worte.

Es wurde zuviel geredet in Bayern und Tirol; das verwirrte die einfachsten Dinge. Ende der Woche reiste Prinz Friedrich nach Ingolstadt zu seinem Vater. Da wird man dann eben auch losreiten. Nach der umgekehrten Seite, nach Süden, nach Tirol. Das Murmeltier Peter soll seine Berge wiedersehen.

„Mein Sohn kommt, Schenna!" sagte Margarete, und ihre dunkeln Augen waren lebendig erfüllt. Sie hatte einen Kurier von dem Frauenberger, er werde Meinhard bringen.

„Wie Sie sich freuen, Frau Herzogin!" sagte der lange Herr, beugte sich vor, schaute sie aus seinen grauen, sehr alten Augen gut an. „Ich hatte nicht mehr gehofft, daß Sie sich so würden freuen können."

Margarete hörte nicht. „Ich weiß", sagte sie, „er ist unbegabt. Es gibt landauf, landab Tausende, die begabter sind. Aber er ist mein Sohn. Er ist aus dem Boden dieses Landes gemacht, seiner Luft, seinen Bergen. Glauben Sie mir, Schenna, der sieht die Zwerge."

Ja, Margarete hatte die zerlöcherte, heruntergelassene Fahne ihrer Hoffnung wieder hochgezogen. All ihr Wille, all ihr Leben sammelte sich in der Erwartung ihres Sohnes. Mit plumpen, geschminkten Händen streichelte sie das Bild des sanften, dicken, dümmlichen Jungen.

Ein Knecht voran, einer hinter ihnen, ritten Meinhard und der Frauenberger in raschem Trab gegen Süden. Es regnete, die schlechte Straße führte oft durch dicken Wald, löste sich streckenweise ganz in Schlamm auf. Es war nicht leicht, in der dunkeln, nassen Nacht den rechten Weg zu halten; an Fackeln war bei Regen nicht zu denken.

Die Herren trugen keine Rüstungen. Man dampfte in den nassen Kleidern, von den feuchten Lederkollern und Lederkappen ging ein starker Geruch aus. Man ritt schweigsam; zuweilen, wenn man durch eine nächtige Siedlung trabte, schlug ein Hund an.

In dem Dorf Lenggries machte man halt. Nach wenigen Stunden drängte der Frauenberger weiter. Aber Meinhard fühlte sich müde und elend, mehr durch Erregung als durch den langen Ritt.

Der schwierigere Teil des Weges stand bevor; denn es war ratsam, menschenreichere Orte meidend, durch die wilde Riß nach Tirol vorzustoßen. Man verzog also, dem Wunsche Meinhards folgend, in der Herberge des Dorfes Lenggries.

In dem engen, finstern Raum lagen der Frauenberger und Meinhard auf Strohsäcken. Die Kammer war niedrig, das Feuer rauchte, aber es wärmte nicht, die Luft war stinkig, Regen und Wind kam durch die Fensteröffnung. Der Frauenberger schnarchte lärmend; im Winkel nagte eine Ratte. Meinhard lag, alle Glieder taten weh vor Müdigkeit, aber er konnte nicht schlafen, die Haut juckte, die Augen brannten ihm. Er fühlte sich eng und unglücklich, er wußte plötzlich nicht, was er in Tirol sollte; er wäre am liebsten nach München zurückgekehrt. Er fürchtete sich vor der Begegnung mit seiner Mutter; sie war so dick und häßlich und gewalttätig. Er schielte nach dem Albino, der lag massig da, ruhig, schnaubte, schlief. Er hatte Angst vor ihm, aber der Frauenberger war doch der einzige, der ihm helfen konnte. Er nahm einen unsicheren Schluck aus dem klobigen Krug schalen Bieres, der neben ihm stand, schaute einer Fliege zu, die über das Gesicht des Frauenbergers kroch; den schien sie nicht zu genieren. Schließlich, leise, rief er: „Herr von Frauenberg!“

Der war sofort wach, quäkte mit seiner schleierlosen Stimme: „Was gibt's?“

„Nichts“, sagte reuevoll der Junge. „Nur, es ist so ungemütlich. Ich kann nicht schlafen.“

„Dann reiten wir weiter“, entschied der Frauenberger und war schon auf den Beinen.

„Nein, nein“, bat Meinhard. „Es ist nur, ich möchte ein bißchen mit Ihnen reden. Hernach werde ich gewiß ruhiger sein.“

„Dummer Bub!“ knurrte der Frauenberger.

„Hat mein Vater eigentlich Tirol lieber gehabt oder Bayern?“ fragte Meinhard.

Der Frauenberger blinzelte. „Zuerst wohl Tirol, dann Bayern“, sagte er.

„Und dann ist er gestorben?“ fragte der junge Herzog.

„Ja“, antwortete der Frauenberger, „dann ist er gestorben.“

Als Meinhard nach ein paar Stunden schlechten Schlafes erwachte, war sein kleines Murmeltier Peter nicht mehr da. Der junge Herzog und die Knechte suchten, der Frauenberger knurrte über die Verzögerung. Schließlich fand sich das Tierchen tot im Stroh des Frauenbergers. Es mußte seinem Herrn entwischt sein, der schwere Mann hatte es wohl im Schlaf erdrückt. Meinhard starrte entgeistert. Eine dumpfe, träge, lähmende Traurigkeit fiel ihn an. Er schaute in stumpfem, wehrlosem Grauen zu, wie ihm der Albino das possierliche Tierchen, das er geliebt hatte, aus der Hand nahm, es an den Beinen hochhielt, die kleine Leiche pfeifend in einen Winkel warf. „Jetzt aber aufs Pferd!" quäkte er.

Man ritt weiter den Fluß hinauf. Das Tal wurde enger, verwinkelter; die elende, schmale Straße folgte in endlosen Biegungen dem reißenden, weißgrünen Fluß. Dicker Wald, triefende Bäume. Unten, gischtig, gläsern grün, von vielen Kiesinseln zerspalten, das lärmende, rasche Wasser, durch die Tannenwipfel ein trister, schmutziggrauer Himmel. Die Felswände traten oft so nahe in die Straße, daß die Pferde scheuten, nur mit Mühe weiterzubringen waren.

Dann gabelte sich der Weg, man tauchte in dicken, endlosen Forst. Den immer dünneren, tosenden Fluß entlang ritt man, der hell und fröhlich laut durch den dunkeln Wald seine Straße brach. Die Gegend lag schweigend, ungeheuer einsam. Regen rann, gleichmäßig, hoffnungslos, selbst das Pfeifen des Frauenbergers verlor seine Frische in der nassen, grauen Traurigkeit ringsum, lahmte, starb.

Endlich sperrte ein hoher Gebirgsstock das Flußtal, dem man bisher gefolgt war. Man war in einem zirkusartigen Halbrund riesenhafter, grausig kahler, weißlichbrauner Felswände. Dahinter lag Tirol. In diesem Hochtal nächtigte man. Der Frauenberger und die Knechte richteten sich im Freien ein, so gut es ging. Eine winzig kleine, verfallene Hütte war da, die ließ man als Unterschlupf vor dem Regen dem Herzog.

Da hockte nun, halb kauernd, halb liegend, in der Hütte der Knabe Meinhard, Herzog von Bayern, Markgraf von Brandenburg, Pfalzgraf bei Rhein, Graf von Tirol. Er äugte, lauschte, ob die andern ihn sehen könnten, schon schliefen. Als er sich allein glaubte, hielt er sich nicht mehr. Er hatte Angst, fühlte sich zerschlagen, unsäglich elend. Langsame Tränen kollerten aus seinen blanken, runden Augen über seine dicken, dummen Wangen. Er weinte, weil der Frauenberger sein Murmeltier Peter erdrückt hatte, er weinte, weil die Felswände so hoch waren, die er morgen übersteigen mußte.

Agnes war verblüfft über die meisterhafte Schlichtheit, wie der Frauenberger den Herzog so frech und geradezu entführt hatte. Er imponierte ihr, er war ein Kerl, daran war nicht zu rütteln. Mit Unlust, ohne Schwung und Glauben an Erfolg traf sie Gegenmaßnahmen. Am liebsten hätte sie alles dem Prinzen Friedrich überlassen; doch der war in Ingolstadt. Sie mußte allein die Verfolgung organisieren.

Sie schickte Kuriere an die Grenzen, kleine Streifen Bewaffneter. Man mußte sacht vorgehen, durfte kein Aufsehen erregen; es ging nicht an, den Fürsten mit sichtbarer Gewalt am Betreten seiner Grafschaft Tirol zu hindern.

Der Frauenberger glaubte sich, nachdem er das kleine Jagdhaus im Karwendel hinter sich hatte, schon ungefährdet. Doch wenige Stunden bevor sie den bequemen Paß zum Achensee erreichten, begegnete ihnen der Transport eines Holzhändlers, der in diesen Gegenden gearbeitet hatte und den früher einmal, nachdem er gewisse etwas zu gewalttätige Transaktionen nicht ruhig hingenommen hatte, der Albino hatte stäupen lassen. Der Frauenberger dachte zunächst daran, den Holzhändler anzufallen und beiseite zu schaffen; doch da hätte einer von den sechs Knechten des Transportes sich durchschlagen können, und dann war der Herzog noch mehr gefährdet. Der Frauenberger beschloß also, den Holzhändler laufen zu lassen und, trotz der Bedenken der wegekundigen Knechte, statt des leichten Übergangs über das Plumser Joch den schwierigen, ungewöhnlichen Weg über das Lamsenjoch nach Schwaz oder Freundsberg zu versuchen.

Man ließ die Pferde zurück, bog kurz vor der Felswand in ein Seitental. Der Bach, der dieses Tal gebildet, hatte kein starkes Gefälle, oft verlor er sich ganz, floß unterirdisch. Der pfadkundige Knecht führte. Man stieß auf Weidengehölz, Moorboden. Es regnete noch immer. Dann, überraschend, weitete sich das Tal. Fremdartig war plötzlich ein Ahornbaum da. Mehrere. Ein ganzer Hain. Die alten Bäume standen groß und still im Regen. Nur undeutlich erkannte man durch sie und hinter Regenschleiern die riesigen, weißen Bergwände, die weit und unwiderruflich ringsum das Tal schlossen, und sie waren so hoch, daß man durch die Bäume ihre Gipfel nicht sah. Kein Wind ging, man hörte still und gleichmäßig den Regen triefen von den Blättern der alten, ernsten, fahlfarbenen Bäume.

Meinhard konnte nicht weiter. Man rastete in dem ständig rieselnden Regen, machte sich an die mitgebrachten Speisen. Meinhard konnte nicht essen. Es ängstete ihn, daß man die Gipfel der Felswände nicht sehen konnte. Nie wird er da hinauf- und hinüberkommen; man stand eingesperrt in diesem Tal unter den unheimlichen, leichenhaften Bäumen wie am Ende der Welt.

Sie begannen den Aufstieg. Er war fürs erste nicht schwer. Man stieg sachte, in kleinen Windungen einen Gießbach entlang. Die Knechte voraus, den bequemsten Pfad suchend. Meinhard hatte schon schwierigere Wege gemacht; aber es war wie eine Lähmung über ihm. Die Beine waren ihm wie Klötze, er schwitzte vor Mattigkeit, atmete mit Mühe. Er glitschte auf dem nassen Stein, der Frauenberger stützte ihn, er zuckte bei jeder Berührung. Je weiter man emporklomm, so höher, höhnischer, unüberwindlicher starrte ihm die Felswand.

Abgeblühte Alpenrosen, Kriechgehölz, Schnee. Die Knechte stapften gleichmäßigen Schrittes voran. Unsicher, gleitend, schnaufend, aussetzend folgte der Herzog. Plötzlich blieb einer der Knechte stehen, horchte, sah den Frauenberger an. Der hatte schon gehört, erlaubte seinem nackten Gesicht kein Zucken. Der Holzhändler hatte also doch wohl Alarm geschlagen. „Menschen oder weidendes Vieh“, sagte er gleichmütig. Drängte weiter. Auch die Knechte nahmen rascheren Schritt.

Meinhard hatte auf Rast gehofft. Es erbitterte ihn, daß man dazu keine Anstalt machte. Dann fiel er in trübe Lethargie, ließ sich schlaff von dem feisten Mann weiterzerren. Sowie man einen Augenblick ausschnaufte, brannte einen die scharfe Kälte. Der Schnee wurde tiefer, der junge Herzog brach bei jedem Schritt ungeschickt ein.

Der Frauenberger überlegte schneidend klar. Ohne den Schnee hätte man ihn wohl hinüberbringen können. So war es nicht möglich, mit dem Jammerlappen über das Joch zu kommen. Zudem schien es, als ob Meinhard jetzt störrisch würde. Er machte sich schwerer, träger.

Die Knechte waren ein gutes Stück voraus. Der Frauenberger blieb stehen. „Na, junger Herzog?“ quäkte er. „Müde?“ Meinhard sank erschöpft in den Schnee, atmete hastig. Der Frauenberger pfiff sein Liedchen. Dachte scharf nach. Dies also war schiefgegangen. Er hatte sich schon abgefunden. Wie weiter? Meinhard in die Hand der Wittelsbacher zurückfallen lassen? Die würden nach der mißglückten Flucht den Jungen doppelt fest haben. Es wäre gut gewesen, Meinhard gegen die Maultasch ausspielen zu können. Das ging nicht. Dann besser mit der Maultasche allein, und der lästigen Kontrolle der Wittelsbacher ein für allemal der Vorwand entzogen.

Er pfiff noch immer. Trank Wein aus seiner Flasche. Reichte auch Meinhard zu trinken. „Wir müssen weiter, junger Herzog“, sagte er. Gab ihm die Hand, ihm beim Aufstehen zu helfen.

„Ich kann nicht“, klagte Meinhard, als er mühsam stand. „Ich mag auch nicht“, fügte er störrisch hinzu.

„So?“ feixte der Frauenberger. „Na, dann nicht, Bub“, sagte er. Er quäkte es gemütlich wie stets; aber etwas in seiner Stimme zwang Meinhard aufzublicken. Der Albino blinzelte durchaus nicht mehr, er schaute hart, aufmerksam, erst nach den Knechten, die weit voran waren, dann auf ihn. Meinhards blanke, runde Augen wurden ganz starr vor Grausen, seine Kehle gab nicht mehr her als einen kleinen, heiseren Laut. Er krampfte seine kurzen, dicken Kinderhände in das Holzgezweig der Alpenrose, bohrte seine Füße in den Boden. Der Frauenberger, ruhig grinsend, sagte: „Na komm, junger Herzog!“, löste langsam mit seinen roten, fleischigen Händen die steifen, klammernden Finger des Jungen von dem Felsen, hob ihn hoch, hielt ihn über den Abgrund, quäkte: „Adieu, Bub!“, ließ ihn fallen. Der Körper schlug mehrmals auf, fiel nicht tief, blieb liegen.

Der Frauenberger rief mit einem harten, gellen Pfiff die Knechte zurück, deutete wortlos hinunter. Sie stiegen hinab, die Leiche war arg zerschrundet, der dicke, sanfte Schädel klaffte an zwei Stellen. Sie warteten auf die Verfolger. Es waren zwei Offiziere mit mehreren Knechten. Der Frauenberger sagte, er habe mit dem jungen Herzog Murmeltiere fangen wollen, da sei der Herzog gestürzt.

Fleischig stand er in seinem nassen, stark riechenden Lederkoller, blinzelte mit den rötlichen Augen. Flockiges Gemengsel von Schnee und Regen rieselte auf die Leiche. Ein leichter, kalter Wind hatte sich aufgemacht. Alle hatten Helme und Kappen abgenommen, standen stumm im Schnee um den zerschrundeten Toten.

*

Durch die Säle und Gänge von Schloß Tirol torkelte ein Weib, lallte, heulte, fiel hin, stand wieder auf, torkelte weiter. Der übergroße, unförmige Unterkiefer fiel herunter, das Haar zottelte, teils in stumpfem, widerwärtigem Kupfer, teils gelblichweiß entfärbt. Ein Laken, eine Art Nachtgewand, flatterte um den untersetzten, aufgequollenen Leib, um die schlaffen, großen Brüste, schleifte am Boden nach. Die Dienerschaft hielt die Heulende, Torkelnde, Lallende für eine Betrunkene, erkannte erst allmählich die Herzogin.

Der Kurier mit der Todesnachricht war in aller Frühe gekommen, Margarete hatte die Meldung im Bett erhalten. Sie war aufgestanden, nicht übermäßig rasch, aufheulend, an den ratlosen, scheuen Zofen, Kämmerlingen vorbei, stier, blind, das Laken hinterherschleifend.

Schenna führte sie zurück. Nun hockte sie in ihrem Schlafzimmer, stierte vor sich hin, dachte Fetzen von Gedanken.

Gesäumt mit Toten ihre Straße. Der Kopf des Chretien de Laferte, das Pulver, geruchlos, geschmacklos, daran der Markgraf gestorben war, ihre Mädchen, mit den großen, schwarzen, aufgebrochenen Pestbeulen, der Jude Mendel Hirsch, im Gebetmantel, lächelnd, der Knabe Aldrigeto, Meinhard. Es war, weil sie so häßlich war, darum ging der Tod hinter ihr her, darum stierten sie aus allen Winkeln leere, beinerne Schädel an.

Sie hockte und regte sich nicht. Mittag kam, Abend kam. Ihr dürres Fräulein von Rottenburg fragte, ob sie nicht essen, sich nicht ankleiden wolle. Sie regte sich nicht. Ihr Weg gesäumt mit Toten. Es war, weil sie so häßlich war.

Unterdes geleitete der Frauenberger die Leiche Meinhards über Mittenwald nach Tirol. Er feixte: er bekam es allmählich in den Griff, seinen toten Souverän zu geleiten.

Das Land in den Bergen empfing betreten seinen Fürsten. Es hatte ihn in feierlicher Tagung gebeten zu kommen. Nun kam er, so. Sie standen an den Straßen, als der Zug vorbeischwankte, in Regen und Schnee. Glocken läuteten, die Geistlichen im Ornat, die Feudalherren, Richter, Pfleger barhaupt. An ihnen vorbei der Sarg, den Zirler Berg hinauf, hinunter, Innsbruck, den Brenner hinauf, hinunter, den Jaufen, Passeier. Das Volk, während es, sich bekreuzigend, dem Zuge nachsah, hatte langsame, schwere, unbehagliche Gedanken. Dies war der letzte Graf von Tirol. Es war nicht gut gegangen mit der Maultasch. Ihr erster Mann verjagt, der zweite so seltsam gestorben, ihr Sohn tot, ehe er sein Land gesehen. Dazu Krieg, Revolution, Wasser, Feuer, Pestilenz. Nein, Tirol hatte keine gute Zeit gehabt unter der Maultasch.

Starr, am Tor des Schlosses, erwartete die Herzogin den Zug. Grell hob sich von dem schwarzen Gewand die weiße Schminke. So schritt sie über die Höfe des Schlosses neben der Bahre, allein. Es schneite. Hinter der Bahre, massig, in Rüstung, wuchtete der Frauenberger.

In München war man sehr betreten, als die Nachricht eintraf von Meinhards Tod. Hier glaubte kein Mensch an einen Unglücksfall, man zweifelte höchstens, ob der Frauenberger auf eigene Faust gehandelt oder im Auftrag der Maultasch; doch wagte niemand, dieser Überzeugung Laut zu geben. Nur der sensationslüsterne Florentiner Giovanni Villani, der Chronist, der sich zur Zeit zum Zweck gewisser archivalischer Feststellungen in München aufhielt, der Nebenbuhler des wackeren Johannes von Viktring, behauptete die gewaltsame Beseitigung des jungen Herzogs als Tatsache. Er zählte sorglich disponiert und sich steigernd alle Gründe her, die zu solcher Tat führen konnten und mußten, er schrieb darüber ein elegantes, beredtes Kapitel in seiner Chronik und las es jedem vor, der es irgend hören wollte.

Stephan, Friedrich, Agnes standen benommen von Wut und Bestürzung. An eine Lösung von so schlichter, zynischer Brutalität hatte niemand gedacht. Zum erstenmal, seitdem sie sich kannten, sprangen Agnes und Friedrich einander an. Er hätte den Frauenberger wegschicken müssen, hätte München nicht verlassen dürfen, solange jener da war, sagte sie. Er sagte, sie hätte

Meinhard besser müssen überwachen lassen; kaum sei man einen Tag fort, gehe schon alles drunter und drüber, auf niemanden sei Verlaß. Herzog Stephan stand ziemlich unglücklich zwischen ihnen. Er hatte es ja gewußt, das Schicksal meinte es nicht gut mit ihm, es war ihm nicht vergönnt, Wittelsbach wieder groß zu machen in der Christenheit. Als sie sich müdegestritten hatten, kamen sie überein, vorläufig das Hauptaugenmerk auf die Erhaltung von Bayern zu richten; die Grenzen zu entblößen und nach Tirol vorzustoßen, fühlten sie sich militärisch nicht stark genug. Hingegen wollte Agnes nach Tirol reisen, dort vorfühlen.

Mit ganz kleiner Begleitung traf sie auf Schloß Tirol ein. Am gleichen Tage noch wurde sie von Margarete empfangen. Rosig, glatt, jung, blond saß sie da; in einem sehr einfachen schwarzen Kleid; grellweiß geschminkt, die Hände, den unförmigen Hals schwer von leuchtenden Steinen, prunkte in Atlas und Brokat die Herzogin. Es sei sehr liebenswert von Agnes, sagte sie mit etwas steifer, zeremoniöser Stimme, daß sie die beschwerliche Reise im Winter nicht gescheut habe, ihrem Sohn das letzte Geleit zu geben. Agnes sagte und sah sie süß und unbefangen an, dies sei eine selbstverständliche Pflicht gewesen nach dem vielen Guten, das sie von Haus Tirol empfangen. Zudem sei sie ja dem Toten besonders nahegestanden. Sie könne der Herzogin nicht schildern, wie furchtbar es sie getroffen habe, als sie die grauenvolle Meldung erhielt. Margarete starrte sie mit ihrem weißen, breiten, mächtigen, geschminkten, maskenhaften Gesicht unverwandt an, fragte, ob sie den Herzog sehen wolle. Agnes, ein wenig zögernd, denn sie sah Tote nicht gern, bejahte. Die beiden Frauen schritten zu der Kapelle, schwer schleifte sich die Brokatene, die andere ging leicht und hoch. Prunkend aufgebahrt lag der junge Herzog, dick wölkte der Weihrauch, silberne Gewappnete hielten Totenwacht. Die Herzogin winkte, der mächtige Sargdeckel wurde hochgeschlagen, da lag der junge Fürst, gräßlich zerschrundet und entstellt stierte aus der Rüstung sein friedfertiges, dickes Gesicht. Die Leiche war stark verwest, trotz Balsam und Gewürz stieg ein übler Geruch aus dem leuchtenden Metall. Agnes schwankte, verfärbte sich. Margarete führte sie zurück.

Als die beiden Damen wieder am Kamin saßen, sagte Margarete leichthin: „Nun ist unsere letzte Unterredung gegenstandslos geworden, Gräfin Agnes. Mein Sohn ist wieder bei mir, nicht in München."

Agnes, durch die Leichtigkeit ihres Tons unsicher, nicht wissend, wohinaus sie wolle, erwiderte nichts, äugte, wartete ab.

Die Herzogin, immer in dem gleichen, erschreckend leichten, konversationellen Ton, fuhr fort: „Sie haben Chretien de Laferte geheiratet, dann starb er. Sie haben mir meine lieben Städte von Bayern abhängig gemacht, sie sind fast kaputtgegangen. Sie haben sich mit dem Markgrafen liiert, dann starb er. Sie haben sich zur Vertrauten meines Sohnes gemacht, jetzt ist er tot. War es nach alledem nicht ein bißchen kühn, daß Sie zu mir nach Tirol gekommen sind?" Sie sagte das alles ganz obenhin, sie lächelte mit ihrem wüsten, äffisch sich vorwulstenden Mund, ihr leichenhaft geschminktes Gesicht verzog sich in gemachter Liebenswürdigkeit, ja, sie beugte sich vor, legte, was noch nie geschehen war, die Hand mit grauenhafter Vertraulichkeit auf den Arm der Agnes. Die saß da, starr, blaß. „Ich weiß nicht, was Sie wollen", stammelte sie.

„Es ist nett von Ihnen", fuhr Margarete fort, „daß Sie von selbst gekommen sind. Ich hätte Sie sonst einladen müssen; glauben Sie mir, ich hätte Sie auf solche Art eingeladen, daß Sie gekommen wären."

„Ich verstehe Sie durchaus nicht", sagte, mit fahlen Lippen, Agnes.

„Ja", brach Margarete plötzlich ab und stand auf, „Sie bleiben also mein Gast, bis der Herzog bestattet ist. Es kann noch eine Weile dauern, die Vorbereitungen sind umständlich."

„Ich hatte eigentlich vor, die Zwischenzeit in Taufers zu bleiben", sagte Agnes; sie war klein und ängstlich geworden, ihre Stimme flatterte.

„Nichts da, nichts da!" sagte eifrig die Herzogin. „Sie bleiben. Waren Sie und die Ihren nicht schon oft Gäste in Tirol?

Denken Sie nicht ans Fortgehen", schloß sie, während sie Agnes zur Tür geleitete. „Die Reise würde sehr ungemütlich werden." Ein Diener brachte die schwankende Agnes in ihre Zimmer. Gewappnete standen davor, präsentierten die Lanzen, während sie die Schwelle überschritt.

Margarete, allein, ging auf und ab, ihr Gang war sonderbar beschwingt, ein plumper Tanz.

Wie schade, daß jene sich so einfach in ihre Hand gegeben hatte. Es wäre gut und reizvoll gewesen, sie erst mühsam herzulokken, den Teig zu kneten, ehe man den Kuchen aß. Aber so waren diese Glattlarvigen. Schön und dumm.

Margarete ging ins Freie, allein. In den verschneiten Weinterrassen stapfte sie, kletterte sie. Sezte sich in den Schnee. Tauchte ihre Hand in das Weiche, Kalte, ballte es, ließ fallen, ballte von neuem.

Sie ganz klein machen, sie zerstören, sie in Staub zerpressen, zernichten, zerdrücken, daß nichts mehr von ihr bleibt als ein lächerliches Stück Verwesung. Sich anfüllen mit ihrer Angst, ihrer Not, ihrem Elend, bis dann ihre Schönheit daliegt, stinkend wie drüben in der Kapelle ihr Sohn.

Als nach einer Weile das dürre Fräulein von Rottenburg kam, hörte sie, was sie seit Jahren nicht gehört hatte. Die Herzogin sang. Mit ihrer dunkeln, warmen, erfüllten Stimme sang sie. Im Schnee saß sie und sang, voll, hallend, aus ihrer wüsten Kehle.

Sie berief zunächst Schenna zu sich. Führte aus: Der Sturz, an dem Meinhard sich zu Tode gestürzt, sei fraglos verschuldet durch die Gräfin von Flavon-Taufers. Sie sei nicht gewillt, dies Verbrechen zu vertuschen. Beabsichtige vielmehr, es mit beispielhafter Strenge zu bestrafen. Schenna, tief beunruhigt, riet dringend ab. Das Volk hänge nun einmal an Agnes mit ebenso heftiger wie grundloser Sympathie. Gegen sie vorzugehen sei gefährlich. Man könne sie an Besitz, Macht, Einfluß kürzen; weiterzugehen verbiete die Staatsklugheit.

Margarete, gereizt und nervös, erwiderte, sie wisse sehr gut, wie unpopulär sie sei. Schlimmer könne es nicht werden. Sie riskiere also nichts.

„Doch!“ erwiderte mit ungewohnter Schroffheit Schenna. Alles riskiere sie. Offene, nur den Wittelsbacher fördernde Revolution riskiere sie. Sie brach aus, verströmte: Unter keinen Umständen dulde sie länger die Nebenregierung dieser Person. Lieber danke sie ab. Sie starrte hitzig, allen ruhigeren Erwägungen unerreichbar, vor sich hin. Schenna lief unbehaglich mit seinen langen, ungleichmäßigen Schritten hin und her. Wenn sie durchaus beharre, riet er nach einer Weile, das Gesicht verdrießlich und kurios verzogen, dann solle sie in Gottes Namen einen Staatsgerichtshof einberufen. Um alles in der Welt nicht möge sie gegen Agnes vorgehen ohne Spruch und richterliches Urteil.

Sie berief den Frauenberger, die einzelnen einflußreichen Feudalherren. Schneidend klar erkannte sie: Alle waren gegen sie, alle waren für Agnes. Aber mit wenigen Ausnahmen waren sie bereit, sich ihre Meinung abkaufen zu lassen. Sie nahmen Margaretes Vorgehen gegen Agnes als eine Laune. Gut, sie waren bereit, diese Laune zu decken; aber sie fanden es angemessen, daß Margarete diese Bereitschaft teuer bezahle.

Alle verlangten, alle forderten. Es preßte Margarete das Herz ab, knirschte ihr die Zähne zusammen. Sie standen vor ihr, unterwürfig, loyal, voll patriotischer Bedenken. Darunter grinste der Hohn: gibst du nicht, so kriegst du nicht.

Die Barone verständigten sich untereinander, glichen ihre Ansprüche aus. Der Frauenberger überbrachte der Herzogin ihre gemeinsamen Forderungen. Sie waren nackt, schamlos. Margarete solle ein Kabinett aus neun Ministern bilden. Vorgesehen waren der Frauenberger, Schenna, Berchtold von Gufidaun; die beiden Herren von Matsch, der Landeshauptmann und der Vogt, der Deutschordenskomtur Egon von Tübingen; Heinrich von Kaltern-Rottenburg, Diepold Häl, Hans von Freundsberg. Diese Herren, die auch als Richter in dem Prozeß der Gräfin von Flavon fungieren würden, sollten die oberste Justiz- und Verwaltungsbehörde des Landes bilden. Margarete solle sich verpflichten, ohne ihre Zustimmung keine Regierungshandlung vorzunehmen, niemandem ein Amt zu verleihen oder zu entziehen, mit keinem auswärtigen Fürsten zu verhandeln, Bündnis, Vertrag zu schließen. Auch solle sie keinen Minister absetzen dürfen; schied ein Mitglied durch Tod oder sonstwie aus, so solle nicht die Fürstin, sondern das Kabinett den Nachfolger bestimmen.

Margarete saß über dem Dokument, allein. Sie runzelte die Stirn so stark, daß die Schminke abbröckelte. Dies unterschreiben hieß: die Städte preisgeben, das Land den frechen Baronen hinschmeißen, daß sie ihre gierigen Zähne hineinschlügen, jeder sich ein Stück herausreiße. Dies unterschreiben hieß: das Land Tirol zerfallen lassen in eine Reihe kleiner Adelsherrschaften, schimpflich zerschlagen das Werk, daran die Väter und sie hundert Jahre lang Besitz, Nerven, Leben gesetzt.

In ihren Gedanken war plötzlich das kleine, bebartete Wesen, das sie einmal gesehen in den Felsen von Schloß Maultasch. Es neigte sich viele Male, schaute sie aus ernsten, uralten Augen an, tat den Mund auf.

Mit Gewalt scheuchte sie den Zwerg fort. Hin, Land! Hin, Städte! Hinunter, Nacken! Duck dich der Arroganz der Vasallen! Es muß sein. Es muß ausgetragen sein zwischen ihr und jener. Es wäre sinnlos, jetzt die Forderungen der Barone zu weigern und jene zu schonen. Sie würde weiter am Werk Margaretes nagen, es aushöhlen, verderben. Die Schöne war der Wurm des Landes, alles Übel kam von ihrer frechen, geilen Schönheit. Sie muß hinsein, sie muß getilgt sein, sie muß aus dem Licht, sie muß weg von der Erde. Das Land in den Bergen hat nicht Frieden, solang jene da ist.

Wenn sie sich aufriß vor Gott, sie durfte sagen: Es hatte Stunden gegeben, Tage, Wochen, wo kein kleiner, eitler Gedanke in ihr war, nur der reine, lautere Wille, sich zu beugen, zu tun, wozu man geschickt war. Wieder und wieder schlug jene Eitle, Leere mit spielender Hand entzwei, was sie mit Nöten, Demütigungen, Preisgaben geschaffen, von deren Qual und böser Artung jene nie einen Hauch zu begreifen imstande war. War das gerecht? War es gerecht, daß das Leere, Dumme, Schlechte, Gemeine, nur weil es die glatte Larve hatte, sich spreizte in der Welt, sie überdeckte, keinen Raum ließ für das Erfüllte, schmerzhaft Wissende? Das konnte Gott nicht wollen. Das mußte ausgekämpft sein. In einem wohlig schmerzhaften Krampf spürte sie, wie sie selber mit der Schönen verkettet war, wie sie selber bestimmt war, es auszutragen. Es gab kein Hinausschieben, kein Verstecken und Maskieren, keine Scheu vor dem hohen Einsatz, keinen Kompromiß. Es mußte ausgetragen sein.

Der Frauenberger kam, ihre Antwort zu holen. Ihre Hand lag plump auf dem Dokument mit den Forderungen der Barone. Sie blickte auf, schaute den Frauenberger an, sagte ruhig, ohne die Stimme zu heben: „Lumpen! Erpresser!“

Der Frauenberger erwiderte gleichmütig, jovial: „Ja, Herzogin Maultasch, billig sind wir nicht."

Dann unterschrieb sie.

Agnes, als sie allein war, saß in großer Schwäche erschöpft nieder. Was denn um Gottes willen hatte sie da gemacht? Sich selber freundlich lächelnd in die Hand der Feindin gegeben. Wo hatte sie denn ihren Kopf gehabt? Der Tod Meinhards war wohl eine Einbuße und ein Schlag für die Maultasch, aber er war doch ein noch schlimmerer Schlag für sie selber. Die Maultasch hatte mit der Beseitigung Meinhards und dem kühnen, unerwarteten Verzicht auf Bayern sich zur Siegerin gemacht. Sie begriff sich nicht, wie sie in dieser Situation der Feindin ins Haus laufen konnte, ihren Triumph zu krönen.

Ganz allein und verloren saß sie da. Das Zimmer war schlecht geheizt, sie fror. War das wirklich Frost? Ein Gefühl kroch sie an, das sie all ihre Tage nicht gekannt hatte, zog sie zusammen, schnürte sie. Sie war immer keck und sicher gewesen, immer hatte sie die Lage in der Hand gehabt, hatte immer Männer hin und her geworfen nach ihrem Gutdünken. Jetzt war sie ganz hilflos, die Feindin konnte mit ihr anfangen, was sie wollte. Angst und Kälte überdeckten sie. Ihre tiefen, blauen Augen waren nicht mehr kühn, sondern stier und erloschen, ihr elastischer Rücken erschlaffte, ihre weißen Hände runzelten sich, ihr glattes Gesicht zerknitterte in kleine, steife, spröde Fältchen.

So blieb sie bis zum Abend. Dann brachte man Licht, schürte das Feuer neu, setzte Speisen auf den Tisch. Sie raffte sich zusammen, aß, wurde warm, belebte sich. Ach was! Das war ja das Ziel der andern, sie klein zu sehen, gedemütigt, winselnd, mutlos. Sicher nicht wird sie es wagen, ihr etwas Ernstliches anzutun. Steht nicht das ganze Land für sie? Weil sie häßlich ist, will sie, daß sie sich feig erweise. Sie denkt nicht daran, ihr den Gefallen zu tun. Sie straffte sich, ihre Augen schauten lässig und kühn wie immer. Sie aß mit Appetit, verlangte zum zweitenmal, scherzte mit den Dienern. Schlief gut, tief, ruhig, lange.

Als andern Tages der Frauenberger kam, fand er sie vergnügt, Bonbons lutschend, ein frivoles Couplet auf der Laute klimpernd. Sie mokierte sich über die altmodische Einrichtung des

Zimmers. Er feixte, freilich, so modern und komfortabel wie sie gebe die Maultasch es nicht. Er tätschelte sie. Er blinzelte, meinte väterlich, er habe es ihr doch rechtzeitig gesagt, sie solle sich nicht einlassen mit den Lausbuben, es werde schiefgehen. Sie fragte leichthin, ob er im Auftrag der Maultasch komme. Bange machen gelte nicht. Was man eigentlich vorhabe. Wie lange der Spaß noch dauern solle. Der Albino quäkte, man werde sie wohl vor ein Staatsgericht stellen. Sie erwiderte, man möge das recht bald tun, es sei so langweilig auf Schloß Tirol. Auch möge man ihr die Zofe schicken und ihre Schneiderin, daß sie vor Gericht in einem entsprechenden Kostüm erscheinen könne. Er sagte, sie brauche nur zu befehlen. Allein, lutschte sie Bonbons, klimperte.

*

Die Herzogin ließ es sich angelegen sein, das hohe und heimliche Gericht, das Agnes aburteilen sollte, mit feierlichem Pomp auszustatten. Drei Gemächer ringsum waren von Gewaffneten bewacht, damit die Heimlichkeit des Gerichts gewahrt sei. Die neun Herren saßen schweigsam, dunkel, Margarete selber prunkte schwer in den Insignien der Herrschaft.

Agnes trug ein schlichtes, lachsrotes Kleid, das für einen Empfang, eine kleinere Festlichkeit geeignet war. Ihr Gehabe war leicht, sicher. Sie war überzeugt, daß die Maultasch nicht wagen werde, sie anzutasten, daß der umständliche, feierliche Apparat des Gerichts nur dazu bestimmt sei, sie ängstlich zu machen. Dies alles geschah nur, damit sie, die Schöne, sich klein erweise vor der Häßlichen. Nein, sie war durchaus nicht gewillt, der Maultasch diesen Gefallen zu tun.

Der Pfarrer von Tirol, der als Protokollführer fungierte, verlas die Anklage. Die Gräfin von Flavon-Taufers sei von jeher bestrebt gewesen, auf Meinhard in verderblichem, dem Lande Tirol schädlichem Sinn einzuwirken. Als der junge Fürst im Begriff war, Tirol zu betreten, sich ihrem Einfluß zu entziehen, und als das Einvernehmen mit seinen getreuen und wohlmeinenden Untertanen ihre Pläne zu vereiteln drohte, habe sie sich mit Gewalt seiner zu bemächtigen versucht; über welchem Versuch der Herzog zu Tod gekommen sei.

Agnes sagte, sie wundere sich, wie weise und hochmögende Herren einfache und klare Tatbestände so schlimm mißdeuten könnten. Ja, sie sei mit dem jungen Fürsten in gutem, herzlichem Einverständnis gewesen, wie auch sein Vater sie seiner Freundschaft und seines Vertrauens gewürdigt habe. Sie habe nach ihrem geringen weiblichen Verstand zuweilen den oder jenen Ratschlag erteilt nach bestem Gewissen als gute Untertanin und Christin, dem Fürsten und seinen Ländern zu Nutz und Mehrung. Als der Herzog nach Tirol reiste, habe sie ihm, da unerwartet Herzog Stephan seine baldige Ankunft in München melden ließ, reitende Boten nachgeschickt mit einem Brief, daß unter solchen Umständen seine Rückkehr nach München ratsam sei. Leider hätten ihre Boten den Herzog nur mehr tot vorgefunden. Dies alles sei klar und unzweideutig. Sie sei eine große Sünderin, schloß sie lächelnd; aber in ihren Beziehungen zu Herzog Meinhard sei nach ihrer demütigen weiblichen Einsicht kein Wort und keine leiseste Regung gewesen, die sie nicht ungescheut vor Gott und den Menschen bekennen dürfte.

Sie gab diese Erklärung sitzend ab, leichthin, mit ihrer harten, schleierlosen Stimme. Jung, glatt, klar, vertrauensvoll saß sie in ihrem schlichten, lachsfarbenen Kleid vor den schweren, dunkeln Richtern.

Margarete sagte, sie habe, in München, die Gräfin von Flavon aufgefordert, sich nicht in die tirolischen Dinge zu mengen; die Gräfin habe das verweigert. Agnes erwiderte, die Frau Herzogin habe sie mißverstanden. Der Pfarrer von Tirol verlas eine eidliche Aussage, die Reiter der Gräfin hätten nach ihrer eigenen Bekundung Auftrag gehabt, den Herzog mit Gewalt nach München zurückzuführen. Alle schauten auf den Frauenberger, auf dem wohl dieses Zeugnis stehen mußte. Er sah unbeteiligt vor sich hin. Agnes erklärte, die Aussage der Reiter, wenn sie wirklich erfolgt sei, sei pure Verleumdung. Der Frauenberger grinste.

Die Herzogin saß da, steif, breit ausladend, schwarz stand das brokatene Kleid um sie herum, golden prunkten die Insignien der Macht. In ein Schweigen hinein, unvermutet, ohne Agnes oder irgendwen anzuschauen, tat sie den Mund auf, sprach. Mit gleichförmiger Stimme sagte sie alles heraus, mit nackten, schmucklosen Worten. Wo sie für das Land in den Bergen gewirkt habe, an der Etsch und am Inn, von den welschen Seen bis zur Isar, überall sei diese Gräfin von Flavon gewesen und habe gehindert und dagegen gewirkt. Sie sprach langsam, und sie hob die Stimme nicht. Sie sprach von den Städten und von ihren Maßnahmen und wie diese Gräfin von Flavon sich dagegen gestemmt habe. Sie sprach von ihren Finanzverordnungen und wie diese Gräfin von Flavon den welschen Bankier, den Messer Artese, wieder in die Berge gerufen habe, den sie vertrieben. Sie sprach von der tirolischen Autonomie und wie diese Gräfin von Flavon dem Land immer wieder den Bayern in den Pelz gesetzt habe, den Blutsauger. Sie sprach von der Artusrunde, von Ingolstadt und Landshut. Langsam aus ihrem wüsten, breiten Mund holte sie nackte, sachliche Worte. Sie fielen gleichmäßig, monoton; wie schwerer Sand rieselten sie, unhemmbar, sie begruben die feine, leuchtende Agnes, daß sie farblos dasaß und erbärmlich und ohne Schwung. Es war ganz still, als die Herzogin zu Ende war, man hörte die Scheiter im Kamin knistern, die Herren hockten da, trist und grau und gebeugt.

Agnes sagte, sie habe nie Einfluß gesucht. Sie habe gesprochen, wenn man sie gefragt habe, und da nur zögernd, sie habe nie jemandem einen Rat aufgedrängt. Sie merkte, daß ihre Worte zu Boden fielen und keinen überzeugten. Da erhob sie sich, sie stand da, heiter, frei, leicht, stolz, sie sah die Herren an, einen um den andern, sie sagte: Wenn sie eine Sünde begangen habe, dann nur die, daß sie auf der Welt sei. So habe Gott sie geschaffen. Solange sie sich nicht auslösche, könne sie nicht hindern, daß man den Kopf nach ihr wende, an ihr Gefallen finde.

Alle schauten sie an, selbst der rasche Federkiel des Pfarrers von Tirol hörte zu kritzeln auf. Mit seinen müden, grauen Augen schaute Schenna sie auf und ab, angestrengt starrte ihr der hagere, rechtliche Egon von Tübingen in die tiefen, blauen Augen, der biedere, gutmütige Berchtold von Gufidaun schnaufte, seufzte, aus seinen rötlichen Augen blinzelte der Frauenberger. Diese ihre Worte, das spürte Agnes, waren nicht zu Boden gefallen. Sie hatte einen Teil ihres Wesens herausgeholt, hochgehoben mit beiden Händen, den Männern hingehalten, stolz, vor der Feindin: Da! Seht her! So bin ich! Sie genoß ihre Wirkung, atmete, genoß.

Da sah sie, daß auch die Maultasch sie anschaute. Die blauen

Augen der Schönen tauchten tief in die braunen der Häßlichen. Und Agnes sah, daß Margarete lächelte. Ja, ein kleines Lächeln zerschnitt das grellweiß geschminkte Gesicht der Herzogin, und es war nicht gekünstelt, es war echt. Da wußte Agnes, daß jene vorgesorgt hatte, daß ihr Triumph im vorhinein vergiftet, daß sie verloren war. Sie begann plötzlich zu zittern, sie verfahlte, ihre Glieder erschlafften, sie mußte sich setzen.

In das Gemach der Verurteilten trat unangemeldet, überraschend die Herzogin. Agnes hatte den Spruch sehr in Haltung hingenommen, frei, leicht. Sie hatte sich auch, als sie allein war, gesagt, die Maultasch werde nicht wagen, weiterzugehen. Aber dann hatte sie an das leise, tiefe Lächeln Margaretes gedacht, und den Magen herauf war ihr wieder jenes peinliche, fröstelnde Gefühl gekrochen, das sie früher nie gekannt hatte. Jetzt, als die Herzogin kam, riß sie sich sogleich zusammen, erhob sich höflich, nicht zu schnell, bat sie zu sitzen.

Margarete sagte: „Sie haben angedeutet, Gräfin, daß zwischen mir und Ihnen noch ein anderes sei als die Strenge der Fürstin gegen die Untertanin, die sich auflehnt und das Land schädigt. Begreifen Sie doch, daß ich gar nichts anderes sein kann als die Fürstin; denn das beleidigte Land ist in mir, meine Regungen sind die des Landes." Sie sagte das leicht, selbstverständlich, überzeugend, mit großer Hoheit.

Agnes hörte aufmerksam, höflich zu. Sie verstand nicht, was die andere meinte. Sie verstand nur: „Ah, sie will etwas von mir. Sie will sich aussprechen mit mir. Will sich rechtfertigen. Wie schwach muß ihre Position sein! Sie spürt, daß sie die Unterlegene ist. Sie will mich übertölpeln. Nur sich nicht einfangen lassen. Nein sagen. Was sie auch verspricht, nein sagen."

Margarete sah, daß die andere sie nicht begriff. Sie versuchte es von einer neuen Seite. Müde, ein bißchen ungeduldig, doch versöhnlich sagte sie: „Sie haben Erfolge gehabt, Gräfin. Ich gönne sie Ihnen. Freuen Sie sich weiter daran. Mein Sinn und Ehrgeiz geht ganz woandershin, suchen Sie das doch zu glauben. Ich will die Gewähr haben, daß Sie Tirol nicht weiter schaden. Nichts sonst. Bekennen Sie vor Zeugen und durch Ihre Unterschrift, daß Ihr Wirken meinem Land verderblich war. Schwören Sie auf das

Evangelium, sich fernerhin jeder politischen Tätigkeit zu enthalten. Ich will dann das Todesurteil kassieren. Ihre Lehen fallen zurück an meine Verwaltung. Sie sind frei und verlassen mein Land.“

Da war sie, die Schlinge. Agnes höhnte innerlich: „Nie wird sie es wagen, mich zu töten. Und für so dumm hält sie mich, daß sie sich ihre Feigheit von mir bezahlen lassen will.“

Sie sagte: „Ein solches Dokument unterzeichnen kann ich nicht. Daß ich auf der Welt war, daß ich da war, das war wirklich meine ganze politische Tätigkeit. Sie können mich schwören lassen, was Sie wollen. Sie können es nicht verhindern, und ich kann es nicht, daß ein Mann, wenn er mich ansieht, nach meiner Ansicht handelt, nicht nach der Ihren.“ Sie sah Margarete auf und ab, unverwandt; ihre blauen Augen glitten über sie, beredt, abschätzig, höhnisch. Verhöhnten den wüsten, äffisch sich vorwulstenden Mund, die herabhängenden Backen, das in vielen Falten fallende ungeheure Kinn, den plumpen, feisten Leib. Sie spähten sie aus, drangen durch die Schminke, betasteten spöttisch die spröde, warzige, bröckelnde Haut.

Die Herzogin, tiefer geschlagen als je, bezwang nur mit Mühe ihre maßlose, verwirrte Erbitterung. Sie sagte, und ihr Hohn klang nicht echt: „Lassen Sie es meine Sorge sein, Gräfin, zu beurteilen, ob es nötig ist, Sie auszulöschen. Ich glaube, Sie überschätzen sich. Mir genügt es, wenn Sie die verlangte Erklärung unterzeichnen.“

Wie matt und ohne Schlagkraft diese Erwiderung war! Sie spürte es selbst. Und hoch, triumphierend, genießend spürte es Agnes. Sie war jetzt ganz gewiß, nie wird jene wagen, den Spruch vollziehen zu lassen. Ihr etwas einbekennen! Ihr etwas zugestehen! Daß sie eine Närrin wäre! „Es tut mir aufrichtig leid, Ihren Wunsch nicht erfüllen zu können“, sagte sie, den konventionellen Ton süßen, spitzbübischen Bedauerns ganz auskostend.

Die Herzogin erhob sich. In ihr stand fest: austilgen die Person! Das Land verlangt es. Gott will es. Aus dem Licht muß sie, von der Erde weg muß sie. Die Luft war verpestet, der Boden brannte, solange sie atmete, schritt. Schwer schleifte sie sich zum Ausgang, ein krankes, getroffenes, häßliches, trauriges Tier. Leicht, höflich geleitete sie Agnes.

Die Minister baten Margarete dringend, sie möge die Gräfin begnadigen. Nach diesem Prozeß werde sie sich hüten, weiter gegen Tirol zu intrigieren. Unter keinen Umständen dürfe die Herzogin jetzt etwas gegen Agnes unternehmen, solange die Tiroler Dinge so wenig konsolidiert seien. Auch verhinderten die Minister, daß von der ganzen Angelegenheit, Gefangennahme, Prozeß, Verurteilung, das leiseste Gerücht ins Land drang.

Schenna stellte Margarete vor, daß das Volk niemals Schlechtes von Agnes glauben werde, daß sie allen nur denkbaren fanatischen Haß gegen sich heraufbeschwören werde, taste sie Agnes an. Kein Spruch und keine Kundgebung des Ministeriums werde verhindern, daß man von Mord und Blutschuld faseln werde. Jede Wolke, jedes Gewitter, jede Viehseuche werde als Zeichen des Himmels gegen die Herzogin gedeutet werden. Dringlich mit seinen gescheiten, grauen Augen bat er sie, beschwor sie, sie möge nichts Rasches tun, alles hinausschieben bis zumindest nach der Bestattung Meinhards.

Sie sagte still: „Es geht nicht, Schenna. Der Streit muß ausgetragen sein, Schenna."

Der Frauenberger saß allein und soff. Es war Nacht. Im Winkel lag sein Bursche, schnarchte. Er stieß ihn mit dem Fuß, hieß ihn das Feuer schüren. Gab ihm dann Wein. Pfiff, sang vor sich hin. Überlegte scharf. Logik! Logik! Behielt Margarete ihren Willen, wurde Agnes als Hochverräterin gebrandmarkt oder gar hingerichtet, dann gab es Revolution, und es war sehr fraglich, ob, wie die Dinge jetzt standen, das Regiment der Barone sich halten ließ. Tat man der Maultasch nicht den Willen, dann wird sie, zäh, wie sie war, immer wieder darauf zurückkommen; man wird das Erreichte nie in Ruhe genießen können. Was also war zu tun? Logik! Logik! Er dachte nach. Soff. Dachte nach. Erhellte sich. Grinste. Gab dem Burschen zu trinken. Quäkte. Schlief.

Ging andern Tages zu Agnes. Fand sie sehr aufgeräumt, froh über sein Kommen. Sie sagte, sie könne sich jetzt nicht mehr über Langeweile beklagen. Besuch wenigstens habe sie zur Genüge. Heute ihn, gestern die Maultasch. Ja, log er – Margarete hatte ihm natürlich nichts gesagt–, er habe gehört, die Damen hätten sich so gut verstanden. Sie schaute ihn leicht mißtrauisch an. Er blinzelte, begann sich über Margarete lustig zu machen. Er hatte süßen

Schnaps mitgebracht. Sie trank. Sie lag in den Polstern, ihre weiße, feine Kehle stieg und senkte sich vor Lachen. Er machte ihr den Hof. Sie fühlte sich vergnügt, beschwingt. Der Schnaps, den er ihr mitgebracht hatte, war wirklich von besonderer Art und stieg rasch zu Kopf. Er hatte sie überlistet, der Frauenberger, ei ja, ihr den Meinhard vor der Nase wegeskamotiert. Aber sie hätte diese Niederlage nicht missen mögen. Er war ein Mann, der einzige, der ihr imponierte.

Sie lag in den Polstern, angenehm erschöpft.

Wie niedrig die Zimmer waren in Schloß Tirol. Die Decke kam herab. Immer tiefer. Stemm die Zimmerdecke hoch, Konrad! Man erstickt ja. Sie erdrückt einen ja. Sie lachte unmäßig. Oder war das ein Röcheln?

Der Frauenberger blinzelte herüber, wartete. Beobachtete sachverständig. Sah kopfnickend, wie sie sich auf die Seite wälzte, wieder auf den Rücken, wie sie lachte, schnappte, röchelte, sich verzerrte, mit den Armen um Luft ruderte, seitwärts vom Polster glitt.

Langsam dann rief er ihre Frauen. Benachrichtigte die andern Herren des Kabinetts, der Zwist mit der Herzogin um die Begnadigung der Gräfin von Flavon sei gegenstandslos, da die Gräfin, wohl infolge der Aufregung, soeben an einem Schlaganfall verschieden sei.

Margarete, als sie von dem Tod der Agnes hörte, spürte eine dumpfe, lähmende Leere. Sie war angefüllt gewesen mit dem Gedanken: Agnes, jetzt wich das alles aus ihr, zurück blieb eine leere Hülle.

Langsam aus allen Winkeln holte sie Fetzen von Besinnung. Hätte sie sich nicht eigentlich frei fühlen müssen, leicht, schwebend, beglückt, nun die Verderberin tot und aus dem Weg war und das Land nicht mehr gefährdet? Nichts von dem. Mehr und mehr schwoll eine dumpfe, sinnlose Wut in ihr hoch. Sie hatte die Feindin unterworfen sehen wollen. Feierlich zum Tod geführt, hätte sie bekennen sollen: Besiegt bin ich, ein kleines, lächerliches, verworfenes Stück Mensch bin ich, und du bist die Fürstin, die Hohe, die Unerreichbare, von Gott Erwählte. Ihr Tod war nicht wichtig, aber dies Einbekenntnis war wichtig. Und jetzt hatte man sie höhnisch und frech um Haß, Rache, Sieg betrogen, hatte ihr die Verhaßte vor der Nase weggeflüchtet an ein Ufer, an das sie nie gelangen konnte. Jämmerlich, roh, plump beschwindelt stand sie, und jene war davon, emporgeflogen, leicht, lächelnd, unbesiegt.

Margarete tobte. Wozu jetzt hatte sie alle diese Opfer gebracht? Hingeschmissen das Land, hingeschmissen das Werk der Väter und ihr eigenes, schmählich sich geduckt der Habgier und der Frechheit der wölfischen Barone. Und jene davon, höhnisch, lächelnd.

Mit unflätigen Schimpfworten übergoß sie den Frauenberger. Der feiste Mann stand breit, gelassen, unberührt. An seinem nackten, rosigen Gesicht prallten die Flüche ab wie Wasserspritzer.

Sie berief den Ministerrat. Kaum sich zügelnd, die sonst so beherrschte Stimme heiser, ungleichmäßig, aussetzend, verlangte sie, sofort müsse Prozeß und Urteil publiziert, die Tote infam eingescharrt werden. Geschehe das nicht, werde man diesen plötzlichen Tod ihr zur Last legen. Einhellig, mit allen Kräften widersetzten sich die Minister. Die meisten glaubten wie das ganze Land, Margarete sei wirklich schuld an diesem dunkeln und unwahrscheinlichen Tod. Sie waren ehrlich empört über die frivole, gottlose Forderung der Herzogin, den Meuchelmord an der verhaßten Nebenbuhlerin jetzt als gerechte, patriotische, gottgefällige Tat hinzustellen. Ja, sie fanden die eigenen Erpressungen an der Maultasch durch dieses Verhalten hinterher moralisch in jeder Weise gerechtfertigt; es zeigte sich klar, daß man sich gegen diese maßlose und verbrecherische Frau nicht Sicherungen genug schaffen konnte. Im übrigen waren sie sehr erleichtert durch die jähe Lösung des Konflikts und nicht gewillt, die Dinge durch was immer neu verwirren zu lassen. Quäkend, unverhohlen, schneidend klar faßte der Frauenberger ihre Meinung zusammen. Was denn die Frau Herzogin wolle. Gott habe die Bestrafung des Verbrechens in seine Hand genommen. Nun sei die Verderberin tot, aus dem Weg geräumt. Mehr habe doch die Fürstin nicht gewollt, nicht wollen können. Es sei unchristlich, über den Tod hinaus zu hassen. Es sei dem Volk kaum zu verdenken, wenn es in solchem Fall losbreche. Der von Matsch führte aus: Ja, natürlich erlaube sich das Volk unehrerbietige Reden gegen die Herzogin. Es sei auch nach seinen Informationen da und dort infolge des Todes der Gräfin zu Demonstrationen gekommen. Aber da sie, die Minister, geschlossen hinter der Fürstin stünden, werde man mit solchen kleinen Revolten leicht fertig werden. Schon seien mehrere Demonstranten festgenommen, man werde sie öffentlich stäupen lassen, das werde den andern den Mund stopfen. Infamiere man aber die Tote, dann werde die Empörung so allgemein sein, daß er für nichts einstehe. Der redliche Gufidaun, der nach langem Ringen zu der Überzeugung gekommen war, die Herzogin sei nicht schuldig, brachte in mühsamer Rede seine Ansicht zutage: Die Verbrecherin sei tot. Teurer als mit dem Leben könne vor irdischen Richtern niemand seine Schuld bezahlen. Das Gedächtnis der Toten zu verunglimpfen stehe einer so hohen und edeln Frau wie der Herzogin nicht an. Er setzte sich verlegen; er redete selten. Alle pflichteten ihm bei.

Die Herzogin sah auf Schenna. Der kratzte mit seinen dürren Fingern nervös den Tisch, schwieg.

Margarete beharrte. Mit fieberischen, stammelnden, ungeordneten Worten erklärte sie immer wieder, sie gehe nicht ab, sie sei das ihrem Prestige schuldig, sie bestehe darauf.

Doch die Minister blieben fest. Sie beriefen sich auf das Abkommen, sie zeigten die Zähne, erklärten, niemals würden sie die erforderliche Zustimmung zu Maßnahmen gegen die Tote geben. Margarete geiferte von Meuterei, Empörung. Die Minister erwiderten, sie nähmen diesen Vorwurf ruhig hin. Ihr Gewissen sage ihnen, ihr Widerstand geschehe im Interesse des Landes und der Herzogin selbst; auch seien sie, wenn sie sich vor die Tote stellten, der Billigung der ganzen Christenheit gewiß.

Margarete mußte sich fügen.

Sie wütete kraftlos, versagend. Die Minister, die Lumpenkerle, die Feiglinge! Wie froh sie waren, ihren Spruch nicht vertreten zu müssen! Wie schamlos hatten sie sie übertölpelt! Sie um das Land geprellt und sich dann mit übler Sophisterei dem Pakt entzogen. Lumpen, Gauner, Erpresser! Sie dachte daran, sich an das Ausland um Hilfe zu wenden. Aber die Wittelsbacher waren geschworene Anhänger der Agnes, und der Habsburger war zu klug, um sich durch Maßnahmen gegen die Tote von vornherein unpopulär zu machen.

Sie wagte einen äußersten, hilflosen Versuch, die Tote zu besiegen. Sie setzte in letzter Stunde die Beerdigung Meinhards so an, daß sie zusammenfiel mit der Beerdigung der Agnes. Wer nach Taufers ging zu der toten Agnes, mußte der Bestattung des Landesfürsten fernbleiben. Trotzig, verzweifelnd rief sie das Land an, zu entscheiden zwischen ihr und der Toten.

Schweigsam, vor sich hin trotzend, verwildert saß sie auf Schloß Tirol, wartete, wer zu ihr kommen werde, wer zu Agnes. Im tiefsten Innern wußte sie so gut wie alle, daß Agnes sie durch ihren Tod besiegt hatte, daß der Kampf aus war und die Tote durch keine Kraft und keine List mehr erreichbar.

*

Die Herren des Kabinetts verständigten sich, wer an der Bestattung des jungen Herzogs teilnehmen, wer nach Taufers gehen solle. Sie kamen überein, jedem einzelnen Entschluß und Verantwortung für sich zu überlassen. Die meisten beschlossen, zur Gräfin von Flavon zu gehen. Hatten sie nicht die Hände rein von diesem Blut? Warum sollten sie es nicht zeigen? Der Frauenberger, der Deutschordenskomtur Egon von Tübingen, der redliche, schwerfällige Gufidaun beschlossen, in Tirol zu bleiben.

Jakob von Schenna saß spätabends noch wach. Aber er las nicht in dem Buch, das er sich aufgerollt hatte. Er ging auf und ab mit seinem steifen, ungleichmäßigen Schritt. Er hatte erst vorgehabt, krank zu sein und weder nach Tirol noch nach Taufers zu gehen. Das Politische war ihm gleichgültig. Die Meinungen und Wallungen des Pöbels kümmerten ihn nicht, und er hatte für seine Person viel zuwenig Ehrgeiz, um sie in Rechnung zu stellen. Der Streit zwischen den Frauen aber hatte ihn von je erregt; er rührte ihn noch tiefer auf, seitdem er zwischen der Toten und der Lebenden ging. Margarete hatte Hilfe von ihm verlangt; er hatte sie ihr, zum erstenmal, versagt. Er wollte sich nicht hineinziehen lassen in diesen Kampf, er wollte nicht Partei nehmen. Er wollte nicht.

Wiederum vielleicht fast als einziger durchschaute er die Zusammenhänge. Margarete, die Fürstin, hatte recht. Agnes war die

Verderberin gewesen, es war ein Segen für Tirol, daß sie weg war. Aber hatte Margarete, die Fürstin, den Schlag geführt oder Margerete, die Frau? Hatte Agnes sterben müssen, weil sie das Land schädigte oder weil sie schön war? Er wagte nicht zu entscheiden. Dies eine war gewiß: Agnes war die schönste Frau gewesen vom Po bis zur Donau. Er war ein alternder Herr. Wagte er vielleicht nur deshalb nicht zu entscheiden?

Er wollte nicht bequem sein, er wollte nicht alt sein. Es war nicht recht gewesen von der Maultasche. Er hatte ihren wüsten Mund hingenommen, ihre Hängebacken, ihre ganze, arme Häßlichkeit. Ihren Haß gegen die Tote nahm er nicht hin. Ein simples, gerades Gefühl stellte sich gegen sie. Man mußte Zeugnis ablegen für die Schönheit. Er wird nach Taufers gehen.

Vom Pustertal her über Bruneck goß es sich in das Tal von Taufers. Niemals hatten diese Berge soviel Menschen gesehen. Durch den hohen Schnee mühselig stapfte es heran, bald war eine Straße getreten. Unter dem freien, bestirnten Himmel nächtigte es in der scharfen, klaren Kälte. Eine Stadt von Zelten breitete sich. Tausende und immer neue Tausende schoben sich heran, Weiber, Kinder, die Mühsal und Gefahr des Winters nicht scheuend. Durch die Schneeluft klangen die Verwünschungen der Margarete, der Hexe, der Gezeichneten. Ruchlos, meuchlings hatte die wüste Teufelin die sanfte, süße Agnes ermordet. Nun lag sie aufgebahrt in der Kapelle von Taufers, ein Engel Gottes, wächsern, eine bunte, schöne Heilige. In endlosem Zuge wallte es an ihr vorbei, sehr verschieden von Stand, Alter, Aussehen, Barone, Bauern, Bürger, aber alle andächtig, ergriffen, mitleidig, alle voll wilder, fluchender Empörung gegen die Herzogin.

Vereinsamt indes in der Kapelle von Schloß Tirol lag der tote Meinhard, letzter Graf von Tirol. Nur die Hofbeamten und Offiziere waren geblieben, die unter allen Umständen bleiben mußten.

Wortkarg, eisig verschlossen ging Margarete durch ihre tuschelnde Umgebung, übersah die Lücken unter den Gästen, traf, umkrustet, die letzten Anordnungen der Trauerfeier. War Herr von Schenna nicht da? Nein, bis jetzt war er nicht gekommen. Am Nachmittag: immer noch nicht? Nein, Herr von Schenna war nicht da. Sie schickte einen Kurier nach Burg Schenna. Herr von Schenna war verreist. Nach Taufers.

Auch Schenna.

Der starke Verwesungsgeruch, der von der Leiche Meinhards ausging, drang durch alle Essenzen und Gewürze. Er benahm den Leuten in der Kapelle den Atem, die Wache haltenden Offiziere mußten von Stunde zu Stunde gewechselt werden.

Um die dritte Stunde nach Mitternacht ging Margarete in die Kapelle. Stumm hockte sie neben ihrem verwesenden Sohn, der Geruch der Verwesung scheuchte sie nicht fort. Die Wachen wurden gewechselt, das zweitemal, das drittemal, sie hockte neben dem Toten, rührte sich nicht.

Auch Schenna.

Sie rief die Feindin herbei, die Tote, sie rief herrisch. Jene kam. Sie rechtete mit ihr. Jene lächelte, sprach nicht. Sie hielt ihr vor, was alles sie verbrochen hatte, sinnlos, eitel, frech spielerisch in ihrer glatten, nichtigen, schamlos genießerischen Schönheit. Hier in der Kapelle, wo die toten Grafen von Tirol lagen, die das starke, reiche, berühmte Land in den Bergen gefügt hatten und zusammengeknetet, hielt sie der toten Feindin vor, was sie zerstört hatte, verdorben, verhunzt. Jene glitt auf und ab, leicht, unerreichbar, die Verwesung zerteilte sich rings um sie, sie lächelte, glitt, sprach nicht.

Auch Schenna.

Jene hatte gesiegt. Margarete hatte recht, und jene hatte gesiegt. Margarete hatte vernichtet, und jene hatte gesiegt. War vernichtet, war tot und hatte gesiegt. Alle kamen zu ihr. Auch Schenna.

Dann, andern Tages, wölkte der Weihrauch, sangen die Trauerchöre, sank der Sarg, schlossen die Steinplatten, schwer niedergleitend, die Gruft. Aber die Feier blieb ohne inneren Hall. Die Chöre blühten nicht in die Herzen, die feierlichen Gesten blieben kahl, die spärlichen Teilnehmer standen steif, unbehaglich, fröstelnd.

In der Zeltstadt um Taufers hatte ein großes Trauergelage angehoben. An riesigen, offenen Feuern wärmte man sich, briet und sott man. Die scharfen Grenzen der Stände verwischten sich. Wildbret und Fisch, dem Bauern sonst durch strenges Gesetz versagt, genoß er statt Rüben und Sauerkraut. Der Stadtbürger steuerte Wurst bei und Schweinebraten. In der fröhlichen Kälte hob ein großes, gerührtes, trauerndes, maßloses Fressen und Saufen an. In seliger Trunkenheit gedachte man in überschwenglichen Reden der engelhaften Schönheit, Milde, Güte der toten Gräfin von Flavon; wilde Flüche gellten gegen die Maultasche, die Teufelsbuhle und Mordbübin. Noch die tote Agnes blieb dem Volk verklärt von einer festlichen Wolke nie mehr zu erreichenden, duftenden, gebratenen Fleisches und flutenden Weines.

Einsam in Schloß Tirol hielt Margarete das prunkende Totenmahl. Steif saß sie, geschminkt, allein, unter Fahnen, Feldzeichen, Standarten, an der von Schaugerichten, Gold und Steinen strotzenden Tafel. Der Frauenberger, leicht grinsend, Gufidaun, der Deutschordenskomtur nahmen den Kämmerlingen, Vorschneidern die Speisen ab, trugen sie zeremoniös zu Tische. Margarete saß steif, starr. Die Speisen kamen, in ungeheurer Fülle, wurden unberührt wieder weggetragen. So hielt sie Totenmahl, drei Stunden lang.

Der Sekretär des Frauenbergers, der stille, demütige Kleriker, bekam zu tun. Die Minister nützten mit nackter Schamlosigkeit den Vertrag aus, den sie der Herzogin abgepreßt hatten, teilten das Land unter sich auf. Es flogen die Schenkungsurkunden, Gaben, Gnaden, Privilegien, Verschreibungen. Das Regiment der bayrischen Artusritter war bescheiden gewesen, verglich man es mit der großzügigen Plünderung Tirols durch dieses Kabinett der Maultasch.

Der Frauenberger steckte grinsend, breit, selbstverständlich die Hinterlassenschaft der Agnes ein, dazu Burg und Pflege Pergine und Schloß Penede östlich von Riva, Heinrich von Kaltern-Rottenburg die Feste Cagno auf dem Nonsberg, dazu das Dorf gleichen Namens, Hans von Freundsberg Festung und Pflege Straßberg bei Sterzing. Ganz aus dem vollen scheffelten die Herren von Matsch. Sie ließen sich Nauders zusprechen, Stadt und Gericht Glurns, die Propstei Eyers, Schloß Jufal am Eingang ins Schnalser Tal.

Berchtold von Gufidaun und der Deutschordenskomtur Egon von Tübingen schauten mißbilligend zu, hielten sich, belächelt von den andern um ihre Naivität, die Hände rein.

Schenna schüttelte betrübt den Kopf über die Habgier der Kollegen. Sagte sich schließlich: Besser ich als ein anderer. Eignete sich traurig und sachkundig Pflege und Gericht Sarnthein an, steckte auch Burg und Pflege Reineck ein, dazu Festung und Gericht Eppan, schließlich, ganz trübsinnig über soviel Schwäche und Hemmungslosigkeit, Lugano oberhalb Cavalese.

Margarete, starr und schweigsam, unterschrieb, was man ihr vorlegte. Im Verlauf von dreizehn Tagen hatte sie das halbe Land verpfändet und verschenkt.

Über den Krimler Tauern durch den wilden Januar arbeiteten sich fünf Männer. Sie sanken in Schneemulden, kämpften sich heraus, zerschrundeten sich Hände und Gesicht an Eis und Stein. Aus Schluchten, trügerischen Schneehalden, hundertfältig, lautlos, wehte einen Tod an. Zwei Bären folgten ihnen von ferne, flohen, schnupperten sich wieder heran. Drei Tage so arbeiteten die Männer sich vor, bis sie bei dem Dorfe Prettau wieder eine menschliche Siedlung erreichten.

Es waren Rudolf, Herzog von Österreich, Herr von Rappach, sein Hofmeister, Herr von Laßberg, sein Kämmerer, und zwei Knechte.

Der Habsburger hatte in der Steiermark, in Judenburg, durch Eilkurier eine Depesche seines Kanzlers erhalten, der sich in den schwäbischen Vorlanden an der tirolischen Grenze aufhielt. Bischof Johann von Gurk meldete ihm die tirolischen Wirren, die im Anschluß an Meinhards Tod entstanden waren, und forderte ihn ebenso dringlich wie untertänig auf, so schnell wie möglich in das Land in den Bergen zu kommen.

Rudolf überlegte kurz: Die Wittelsbacher rauften jetzt wohl unter sich um Meinhards bayrisches Erbe, hatten keine Zeit für Tirol. Ja, der Kanzler hatte recht, es war das wichtigste, daß er jetzt auf kürzestem Weg, überraschend, Bayern meidend, bei Margarete erschien. Zurück nach Wien? Militär? Nein, geradeswegs von Judenburg nach Radstatt ritt er, in den Pinzgau, hörte nicht auf die Beschwörungen, jetzt im Winter von der Überquerung der Tauern abzustehen, drang zäh, ums Leben kämpfend, über den Paß, gelangte nach Prettau, nach Ahrental. Geriet in Taufers unerkannt in den Strom der abziehenden Trauergäste.

Hörte von dem neuen Ministerium, seinen unerhörten Vollmachten, seinen Plünderungen. Kam nach Bruneck. War am zwanzigsten Januar, am vierzehnten Tag der Alleinherrschaft der Margarete, in Bozen.

Da stand er nun. Das Land, sein Land, für dessen Besitz er und sein Vater durch Jahrzehnte gewirkt hatten, war in der Hand der gewalttätigen Barone, wurde jämmerlicher zerstückt von Tag zu Tag. Er war ganz allein; sein Heer bestand aus zwei Offizieren und zwei Mann. Wohl hatte er in Österreich Order hinterlassen, Truppen an der tirolischen Grenze zusammenzuziehen. Aber bis solche Maßnahmen wirksam wurden, konnte das Land in den Bergen aufgeteilt sein. Er erkannte sehr gut, wie voll Gefahr seine Situation war. Es war möglich, daß die entzügelten, verwilderten Barone vor seiner geheiligten Person nicht zurückscheuten, sich, wenn auch solches Vorgehen nur sehr kurzfristigen Erfolg haben konnte, seiner bemächtigten, ihm Bestätigungen, Zugeständnisse abzupressen. Aber wie immer, er konnte nicht warten. Er war randvoll vom Willen zu seiner Sendung, vom Glauben an sich selbst. Alles hing ab von seinem persönlichen Auftreten.

Der Frauenberger ließ sich melden. Kam als Vertreter des Ministeriums. Stand vor dem Herzog, lauersam, abwartend. Der war sehr kühl, verschlossen. Der Frauenberger tastete sich vor. Blinzelte Rudolf vertraulich an, sagte jovial: Das Kabinett sei allenfalls bereit, jenes Testament Margaretes zu Habsburgs Gunsten anzuerkennen, vorausgesetzt, daß Rudolf den Ministern garantiere, daß ihre Privilegien und Verfügungen für mindestens zwölf Jahre in Geltung blieben.

Rudolf schaute den breiten, massigen Menschen an, der feist und widerwärtig vor ihm stand. Der blinzelte ihm spitzbübisch zu, einverständnisvoll wie bei einem guten, unsaubern Handel ein Schelm und Krämer dem andern. Hochmütig sagte der Habsburger: Das seien merkwürdige Sitten, die in Tirol eingerissen seien, und sonderbare Begriffe. In habsburgischen Landen wage keiner, dem sein Hals lieb sei, solche Vorschläge an seinen Fürsten. Soviel ihm bekannt, sei ein deutscher Fürst Gott verantwortlich und allenfalls dem Kaiser, und ein Habsburger nach den Hausprivilegien nicht einmal dem. Der Frauenberger schaute gleichmütig, wartete, ob nach dieser allgemeinen, theoretischen

Einleitung ein Besonderes, Praktisches komme. Der Herzog schloß kalt, er sei bereit, zu prüfen, wieweit die Privilegien der Barone zu Recht bestünden. Der Albino tat sein Froschmaul auf, quäkte frech, behaglich, vergnügt: Auf solcher Basis werde man sich wohl einigen. Er rechne damit, die Prüfung des Herzogs werde weitherzig ausfallen. Sei man doch auch in Tirol immer weitherzig genug gewesen, niemals die so spät und unter so merkwürdigen Umständen aufgefundenen habsburgischen Hausprivilegien anzuzweifeln.

Da geschah etwas Seltsames. Langsam, ruhig hob der junge Herzog die schmale, feste, knochige Hand. Mit dem bräunlichen Handrücken schlug er in das fette, nackte, rosige Gesicht des andern, zweimal, rechts, links.

Der Frauenberger hielt ganz still. Sein geschlagenes Gesicht schien durchaus nicht weiter gekränkt, nur maßlos verblüfft. Die rötlichen, lidlosen Augen starrten auf den Fürsten, sahen die niedere, eckige, entschlossene Stirn, die Hakennase, die hängende Unterlippe über dem starken Kinn. Der Albino blinzelte, blinzelte stärker, wiegte den Kopf, hob wie entschuldigend die Achseln, verneigte sich, ging.

Rudolf, allein, atmete, breitete die Arme, lächelte, lachte.

Der Frauenberger sagte sich: „Man könnte ihn beiseite schaffen. Aber es wird nicht so glatt gehen wie bei den andern. Auch hat er sich gewiß vorgesehen, und es stehen viele hinter ihm. Es ist klüger, sich nicht mit ihm einzulassen. Es ist schade um die schöne Regiererei. Aber ein Kerl mit solchem Nacken und solchem Kinn. Na, ich hab auch so genug beisammen. Wer hätte mir eine solche Karriere zugetraut? Man muß schauen, soviel wie möglich zusammenzuhalten. Wozu die ewige Habgier? Ich bin kein Esel. Ich bescheide mich, wenn das Risiko zu groß wird. Immerhin, schade. Aber bei solcher Hakennase."

Er pfiff sein Lied, streckte sich, gähnte geräuschvoll, knackte mit den Gelenken, schlief.

Jung, fest, gerafft, doch nicht unehrerbietig, trat Rudolf vor die Herzogin. Er begrüßte die Starre, Verschlossene, drückte ihr auch mündlich sein Beileid aus. Ging dann sogleich mit höflichen, bestimmten Worten auf sein Ziel los. Sie sei bekannt an allen Höfen als Fürstin von Klugheit und Kraft. Um so erstaunlicher, daß jetzt die kurzen Tage ihrer Alleinherrschaft dem Lande so schlecht bekommen seien. Es sei wohl so, daß der Schmerz über den Verlust ihres Sohnes so rasch nach dem Verlust ihres Gemahls sie verwirrt habe und unfähig mache, ihre großen Gaben zu nutzen. Nun brauche aber das Land in den Bergen jetzt mehr als je eine feste Hand. An den Grenzen drohe Bayern, auch die lombardischen Herren würden bei einem wittelsbachischen Angriff nicht stillbleiben, im Innern regiere die nackte Habsucht der Barone. Er gebe zu erwägen, ob Margarete das Vertrauen, das sie ihrem Testament zufolge dem Haus Österreich schenke, nicht jetzt schon erweisen, ihm die Verwesung des Landes abtreten wolle.

Reglos saß die alte, plumpe Frau vor dem jungen Fürsten. Der breite, wüste Mund zuckte nicht, die massigen, geschmückten Hände lagen tot auf dem schweren, schwarzen Damast des Kleides.

Die harten, klaren, grauen Augen richtete Rudolf auf sie, wartete, setzte wieder an: Er wolle sie nicht mit vagen Versprechungen locken. Das Regiment der Habsburger habe sich bis jetzt gerecht, stark, kräftig gezeigt. Tirol werde keinen Vorzug haben vor den andern habsburgischen Besitzungen. Aber dafür stehe er ihr ein, der Fürst der Fürstin, es werde regiert sein wie diese: stark, gerecht, tüchtig. Was sie persönlich angehe, so werde für ihre Bedürfnisse bestimmt reicher und herrenhafter gesorgt werden als unter der Verwaltung der Barone.

Margarete schwieg noch immer, schaute mit leeren, gehetzten Augen vor sich hin. Rudolf schloß: Er dringe nicht in sie. Sie habe das mit ihrem Gott und sich selbst abzumachen. Er ersuche, Vertrauen zu ihm zu haben und seine Worte ohne Voreingenommenheit zu überlegen.

Margarete sagte mit rostiger Stimme: „Es bedarf weiter keiner Überlegung. Ich habe Vertrauen zu Ihnen. Ich erkenne durchaus, wie folgerichtig Ihre Gedanken sind."

Sie stand auf, drehte mit ruhiger, seltsam lebloser Bewegung die geschminkten Hände nach außen, ließ sie sinken. Ließ gleiten, ließ fallen. Da fiel es von ihr, Tirol, die Städte, ihr Werk, das Werk ihrer Väter, Alberts, Meinhards, des Starken, Gewalttätigen, Heinrichs, das Ihre. Nun war sie ganz arm und kahl.

Rudolf war durchaus nicht geneigt zu sentimentalen oder gar pathetischen Gesten; aber es rührte ihn tief und sonderbar an, wie die Häßliche vor ihm stand, entblößt, demütig, müde von Hoheit und Schicksal. Er ging auf ein Knie nieder, sagte, er betrachte das Land als Lehen aus ihren Händen; er werde sich bewußt bleiben, nichts zu sein als ihr Gouverneur.

Nach allen Richtungen liefen die Kuriere mit Briefen und Dekreten der Herzogin. Margarete erklärte darin, infolge besonderer Umstände und der Schwäche des weiblichen Gechlechts sei sie nicht in der Lage, ihr Land so zu verwesen, wie es sein Vorteil erfordere, und alle und sich selbst nach Gebühr zu schützen. Nach dem Rat ihrer Minister und der Repräsentanten des Volkes überantworte sie daher ihre würdigen und edeln Grafschaften zu Tirol und zu Görz, die Lande und Gegenden an der Etsch und das Inntal mit der Burg zu Tirol und mit allen andern Burgen, Klausen, Städten, Tälern, Gebirgen, Märkten, Dörfern, Weilern, Lehen, Höfen, Vogteien, Gerichten, Münzen, Mauten, Zehenten, Zöllen, Zinsen, Steuern, Gefällen, Gehölzen, Gefilden, Wäldern, Huben, Weingärten, Äckern, Seen, fließenden Wassern, Fischteichen, Wildbahnen, kurz ihr ganzes väterliches Erbe ihren lieben Vettern und nächsten Anverwandten, den Herzogen von Österreich. Und sie gebiete ernstlich und festlich, daß alle ihre Prälaten, Äbte und alle Pfaffheit, dazu die Burggrafen, Pfleger, Vögte und alle Behörden in Tirol und allerwärts in ihren Ländern, dazu die ganze Bevölkerung huldige und schwöre für jetzt und alle Zukunft den Herzogen von Österreich als ihren rechten Fürsten und Herren.

Vornächst leisteten alle widerstandslos den verlangten Eid der Treue und des Gehorsams. Am dritten Februar huldigte Bozen, am fünften Meran, am neunten Sterzing, am zehnten Innsbruck. Allein von den Feudalherren hatten sich nicht alle so klug beschieden wie der Frauenberger. Sie versuchten wenig aussichtsreichen Widerstand, zettelten mit den Wittelsbachern, mühten sich, den Norden gegen Habsburg zu revolutionieren. Als Rudolf in Hall erschien, die Huldigung der Stadt entgegenzunehmen, kam es zu offenem Aufruhr, der Herzog selbst geriet in Lebensgefahr. Aber die Bürger von Hall hielten den Söldlingen der Barone Widerpart, die Stadt Innsbruck schickte dem Habsburger Hilfe, es erwies sich, daß die Städte entschlossen waren, ihn unter allen Umständen gegen die Willkürherrschaft der einheimischen, von bayrischen Agenten unterstützten Aristokraten durchzusetzen. Mit Stolz konnte wenige Tage später der Österreicher dem befreundeten Dogen von Venedig, Lorenzo Celsi, berichten: „Auf friedlichem Weg, ohne viel Widerstand, sind Wir in den Besitz des Landes in den Bergen gelangt, dessen Erbe vom Vater her Uns zusteht. Edle und Unedle haben Uns den Eid geleistet und anerkennen Uns als ihren Herrn. Alle Straßen und Übergänge von Deutschland nach Italien sind, dank der Gnade des Allerhöchsten, in Unserer Hand."

Margarete besorgte mit peinlicher Gewissenhaftigkeit die umständlichen, verwickelten Geschäfte der Übergabe. Aber sie empfing nur die notwendigsten Besucher, sprach kein Wort über das Amtliche hinaus. Unauffällig dann, mit ihrem dürren Fräulein von Rottenburg und zwei Lakaien, wollte sie das Land verlassen. Doch Rudolf gab es nicht zu, daß sie so klanglos und ohne Repräsentation davonzog. Er ordnete an, daß der scheidenden Fürstin jede nur denkbare Ehrung erwiesen werde. An den Grenzen ihrer Territorien empfingen sie die Feudalbarone, am Weichbild der Städte die geistlichen und weltlichen Behörden. Allein die Sänfte der Herzogin blieb verschlossen, nur undeutlich zwischen den Vorhängen erkannte man sie, die starr, reglos in der Roßbahre vorüberschwankte. Scheu und neugierig spähte das Volk, sah nichts. Da zog sie fort, krank, abgerissen, die Verderberin, die Hexe, die Mörderin, die Männersüchtige, Unersättliche, die Häßliche, die Maultasch. Hinter ihr, wild, grausam, schmutzig, schlugen groteske Legenden zusammen. Rasselten nicht und klirrten unheimlich auf ihren Schlössern die zurückgelassenen Waffen? Schepperten nicht in den Kellern und Verliesen die Gerippe der von ihr Ermordeten? Man mied die Orte, wo sie gern geweilt hatte, sie waren nicht geheuer. Man schreckte die Kinder: Wenn ihr nicht folgsam seid, holt euch die Maultasch. Das Vieh mochte das schöne, fette Gras nicht fressen auf den Almen über Schloß Maultasch.

Als sie Innsbruck hinter sich hatte, hörte sie, in der Sänfte vor sich hin brütend, eine kleine, spitze Stimme: „Leben Sie wohl,

Frau Herzogin." Sie schrak auf, fragte das dürre Fräulein von Rottenburg: „Wer ist da?" Das Fräulein hatte nichts gehört. Margarete spähte durch die Vorhänge. Da sah sie zwei winzig kleine, bebartete Wesen. Sie trippelten am Rande der Straße, sie schauten aus uralten, ernsten Augen auf die Herzogin, sie zogen die schmutzigbraunen, altmodischen Mützen, neigten sich ehrerbietig, viele Male. Da verlor Margarete ihre Starre, die Schultern wurden ihr schlaff, die dicke, häßliche Frau sank schwer in sich zusammen.

Sie kam an die Grenze zum bayrischen Chiemgau. Hier war eine Ehrenkompanie aufgestellt, präsentierte die Lanzen. Sich senkende Fahnen, Musik. Die Vorhänge blieben heruntergelassen, die Sänfte schwankte über die Grenze, ins Bayrische. Sowie sie außer Sicht war, holten die Zollsoldaten ihrer Weisung gemäß die schönen, schweren Banner der Gräfin von Tirol herunter, gemächlich, gähnend, pfeifend, zogen an ihrer Statt die neuen, nüchternen, sauberen Fahnen hoch mit dem roten Löwen Habsburgs.

Langsam ruderte die kräftige Magd das schwere, ungefüge Boot von der kleinen Fraueninsel weg über den Chiemsee. Es war Mittag, sehr heiß, das Wasser lag blaß, weit, still. Die beiden geistlichen Herren im Boot, der Kanzler, Bischof Johann von Gurk, und der Abt von Viktring, der Uralte, waren schlecht gelaunt. Der Florentiner Chronist Giovanni Villani, der Nebenbuhler des Abtes, hatte das sensationelle Gerücht aufgebracht, Margarete, Herzogin von Bayern, Markgräfin von Brandenburg, Gräfin von Tirol, lebe seit ihrer Abdankung in tiefster Not, der Habsburger lasse sie Hunger leiden, Entbehrung, jedes Elend. Die Herren waren nun im Auftrag Herzog Rudolfs in Frauenchiemsee gewesen, wo Margarete jetzt lebte, um sie zu bewegen, in Wien oder einer beliebigen anderen Stadt würdig hofzuhalten. Hatte ihr nicht der Habsburger die reichsten Einkünfte verschrieben, die vier Ansitze Gries bei Bozen, Stein auf dem Ritten, Amras, Sankt Martin bei Zirl, die Einkünfte der Feste Straßberg, des Passeiers, der Stadt Sterzing, dazu eine Jahresrente von sechstausend Veroneser Pfund? Die Hofhaltung der Herzogin hätte es mit der jedes deutschen Fürsten aufnehmen können. Allein weder die höflichen, klugen Argumente des Bischofs noch die lateinischen Zitate des Abtes und seine Beispiele aus der Geschichte hatten sie weglocken können.

„Sie ist jeder Bewegung abgestorben", klagte der Bischof auf lateinisch. „Es kümmert sie nicht, ob Tirol Frieden hat oder Krieg. Ich habe ihr von dem Einbruch des Wittelsbachers erzählt, von der brutalen Einäscherung und Plünderung des Inntals. Sie hört zu, als spräche man vom Wetter." Der See lag ganz still, weißlich flirrend, gleichmäßig tauchten die Ruder. Der Uralte schwieg. „Dabei häufen sich ihre Einkünfte", hub wieder der Kanzler an. „Sie werden ihr pünktlich überwiesen, kein Pfennig wird angetastet. Das Gold türmt sich in ihren Schlössern. Sie muß unausdenkbar reich sein. Beim Herkules!" schloß er ärgerlich, „jener Italiener ist ein treuloser Verleumder und Verkleinerer, ein schlechter Pasquillant."

Dem ausgetrockneten Uralten ging das Herz auf bei dieser Kennzeichnung des Konkurrenten. „Recht spricht deine Eminenz", sagte er mühsam, zahnlos. „Wer hätte je gezweifelt, daß jener ein armseliger, niedriger Schwätzer ist?"

Am Ufer der kleinen Insel, vernachlässigt, grellweiß geschminkt, unter Gerank und sehr farbigen Bauernblumen, saß die Herzogin, schaute dem Boot nach. Es war ganz still, Mücken flirrten, ein Wasservogel schrie verschlafen. Ein starker Geruch von Fischen, Netzen, Tang stand in der heißen, unbewegten Luft. Das Boot rückte sehr langsam von der Stelle, bog um die Spitze der vorgelagerten größeren Insel, war nicht mehr sichtbar.

Aus dem niedern, gelblichgrauen, besonnten Fischerhaus kam ihr dürres Fräulein, holte die Herzogin zum Essen. Margarete stand auf, reckte sich träg, ging mit ihrem schweren, schleifenden Schritt dem Haus zu. Der Mund wulstete sich äffisch vor, die Backen hingen schlaff, riesig, unförmig herab, die Schminke konnte die Warzen nicht verdecken. Das dürre Fräulein, still, demütig, öffnete die ungefüge, niedere Tür vor ihr. Wolkig drang der Geruch gebratener Fische heraus. Margarete schnupperte ihn behaglich ein, ging ins Haus.

Zu diesem Band

Die Anregung zu dem Roman kam vom „Volksverband der Bücherfreunde"(Berlin). Der Gründer dieses Verlages, auf der Suche nach druckbaren Manuskripten, war von Bruno Frank auf die eben von Feuchtwanger beendete Prosafassung „Jud Süß" aufmerksam gemacht worden. Sie gefiel, doch die Skepsis überwog: das noch neue verlegerische Unternehmen scheute das Risiko, einen Text jüdischer Thematik in sein Programm zu nehmen. Aber man bestellte bei Feuchtwanger einen anderen „historischen Roman" gleicher Art, Thema und Länge ihm überlassend.

Ein Stoff war schnell bei der Hand. Feuchtwanger hatte sich mit Leben und Wirken der Tiroler Herzogin Margarete (1318 bis 1369) beschäftigt; ihn reizte es, nach „Jud Süß" abermals „die Geschichte einer ‚Abnormität' darzustellen". So sagte er zu und schrieb den Roman nach eigener Aussage überaus schnell „von Oktober 1922 bis März 1923, im wesentlichen auf der Münchner Staatsbibliothek". Im gleichen Jahr brachte der Volksverband der Bücherfreunde das Buch mit dem Titel „Die häßliche Herzogin" heraus (Wegweiser-Verlag, Berlin 1923); den Zusatz „Margarete Maultasch" gibt es erst seit der zweiten Auflage.

Es scheint so, als habe Feuchtwanger vor allem der psychologische Aspekt fasziniert, denn in Selbstaussagen zu dem Roman bezeichnet er als dessen Gegenstand den „Kampf eines Menschen gegen die ungünstigen Bedingungen der physischen Konstitution, die ihm die Natur gegeben hat" (Antwort auf eine Umfrage der Zeitschrift „Die Literarische Welt" vom 25. Mai 1928), oder: „den Kampf einer starken, begabten Frau ... gegen das häßliche Gesicht, das ihr auf ihren Weg mitgegeben ist" („Zu meinem Stück ‚Die Petroleuminseln'", Die Weltbühne, 18. Oktober 1927).

Ohne Zweifel begünstigte der geschichtliche Zeitabschnitt

Feuchtwangers Heldenwahl. Die literarische Gestaltung eines historischen Stoffes war ihm brauchbares Mittel zu dem mehrfach erklärten Zweck, „sein eigenes (zeitgeschichtliches) Lebensgefühl, sein subjektives (keineswegs historisierendes) Weltbild so auszudrücken, daß es sich ohne weiteres auf den Leser übertrage" („Vom Sinn und Unsinn des historischen Romans", 1935). So wenig vergleichbar die geschichtlichen Fakten mit den zeitgeschichtlichen auf den ersten Blick scheinen, so ergibt sich allgemein betrachtet doch Gemeinsames, das die Formulierung zeitgenössischen Lebensgefühls trägt. Es sind beide Male Zeiten des Übergangs, des Umbruchs, in denen Gültiges, die menschliche Ordnung Regulierendes, die Lebensformen und die Hierarchie Bestimmendes einen Wandlungsprozeß durchläuft. Das Rittertum des 14. Jahrhunderts kann sich dem mächtiger werdenden Einfluß der bürgerlichen Welt, die die Möglichkeiten von Produktion, Handel und Geldwirtschaft entdeckt hat und für sich nutzt, nicht entziehen. Und sechshundert Jahre später nimmt die Menschheit wiederum Abschied von einer Welt von gestern, findet sich in veränderte Moralnormen, Lebensformen, Wertvorstellungen. Und es wiederholt sich, was im „Zeitalter der Vernunft" bereits als mittelalterlicher Spuk zu den Akten gelegt schien: der Antisemitismus, im Volke geschürt, ventiliert aufkommendes Mißbehagen, Unzufriedenheit, Zorn über zunehmende soziale Differenzierung.

Obgleich beide Romane – „Jud Süß" erschien 1925 – Feuchtwanger weit mehr Erfolg brachten als seine Stücke und seine Bearbeitungen antiker Stoffe, sah er noch in den zwanziger Jahren im Schauspiel seine eigentliche literarische Aufgabe. „Die häßliche Herzogin" betrachtete er lediglich als Vorarbeit zu einem Stück, in dem er auf die für den Roman notwendige Darstellung des „Humus", auf dem diese Frau „gewachsen ist, ... ihrer Erde, ihren Bergen, ihrem Himmel, ihren Menschen, ihrer Zeit ringsum" verzichten mußte. Durch epische Gestaltung des Stoffes wollte er die Souveränität erlangen, „in allen Winkeln des großen Raumes, in dem meine häßliche Heldin sich bewegt, zu Hause zu sein". Nun also versah er „den Raum mit anderen Tapeten und verwandelte das Tirol des 14. in eine etwas legendarische Insel im südlichen Bereich der USA und mit der Lebensform des

20. Jahrhunderts" und nannte das Stück in drei Akten „Die Petroleuminseln". Arnold Zweig schrieb in einem Aufsatz über „Lion Feuchtwanger" 1927, die „Maultasch" sei „beim Eingang ins Drama von geradezu bösartiger Überzeugungskraft geworden... Eine Transponierung aus dem Mittelalter in die Ölkrisenzeit, aus dem großen Roman ins große trockene Dichterstück der Bühne: das zeigt eine gute Handschrift des Dichters Feuchtwanger und keinen schlechten Ausblick auf eine Wiederbelebung des Dramas!" Die Theaterkritik reagierte auf die Inszenierungen von Hamburg, Berlin und Frankfurt a. M. 1927 und 1928 weniger enthusiastisch, tadelte vor allem die „romantische Verniedlichung weltpolitischer Probleme" oder die „leere flattrige Handlung". Nach 1945 kam es nur noch vereinzelt zu Aufführungen, so in Dessau, Kiel und Mannheim. Dem Roman hingegen war dauerhafter Erfolg beschieden. Hans Mayer bezeichnete ihn sogar als eines der besten Bücher Feuchtwangers. „Die häßliche Herzogin" imponiere durch die „Geschlossenheit seiner Form, die Kunst der Erzählung, die Eigentümlichkeit des Stoffes"; Feuchtwanger habe einen Stoff gefunden, „der ihn als Menschen und Künstler offenbar besonders beschäftige, zugleich aber ein Thema, das auch in der gesellschaftlichen Aussage bedeutungsvoll genannt werden konnte" („Wiederbegegnung mit Feuchtwangers ‚Häßlicher Herzogin'", 1954).

Druckvorlage für Band 1 der Gesammelten Werke in Einzelausgaben des Aufbau-Verlages von 1959, der außer der „Häßlichen Herzogin Margarete Maultasch" auch „Jud Süß" enthält, war auf Empfehlung Feuchtwangers die Ausgabe des Kiepenheuer Verlages von 1930. Beim Vergleich mit dem Erstdruck stellten sich erhebliche Abweichungen heraus. Vor allem handelte es sich dabei um Kürzungen, gestrichen wurden Adjektive (ein Tatbestand, den Feuchtwanger bei Übersetzungen seiner Romane ins Englische später oft beklagte: „... wenn ich einem Menschen oder einer Situation zwei Attribute mitgebe, dann ist sehr oft das eine weggelassen, und häufig dasjenige, an dem mir liegt." [Brief an Robert Neumann vom 18. März 1947]); gestrichen wurden Sätze und Absätze, so daß mitunter Handlungsabläufe verkürzt, die Charakterisierung einer Person, die Kommentierung eines Vorganges verknappt wurde. Ob das mit Feuchtwangers Einverständnis oder sogar auf seine Anregung geschah, ist unbekannt. Da ähnliches sich aber bereits bei dem Roman „Jud Süß“ ergeben hatte, wo Feuchtwanger nichts von den eigenmächtigen Eingriffen eines Verlages in den von ihm empfohlenen Text wußte (siehe Nachbemerkung zu „Jud Süß“, Aufbau Taschenbuch Verlag 1992), haben wir unserer Neuausgabe die im Berliner Volksverband der Bücherfreunde erschienene Erstauflage zugrunde gelegt.

Gisela Lüttig

AtV

Band 5028 **Lion Feuchtwanger**
Die Jüdin von Toledo
Roman

468 Seiten
ISBN 3-7466-5028-3

La Fermosa, die Schöne, wurde im mittelalterlichen Spanien Raquel, die Tochter des angesehenen Juden Jehuda Ibn Esra, genannt. König Alfonso VIII. von Kastilien hatte den Vater aus Sevilla als Minister an seinen Hof geholt, damit er die wirtschaftliche Zerrüttung des Landes aufhalte. Bei Alfonso erwachte bald eine tiefe Leidenschaft für die gebildete, tolerante junge Frau, und was für Raquel als politisches Opfer im Interesse der Vernunft und des Friedens begann, wächst auch bei ihr zu einer stürmischen Liebe für den kühnen, lebensfrohen König. Im Volk gilt Raquel als die eigentliche Königin, doch die wirkliche peitscht das Land in einen Krieg, für dessen verheerende Folgen schließlich die Juden verantwortlich gemacht werden.

AtV

Band 5027 Lion Feuchtwanger
Jud Süß
Roman

480 Seiten
ISBN 3-7466-5027-5

Der ehrgeizige, in die Intrigen am württembergischen Fürstenhof verstrickte Finanzmann Jud Süß gehört zu den schillerndsten Figuren aus Feuchtwangers historischen Romanen. Sein in ein großartiges Kultur- und Sittenbild des 18. Jahrhunderts eingebettetes Schicksal ist ein Gleichnis für die Sinnlosigkeit allen Machtstrebens. Das mehrfach verfilmte Buch wurde ein Welterfolg.